LES

NUITS DU BOULEVARD

SCEAUX. — IMPRIMERIE CHARAIRE ET FILS.

LES
NUITS DU BOULEVARD
GRAND ROMAN PARISIEN TRÈS DRAMATIQUE

PAR

PIERRE ZACCONE

Avec de nombreuses gravures par KAUFFMANN

PARIS

ARTHÈME FAYARD, ÉDITEUR

78, BOULEVARD SAINT-MICHEL, 78

LES

NUITS DU BOULEVARD

SCEAUX. — IMPRIMERIE CHARAIRE ET FILS.

LES

NUITS DU BOULEVARD

GRAND ROMAN PARISIEN TRÈS DRAMATIQUE

PAR

PIERRE ZACCONE

Avec de nombreuses gravures par KAUFFMANN

PARIS

ARTHÈME FAYARD, ÉDITEUR

78, BOULEVARD SAINT-MICHEL, 78

LES
NUITS DU BOULEVARD

Par PIERRE ZACCONE

Un homme gisait, le visage blême, les vêtements en désordre... (Page 6.)

PROLOGUE

LE CHATEAU DE GRAÇAY-CHAMBRUN

I

Le 5 novembre 1860, un homme d'une cinquantaine d'années environ, de taille élevée, d'apparence particulièrement robuste, gravissait d'un pas ferme le chemin qui conduit de la route départementale au château de Graçay-Chambrun, situé près de Mâcon.

Il portait un costume complet de velours gris, veste, gilet, culotte, et ses jambes nerveuses étaient enserrées dans de grandes guêtres de cuir jaune qu'un long usage avait considérablement éraillées.

Sous son bras gauche, un fusil Lefaucheux penchait son canon vers le sol, et sur son dos une énorme gibecière laissait voir, à travers ses mailles de corde blanche, les oreilles et les pattes d'un lièvre.

Cet homme s'appelait Martial. C'était un ancien brigadier de gendarmerie, l'honneur et le dévouement mêmes. Le général de Graçay, qui le connaissait, l'avait emmené avec lui au moment où il prenait sa retraite.

Jamais, depuis, on n'avait eu un reproche à lui adresser, et on savait dans le pays que l'ancien brigadier eût donné sa vie à son général, si ce dernier la lui avait demandée.

Le général s'était contenté d'en faire son garde, et Martial apportait dans ces fonctions la ponctualité, la tenue, la régularité mathématique, toutes les qualités enfin qui, lorsqu'il servait, l'avaient constamment désigné à la sympathie affectueuse de ses chefs.

L'ex-brigadier continua sa route pendant quelques minutes encore, et quand il eut atteint le sommet du raidillon dans lequel il était engagé et qu'il découvrit le château, dont l'imposante silhouette se profilait à quelques centaines de mètres, il s'arrêta, laissant tomber la crosse de son fusil à terre et promenant un regard presque attendri sur le paysage qui se déroulait à ses pieds.

Il pouvait être six heures, — l'heure mélancolique et tendre de la campagne.

Les premières ombres du soir montaient lentement des vallées profondes, et s'étendaient comme un voile de vapeurs sur les grands massifs d'arbres séculaires. A l'approche de la nuit, tout bruit et tout mouvement semblaient avoir cessé, et c'est à peine si de loin en loin on entendait passer dans l'air les notes dolentes et douces de ces mélopées alpestres que chantent les pâtres en ramenant leurs bœufs à l'étable.

L'homme resta un moment dans une attitude contemplative et recueillie ; au lieu d'embrasser l'horizon tout entier, son regard s'était porté vers la partie occidentale du parc qui longe la route de Mâcon, et il s'y était arrêté avec une étrange obstination.

Il y avait là un épais fourré de vieux chênes du milieu duquel émergeait la toiture élégante d'un pavillon qui avait été naguère l'habitation du fils de M. de Graçay-Chambrun.

Seulement, depuis quelques années, le pavillon était abandonné ; la porte et les fenêtres en restaient hermétiquement closes ; défense avait été faite de pénétrer dans cette partie du parc, et les ronces et les lianes, profitant de cette trêve accordée par le jardinier, s'étaient multipliées avec une telle profusion qu'elles formaient maintenant autour de l'habitation un lacis plus redoutable cent fois que tous les engins défensifs inventés par la fortification moderne.

La cause de cet abandon était mal connue et, par conséquent, fort commentée dans le pays.

Les uns prétendaient que le fils de M. de Graçay-Chambrun avait disparu, d'autres affirmaient qu'il était mort; mais nul n'avait pénétré la vérité, et chacun regardait d'un œil également inquiet le sombre pavillon, s'obstinant à voir dans son état de délabrement la preuve d'un deuil ou d'une honte de famille!

Il y avait quelques minutes déjà que Martial s'oubliait dans sa rêverie, quand tout à coup il se prit à tressaillir, redressa brusquement le front et, ayant relevé son arme, se disposa à reprendre sa marche vers le château.

Mais au bout d'une vingtaine de pas, comme il allait franchir une brèche déjà ancienne que l'on avait négligé de faire réparer, il se trouva en présence du général, qui venait à sa rencontre.

Il porta militairement la main ouverte à sa casquette.

Le général rendit le salut d'un air soucieux.

— Enfin! te voilà!... dit-il en même temps; je t'attendais avec impatience.

— Est-ce que vous avez quelques ordres à me donner, général? demanda vivement Martial.

— Des ordres, non, mon ami, répondit M. de Graçay, mais j'ai à causer avec toi.

— Me voilà prêt.

— Ne restons pas ici, marchons; l'air du soir me fait du bien. J'ai besoin de respirer. J'ai besoin surtout de ne pas avoir sous les yeux...

Le général avait détourné les regards du pavillon, et venait de faire quelques pas dans la direction de la campagne.

Martial marchait respectueusement à ses côtés.

Pendant quelques secondes, aucune parole ne fut échangée entre le maître et le serviteur... Les ténèbres s'épaississaient rapidement, et bientôt on ne distingua plus, sous l'ombre des arbres, que le sinueux sillon tracé par le sentier qu'ils avaient pris.

— Ce que j'ai à te dire est très grave, reprit peu après le général; c'est pour la dernière fois que nous causons ensemble sur cette terre que m'ont léguée mes ancêtres, et que j'aurais voulu laisser intacte à mes enfants, — à ma fille surtout. Dieu n'a pas voulu accorder cette joie suprême à ma vieillesse, et les déportements de mon malheureux fils m'ont réduit à la nécessité de vendre le château de Graçay-Chambrun.

— Eh quoi!... c'est donc vrai?... interrompit Martial avec un mouvement

— C'est vrai, répondit le général en baissant le front.

— La terre est vendue ?

— Depuis huit jours,

— Et mademoiselle Réjane de Graçay sait-elle ?...

Le général eut un geste farouche.

— Ah! c'est pour elle surtout que j'ai pris cette résolution cruelle, — continua-t-il d'une voix oppressée ; — son frère depuis longtemps ne m'avait plus laissé d'autre alternative. En cinq années, je me suis ruiné pour le sauver de la honte. Tout ce que j'avais, je l'ai donné, espérant toujours qu'il reviendrait aux traditions d'honneur de la famille des Graçay-Chambrun. Rien n'a fait! A peine arraché à l'infamie, il s'est replongé de nouveau dans sa vie de dissipations et de débauches. Ce nom, qu'il a traîné dans la boue des bas-fonds les plus abjects, je tremble maintenant qu'il ne le porte un jour jusque sur les bancs de la cour d'assises.

— Mon général !

M. de Graçay-Chambrun passa rapidement la main sur son front, comme s'il eût voulu en chasser la rougeur qui s'y était imprimée.

— D'ailleurs, c'est assez de faiblesse! poursuivit-il ; le misérable finirait par réduire sa sœur à la misère, et je ne veux pas que cela soit ! J'ai pris une résolution énergique. Le château est vendu, un de mes amis est allé à Mâcon recevoir les trois cent mille francs qui représentent le prix de cette vente ; dans une heure il sera ici, et sous quelques jours j'irai, avec ma pauvre petite Réjane, chercher le calme et le repos à l'étranger, où je tâcherai d'oublier que j'ai eu un fils !

Il y eut un moment de silence.

Instinctivement, sur les derniers mots du général, Martial avait suspendu sa marche, et M. de Graçay s'était brusquement retourné.

— Eh bien !... dit-il d'un ton troublé... tu t'arrêtes... tu ne me suis pas ?...

— Faites excuse, mon général... balbutia le garde ; c'est que... je réfléchissais.

— A quoi ?

— Oh! une idée qui m'est venue...

Le général se prit à sourire.

— Je comprends, — dit-il d'un ton affectueux, — et tu penses à ce que tu vas devenir, une fois la terre vendue.

— Moi! se récria Martial.

— Quoi de plus naturel et de plus légitime ?... Tu es un vieux serviteur de ma famille... je n'ai jamais eu qu'à me louer de toi ; et, en te quittant, j'aurai la satisfaction de t'annoncer que ton sort est assuré. Tu ne quitteras pas le château.

— Comment?

— Le vicomte d'Épernon, qui s'en est rendu acquéreur, a consenti, sur ma demande, à ne rien changer à ta position... C'est un vieillard d'un caractère excellent... dont le fils est, m'a-t-on dit, le meilleur et le plus loyal des gentils-hommes... Tu resteras près d'eux... continuant les errements du passé, et de loin en loin... tu nous donneras des nouvelles de cette chère demeure où j'aurais voulu mourir.

Martial serra, à la briser, la main que M. de Graçay lui avait tendue.

— Soit... dit-il... soit, mon général, et je ferai tout ce qu'il vous plaira de m'ordonner... Seulement, il faut m'excuser, voyez-vous, mais ce n'est pas de cela qu'il s'agit...

— Explique-toi alors...

— Nous parlions de M. Henri tout à l'heure, et moi... j'ai, à son sujet, une idée qui n'est pas la vôtre...

— Hein?...

— Mon Dieu!... qui sait?... le jeune homme a vingt-cinq ans... et à cet âge...

— Que veux-tu dire?

— Il y a toujours de la ressource... il ne faut pas désespérer... peut-être...

— Quoi! quoi! parle... réponds... pourquoi ces réticences?... que signifient ces paroles?

Martial hésita un moment... ses doigts crispés se tordirent sur le canon de son fusil... il avait envie de parler, et paraissait craindre de mécontenter le maître.

— Ah çà!... est-ce une énigme, insista ce dernier, et te décideras-tu enfin?

Martial fit un effort sur lui-même.

— Vous avez raison, — répondit-il d'une voix émue, — et je vois bien qu'il faut dire ce que je sais.

— Que sais-tu?

— Tout au moins ce que je crois avoir vu. C'était tout à l'heure, — un moment avant de quitter la route départementale, — au détour du sentier... —j'ai entendu du bruit dans le fourré.

— Auprès du pavillon?

— C'est cela.

— Quelque lièvre, sans doute.

— Non, mon général. Ça me connaît, et je ne puis me tromper... D'ailleurs j'étais intrigué et j'ai tenu à m'éclairer.

— Enfin?...

— Enfin je me suis lancé dans la direction où j'avais entendu le bruit. — Il faisait encore un peu de jour et je n'avais pas fait vingt pas que j'ai aperçu, disparaissant sous un bouquet de chênes...

— Qui cela... qui?... achève!

— M. Henri!...

Le général étouffa un cri qui ressemblait à un sanglot, et comprima sa poitrine de ses deux poings.

—Lui! lui! murmura-t-il un instant après; tu en es sûr?

— Oh! on a de l'œil...

— Et que vient-il faire ici?

— Dame! je ne le lui ai pas demandé.

— Peut-être y a-t-il là quelque nouvelle honte à redouter.

Martial remua la tête,

— Pour ce qui est de ça, répondit-il, je crois, mon général, que j'ai trouvé mieux.

— Quoi donc?

— Je pense que M. Henri aura appris vos projets : la vente de Graçay-Chambrun, votre départ prochain, — et qu'il vient — soumis et repentant.

— Ah! si cela était! — interrompit presque violemment le général, — si tu pouvais dire vrai!

Mais il n'alla pas plus loin.

Presque aussitôt tout son être se prit à frissonner, et, le corps penché, l'oreille tendue, il écouta.

— N'entends-tu pas? demanda-t-il à voix rapide et basse.

— En effet, répondit Martial... Ce sont les pas d'un cavalier qui vient au galop par la grande route... Sans doute l'ami que vous attendez; voilà qu'il va tourner la corne du petit bois; dans trois minutes, au train dont il va, il sera devant la grille du château...

Le général gardait le silence et continuait d'écouter.

On eût dit que quelque chose d'anormal se passait en lui, et qu'une bizarre et saisissante pensée absorbait tout autre sentiment.

Tout à coup il tourna sa face livide vers Martial et proféra une énergique et sourde imprécation.

Deux coups de feu venaient de retentir dans la direction de la corne du bois, et deux cris de détresse et de rage avaient suivi de près la double détonation.

II

L'effet fut instantané.

Au bruit qu'ils venaient d'entendre, les deux hommes s'élancèrent à l'envi et, quelques secondes après, ils arrivaient sur le lieu du sinistre.

Un rayon de lune avait filtré à travers les nuages, et, guidés d'ailleurs par les cris de la victime, ils ne tardèrent pas à trouver ce qu'ils cherchaient.

Sur la lisière du bois, au revers du fossé de la route, un homme gisait, le visage blême, les vêtements en désordre, la poitrine trouée par une large blessure d'où le sang s'écoulait à flots.

Le général s'agenouilla effaré et tremblant.

— Georges! mon vieil ami! s'écria-t-il, c'est donc toi,.. toi que l'on a voulu assassiner!

Et il chercha à soulever le moribond dans ses bras...

La blessure de ce dernier était grave, peut-être mortelle; mais il respirait encore.

A l'appel de son ami, il rouvrit péniblement les yeux, et un frisson parcourut tous ses membres.

Un moment même, il parut vouloir repousser le général de sa main nerveuse... et prononça quelques paroles à peine articulées.

— Assez! laisse-moi! — murmura-t-il, — pendant qu'il roulait sa tète falotante entre les bras de M. de Graçay.

— Que s'est-il donc passé? insista celui-ci

— Tais-toi!

— Tu as été attaqué... blessé... volé peut-être!...

— C'est cela.

— Volé! volé aussi!

— Oui.

— Et quel est le misérable?...

Le moribond fit un effort surhumain, il se souleva à demi sur son séant, et ses yeux démesurément ouverts dardèrent deux éclairs sur celui qui lui parlait.

Mais un intérêt poignant dominait à cette heure les résolutions du général; — tout entier à un nouvel ordre d'idées, il ne prenait plus garde à l'état de son malheureux ami; — un ardent désir de connaître s'était emparé de lui — et les réticences mêmes par lesquelles on accueillait ses questions irritaient et décuplaient sa curiosité.

— Parle... mais parle donc! reprit-il au bout d'un instant, la lèvre tordue, je veux tous savoir, entends-tu bien?... Écoute-moi donc, regarde-moi, réponds-moi, surtout!... Tu revenais de Mâcon apportant la somme que tu es allé toucher chez le notaire. C'est bien cela, n'est-ce pas?

— Oui!

— Puis, arrivé à cet endroit de la route, un misérable a tiré sur toi; atteint d'une balle en pleine poitrine, tu as roulé sanglant de ta monture... et sûr désormais de l'impunité, l'assassin s'est rué sur sa victime qu'il a dépouillée!

— Je ne pouvais plus me défendre.

— Pardieu! mais cet homme?... tu as distingué ses traits... Si tu le revoyais, peut-être pourrais-tu le reconnaître.

— Moi!... fit le blessé avec un geste d'épouvante.

— Qui sait même si tu ne le connaissais déjà avant de l'avoir rencontré en cette nuit fatale.

— Que dis-tu?...

— Ah! tu tressailles...

— Graçay!...

Il y a sur les lèvres un nom que tu n'oses pas même prononcer!

— Horrible! horrible!

— C'était donc lui?...

— Par pitié pour toi-même, Graçay... ne me force pas à parler!

Un rugissement de fauve souleva la poitrine du général, et ses ongles labourèrent son crâne chauve et nu!...

Puis, presque sans transition, il releva silencieusement le front, laissa retomber ses bras inertes le long de son corps, et ferma les paupières, pendant que deux grosses larmes coulaient lentement le long de ses joues.

Jamais pareille douleur n'avait déchiré le cœur d'un père.

Il y avait dix années à peu près que le général s'était retiré dans sa terre de Graçay-Chambrun.

Il venait alors de perdre sa femme, et restait seul au monde avec deux enfants :

Son fils, Henri, à peine âgé de quinze ans ; — sa fille, Réjane, qui n'en avait pas quatre encore.

Sa vie avait été, jusque-là, celle d'un soldat insouciant, et, par conséquent, relativement heureuse.

La mort de sa femme fut le premier chagrin qu'il éprouva, et il en conçut une sorte de mélancolie qui, pendant quelque temps, jeta comme un voile sur son esprit.

Mais il ne tarda pas à reprendre le dessus ; les infinis détails d'une exploitation agricole, les distractions violentes de la chasse, par-dessus tout la surveillance que nécessita bientôt l'éducation de ses deux enfants, tout cela exerça une heureuse influence sur sa nature particulièrement énergique, et une année s'était à peine écoulée, qu'on le citait dans le pays comme le plus actif et le plus pratique de tous les gentilshommes campagnards.

Henri était alors au collège à Paris ; il s'y était signalé par une intelligence précoce et des aptitudes exceptionnelles, et il était permis d'espérer que, le jour venu, il tiendrait une place importante dans le monde où il était appelé à vivre.

Quant à la petite Réjane, c'était bien la plus charmante créature qui fût au monde.

Lorsque le général la voyait arriver chaque matin dans sa chambre, avec ses yeux noirs déjà profonds, ses longs cheveux, qui faisaient comme un nimbe d'or à son front, il ne pouvait se rassasier de la regarder, et sa voix rude savait trouver pour elle des intonations qui avaient la douceur d'une caresse ou d'un baiser...

Jamais il ne se serait douté des trésors de tendresse que renfermait son cœur de soldat!

— Ah çà ! à quoi penses-tu donc ? Je te trouve tout chose ce soir.

Malheureusement, ce bonheur fut de courte durée.

Un jour, une heure suffit pour détruire les rêves dont il berçait sa vieillesse.

A peine livré à lui-même, Henri avait oublié les leçons d'honneur qu'il tenait de son père. — Dès les premiers pas, le pied lui avait glissé ou le vertige l'avait saisi, et, emporté sur la pente fatale, il avait roulé dans l'infamie.

Est-il besoin de préciser la faute commise ?

La chute fut rapide, presque foudroyante, et elle s'accomplit dans des circonstances qui témoignaient d'une perversité aussi redoutable que précoce.

Le général réussit à cacher à tous la honte de son enfant. A prix d'or, il le sauva de l'infamie, et le contraignit à partir pour l'Afrique, lui ordonnant de s'y réhabiliter ou d'y mourir !...

A la suite de cette première épreuve, il eut un moment de calme relatif.

Henri paraissait s'être amendé; aux lettres que M. de Graçay recevait de ses anciens compagnons d'armes, il pouvait croire que son fils tentait de racheter sa première faute... — Mais ce ne fut là qu'un nouveau leurre, et quelques mois plus tard il apprenait que le malheureux venait de disparaître au moment où il allait être arrêté, pour avoir mis en circulation de fausses lettres de change.

L'épouvantable nouvelle le frappa au cœur... Tout espoir était désormais perdu... C'était la ruine et la honte qui le menaçaient et il n'eut plus alors qu'une pensée, celle de vendre le château de Graçay-Chambrun, et d'aller vivre ignoré avec sa fille, dans quelque localité inconnue de l'étranger.

Tous ces souvenirs passèrent en quelques minutes, avec la rapidité de l'éclair, devant l'esprit du général.

L'horreur que lui inspirait le passé n'était rien en comparaison de ce qui se présentait dans le présent, et, sous l'empire de la surexcitation qu'il éprouvait, ses résolutions prirent en quelque sorte un accent implacable et sauvage.

Il se retourna violemment vers les domestiques, que le bruit des détonations avait attirés, et leur indiqua le moribond qui était lourdement retombé sur le sol, et dont la poitrine se soulevait par bonds inégaux sous l'effort du râle de l'agonie.

— Portez ce malheureux au château, dit-il d'une voix brève et sèche; vous enverrez chercher le médecin du bourg et l'on avisera au moyen de le sauver, si c'est possible. Dans un instant, j'irai moi-même m'asseoir à son chevet.

Puis, promenant son regard sombre autour de lui :

— Où est Martial? ajouta-t-il en fronçant le sourcil.

— Martial vient de s'éloigner avec le jardinier, répondit un des valets; ils ont entendu quelque chose du côté du pavillon — et soupçonnant que l'assassin fuyait dans cette direction ils se sont mis à sa poursuite.

Une lueur éclaira le regard du général.

— Bien! c'est bien! répondit-il; allez, mes amis; exécutez ponctuellement les instructions que je viens de vous donner et dans quelques minutes je serai rentré au château.

Les domestiques s'empressèrent de se conformer aux ordres de leur maître; un brancard fut aussitôt installé par leurs soins, et ils ne tardèrent pas à s'éloigner emportant leur sinistre fardeau.

Le général avait suivi tous ces préparatifs avec intérêt... mais dès qu'il eut vu les hommes disparaître, il se redressa de toute la hauteur de sa taille, et secouant le front, il s'élança à la recherche de Martial.

Son cœur se gonflait dans sa poitrine, sa respiration était haletante; il marchait d'un pas résolu et ferme.

De temps à autre, pourtant, il s'arrêtait brusquement, mordait ses lèvres avec violence, et pressait ses tempes de ses deux mains affolées...

— Non! non! balbutiait-il... Plus de pitié... plus de faiblesse!... Il a tué le père... Il ne trouvera plus que le juge implacable et terrible!...

Tout à coup il prêta l'oreille...

Il était arrivé non loin du taillis qui formait comme une ceinture impénétrable au pavillon, et au moment de franchir cette enceinte... il avait entendu une plainte douloureuse suivie d'une imprécation impie!...

La sueur perla à son front, toute sa chair se prit à frissonner...

L'assassin était là, à quelques pas, blessé lui-même, mourant peut-être.

Le pauvre vieillard sentit une terreur sans nom l'envahir.

Mais il n'eut pas la force d'aller plus avant, et attendit anxieux et glacé.

— Qu'allons-nous faire? demanda alors une voix qu'il reconnut pour être celle du jardinier.

— Pardieu! répondit Martial, nous n'avons qu'à le prendre, toi par les jambes, moi par la tête, et nous le transporterons chez M. Henri.

— Et après?

— Après? Eh bien!... tu iras prévenir le général, et nous ferons ce qu'il ordonnera.

Les deux hommes s'éloignèrent alors, et le général comprit qu'ils se dirigeaient vers le pavillon.

Dès lors son hésitation céda bien vite, et il se mit à les suivre, réglant attentivement sa marche sur la leur.

Depuis quelques secondes, son cœur s'était ouvert à un nouveau sentiment, et, chose bizarre! une sensation aussi profonde qu'inattendue l'avait pénétré tout entier.

Ses artères battaient moins vite... sa poitrine respirait moins oppressée... par instants, de singuliers éclairs sillonnaient son regard...

— Mon Dieu! mon Dieu!... disait-il, les deux mains sur ses lèvres... si cela était possible!... si Martial s'était trompé!...

Il se tut.

Le pavillon était devant lui.

On venait d'ouvrir une des fenêtres du rez-de-chaussée, et l'on avait allumé une bougie.

C'était le moment critique!

Le général n'y tint plus, et, refoulant les dernières épouvantes qui venaient l'assaillir, il franchit le seuil de la porte et se précipita dans la chambre où l'assassin avait été déposé.

Ce fut là tout ce qu'il put faire...

Car il eut à peine jeté un regard sur le blessé qu'un immense cri s'échappa de ses lèvres... son cœur se dilata jusqu'à éclater, et il se laissa tomber lourdement sur un fauteuil...

Le blessé... le voleur... l'assassin qui était là... ce n'était pas son fils !

Son ami avait mal vu... Martial s'était trompé !

Henri était innocent de l'odieux guet-apens dont, un moment, il l'avait pu croire coupable !...

La défaillance de M. de Graçay fut du reste de courte durée. Presque aussitôt il revint à la réalité, et repoussant vivement Martial, qui était accouru, il marcha vers le divan sur lequel on avait placé le blessé.

La confiance était rentrée dans son cœur.

La blessure qu'avait reçue le voleur, la célérité avec laquelle on s'était emparé de lui, l'espèce d'anéantissement et de torpeur dans lesquels il restait plongé, tout attestait qu'il n'avait pas eu le temps de dissimuler le produit de son vol, et que le portefeuille soustrait se trouvait encore en sa possession.

C'était le point important.

Ce portefeuille contenait la fortune de sa pauvre et chère Réjane, et à ce moment le général ne voyait rien autre chose.

Le blessé était étendu sur le divan, la tête renversée, les bras pendants le long du corps, les yeux clos.

Sa respiration était calme, et sans la pâleur livide répandue sur ses traits on eût pu croire qu'il ne souffrait pas !...

— Il dort?... fit le général à voix basse, en s'adressant à Martial.

Celui-ci remua la tête.

III

— Je ne pense pas! général, répondit-il. — Seulement, il a perdu beaucoup de sang... et cela l'a affaibli.

— Où est-il blessé?

— A l'épaule.

— Par derrière?

— Précisément.

— Il fuyait alors?

Martial fit un geste singulier, pendant qu'un pli se creusait sur son front.

— Il y a là un mystère que je n'ai pu éclaircir, continua-t-il au bout d'un instant... il est certain que c'est ce misérable qui a dû tirer le premier... il est vraisemblable qu'après avoir tiré il s'est rué sur sa victime pour la dépouiller et c'est alors qu'il a reçu une balle dans l'épaule droite...

— Eh bien?...

— Eh bien ! mon général... voilà où commence l'étrange.

— Explique-toi...

— C'est que je crois pouvoir vous affirmer que la victime n'avait que des pistolets d'arçon, tandis que la balle qui a frappé cet homme est, bel et bien, une balle de revolver.

— Enfin, quelle est la conclusion?

— Je ne conclus pas, mon général ; je pense seulement qu'il y a là quelque chose de bizarre et qui demande à être expliqué, voilà tout.

Une ombre passa, à cette observation, sur le front de M. de Graçay, qui se tourna vers le blessé...

Ce dernier n'avait pas bougé... il conservait son attitude de statue et à peine un œil attentif aurait-il pu surprendre un léger tressaillement sur son visage de marbre.

— Tu ne l'as pas interrogé encore?... demanda M. de Graçay avec un certain tremblement dans la voix.

— Non, mon général, répondit Martial. Seulement, avant de le transporter ici, Anthelme et moi, nous l'avons fouillé.

— Ah !

— Toutes ses poches ont été visitées avec soin.

— Et vous n'avez rien trouvé?

— Rien.

— Mais le portefeuille ! cette fortune que rapportait Georges ! Ah ! vous avez mal cherché, et je veux moi-même...

Quelque répugnance que lui inspirât l'acte auquel il allait se livrer, le général se pencha aussitôt sur le blessé, et il se disposait à procéder à une perquisition rigoureuse, quand il recula effaré et terrifié devant le spectacle qui s'offrit à son regard.

Un rire sec et nerveux venait d'éclater dans la chambre, et l'assassin, pâle comme un spectre, les sourcils contractés, la lèvre tordue par un horrible rictus, s'était levé sur son séant :

— Ah! vous pouvez me fouiller, prononça-t-il avec cet accent intraduisible que l'on n'entend guère que dans les plus mauvaises banlieues de Paris ; la besogne a été faite déjà... mais si le cœur vous en dit... vous pouvez y aller tout de même !

Le général ne répondit pas...

C'est à peine s'il avait entendu !...

Tout entier à l'effarement qui s'était emparé de lui, son esprit tournoyait comme pris de vertige... c'était quelque chose qui ressemblait à un épouvantable cauchemar ; il se sentait glisser sur une pente qui l'emportait malgré lui vers des abîmes faits de ténèbres, hantés par des hallucinations faites de fièvre ou de folie.

Jamais il n'avait rien éprouvé de pareil... jamais non plus il n'avait vu se dresser devant lui une aussi effrayante apparition.

Figurez-vous une tête hideusement convulsée, ombragée de. cheveux roux qui masquaient en partie le front, et appuyée sur un cou énorme et un dont les veines étaient gonflées outre mesure. Une barbe inculte et, pour ainsi dire, hérissée, tranchant sur le ton blême des joues; puis, au milieu de tout cela, deux petits yeux ardents et vifs, d'une mobilité insaisissable et dont les paupières battaient après chaque éclair qu'ils lançaient.

D'où venait cet homme?... de quel monde s'était-il échappé?.. à quel cercle des enfers sociaux appartenait-il?

Le général, qui n'avait jamais lu que la loyauté et l'honneur sur le visage des soldats qu'il commandait naguère, restait comme frappé de stupeur, et il n'osait plus ni faire un geste ni proférer une parole.

— Où suis-je? quel est cet homme? balbutia-t-il enfin au bout d'un instant, comme au sortir d'un rêve.

— Pour ce qui est de. moi, — répliqua le blessé, — on m'appelle Lombard et je serais mal venu à faire mon éloge en un pareil moment. Cependant...

— C'est toi qui as assassiné mon ami?

— Oh! il ne faut pas confondre autour avec alentour, mon général. J'ai tiré le premier coup, c'est vrai. — Mais le second, c'est une autre paire de manches !

— Que dit-il?

— Je m'explique peut-être mal, mais le cœur y est...

Un nuage de sang passa devant les yeux du général, à ces paroles ironiques, et il s'oublia jusqu'à saisir avec emportement le bras du misérable.

— Ah! tu railles! s'écria-t-il d'un ton saccadé et violent ; mais je te livrerai à la justice... je t'enverrai au bagne, à l'échafaud... entends-tu bien !... et si tu ne parles pas... si tu ne dis pas ce que tu. as fait du portefeuille que tu as volé...

Lombard cligna de l'œil, haussa les épaules et fit entendre une sorte de doux gloussement.

— Eh! eh!... vous demandez des renseignements?... interrompit-il d'un ton goguenard ; eh bien! le bureau est ouvert, et vous pouvez passer au guichet... d'ailleurs... la chose est simple comme bonjour, et un enfant saisirait... mais il ne faut pas faire le méchant... car je puis vous être non moins utile que désagréable...

Et comme son interlocuteur le regardait interdit :

— Moi, continua-t-il du même ton, je sais comprendre toutes les délicatesses du sentiment, et je ne ferai rien qui puisse ajouter à la douleur d'un père. On a eu aussi des enfants, quoi !... Toutefois il est bien convenu que ce sera donnant donnant, et que si je me tais vous aurez pour mon silence tous les égards qu'il mérite.

— Ah! parle! parle!

— Voici la chose... — Vous avez entendu deux coups de feu, n'est-ce pas!

— Oui... oui... Après?

— Le premier, c'est moi qui envoyais une balle à votre ami, et j'aurais mauvaise grâce à le nier ; mais le second ! c'était mon *copain*, qui, après avoir vu tomber l'homme au portefeuille, brûlait de me refroidir, pour profiter seul du fruit de l'assassinat.

— Tu avais donc un complice?

— Un enfant, mon général, un enfant sur lequel je fondais les plus légitimes espérances, et qui m'a indignement trompé.

— Et il s'est enfui?

— Sans laisser son adresse... ni dire s'il reviendrait!

Un éclair de joie sillonna le regard de M. de Graçay qui se tourna vers Martial :

— Tout espoir n'est donc pas perdu! s'écria-t-il aussitôt. Martial... tu vas courir chez le juge de paix... Le voleur n'a pu se diriger que vers la Suisse, et en télégraphiant dans cette direction on l'arrêtera avant qu'il ne franchisse la frontière !... Va, ne perds pas de temps... et songe que c'est la fortune de ma pauvre Réjane qu'il s'agit de sauver !

Lombard eut un geste de tendre compassion.

— Là! là! objecta-t-il, prenez garde, mon général ; ne mettez pas tant de précipitation dans vos actions... car peut-être vous repentiriez-vous d'avoir aidé vous-même à faire arrêter le coupable.

Le général sentit, à cette insinuation, son sang se figer dans ses veines... et toutes les terribles pensées qu'il était parvenu à chasser revinrent en foule assiéger son esprit.

— Quel est donc ce complice ?... balbutia-t-il d'une voix qui s'étranglait dans sa gorge.

— Je croyais que vous l'aviez deviné! repartit Lombard, mais si vous désirez que je vous le nomme...

— Tais-toi!...

— Alors, vous y êtes.

— Lui!... lui !... lui !...

Il y eut un moment de silence.

Le général se taisait, atterré et confondu, — et Martial, les mains tendues vers le blessé, se disposait à comprimer ses lèvres, pour l'empêcher de prononcer une parole de plus.

Lombard s'étendit nonchalamment sur le divan.

— Du reste, dit-il avec calme, je n'ai pas voulu vous prendre en traître... et j'espère que vous m'en saurez gré !... Je pouvais tout compromettre en jabotant avec la justice... il me suffisait de dire un mot, pour que le petit allât passer quelques années sur le quai de Toulon ou dans les *îles du Salut*, dont le climat est fort malsain... Rien qu'à cette idée, je me suis senti ému. — Une perte d'argent, ça se répare ; tandis que l'honneur, ça se raccommode difficilement... D'ailleurs l'enfant est jeune... il peut se repentir et revenir au bien... j'ai réfléchi à tout cela... et voilà ce que je vous propose...

Les deux hommes relevèrent la tête et écoutèrent.

— J'ai reçu une balle dans l'épaule, poursuivit Lombard d'un ton plus sec et plus ferme. La blessure n'est pas mortelle, et avec des soins attentifs la guérison est certaine ; — c'est une affaire de quelques jours. Le général ne refusera pas de me garder chez lui jusque-là !... et une fois sur pied, dès qu'il m'aura rendu à la vie et à la santé, il me donnera un billet de mille pour m'aider à gagner l'étranger. Cela arrange tout le monde, et j'ajoute que jamais plus on n'entendra parler de Lombard ni de son complice.

Le général avait écouté, le cœur haletant, l'œil ardent, les mains crispées.

Le rouge de la honte, la pâleur de la colère montaient alternativement à ses joues altérées ; une résolution inattendue éclairait ses traits ; il se pencha sur son interlocuteur.

— Ainsi, voilà tout ce que tu as trouvé ? dit-il d'une voix acérée. — C'est par ce moyen que tu espères échapper au châtiment que tu as encouru ?

— En auriez-vous trouvé un meilleur ? demanda Lombard avec ironie.

— Il y en a un.

— Lequel ?

— Nous voici seuls à cette heure, dans ce pavillon isolé, où nul ne nous regarde ni ne peut nous entendre ! Et s'il me prenait fantaisie de te rendre muet à jamais ; si, usant des armes dont tu t'es servi toi-même, j'ordonnais à Martial de débarrasser une bonne fois la société d'un misérable tel que toi, crois-tu que la justice me demanderait compte de mon action, et qu'une voix humaine s'élèverait pour crier vengeance en ta faveur ?

— Ah ! vous ne feriez pas cela !... balbutia Lombard subitement épouvanté.

Et comme il se soulevait de nouveau, il aperçut le garde qui venait d'armer son fusil.

— Général, continua-t-il, ce serait un meurtre odieux !... vous ne frapperez pas un homme sans défense... vous ne commettrez pas un pareil crime !

Le général écarta l'arme de Martial dont le canon s'abaissait déjà vers Lombard. Il était revenu au calme et à la raison.

— Non ! dit-il avec effort... non ! mon bon Martial... n'excédons point notre droit... et laissons à Dieu le soin de juger et de punir !...

Puis, pressant une dernière fois son front de ses deux mains, il gagna la porte à pas rapides, et disparut dans la direction du château.

La porte de la ruelle s'était ouverte tout à fait, un homme était descendu dans la
rue Basse-du-Rempart. (Page 29).

L'événement qui venait de s'accomplir donna lieu dans le pays à bien des
commentaires ; pendant quelques semaines, on en parla avec animation et chacun
tenta de pénétrer le mystère dont cette affaire était enveloppée.

Mais nul n'y réussit, et la justice elle-même, dépistée par les réponses de
Martial et celles du général, pressentant vaguement quelque chose d'inusité et
de supérieur dans ce meurtre dont les auteurs avaient disparu comme par
miracle, la justice elle-même, disons-nous, renonça à faire la lumière sur ces
ténèbres, et abandonna ostensiblement les poursuites.

Du reste, un autre sujet presque aussi mystérieux vint bientôt offrir une nouvelle pâture à la curiosité publique.

Un mois s'était écoulé.

Un matin, vers cinq heures, un omnibus du chemin de fer quitta le château de Graçay-Chambrun, emportant le général, sa fille Réjane et le garde Martial.

A une demi-lieue environ, sur la route qui conduit à la station du chemin de fer, il y a une montée du haut de laquelle on peut embrasser d'un coup d'œil tout le pays environnant.

Arrivé là, le général était descendu de voiture avec Réjane et Martial.

Puis le père et l'enfant s'étant tournés une dernière fois vers le château qu'ils abandonnaient, ils étaient restés un moment attendris et muets, n'osant se communiquer toutes les pensées qui emplissaient leur cœur.

Enfin le général remua rudement la tête, prit les mains de sa fille, et l'attira doucement dans ses bras.

— Nous nous en allons vers un avenir incertain. — Ma pauvre et chère Réjane, dit-il avec un sanglot, emporte l'image impérissable de la demeure où se sont écoulées les belles années de ton enfance... et tâche de puiser, dans ce souvenir, le courage d'affronter les épreuves que te réserve peut-être la vie nouvelle où tu vas entrer...

Alors il embrassa follement le front de la jolie enfant, et l'entraîna vers la voiture qui les attendait à quelques pas.

Une demi-heure plus tard, ils serraient les mains de Martial, qui sanglotait, et montaient dans le train de Paris.

PREMIÈRE PARTIE

CINQ ANS APRÈS

I

« Hier mercredi, vers quatre heures du matin, le vicomte Gontran d'Épernon, regagnant l'appartement qu'il occupe rue de la Chaussée-d'Antin, a trouvé dans les environs de la rue Basse-du-Rempart un homme baigné dans son sang et qui ne donnait plus signe de vie.

« L'alarme a été donnée aussitôt : deux sergents de ville se sont empressés d'accourir, et assistés par M. le docteur Duplan, que l'on avait envoyé chercher, ils ont pu procéder aux premières constatations.

« La victime est un nommé Bocquillon, individu fort suspect, de mœurs douteuses, depuis longtemps surveillé par la police, et qui était signalé pour ses habitudes invétérées d'intempérance.

« Chose singulière!... au moment où on l'a fouillé, il portait dans la poche gauche de son gilet deux pièces d'or à l'effigie de Louis XVIII.

« On suppose qu'il se sera pris de querelle avec quelques vagabonds, gens dont il faisait sa société ordinaire; qu'une rixe aura eu lieu, et que ses adversaires épouvantés auront pris la fuite, sans même tenter de le voler.

« La justice informe, et nous ferons prochainement connaître à nos lecteurs le résultat de ses investigations. »

Ce fait divers paraissait le matin du 21 décembre 1865 dans un des journaux judiciaires les mieux accrédités de la capitale; mais le ton avec lequel il était rédigé empruntait un tel accent d'indifférence, et le journal paraissait porter une si faible sympathie aux assassins et à la victime, que la curiosité publique s'émut fort peu de l'événement, et nous n'eussions nous-même jamais songé à relever l'article en question, si des considérations toutes particulières ne nous en avaient imposé l'obligation.

Les circonstances à la suite desquelles s'était accompli ce meurtre, en appa-- rence banal, tiennent, en effet, si étroitement au récit que nous entreprenons d'écrire, quelques-uns de nos principaux personnages y ont pris indirectement une part si effective, que nous ne croyons pas pouvoir nous dispenser de les rela- ter dans tous leurs détails.

Voici donc comment les faits s'étaient passés, et le lecteur verra à quel point le bizarre se mêle ici à l'imprévu et à l'invraisemblable.

On était au 19 décembre 1865.

Onze heures venaient de sonner : une circulation active animait le boulevard ; et dans l'espace compris entre la porte Saint-Denis et la rue de la Chaussée- d'Antin, c'était un mouvement de voitures, une cohue, un tapage, un grouille- ment excessif que l'on ne rencontre qu'en cet endroit, et dont on demanderait vainement l'équivalent aux autres capitales de l'Europe.

En ce moment, un coupé venant de la Madeleine au trot allongé d'un magni- fique alezan tourna tout à coup le boulevard et, ralentissant son allure, vint s'ar- rêter à la porte de l'Eldorado.

Un homme sauta aussitôt de l'intérieur, ordonna au cocher de l'attendre, et se mit à arpenter le trottoir de long en large.

Cela dura un quart d'heure à peine, au bout duquel une jeune femme, enve- loppée frileusement dans un ample manteau de fourrures, sortit du célèbre éta- blissement lyrique, suivie par une sorte de voyou qui portait un énorme bouquet de camélias, et se précipita vers le coupé dont le promeneur s'était empressé d'ouvrir la portière.

Alors la jeune femme prit place dans la voiture ; l'homme s'assit à ses côtés, et après avoir jeté une pièce de monnaie à l'officieux porteur du bouquet :

— Place de la Madeleine, 3, dit-il au cocher.

Le coupé disparut comme un trait.

La jeune femme était la jolie *Brin-de-Tulle*, fort connue et très recherchée dans le monde de la galanterie. L'homme était tout simplement M. Charles Car- dinet, un coulissier, moins recherché peut-être, mais à coup sûr tout aussi connu sous les colonnes de la Bourse de deux à trois heures, et sur le boulevard des Italiens de neuf à dix.

Le coupé brûlait le pavé avec une rapidité vertigineuse ; déjà il avait dépassé le faubourg Montmartre, lorsque Brin-de-Tulle, qui était restée jusque-là plon- gée dans une sorte de rêverie inquiète, se dressa du coin où elle s'était accotée, et se tourna avec un sourire vers le jeune homme qui l'accompagnait.

— Tout de même, dit-elle, tu es gentil d'être venu me chercher... C'est mon dernier jour à l'Eldorado... demain, je suis libre de tout engagement, et je ne me sens pas, vois-tu, en songeant que je ne remettrai plus les pieds dans tous ces *bouis-bouis*.

— Cependant... objecta le coulissier d'un ton ironiquement timide.

— Ah! voilà! s'écria la jeune femme, les hommes sont tous les mêmes. Dès que nous les admettons dans notre intimité, ils ne veulent plus croire à notre talent! Si tu avais vu cependant le succès bœuf que j'ai obtenu ce soir?

— Vraiment?...

— C'était du délire... on m'a rappelée, couverte de fleurs... C'est le directeur qui faisait un nez!

— Enfin, que vas-tu faire? Tu as voulu rompre; je t'avais conseillé de patienter! — Et maintenant?...

— Maintenant, — interrompit vivement Brin-de-Tulle... — Veux-tu que je te dise ce qui est arrivé?

— Oui, je veux que tu me le dises.

— Une chance inespérée, — mon petit, — des propositions comme on n'en ferait pas à Schneider.

— Parle! parle!

La jeune femme n'eut pas le temps de répondre. — La voiture venait de s'arrêter devant le n° 3 de la place de la Madeleine.

Cardinet offrit la main à Brin-de-Tulle, et pendant qu'elle s'éloignait pour gagner l'entresol où elle demeurait, il la suivit, portant à son tour le bouquet qui était là comme un éclatant témoignage du triomphe qu'on avait fait à la jeune chanteuse.

Un instant après, ils pénétraient tous les deux dans le délicieux boudoir de la jolie pécheresse...

Un bon feu pétillait dans la cheminée; dix bougies allumées répandaient une vive lumière dans la pièce; Brin-de-Tulle jeta à la hâte son manteau aux mains de sa camériste, et, s'étant assise, elle présenta ses pieds à la flamme du foyer.

Brin-de-Tulle avait des épaules divines et des pieds adorables.

Mais, pour le moment, Cardinet ne prenait garde ni à ses pieds ni à ses épaules.

Le bouquet qu'il avait déposé sur un meuble de Boule absorbait toute son attention.

— Il n'est venu personne encore? demanda alors Brin-de-Tulle à sa femme de chambre.

— Non, madame, répondit celle-ci.

— Bien!... S'il vient quelqu'un avant que je ne sois là, vous ferez attendre, je ne serai pas longtemps.

« Tu sais, continua la jeune femme, je donne une petite soirée... pour fêter ma libération! Les intimes seuls sont invités; — j'espère que tu nous restes?

Et comme aucune réponse n'était faite à ses questions, elle se tourna vivement.

— Ah çà!... à quoi penses-tu donc?... ajouta-t-elle; je te trouve tout chose, ce soir... est-ce que la Bourse a monté?...

— Je crois que oui...

— Et tu es à la baisse?

— En effet.

— Toujours la déveine! faut soigner ça!... moi qui suis à la hausse, j'ai bien envie de me vendre à la Bourse de demain...

Le mot était innocent sans contredit, et la jeune femme n'y avait mis aucune intention. Mais le coulissier n'en eut pas moins un sourire équivoque.

— Décidément tu as quelque chose, fit Brin-de-Tulle d'un ton plus net.

— C'est Adolphe qui t'a remis ce bouquet? interrogea Cardinet comme s'il n'eût pas entendu.

— Certainement, c'est Adolphe... répliqua la jeune femme; mais il était chargé de me le remettre.

— Par qui?...

— Un inconnu!

— As-tu remarqué qu'il contient un billet?

— Sans doute.

— Alors tu l'as lu?

— Cette bêtise!...

Brin-de-Tulle se leva, prit le bouquet, et en retira un billet qu'elle présenta ouvert à Cardinet.

— Lis! dit-elle en même temps; et quand tu auras lu tu me diras ce qu'il faut que je fasse.

Cardinet lut ce qui suit:

« Ma chère enfant,

« J'apprends que vous êtes libre, et qu'aucune proposition ne vous a encore été faite... Votre personne et votre talent m'ont depuis longtemps inspiré la plus vive sympathie, et je serais doublement heureux si vous vouliez bien accepter l'engagement que je viens vous offrir.

« Vous seriez attachée, dès ce moment, au théâtre que je commandite; vos appointements seraient fixés au chiffre de deux mille francs par mois, et je ne doute pas que, mise en vedette, comme il convient à une femme de votre beauté et à une artiste de votre mérite, vous n'arriviez rapidement à la place à laquelle vous avez droit.

« Vous recevez, ce soir, quelques amis; l'un des miens, qui est aussi des vôtres, veut bien me présenter. Permettez-moi d'espérer que vous ferez bon accueil à une démarche qui m'est inspirée par un sentiment que je serais heureux de vous faire partager. »

— Eh bien? fit Brin-de-Tulle quand Cardinet eut fini de lire.

— Eh bien! répondit ce dernier, la lettre est peut-être un peu longue, mais elle ne pèche pas par excès d'obscurité.

— Il n'y a que la signature qui manque.

— Bah! et cette couronne de baron? et ces initiales S. de S...? que faut-il de plus? — Vous m'auriez donné une bien mauvaise idée de votre perspicacité si je pouvais douter que vous ayez deviné.

— Alors vous croyez que c'est...

— Le baron Sosthène de Simier, parbleu !

— Et que pensez-vous de ses propositions?

Ainsi que le lecteur le remarquera, par un effet naturel et logique de l'impression qu'avait dégagée chez les deux jeunes gens la lecture de la lettre, ils avaient l'un et l'autre renoncé au tutoiement sans, pour ainsi dire, s'en apercevoir.

— Je pense, ma chère amie, répondit Cardinet, que vous auriez tort de négliger ces offres. Le baron est fort jeune, très riche, et on m'a dit quelquefois qu'il vous aimait... Cela est plus sûr que de jouer à la Bourse.

— Alors vous m'engagez?...

Cardinet ne répondit pas tout de suite.

Tout en parlant, Brin-de-Tulle avait tourné vers lui ses belles épaules inondées d'une lumière vaporeuse et tendre et avançait sa jambe dont la flamme éclairait les lignes exquises.

Un frisson courut sur sa peau, et un regret glissa peut-être sur son cœur.

Mais ce fut rapide et fugitif comme un éclair; presque aussitôt il reprit possession de lui-même et tendit la main à la jeune femme.

— Nous sommes des gens pratiques, nous deux, dit-il alors d'un ton désormais fort calme... tu veux faire fortune, moi aussi, et l'honnêteté est ici d'accord avec notre intérêt. Suis donc ton inspiration... et ne crains pas de blesser mon amour-propre...

— Enfin, que faut-il faire? interrogea Brin-de-Tulle.

— Le baron va venir?

— Je le crois.

— Dis que tu l'espères.

— Je dirai ce que tu voudras...

— Il te parlera de la demande qu'il t'a adressée; si tu veux suivre un bon conseil... remets à demain la réponse que tu auras à lui faire.

— Est-ce tout ce que tu demandes?

— C'est tout.

— Il sera fait comme tu le désires.

Cardinet baisa la main qu'on lui avait abandonnée, et alla prendre son chapeau.

— Tu pars? fit la jeune femme.

— Je viens d'entendre le timbre de l'antichambre, répondit Cardinet, ton monde arrive... je ferais peut-être triste figure au milieu de cette petite fête, et j'entends n'être importun à personne.

— Mais tu ne m'en veux pas?

— Allons donc!

— Je te reverrai...

— Quand tu seras ruinée — ou quand j'aurai fait fortune.

Il pouvait être une heure, — la nuit était claire et fraîche, et Cardinet avait besoin de respirer... Il partit.

Une fois sur le boulevard, il consulta sa montre.

— Le rendez-vous est indiqué pour une heure et demie, dit-il, le sourcil contracté... j'ai encore le temps de rentrer. — Voilà la première fois que je me sens ému... Que peut me vouloir cet homme?... Quel est-il?... Que dois-je attendre de cette aventure?...

Tout en songeant de la sorte, il s'était mis en marche vers le boulevard des Italiens.

Or, à cette même heure, trois jeunes gens sortaient du café Riche, et bien que chacun d'eux eût son coupé qui stationnait à la porte de la rue Le Peletier, ils s'éloignèrent à pied, le cigare aux lèvres, dans la direction de la Madeleine.

II

Des trois jeunes gens dont nous venons de parler, le plus jeune, à peine âgé de vingt-cinq ans, appartenait à la classe de ces privilégiés qui n'ont eu qu'à naître pour être heureux; son père, le baron de Simier, lui avait laissé en mourant, six millions gagnés dans l'industrie métallurgique, et le jeune Sosthène jouissait depuis trois années d'un revenu qui dépassait souvent trois cent mille francs.

Il faisait, du reste, de sa fortune un emploi auquel il y avait peu à reprendre.

Il commanditait bien, il est vrai, quelques-uns de ces théâtres où l'art est médiocrement honoré, et entretenait avec les notoriétés du tour du Lac des relations assidues dont le caractère n'était point précisément licite, mais son esprit légèrement borné se doublait d'un cœur que l'ambition ou la vanité n'avait jamais troublé; et ses amis lui pardonnaient volontiers son insuffisance en faveur de sa simplicité expansive, qui n'était point sans charme.

Le second s'appelait le vicomte Gontran d'Épernon.

Vingt-sept ans au plus; grand, élancé, bien pris dans sa taille; avec une moustache qui estompait sa lèvre fine et des cheveux noirs qui encadraient un front pur et fier.

Comme il passait devant le tableau voilé de deuil, il ralentit le pas et salua à la manière arabe.

Gontran était un gentilhomme de race, et s'il donnait à la vie parisienne cette part d'activité et de sensation que la jeunesse dépense avec une si folle prodigalité, il gardait intact le trésor de chastes aspirations et d'affections sereines qu'aucune fréquentation malsaine n'avait pu entamer.

Quant au troisième personnage, il différait essentiellement des deux premiers.

Il était le plus âgé et comptait un peu moins de trente ans. Il portait les cheveux coupés ras sur le front, une barbe fauve qui descendait en pointe sur sa

poitrine, et de son visage on ne voyait bien que ses deux yeux verts dont la mobilité eût paru effrayante, si elle n'avait été tempérée par une grande douceur
d'expression.

On l'appelait Beverley... Anglais d'origine, il habitait Paris depuis dix années.

C'était un original, — ce que de l'autre côté du détroit on appelle un *excentric man*.

Il avait beaucoup connu le baron de Simier, et c'est à la mort de ce dernier
qu'il s'était lié avec Sosthène.

Gontran le connaissait depuis fort peu de temps. Mais, dès les premiers jours,
il s'était senti attiré vers lui par une vive sympathie.

C'est que ce Beverley était une individualité des plus singulières.

Esprit pénétrant et vif, primesautier et bizarre, à la fois fantasque et logique,
rien n'était curieux comme de le voir quitter parfois l'étroit sentier d'une conversation banale, pour se lancer brusquement, et sans transition apparente, dans le
champ infini d'observations imprévues, souvent profondes, au-dessus duquel son
esprit évoluait avec une altière et souveraine envergure.

Son passé, comme son présent, était d'ailleurs couvert d'un voile que nulle
main indiscrète n'avait soulevé encore.

Tout ce qu'on savait de lui, c'est qu'il habitait du côté de la rue de Varenne
un petit hôtel d'où il ne sortait guère que la nuit, et qu'il y vivait seul, entouré
de quelques domestiques qui ne tarissaient pas d'éloges sur sa bienveillance et
sa générosité.

Et cependant, à voir le pli sombre qui creusait son front, nul ne doutait que
ce ne fût là la trace visible et ineffaçable de quelque déchirement intérieur et
qu'il n'y eût dans la vie de cet homme un de ces secrets terribles qui usent lentement ceux qui les portent, jusqu'à ce qu'ils les tuent !

Les trois jeunes gens marchèrent quelque temps, sans échanger une
parole.

Le vicomte d'Épernon surtout paraissait soucieux, et de temps à autre il
jetait un regard furtif à Beverley.

— J'espère, dit-il tout à coup, en se tournant franchement vers ce dernier,
que vous ne nous en voulez pas des indiscrétions que nous avons commises;
c'est la première fois que nous vous entendons parler avec cet abandon, et vous
nous connaissez assez, Sosthène et moi, pour être certain que vous ne pouviez
mieux placer vos confidences.

Beverley regarda le vicomte avec étonnement et haussa légèrement les
épaules.

— Des indiscrétions, des confidences ! répéta-t-il avec un sourire ironique ;
plaisantez-vous, mon ami, et qu'ai-je dit qui puisse autoriser l'emploi de pareilles expressions ?

— Vous vous êtes montré, ce soir, plus expansif que vous ne l'êtes d'habitude.

— C'est possible.

— Vous avez soulevé, pour nous, un coin du voile qui cache votre existence.

— Vraiment!

— Et s'il vous déplaisait que nous gardassions le souvenir de cette nuit...

Beverley eut un ricanement.

— Allons donc, interrompit-il vivement, vous êtes un cœur excellent, mon cher d'Épernon, et votre amitié a des pudeurs qui lui communiquent un charme de plus. — Mais ne craignez rien! quoique nos âges se touchent, nous sommes séparés par un monde de sensations que vous ne soupçonnerez probablement jamais!... Vous avez peu vécu encore, mon ami; moi, au contraire, je suis entré vieux dans la vie : si j'ai été tenté quelquefois de remercier Dieu de ma pénible et douloureuse expérience, c'est qu'elle m'a appris le respect que l'on doit à l'innocence et au bonheur des autres.

— Vous avez souffert? interrogea Gontran avec intérêt?

— La vie est faite surtout de hasard et d'inconnu, répliqua Beverley, et nul, que je sache, n'a pénétré encore la cause mystérieuse qui produit les larmes ou le rire humains!... Savez-vous comment vous mourrez?... Vous êtes-vous expliqué pourquoi vous êtes né? Vous avez reçu en héritage l'éclat de la fortune avec l'honneur du nom... mais ne vous êtes-vous pas dit quelquefois que le hasard pouvait faire des criminels comme il fait des heureux de naissance?

— Mon ami!

L'œil de Beverley lança un éclair et sa voix prit un accent plus amer.

— Qui s'occupe de cela? qui s'y intéresse?... poursuivit-il; moi seul, sans doute, et pourquoi aurais-je la prétention d'y arrêter votre pensée? Tout ce que vous savez de moi, tout ce que vous en devez savoir, c'est que j'occupe dans votre société une situation exceptionnelle, qui ne me permet d'y vivre qu'à la condition de garder éternellement mon masque... Ai-je à me plaindre d'ailleurs? — Dans une ville où tout se vend, je possède une fortune qui me donne le droit de tout acheter... Et puis il y a mieux... depuis quelques années, à cette pensée obstinée qui pesait incessamment sur mon esprit, j'ai trouvé un dérivatif puissant.

— Lequel?

Beverley répondit par un rire nerveux.

— J'ai découvert un aliment à ma curiosité, dit-il d'un ton ironique, une chose insensée, invraisemblable, puérile... qui peut être comparée à ces jeux que l'on donne aux enfants pour exercer leur patience!

— Vous voulez rire?

— N'en croyez rien! je n'ai jamais été plus sérieux, — et je vous le prouverai le moment venu.

« Toujours est-il que j'ai lu, étudié, observé, — et à l'heure où je vous parle il n'est pas un mystère de votre capitale que je n'aie pénétré, pas une individualité sur laquelle je ne puisse vous donner les renseignements les plus complets. — C'est peut-être là une chose indigne d'un esprit élevé, — mais ce dérivatif a provoqué en moi une véritable passion et je ne mépriserai jamais une science qui m'a rendu un tel service !

Tout en causant de la sorte, les trois jeunes gens étaient arrivés à la hauteur du restaurant Bignon, et ils venaient de franchir la rue de la Chaussée-d'Antin, quand un homme qui marchait en sens opposé passa à côté de Beverley.

— Bonsoir, Cardinet ! dit ce dernier en envoyant un geste amical au passant.

— Beverley !... murmura le coulissier en rendant le salut.

— Où allez-vous donc ainsi ?

— Je rentre.

— J'espérais vous rencontrer chez Brin-de-Tulle.

— Vous y allez ?

— Je dois lui présenter un de mes amis, M. le baron Sosthène de Simier, qui aurait été heureux de faire votre connaissance.

Cardinet s'inclina tout en jetant un long regard au jeune Sosthène.

— Je le regrette vivement, répondit-il... mais je compte être plus heureux une autre fois.

— Soit ! je ne vous retiens pas... bonsoir !

— Et bonne chance !

Cardinet s'éloigna.

— Quel est ce personnage ? demanda Gontran dès qu'ils eurent fait quelques pas.

— Un coulissier, répondit Beverley.

— Vous le connaissez ?

— Pas le moins du monde, mais je l'observe

— Pourquoi ?

— Parce que Cardinet n'est pas un homme comme un autre.

— A quel signe particulier avez-vous deviné cela ?

— Oh ! à tout et à rien... pour ceux qui, comme moi, savent regarder les choses et les hommes, c'est instinctif...

— Alors vous croyez...

— Je suis sûr que ce n'est pas là une nature banale et vulgaire.

— Il a un mauvais regard.

— Le cœur est encore plus mauvais que le regard.

— Et vous en concluez ?

— Qu'avant un an Charles Cardinet sera un des plus heureux banquiers de Paris, ou qu'il enrichira la collection de nos coquins célèbres.

Gontran fit un geste étonné.

— Et vous fréquentez ces gens-là! dit-il sur un ton dédaigneux.

— Bah! Vous savez ce qu'a écrit Balzac : « Si l'on n'allait que chez les gens que l'on estime, il y a des jours où on ne rentrerait pas chez soi! »

Gontran allait répliquer, mais Beverley mit un doigt sur ses lèvres, et entraîna ses deux compagnons derrière un de ces pavillons que l'administration des Petites-Voitures a élevés de distance en distance, sur les boulevards, pour abriter les gardiens préposés à la surveillance des cochers.

A quelques pas, la rue Basse-du-Rempart creusait un sillon ténébreux, dans lequel s'ouvrait, comme un trou béant, l'ouverture d'une ruelle déserte et sinistre, où la lune jetait en ce moment quelques rayons blafards.

— Ah çà! que signifie?... commença le vicomte d'Épernon.

— Cela signifie, répondit Beverlay à voix basse, que, pour un néophyte, vous avez une chance qui ne se présente que rarement dans la vie d'un noctambule de profession.

— Expliquez-vous.

— Je m'en garderai bien!... Seulement regardez dans la ruelle en face.

— Qu'y a-t-il?

— Ne voyez-vous pas une petite porte qui vient de s'ouvrir, et une tête d'homme qui se présente juste dans un rayon de lune?

— En effet...

— Depuis un mois, c'est la seconde fois que je vois le même phénomène s'accomplir...

— Quel est cet homme?

— Je l'ignore.

— De quelle maison sort-il à cette heure et avec tant de mystère?

— Je n'ai pu le découvrir encore. — Mais si vous voulez faire silence et vous dissimuler derrière ce pavillon, nous saurons bientôt à quoi nous en tenir.

Gontran fit ce qu'on lui conseillait; les trois jeunes gens s'effacèrent dans l'ombre, et pendant quelques secondes ils attendirent, attentifs et curieux.

Alors un spectacle singulier s'offrit à leurs regards.

III

La porte de la ruelle s'était ouverte tout à fait, et un homme était descendu dans la rue Basse-du-Rempart, enveloppé dans un ample vêtement de fourrures dont le collet était relevé par-dessus ses oreilles, plutôt pour cacher son visage que pour le garantir du froid.

Il allait à pas rapides, jetant, à droite et à gauche, des regards furtifs, comme s'il eût redouté d'être vu, et il ne reprit une marche assurée et calme que lorsqu'il atteignit le boulevard.

— C'est quelque vieillard en bonne fortune, murmura Gontran.

— Oh! que non pas, repartit Beverley; le vieillard amoureux a des allures qui lui sont propres; il apporte dans ses fredaines presque autant de vanité que de sentiment, et l'idée qu'il peut être surpris ne ferait qu'ajouter un excitant à son plaisir...

— N'avez-vous pas eu tout au moins la curiosité de visiter le nid d'où il sort?

— Je n'y ai pas manqué.

— Qu'avez-vous vu?

— Rien! — et c'est ici le piquant de l'aventure, — une maison inhabitée, — pour mieux dire abandonnée, où il n'y a ni locataires ni concierge.

— Voilà qui est bizarre.

— N'est-ce pas?

— Ma foi! j'avoue que je voudrais savoir...

— Allons! allons! vous y viendrez, mon ami; vous avez les principales qualités du noctambule, et je ne désespère pas de trouver en vous un de mes meilleurs élèves. — A bientôt!

— Vous nous quittez?

— Bien que notre homme marche lentement, si je lui laissais prendre trop d'avance je pourrais le perdre de vue.

— Vous comptez donc le suivre?

— Parbleu!...

— Et vous ne voulez pas nous mettre de moitié dans vos investigations?

— Le désirez-vous vraiment?...

— Dame!...

— Eh bien!... n'hésitons pas davantage... et hâtons-nous, car notre homme est déjà loin.

Sur ces mots, Beverley entraîna ses deux amis, et tous trois se lancèrent à la suite du mystérieux vieillard.

Seulement, et pour ne lui inspirer aucun soupçon, ils avaient traversé la chaussée et pris le côté opposé du boulevard.

Le vieillard était à coup sûr bien éloigné de se douter qu'on l'épiait.

Il avait continué sa route à pas lents, serré dans sa longue houppelande, les bras croisés sur la poitrine, évidemment en proie à une préoccupation profonde.

Beverley pouvait donc filer son homme à son aise, — et il ne le quittait pas de l'œil.

Tout à coup il étouffa un cri et saisit avec vivacité le bras de Gontran.

— Qu'avez-vous? demanda ce dernier.

— Notre homme vient de disparaître! — fit Beverley.

— Tiens!... vous avez raison.

— Il est entré au n° 34 du boulevard des Italiens.

— J'ignore si c'est le n° 34 ; mais s'il y est entré, c'est que probablement il y demeure.

— Plaisantez-vous ?...

— Cependant...

— Je connais tous les locataires des immeubles de ce boulevard, depuis le n° 2 jusqu'au n° 38, et il n'en est pas un qui ressemble... ou plutôt... attendez !...

— Quoi ?

— Attendez, vous dis-je... J'y suis !... ce doit être cela !... c'est chez Cardinet qu'il se rend... et, une fois de plus, nous allons pouvoir vérifier l'infaillibilité de la loi des coïncidences.

Gontran regarda son ami, comme si les paroles qu'il venait d'entendre lui avaient fait douter qu'il fût dans son bon sens.

— Ne vous étonnez pas, cher vicomte, continua Beverley qui devina ce qui se passait dans l'esprit de d'Épernon. — Vous êtes novice encore, et vous n'avez pas, comme moi, étudié ces lois mystérieuses, trop peu observées, dont l'influence s'exerce dans l'ordre moral... La curiosité, qui est déjà un sens, développera les qualités que vous possédez à l'état latent, et vous reconnaîtrez bientôt qu'il y a vraiment une préméditation que j'appellerai primordiale, dans ces coïncidences qui semblent, à beaucoup d'esprits, le simple effet du hasard.

Et comme Gontran se taisait, un peu troublé par l'explication inattendue qu'on lui donnait :

— Pourquoi, poursuivit Beverley, aurions-nous croisé cette nuit ce Cardinet auquel nous ne portons aucun intérêt ? pourquoi la rencontre que nous avons faite de ce vieillard inconnu nous aurait-elle inspiré le vif désir de le suivre, si nous n'étions pas destinés, vous, Sosthène ou moi, tous les trois, ou seulement l'un de nous, à jouer un rôle effectif dans cette aventure... Il n'y a pas plus d'effet sans cause qu'il n'y a de cause sans effet.

— Enfin... qu'espérez-vous ? insista Gontran dont l'incrédulité faiblissait...

— Voyez vous-même ! répliqua Beverley.

Et d'un geste vif et prompt il indiqua la maison qui leur faisait face...

— Tout à l'heure, ajouta-t-il, des quatre fenêtres de l'appartement de Cardinet, celle de la chambre à coucher était seule éclairée ! Et voilà que la lumière a présentement disparu de cette chambre, et qu'elle vient de passer dans la pièce contiguë, qui est le salon.

— En effet !

— Le vieillard est allé rendre visite à notre coulissier, — et pour mon compte j'estime qu'une visite... à une pareille heure... de la part d'un tel personnage...

— C'est suspect...

— Nous sommes absolument du même avis... et, quoi que vous décidiez, je suis, moi, bien résolu à ne quitter la place que lorsque j'aurai réussi... à...

Il n'acheva pas.

Pendant qu'il parlait, un nouveau personnage avait tourné le coin de la rue du Helder et s'était arrêté à quelques pas du n° 34.

Beverley fit un mouvement.

— Est-ce encore une coïncidence? — interrogea Gontran avec une pointe d'ironie.

— Vous en doutez?

— Connaîtriez-vous le nouvel acteur qui vient d'entrer en scène?

Un sourire équivoque releva la lèvre de Beverley.

— Mon cher d'Épernon, répondit-il, on voit bien que l'amour que vous inspire mademoiselle Herminie Dalbane absorbe votre pensée, et enlève à votre esprit beaucoup de sa lucidité ordinaire... Mais demandez à Sosthène qui, quoique fort épris de Brin-de-Tulle, n'éprouve pas le même embarras de sentiment, s'il n'a pas déjà nommé le personnage dont nous nous occupons.

— C'est Adolphe! dit le jeune millionnaire.

— Adolphe ou Jules ou Alphonse... continua Beverley; n'exigez pas de lui autre chose qu'un prénom, il lui serait impossible de vous donner davantage; — c'est une de ces individualités très parisiennes, qui vivent sur les marges du Code jusqu'à ce qu'elles roulent sur les bancs de la correctionnelle ou de la cour d'assises... Celui-ci est d'ailleurs un madré : depuis dix ans, je l'ai à peu près suivi dans toutes les phases de son existence agitée; il a commencé par être porteur de contraintes, puis clerc d'huissier, puis marchand de contremarques à la porte des bouis-bouis dramatiques; plus tard, cabotin dans la banlieue; protégeant hier Peau-d'Ane, une grue des Folies-Marigny, aujourd'hui Brin-de-Tulle, une étoile de l'Eldorado; s'élevant ainsi peu à peu, et devenant, tout récemment, directeur du ténébreux office où se fabrique le *papier de Stockholm...*

— Le *papier de Stockholm!* répéta Gontran; qu'entendez-vous par là?

— Oh! ne plaisantons pas avec les choses sérieuses! Un jour, je vous expliquerai le fonctionnement de cet établissement interlope, qui joue un rôle important dans les opérations industrielles et commerciales de la capitale... Mais, pour cette nuit, contentons-nous du problème qui s'offre à nos méditations.

— Espérez-vous donc en trouver là solution?...

— L'intervention de M. Adolphe va nous y aider.

— Comment cela?

— Eh! par la raison toute simple que, connaissant déjà les deux termes de la proposition, je ne pense pas qu'il nous soit difficile d'en découvrir le troisième : étant donnés Cardinet et M. Adolphe... nous devons arriver sans peine à établir l'identité du mystérieux vieillard. Seulement, pour ne pas compromettre le succès de nos observations, si vous le voulez bien, nous ne resterons pas sur l'asphalte.

— Et où irons-nous?

— Là !... là !... cette lumière... Regardez !

— Nous sommes à la porte du Helder, nous donnerons deux louis à Auguste qui ne nous en voudra pas de l'avoir réveillé et à travers les glaces de l'entresol nous pourrons assister à la pièce sans gêner le jeu des acteurs.

La proposition ne rencontra pas d'opposition, et peu après les trois jeunes gens étaient assis à l'entresol du café du Helder.

Du reste, Beverley, avec son instinct de noctambule, ne s'était pas trompé sur l'importance de l'aventure.

Mais, si les choses s'étaient passées tout d'abord comme il l'avait deviné, elles n'avaient pas tardé à prendre une tournure que personne n'eût pu prévoir.

Cardinet était rentré, non seulement fatigué, mais encore fort préoccupé et soucieux.

La situation du jeune coulissier était loin d'être prospère ; depuis deux mois, ses opérations obstinées à la baisse avaient singulièrement ébranlé son crédit ; il devait des sommes relativement considérables, et si quelque heureux coup de Bourse ne venait pas l'arrêter sur la pente où il dégringolait, c'en était fait de lui, et il allait tout droit à l'abîme.

Il *fallait soigner ça!* comme avait dit Brin-de-Tulle, avec cette indifférence que donne à la femme galante le détachement de tout sentiment sérieux...

Cardinet avait beau se creuser l'esprit, il ne trouvait rien.

Seulement, dans la journée, un incident des plus bizarres s'était produit, qui, un moment, lui avait rendu un peu d'espoir.

En rentrant chez lui, vers trois heures de l'après-midi, il avait trouvé une lettre dont le contenu l'avait profondément ému.

« Si vous voulez bien rentrer chez vous, cette nuit, à une heure et demie précise, un homme ira vous trouver, qui peut vous faire demain aussi riche et aussi considéré que M. Dalbane. Ne parlez à personne de cette lettre et soyez exact, si vous tenez à ne rien compromettre. »

Cardinet, qui était un homme positif, eut beau se dire qu'on ne reçoit pas de pareils billets dans la vie privée, et que ce sont là des moyens que l'on n'emploie plus qu'au théâtre où ils sont même passablement usés. Il eut beau se répéter qu'un tel billet ne pouvait être que l'œuvre d'un mystificateur de la coulisse : pendant toute la soirée, il ne cessa de penser à ce rendez-vous, et quand il entendit la demie d'une heure sonner à sa pendule, il était plus ému et plus agité qu'à aucune autre époque de sa vie.

Du reste son trouble et son agitation ne durèrent pas longtemps, car une minute ne s'était pas écoulée qu'un coup de timbre sec et vibrant retentit à la porte de l'appartement.

Cardinet secoua violemment la tête, prit sa bougie, et se dirigea vers l'antichambre d'un pas résolu.

— Qui est là ? demanda-t-il avant d'ouvrir.

— L'homme qui vous a écrit... et que vous attendez...

Cardinet ouvrit la porte... et le vieillard entra.

On ne voyait de son visage qu'un nez fortement vermillonné, et deux yeux dont le mobile éclat s'abritait derrière des verres de lunette de couleur *fumée*.

À peine eut-il fait quelques pas dans l'antichambre que son regard s'appuya clair et ferme sur celui qui lui ouvrait.

IV

— Vous êtes bien monsieur Cardinet ? demanda-t-il, pendant que le coulissier le soumettait, de son côté, à un examen rapide mais sûr.

— Oui, monsieur, répondit ce dernier.

— Et vous consentez à m'accorder quelques minutes d'entretien ?

— Je suis à vos ordres...

Cardinet prit les devants, entra dans un salon dont le meuble n'était rien moins que luxueux et, ayant offert un siège à son étrange visiteur, il s'assit en face de lui.

— J'espère que vous excusez l'hésitation que j'ai mise à vous ouvrir, dit-il alors d'un ton dégagé, mais je croyais presque à une mystification... et, à cette heure...

— Cela se comprend du reste, monsieur, cela se comprend... Généralement vos clients ne viennent pas vous trouver à cette heure indue... et votre hésitation, qui a d'ailleurs été courte, n'a rien que de très naturel.

— J'ajoute, compléta Cardinet, que je ne m'explique même pas encore comment le concierge ne vous a pas fait quelques objections.

Le vieillard se renversa sur son fauteuil.

— Oh ! le concierge dormait profondément, répliqua-t-il, et je me suis gardé de troubler son sommeil.

— Cependant il a dû vous tirer le cordon.

— Nullement.

— Qui donc vous a ouvert la porte ?

— Ceci !

Le vieillard montra une clef au bout de ses doigts.

Cardinet garda le silence, bien que le geste significatif de son interlocuteur eût éveillé en lui un profond étonnement.

Mais le coulissier n'était pas le premier venu ; peut-être avait-il même déjà ses raisons pour ne pas laisser croire qu'il flairait un mystère d'ordre suspect, et il se contenta de s'incliner.

— Au surplus, reprit-il, quel que soit le moyen que vous ayez pris pour vous introduire dans mon domicile, vous voici maintenant chez moi, et dès ce moment je ne vous dissimulerai pas que j'ai hâte de connaître...

— Pourquoi je suis venu ?

— Précisément.

— Vous allez être satisfait.

Le vieillard réfléchit un instant ; puis dardant ses deux petits yeux :

— Il n'est peut-être pas hors de propos, dit-il, de vous apprendre que vous ne m'êtes pas tout à fait inconnu, et que depuis une année je me suis vivement intéressé à tout ce qui vous touche de près ou de loin.

— Vraiment? dit Cardinet.

— Dès la première heure, j'ai eu des vues sur vous; j'avais observé la gêne malheureuse dans laquelle se débattait votre ambition précoce... votre activité, votre audace... luttant contre une malechance obstinée; ma sympathie s'était éveillée en faveur d'une individualité qui cherchait à se faire jour à travers tant de difficultés, et j'ai résolu de savoir d'où vous veniez et où vous alliez...

— Et vous a-t-on édifié sur ces deux points?...

— A bien peu de chose près...

— Voyons donc?...

— D'abord — un état civil sur lequel plane une obscurité salutaire... une jeunesse qui paraît avoir eu ses orages, mais qui s'est habilement préservée de la foudre; un embryon de fortune que la déveine a englouti. Enfin, en dernier lieu, une situation que la menace d'une catastrophe imminente pourrait bien dénouer d'une façon définitive et terrible!

Cardinet accueillit ces paroles avec un sourire ironique.

— C'est à peu près cela, —répondit-il, — et j'aurais mauvaise grâce à contester... Seulement, j'espère bien que mon humilité vous touchera... et que, de votre côté, vous ne refuserez pas de me dire...

— Quoi donc?

— Eh! mais... qui vous êtes?

— Moi!

— Sans doute...

Le vieillard eut un rire qui ressemblait à un ricanement.

— Ah! ah! répliqua-t-il presque aussitôt... vous êtes curieux, maître Cardinet, et je ne déteste pas cela... mais il ne faut pas cependant que la curiosité des autres gêne ma tranquillité...

— Est-ce que je serais indiscret?...

— Un peu...

— Et vous n'êtes pas disposé...

— Je suis disposé à garder l'anonyme... D'ailleurs, une fois le service rendu, qu'importe la main de laquelle on le tient? Refuseriez-vous de recevoir cent mille francs d'un homme qui prétendrait ne vous les remettre qu'à la condition que vous vous laisseriez bander les yeux?...

— Cependant...

— Ne faites pas l'enfant!... Soyez sérieux... écoutez-moi. Vous voulez savoir qui je suis? Eh bien! je suis un homme qui en cherche un autre, — tâchez de me comprendre; — je vous ai suivi, observé, pénétré, et je crois avoir trouvé l'homme que je cherche.

— Monsieur...

— Appelez-moi monsieur, si cela vous dit... mais ce monsieur qui vous parle peut vous faire riche et vous permettre d'atteindre à tous les sommets qui, jusqu'ici, vous ont paru inaccessibles... Ça vous effraye-t-il... et vous sentez-vous toujours en veine de discuter ?

Comme Cardinet ne répondait pas, le vieillard tira de sa poche cinq petits cartons bleutés qu'il déposa sur la table.

Le coulissier le suivait avidement des yeux.

— Chacun de ces petits bibelots, dit-il, représente une valeur nette de cent mille francs ; ils proviennent de la maison Durfort, Claver et Cⁱᵉ de Piccadilly, Londres : la maison est en compte-courant avec M. Dalbane... qui vous payera cela demain à présentation. Dans le cas cependant où une hésitation se manifesterait à ce sujet, vous télégraphierez et la réponse ne se fera pas attendre. C'est donc comme si je déposais sur cette table cinq cent mille francs en billets de banque ou en or battant neuf.

— Et à qui destinez-vous cette somme? demanda Cardinet d'une voix haletante.

— Soyons graves... je n'ai pas de fille à doter, et je suis le premier et le dernier de ma famille : je ne m'occupe que de vous.

— Eh bien?...

— Eh bien ! vous allez ramasser ces amours de cartons, rédiger un reçu en bonne et due forme sur le papier timbré que j'ai apporté à cet effet, et demain vous vous présenterez à la caisse de papa Dalbane.

— Mais que ferai-je de cette somme?

Le vieillard renouvela son petit rire.

— J'aime cette candeur ! approuva-t-il, elle nous présage un avenir d'inaltérable amitié; si vous m'en croyez, vous ne toucherez pas tout le même jour... Vous prendrez cent mille francs pour vous; vous laisserez une égale somme entre les mains de M. Dalbane pour le couvrir dans les opérations que nous ferons par son intermédiaire, et le payement des trois cent mille francs restant pourra être échelonné de semaine en semaine.

— Alors... nous allons jouer ?

— Quelque peu... mais, pas de bêtise... j'ai mes idées là-dessus... et je veux que vous suiviez mes instructions, quand il s'agira d'acheter ou de vendre... Vous trouverez, sous cette enveloppe, des ordres auxquels vous aurez à vous conformer, au moins jusqu'à notre prochaine entrevue.

— Quand vous reverrai-je?

— De temps en temps — on ne peut pas savoir — je viendrai peut-être vous réclamer ma part dans les bénéfices que nous allons réaliser, mais à coup sûr je serai près de vous chaque fois que vous aurez besoin d'argent... Est-ce clair?

— Assurément — et il n'y a qu'une chose qui ne le soit pas.

— Laquelle? ne vous gênez pas.

— Je me demande pourquoi, riche comme vous l'êtes, vous ne jouez pas vous-même...

— Il y a une raison excellente à cela, mais je ne crois pas utile de vous la faire connaître, — tant mieux pour vous si vous devinez! — Et puis... qu'importe... acceptez-vous?

Cardinet s'était mis à rédiger le reçu des cinq cent mille francs, d'une main fiévreuse et le souffle ardent.

Le vieillard le contemplait d'un œil attendri.

— A merveille!... dit-il, en prenant le papier timbré qu'il fit disparaître dans la poche de sa houppelande; — et maintenant une dernière question.

— Parlez...

— Vous allez être riche... tenir un certain rang, fréquenter la haute... comme on dit dans le grand monde... vous ne pouvez rester dans ce bouge et il faut quitter cet appartement.

— Le temps d'en chercher un...

— Je vous ai épargné ce soin.

— Comment?

— L'appartement est trouvé et arrêté... rue de la Chaussée-d'Antin, 19, au premier étage... vingt mille francs de loyer; j'ai payé trois années d'avance... rien que ça... du reste, pas un meuble à acheter... tout est aménagé... bureaux... salons... chambres à coucher... rien ne manque... vous y entrerez demain matin.

— C'est un rêve...

Le vieillard montra du doigt les cartons bleutés.

— Les cinq cent mille francs qui sont là, répondit-il, vous prouveront que nous nageons en pleine réalité.

Et il se leva.

— Vous partez? dit Cardinet, qui craignait que son rêve ne finît dès que le bizarre personnage se serait éloigné.

— Je vous ai dit tout ce que j'avais à vous dire... je n'ai plus rien à faire ici.

— Enfin ne voulez-vous pas me faire connaître?...

Le vieillard s'enfonça la tête dans le col de sa houppelande.

— Pas un mot de plus, dit-il, d'un ton qui devint tout à coup impérieux et bref; ne cherchez pas à farfouiller dans ce mystère. Contentez-vous d'être riche, tâchez d'être heureux, et croyez que vous n'aurez pas deux fois dans votre vie une chance pareille à celle que je vous offre.

Sur ces mots, il fit un brusque geste de la main, gagna la porte, et disparut.

Un moment après, il était sur le boulevard, et allait droit à Adolphe qui n'avait pas quitté son poste d'observation.

— Tu es exact, lui dit-il aussitôt à voix rapide et basse, j'aime cela. Sais-tu quelque chose de nouveau?

— Toujours la même chose, répondit Adolphe.

— Il fait les mêmes dépenses?

— Hier encore, il a envoyé une parure à la petite Peau-d'Ane.

— Bon.

— Faut-il continuer?

— Continue... Je vais être deux jours absent... A mon retour... j'irai te voir.

— Où cela?

— Eh!... à ton caboulot, parbleu !

Et le vieillard s'éloigna, après avoir déposé un billet de cent francs dans la main de son interlocuteur.

Ce dernier contempla un moment le billet avec intérêt, et il allait quitter la place, quand il sentit une main s'appuyer sur son épaule.

Il exécuta un saut de côté.

— Bon! as-tu peur que je ne te vole?... dit alors une voix derrière lui.

V

— M. Beverley! s'écria Adolphe, en reconnaissant celui dont l'attouchement venait de le faire tressaillir.

— Avec qui causais-tu là tout à l'heure?

— On n'a jamais pu savoir.

— Tu ne connais pas ce vieillard?

— C'est invraisemblable, peut-être, mais c'est comme ça.

— Et tu n'as pas cherché?

— A quoi bon?

— Si on te payait bien?

— Ce serait à voir... Vous voulez des renseignements pour bientôt?...

— Pour tout de suite, et je simplifierai la besogne.

— Comment cela?

— Il ne s'agit que de me trouver un homme... sûr... habile à s'introduire la nuit dans les maisons sans locataire et sans concierge. — As-tu mon affaire ?

Au lieu de répondre, Adolphe jeta dans l'air un de ces appels singuliers modulés à la façon d'un signal, et que quelques-uns de nos lecteurs ont dû parfois entendre retentir dans le silence des nuits parisiennes...

— *Pi... huit !...*

Et presque immédiatement déboucha de la rue Louis-le-Grand un homme qui accourut vers l'ex-cabotin et que celui-ci présenta à Beverley.

— Aimé Bocquillon... dit-il en même temps... autrement dit le *Roi des Rossignols.*

Bocquillon salua.

— De quoi... qu'y retourne? demanda-t-il d'une voix enrouée.

Beverley lui tendit deux louis...

— Il s'agit de peu de chose, répondit-il Il y a, rue Basse-du-Rempart, une maison inhabitée, qui porte le numéro 5. Vous allez vous introduire dans cette maison... Vous la visiterez de la cave au grenier, et quand vous rapporterez demain le résultat de vos investigations, vous recevrez une somme égale à celle-ci

— Et il n'y a personne dans la maison?

— Absolument personne.

— Un jeu d'enfant.

— Alors vous acceptez?

— Ne perdons pas de temps... C'est l'affaire d'une heure, et vous verrez comment Bocquillon sait travailler.

Beverley partit suivi à peu de distance par son compagnon.

Il avait quitté ses deux amis auxquels il avait donné rendez-vous chez Brin-de-Tulle où ils devaient se retrouver.

Arrivé à la hauteur de la ruelle, Beverley indiqua à Bocquillon la porte qui donnait accès dans la maison mystérieuse.

Bocquillon haussa les épaules.

— Un jeu d'enfant! répéta-t-il; où faudra-t-il vous porter la réponse?

— Votre ami, Adolphe, vous le dira.

— A demain donc, mon ambassadeur !

— A demain, et ne négligez aucun détail.

Puis ils s'étaient séparés. Bocquillon avait enfilé la ruelle, et Beverley s'était rendu chez Brin-de-Tulle.

Le lecteur a vu comment l'affaire s'était dénouée, et quelle triste fin attendait l'infortuné Bocquillon; nous pouvons donc poursuivre notre récit, sans crainte qu'aucune obscurité reste dans son esprit.

Il y avait à cette époque, à l'angle de la rue de Varennes, un petit hôtel qui, par ses allures mystérieuses, semblait, comme le sphinx de Thèbes, proposer un constant défi à la curiosité des passants.

Un silence mélancolique planait autour de cette demeure ; pour ainsi dire, on n'y voyait jamais entrer personne, et jamais non plus aucun bruit de l'intérieur ne franchissait les murs élevés qui la défendaient...

Si la grande porte de chêne qui donnait sur la rue s'était tout à coup ouverte, on se fût certainement attendu à voir se dessiner au fond de la cour la morne silhouette de quelque fastueux mausolée, — le séjour d'un mort plutôt que l'habitation d'un vivant!

Le matin du jour où avait paru dans la *Gazette des Tribunaux* l'article que nous avons cité plus haut, vers onze heures, une voiture de maître s'arrêta devant l'hôtel silencieux; le valet de pied, qui se tenait à côté du cocher, sauta

— Ah! ne partez pas!... supplia Gontran avec un cri mal étouffé.

aussitôt du siège et s'empressa d'aller sonner à la porte, puis il revint vers son maître.

Ce dernier descendit alors sur le trottoir, franchit la porte qui venait de s'entr'ouvrir, et se dirigea vers un pavillon qui s'élevait à droite de l'entrée et sur le seuil duquel le concierge venait d'apparaître.

— M. Beverley? demanda-t-il d'un ton évidemment habitué au commandement.

Et, en même temps, il présenta sa carte à celui à qui il parlait.

Le concierge salua humblement après avoir lu, et quittant immédiatement la loge :

— Si monsieur le vicomte veut bien se donner la peine de me suivre, dit-il, on va prévenir monsieur.

Le jeune gentilhomme — qui n'était autre que Gontran d'Épernon — suivit son guide, et un instant après il traversait le vestibule de l'hôtel, montait au premier étage, et pénétrait dans une pièce qui était moins un salon qu'un vaste cabinet de travail.

C'était la première fois que Gontran venait chez Beverley, et il ne put se défendre d'un vif sentiment de curiosité en mettant le pied dans l'habitation d'un homme dont la vie lui avait toujours paru pleine de réticences singulières.

La pièce dans laquelle il venait d'être introduit ne présentait d'ailleurs rien de bien particulier.

Une grande table de chêne, au milieu, sur laquelle s'amoncelaient des brochures, des journaux et des livres; des statuettes dans tous les coins, de grands tableaux contre les panneaux, des bahuts à droite et à gauche... de tous côtés enfin un fouillis artistique qui, à première vue, charmait le regard par son harmonieux désordre.

Une chose seule contrastait avec le ton général de l'ameublement ; une chose bizarre, — vers laquelle on se sentait invinciblement attiré et dont on ne pouvait plus détacher les yeux, dès qu'on l'avait remarquée.

Sur le panneau qui faisait face à la porte, il y avait un grand tableau, au cadre d'ébène, sur lequel s'étendait un long voile de crêpe noir !...

Que représentait ce tableau? Un portrait sans doute.

Mais pourquoi ce cadre sombre et ce crêpe noir?...

Gontran sentit un frisson involontaire courir sur sa peau.

Et puis, qui expliquera ce phénomène?

Un moment, il lui sembla que le crêpe noir s'agitait doucement, et que la lueur d'un regard éclairait le funèbre tissu...

C'était une illusion!... sans doute un souffle de brise se jouant dans un rayon de soleil...

Mais il n'eut pas le temps d'analyser la sensation qui le saisit, car au même instant des pas glissèrent sur le tapis du salon, et quand il se retourna à ce bruit il aperçut devant lui un petit négrillon qui montrait ses dents blanches entre deux lèvres de bronze...

— Ton maître m'attend?... demanda le vicomte en allant à sa rencontre.

Le noir enfant remua la tête, où brillaient deux yeux intelligents, et montra sans répondre la porte par laquelle il était entré.

Presque aussitôt, la portière se soulevait, et Beverley s'avança précipitamment et les mains tendues...

— J'ai à m'excuser, dit alors Gontran, d'être venu vous chercher jusque dans votre retraite... mais le motif qui m'amène est assez grave pour me faire pardonner mon indiscrétion.

Beverley serra affectueusement la main du jeune gentilhomme.

— Vous êtes tout excusé, mon ami, répondit-il; à vous, ma porte ne sera jamais fermée; et aujourd'hui même je suis doublement heureux de vous voir, — puisque je me proposais d'aller vous chercher rue de la Chaussée-d'Antin ou au club.

Puis, se tournant vers le petit nègre :

— Saleb, ajouta-t-il comme si l'enfant eût pu l'entendre, laisse-nous !...

Ce dernier salua, sourit encore une fois, et s'éloigna à pas rapides.

— Drôle de petit bonhomme! fit Gontran dès que la portière fut retombée... Celui-ci au moins n'est ni bavard ni indiscret.

Beverley eut un triste sourire.

— Il y a une excellente raison à cela, répliqua-t-il.

— Laquelle ?

— C'est qu'il est sourd et muet.

Gontran fit un geste de surprise.

— Ah! le pauvre enfant! —balbutia-t-il. — Ce que vous me dites là augmente encore l'intérêt qu'à première vue il m'avait inspiré.

— Intérêt qu'il mérite, approuva Beverley.

— Il y a longtemps qu'il est à votre service?

— Huit années environ.

— Et comment y est-il entré?

— Je vous raconterai cela. — C'est une histoire qui vaut la peine d'être écoutée, et que j'aime à raconter quand il se trouve, pour l'entendre, des gens de cœur comme vous; mais ce sera pour une autre fois... Aujourd'hui, nous avons autre chose à nous dire, car je ne suppose pas que vous soyez venu pour Saleb.

— En effet...

— Vous avez à me parler de Bocquillon...

— Comment le savez-vous?

— J'ai lu la *Gazette des Tribunaux*... j'ai appris ce qui vous est arrivé, après m'avoir quitté au sortir de chez Brin-de-Tulle... Et je sais, comme tout Paris, que vous avez trouvé un cadavre au moment de rentrer à votre domicile.

Une ombre glissa sur le front de Gontran...

— Si je n'avais rencontré qu'un cadavre, répondit-il, je n'aurais eu aucune raison de vous venir déranger ce matin...

— Que voulez-vous dire?

— Un cadavre ne parle pas.

— Eh bien?

— Tandis qu'un moribond...

— Achevez !...

Un éclair sillonna l'œil de Beverley...

— Achevez! insista-t-il d'un ton âpre et presque violent : quand vous avez rencontré cet homme, ce Bocquillon... il n'était donc pas mort?

— Non !

— Il a parlé peut-être ?...

— C'est cela !

— Vous avez pu recueillir quelques-unes de ses paroles... et vous savez?...

Beverley passa sa main rapide sur son front moite...

VI

— Je sais peu de chose... répondit Gontran, plus surpris qu'il n'eût voulu le paraître de la chaleur avec laquelle son interlocuteur l'interrogeait... Seulement, les quelques mots que cet homme a articulés m'ont paru se rapporter si manifestement à certains incidents de notre promenade de l'autre nuit que j'ai cru devoir vous en faire part...

Le visage de Beverley s'éclaira.

— Il s'agit de la rue Basse-du-Rempart, n'est-ce pas, dit-il, et du vieillard que nous avons suivi jusque chez Cardinet?

— Précisément.

— C'est de lui que Bocquillon a parlé ?

— En effet...

— C'est lui peut-être qu'il a accusé de sa mort ?

Gontran tressaillit.

— D'où savez-vous?... balbutia-t-il interdit.

Beverley eut un geste de défi.

— Oh! ne vous étonnez pas, — répondit-il, — car tout sera expliqué... Après vous avoir quitté, hier, j'ai été mis en rapport avec ce Bocquillon; c'est moi qui l'ai engagé à aller visiter la maison de la ruelle, et les deux pièces d'or que l'on a trouvées sur lui, c'est de moi qu'il les tenait.

— Mais quel intérêt?...

— Gardez-vous de chercher, vous ne trouveriez pas ! Il y a des mystères dont il n'est pas bon de sonder la profondeur; les esprits les mieux trempés y sont pris de vertige !

— Enfin, vous connaissez ce vieillard?

Un pli creusa le front de Beverley et donna tout à coup à sa physionomie une sombre expression.

— Je ne le connais pas, mais je veux le connaître, répondit-il, et cette nuit même j'irai à mon tour demander son secret à la maison d'où nous l'avons vu sortir.

Gontran fit un mouvement.

— Y pensez-vous ? dit-il d'un accent troublé.

Beverley garda un moment le silence : il avait fait un geste farouche, et son regard s'était attaché au parquet.

— Voyez-vous, reprit-il les poings crispés et sans lever les yeux, on n'éprouve pas sans raison une pareille impression ! Cet homme m'attire comme l'abîme ! Rien qu'à le voir passer, j'ai senti ma chair frissonner, et palpiter mon être tout entier ; ce ne peut être là un effet du hasard, non plus que le résultat d'une coïncidence banale. D'ailleurs, savez-vous ce qu'il a fait, cet homme ?

— Quoi donc ?

— Depuis hier, Cardinet tient le haut du trottoir de la finance ; il a quitté le boulevard pour aller habiter un appartement somptueux, rue de la Chaussée-d'Antin, et Sosthène m'a assuré qu'il avait déposé une couverture de deux cent mille francs chez le banquier Dalbane.

— Que trouvez-vous de surprenant à cette fortune subite du coulissier ?...

— N'y devinez-vous pas l'intervention de notre vieillard ?

— Quand cela serait !

— Ah ! vous n'êtes pas curieux, mon ami, si vous pouvez passer, sans vous retourner, à côté d'un homme qui, après avoir jeté l'or avec une telle prodigalité, assassine lui-même les indiscrets qui vont lui rendre visite.

— Rien ne prouve encore qu'il soit l'assassin de Bocquillon.

— En doutez-vous, vous-même ?

— Mais...

— Que vous a dit Bocquillon ? Qu'avez-vous compris à travers les convulsions suprêmes de son agonie ?

— Vous avez raison, et je ne puis dire le contraire, ce malheureux a désigné la maison qui nous a si fort intrigués, il a dépeint le vieillard à ne s'y pas tromper, et cependant...

— Cependant, — tout cela est manifeste, — c'est lui, lui ! vous dis-je, et il y a de plus, en moi, une voix terrible qui me le crie et qui l'accuse.

Beverley était en proie à une agitation violente et désordonnée.

Machinalement et comme pour respirer, il se dirigea vers l'une des deux grandes fenêtres qui éclairaient le salon.

— Vous avez ici un retrait exquis ! dit Gontran. Le repos... la solitude... des arbres séculaires... on se croirait à cinquante lieues de Paris.

— N'est-ce pas ?... fit Beverley un peu calmé... Et puis la vue est magnifique.

En parlant ainsi, il avait ouvert la fenêtre, et mis le pied sur une terrasse qu'abritait une élégante véranda.

— C'est merveilleux, en effet, dit Gontran, qui l'avait suivi.

On trouve encore dans le quartier Saint-Germain quelques jardins qui affectent la forme de grands parcs.

Du haut de cette terrasse, aussi loin que le regard pouvait s'étendre, on apercevait de longues perspectives silencieuses, que bornaient à l'horizon les massifs du Luxembourg...

L'hiver avait dépouillé les arbres : le tableau était comme empreint de tristesse, mais l'impression qui s'en dégageait à première vue rappelait vaguement le charme mélancolique et doux des campagnes de province.

Gontran demeura absorbé.

Le tableau qu'il avait sous les yeux était si différent de celui que présentent les quartiers qu'il fréquentait d'ordinaire... il régnait autour de cette demeure un calme si harmonieux, que son cœur se sentit ému, comme au souvenir d'impressions depuis longtemps oubliées.

Mais cela dura peu, car tout à coup on le vit se rejeter vivement en arrière et étouffer une exclamation près de lui échapper.

— Qu'avez-vous? demanda Beverley étonné.

— Oh! la délicieuse enfant!... balbutia le vicomte. Voyez donc! là! là!

Et, du geste, il indiquait l'allée d'un petit jardin contigu au mur de l'hôtel.

Beverley regarda, et, involontairement, il fit un mouvement pour se retirer.

Dans l'allée que Gontran venait de désigner, une jeune fille s'avançait à pas lents, l'attitude recueillie, le front penché, sans se douter de l'attention dont elle était l'objet.

Les longs cheveux blonds qui s'échappaient de sa capeline de soie bleue tombaient un peu en désordre sur ses épaules. Sa taille flexible et souple avait la gracilité élégante et saine des jeunes arbustes. Une pureté sereine éclairait son front, et le regard de ses beaux yeux noirs rappelait l'éclat voilé de ces lampes d'or qui brûlent éternellement dans les temples du culte catholique.

— Vous connaissez cette enfant? dit Gontran au bout d'un instant.

— Moi!... non... je ne sais pas... répondit Beverley; je viens rarement ici... peut-être l'ai-je aperçue quelquefois... mais sa beauté ne m'a laissé qu'une impression fugitive.

— C'est étrange !

— Quoi ?

— Il me semble à moi que maintenant que je l'ai vue... je ne l'oublierai plus jamais.

— Quelle idée!

— Qui est-elle?

— Je l'ignore.

— Mais son nom, ne l'avez-vous pas entendu prononcer?

— Jamais !

En ce moment, une voix d'homme s'éleva du jardin, appelant la jeune fille.

— Réjane !... dit cette voix, dont le son grave et tendre monta jusqu'à la terrasse... tu vas prendre froid, mon enfant... il faut rentrer.

— Oui, père, répondit la jeune fille...

— D'ailleurs il y a ici une surprise qui t'attend.

— Vraiment ! — Laquelle ?

— Notre bon Martial...

L'enfant jeta un petit cri vif et doux, comme un cri d'oiseau, et, prenant sa course, elle disparut peu après dans la maison.

Gontran contenait sa respiration... une sensation inouïe s'était emparée de tout son être.

Beverley lui mit la main sur l'épaule.

— Eh bien ! eh bien !... dit-il avec un rire presque sardonique... à quoi songez-vous donc, mon ami?...

Gontran revint à lui, et secoua la tête, comme au sortir d'un rêve.

— Vous avez raison, fit-il avec un dernier frémissement... et je ne sais vraiment à quelle rêverie je m'abandonne... d'ailleurs il est temps de me retirer.

— Vous partez?...

— Il le faut. J'ai promis au comte Dufresnoy de déjeuner avec lui, ce matin, et j'ai à peine le temps de me rendre rue du Faubourg-Saint-Honoré, où il demeure.

— Le comte Dufresnoy?... répéta Beverley comme s'il eût cherché à se rappeler.

— Oh ! vous ne le connaissez pas... dit Gontran. — C'est un vieil ami de ma famille... qui habite la Bourgogne... il paraît qu'il veut acquérir une des propriétés que j'y possède.

— Le château de Graçay-Chambrun?

— Précisément.

— Vous êtes donc disposé à le vendre?

— Mon Dieu ! je n'en sais rien encore... Cela dépendra... A la mort de mon père, et au partage des biens, j'ai reçu dans mon lot les terres de Beaujeu et celles de Graçay-Chambrun... Beaujeu !... C'est là que j'ai été élevé, tandis que je n'ai mis les pieds à Chambrun que deux ou trois fois, au moment de l'ouverture de la chasse... Je n'ai donc aucun intérêt à garder une propriété qui me coûte certainement beaucoup plus qu'elle ne me rapporte.

— Et on vous offre de l'acheter ?

— Le comte Dufresnoy désire en causer avec moi, et c'est pourquoi je déjeune chez lui ce matin. Au surplus, nous nous reverrons ce soir chez M. Dalbane.

— C'est juste. Il y a grand bal, cette nuit, rue Caumartin.

— Vous y serez?

— C'est mon chemin pour aller à la maison mystérieuse qui est mitoyenne avec celle du banquier. J'irai vous raconter le résultat de mon expédition nocturne.

En causant de la sorte, ils étaient rentrés dans le salon.

Beverley marchait devant.

Comme il passait devant le tableau voilé de deuil, il ralentit le pas et salua à la manière arabe, portant la main de son cœur à ses lèvres et de ses lèvres à son front.

Gontran, de son côté, avait suspendu sa marche, et instinctivement poussé par un sentiment de religieux respect, il s'était découvert en s'inclinant.

Beverley lui serra énergiquement la main.

— Merci, dit-il d'une voix étranglée, merci; vous venez de vous incliner devant la plus sainte et la plus malheureuse des femmes...

— Mon ami!...

— Il y a là une victime du plus odieux des attentats... et Dieu permettra sans doute que je ne meure pas avant d'avoir accompli ma terrible mission... Mais venez! éloignons-nous! Quand je parle des morts, il me semble toujours que leur âme est là, qui écoute et recueille mes paroles!...

Et il entraîna le jeune gentilhomme, qui un moment plus tard quittait l'hôtel et regagnait son coupé.

Nous ne le suivrons point rue du Faubourg-Saint-Honoré, ni au Bois, ni au club où il alla dîner, mais nous ne pouvons passer sous silence l'incident singulier qui se produisit, quand il rentra vers neuf heures du soir, dans son appartement de la rue Basse-du-Rempart.

Il avait passé devant la loge du concierge, et allait monter la première marche de l'escalier quand il entendit une voix prononcer son nom derrière lui.

Il se retourna vivement.

Il y avait là un homme qu'il ne reconnut pas tout de suite, mais dont les traits ne lui parurent pas cependant tout à fait inconnus.

— Monsieur le vicomte ne me reconnaît pas? dit l'homme en remuant doucement la tête.

— Attendez donc !... fit Gontran.

— Monsieur vient si rarement...de nos côtés!

— Martial !...

Le vicomte ne fut pas maître d'un premier mouvement... et tendit la main à l'ex-brigadier qui la lui serra à la briser.

— Toi à Paris!... balbutia-t-il... Ah! tu arrives à propos... car j'ai justement à te parler... suis-moi... viens... j'ai une heure encore devant moi... et nous pourrons causer à notre aise...

Et il escalada son premier étage, suivi de près par le garde de Graçay-Chambrun.

Cependant Martial s'était approché et, en passant près de lui, il murmura quelques paroles...

VII

Martial avait peu changé depuis cinq années. C'était une nature particulièrement robuste et saine, et la vie qu'il menait au château de Graçay-Chambrun ne lui laissait pas le temps d'être malade, — c'est du moins l'explication qu'il donnait quand on le complimentait sur sa mine excellente et sur son infatigable activité.

Seulement, la forte moustache qui ombrageait sa lèvre avait un peu grisonné, et son crâne s'était légèrement dégarni : — à part cela, c'était le même homme droit, l'œil bien ouvert, le visage empreint de franchise et de loyauté.

Gontran lui avait indiqué un siège, et tout en procédant à sa toilette, il avait entamé la conversation.

— Sais-tu bien, mon ami, lui dit-il d'un ton de reproche bienveillant, que j'aurais à me plaindre de toi...

— De moi!... interrompit Martial.

— Eh! sans doute?... Comment! tu quittes Graçay-Chambrun, tu viens à Paris, et tout cela sans me prévenir?

Martial eut un regard étonné.

— Madame la duchesse de Frileuse n'avait donc point informé M. le vicomte?... dit-il vivement.

— Ma sœur ne m'avait rien dit de cela...

— C'est pourtant madame la duchesse qui m'a dit de venir.

— Dans quelle intention?

— Il me semble avoir compris qu'il s'agissait de la vente du château.

— Ah! ah!

— M. le comte Dufresnoy aurait parlé à madame la duchesse de son désir d'acquérir la propriété.

— Et sans me prévenir — ma chère sœur a presque disposé d'un bien qui m'appartient.

— Monsieur le vicomte me pardonnera, si j'ai pu lui déplaire.

— Eh! tu es tout pardonné, mon excellent Martial : seulement je me réserve d'adresser des remontrances à la duchesse — et une autre fois, j'espère qu'elle me permettra de m'occuper moi-même de mes affaires.

— Monsieur le vicomte n'a-t-il pas formé le projet de vendre le château?

— Est-ce que je sais? Moi, je n'ai aucun projet. Seulement la duchesse a compris que cette terre me coûte fort cher... Et comme je n'y vais jamais...

— C'est là qu'est le mal... monsieur.

— Comment?

— Si vous vouliez y venir quelquefois, l'hiver, vous changeriez bien vite de sentiment, j'en suis certain. — Un bon pays, — des bois profonds où l'on trouve tout ce qu'on veut, depuis le lièvre jusqu'au sanglier. Et des étangs où les carpes finiront par se manger entre elles, si l'on ne prend pas des mesures énergiques. — Et puis le château est en excellent état. Je n'ai cessé de l'entretenir avec soin... Il est habitable aujourd'hui, comme au moment où les anciens maîtres l'ont quitté.

Une ombre passa sur le front du garde pendant qu'il prononçait ces derniers mots.

— Tu étais très dévoué à tes maîtres... fit Gontran qui l'observait avec intérêt; — on me l'a dit!

— Et l'on a eu raison, monsieur le vicomte, répondit Martial; car j'aurais été bien ingrat, si je ne leur avais été dévoué ; le général avait toujours été si bon pour moi !... Quoique je fusse moins âgé que lui de quelques années seulement, je l'aimais et le vénérais à l'égal d'un père.

— Il avait une fille ?

— Pauvre et chère demoiselle ! Qui ne l'aurait aimée ?... Elle n'avait que quatorze ans alors, et quand elle venait là-bas, chaque année, en vacances, c'était la providence du pays, et les pauvres la connaissaient bien !... Mais tenez, monsieur le vicomte... ces souvenirs-là, voyez-vous, je crois qu'il faut en parler le moins possible.

— D'autant plus qu'il y a, je crois, dans ce passé une catastrophe terrible sur laquelle le jour n'a jamais été complètement fait.

Martial baissa la tête et ne répondit pas.

Gontran craignit d'avoir été indiscret; c'était un cœur élevé et délicat... Il s'empressa de changer le cours de la conversation.

— Et quand retourneras-tu à Chambrun ? demanda-t-il tout en continuant de s'habiller.

— D'après les ordres de madame la duchesse, ce sera dans trois jours, répondit Martial, mais ce sera plus tôt si monsieur le vicomte le désire.

— A Dieu ne plaise, mon ami ! D'ailleurs tu dois bien avoir quelques affaires personnelles... des amis à visiter.

— Moi !... fit Martial en tressaillant.

— Ne connais-tu personne à Paris ?

— Mais... non... Qui pourrais-je y connaître ?

— Cependant...

— Que veut dire monsieur le vicomte ?

Ce dernier s'était pris à regarder son interlocuteur avec attention... et en remarquant son attitude embarrassée un vague soupçon traversa son esprit, et il se rappela tout à coup le nom de Martial qu'il avait entendu le matin sur la terrasse de Beverley.

Mais en même temps un sentiment de pudeur le saisit... Il pensa qu'il y avait là un secret qu'il n'avait pas le droit de solliciter puisqu'on ne paraissait pas disposé à lui en faire la confidence, et il se contint une seconde fois.

— Rien, rien, répondit-il, et je n'ai plus autre chose à te demander... Il est convenu que tu partiras dans trois jours... D'ici là, tu voudras bien venir me voir tous les matins.

— M. le vicomte n'a pas d'autres ordres à me donner? dit Martial en s'inclinant.

— Pour le moment... non !... Si j'avais besoin de toi... je te le dirais demain.

— A demain alors, monsieur le vicomte !

— A demain, mon ami !...

Et Martial se retira.

Il était dix heures et demie. Gontran donna un dernier coup d'œil à sa toilette, passa son pardessus avec l'aide de son valet de chambre, et ne tarda pas à quitter son appartement pour se rendre chez M. Dalbane, dont l'hôtel était rue Caumartin, à deux pas.

— Faut-il faire avancer la voiture? avait demandé le valet.

— C'est inutile, — répondit Gontran, — il fait une nuit superbe; j'irai à pied.

Il sortit.

Les événements qui s'étaient accomplis depuis le matin l'avaient diversement impressionné.

Sa visite à Beverley, la conversation qu'il avait eue avec le jeune gentleman, l'image voilée de deuil devant laquelle il s'était arrêté, et surtout cette jeune fille qui lui était apparue dans sa grâce et sa pureté sereines, tout cela lui communiquait une émotion contre laquelle il cherchait vainement à se défendre.

Gontran était une nature impressionnable et tendre... un caractère loyal et fier jusqu'à l'excès... un cœur d'or qu'il avait réussi jusqu'alors à préserver des atteintes malsaines du monde dans lequel il vivait.

Or, depuis quelques jours... il lui semblait que tout à coup l'air s'était obscurci et que son regard troublé avait peine à voir en lui et autour de lui.

Que se passait-il?

Jamais encore il n'avait rien éprouvé de pareil. Il se sentait comme entraîné sur une pente au bout de laquelle il entrevoyait obscurément quelque chose de terrible, ou tout au moins d'inconnu... et un vague instinct lui disait qu'il touchait à une heure solennelle et grave...

Il y avait cette nuit-là, chez M. Dalbane, le banquier de la rue Caumartin, une fête à laquelle devait assister tout ce qui, à Paris, tient un rang dans la finance, dans la magistrature, dans les lettres ou dans l'administration.

M. Dalbane était l'une des notoriétés de la banque parisienne, — on le disait riche à plusieurs millions; — c'était, de plus, de l'aveu de tous, l'homme le plus honnête et le banquier avec lequel les transactions étaient le plus sûres.

Le faubourg Saint-Germain et le faubourg Saint-Honoré même ne dédaignaient pas d'envoyer chez lui leurs représentants les plus autorisés, et l'on était sûr d'y rencontrer le dessus du panier des aristocraties anciennes et modernes, c'est-à-dire celles de l'intelligence, du nom et de la fortune.

Il faut bien le dire toutefois...

La notoriété dont jouissait M. Dalbane, et la considération éclatante qui s'attachait à son nom, ne suffisaient qu'imparfaitement à justifier la faveur réservée aux fêtes qu'il donnait chaque hiver, et il y avait à cet empressement général que nous signalons une autre cause plus positive qui expliquait mieux encore la présence, dans ses salons, de la jeunesse élégante ou titrée.

Le banquier avait une fille — mademoiselle Herminie Dalbane — et cette fille était bien la plus belle et la plus séduisante créature qu'il fût possible de rêver.

Herminie entrait alors dans sa vingtième année.

L'année précédente, on se rappelait l'avoir vue un peu grêle peut-être... l'air timide, le sourire réservé, le regard hésitant et voilé !

Mais la tiède atmosphère des salons avait promptement mûri cette jeune plante, pleine de vigueur et de sève... — Sa beauté s'était développée avec une rapidité vertigineuse, et à voir maintenant ses bras et ses épaules d'un modelé exquis, son front altier, couronné d'une opulente chevelure d'un blond fauve, quand on s'oubliait à contempler ses lèvres un peu épaisses, où la sensualité se trahissait sous l'éclat d'un sang généreux ; quand, surtout, on se laissait pénétrer par le regard de ses deux yeux noirs, où l'audace se voilait bizarrement de langueur, on se demandait si, vraiment, c'était bien la jeune fille que l'on avait remarquée naguère, et à l'aide de quel miracle une pareille transformation avait pu s'accomplir !

Du reste, ce n'étaient pas là les seuls étonnements que provoquait la vue de la belle Herminie... Un travail mystérieux s'était opéré en elle, pendant l'année écoulée, et la transformation morale qu'elle avait subie était aussi étrange peut-être que la transformation physique que nous indiquons.

En rentrant chez son père, au sortir du couvent, Herminie y avait apporté l'ardent désir de connaître enfin ce monde si souvent entrevu ou pressenti à travers ses rêves de jeune fille... Son imagination de feu l'avait bien déjà instruite à moitié ; mais ce n'était là qu'une satisfaction insuffisante.

Elle comprenait, dans sa curiosité inquiète, qu'il devait y avoir autre chose dans la vie — et plus d'une fois, à certains frissonnements mystérieux qui l'avaient mordue jusqu'au cœur, elle s'était sentie comme honteuse de son ignorance.

Malheureusement M. Dalbane, trop occupé du soin de ses affaires, ne pouvait ni la surveiller ni la guider, et elle était restée seule, pour ainsi dire livrée à elle-même, ou — ce qui est pis cent fois — abandonnée sans contrôle aux mains d'une femme de chambre.

Aussi ne tarda-t-elle pas à faire elle-même sa vie, dans laquelle elle apporta le mouvement avide et l'âpre curiosité qui étaient en elle.

Elle se fit habiller chez Worth, se livra à de longues courses à cheval, le matin, au Bois, souvent seule, quelquefois escortée de jeunes gens que sa fortune autant que sa beauté attirait sur son chemin.

Chaque soir, on la voyait au théâtre ou dans le monde, partout où elle pouvait être adulée et enviée.

En peu de mois, elle connut le tout Paris dont elle avait tant entendu parler... Elle apprit le nom des jeunes gens à la mode et celui de leurs maîtresses, et elle devint ce que deviennent quelques-unes des jeunes filles que nos lecteurs ont certainement rencontrées, — celles dont Proudhon a dit qu'elles sont nées pour être entretenues : filles par leur père, femmes par leur mari, maîtresses par leur amant.

L'attitude qu'elle avait prise ainsi dès le début avait, il faut le reconnaître, éloigné d'Herminie bon nombre de prétendants; mais le nombre de ceux qui restaient sur les rangs était considérable et suffisait à affirmer son triomphe.

Toutefois, parmi ceux-ci, deux seulement semblaient avoir jusqu'alors arrêté son regard, et ce n'était un mystère pour personne que la préférence marquée qu'elle leur accordait.

L'un de ces prétendants était le vicomte Gontran d'Épernon — et nous n'avons plus rien à dire.

Quant à l'autre, c'est différent, et il mérite une mention spéciale... On l'appelait le prince Lubiroff...

Et c'était bien le plus singulier personnage qui eût depuis longtemps traversé le monde parisien.

VIII

Le prince Lubiroff touchait à la soixantaine ; il n'avait jamais dû être beau, et il manquait essentiellement de grâce et d'esprit.

Mais il était prince! il menait un grand état, habitait un merveilleux hôtel avenue des Champs-Élysées, et l'on assurait qu'il possédait en Russie des mines inépuisables d'or et de diamants.

Il était arrivé à Paris depuis une année à peine, et tout d'abord son existence s'était affirmée par des prodigalités dignes d'un personnage des *Mille et une Nuits*.

On comprit qu'il y avait là une fortune dont il était impossible de préciser l'étendue, et l'on se garda bien d'en rechercher l'origine.

A Paris, la fortune a droit d'insolence.

A la vérité, certains esprits moroses essayèrent bien de mêler une note discordante à ce concert de louanges qui s'élevait autour du prince.

Ils insinuèrent que d'ordinaire on ne jette pas de la sorte l'argent que l'on a gagné honorablement; ils signalèrent quelques lacunes inexpliquées dans la vie de ce nouveau favori de la curiosité parisienne, et relevèrent même dans les traits de son visage — ce que nul ne put contester — un mélange bizarre de sauvage et de civilisé... quelque chose d'hybride... qui participait à la fois de l'homme et du fauve!

Mais qui les écouta?

Le prince d'ailleurs s'inquiétait peu de cela, et dès les premiers pas qu'il fit dans le monde on le vit marcher à son but avec la fermeté d'un homme bien résolu à ne s'en laisser détourner par aucune considération humaine.

Ce but, c'était la possession de mademoiselle Herminie Dalbane.

Comment s'y prit-il pour gagner l'amitié du père et les bonnes grâces de la fille?... Nous n'essayerons pas de l'expliquer. — Ce qu'il y a de certain, c'est qu'au bout de quelques mois Gontran et lui étaient les deux seuls prétendants auxquels la belle Herminie réservait son meilleur et son plus invitant accueil.

Quand le vicomte d'Épernon fit son entrée dans les salons du banquier, il y avait foule déjà, mais du premier coup d'œil il aperçut, au bras de Sosthène, mademoiselle Dalbane, qui lui envoya de loin son plus doux sourire.

Gontran s'en sentit pénétré jusqu'au fond du cœur...

Jamais il ne l'avait vue aussi belle.

Son corps souple s'abandonnait aux mouvements de la valse avec des grâces et des ondulations de sirène; ses yeux étaient comme imprégnés de langueur, et sous la lumière des bougies ses épaules de marbre empruntaient des tons voluptueux et chauds où le regard s'oubliait ébloui et charmé.

La valse finissait...

En regagnant sa place, Herminie passa devant Gontran, et quittant brusquement le bras de son cavalier elle vint prendre celui du jeune vicomte.

— J'ai à vous parler... dit-elle alors d'une voix où tremblait une légère émotion... Il y a deux jours... vous avez vu mon père?

— C'est vrai! répondit Gontran en tressaillant.

— Vous lui avez demandé la faveur d'un entretien.

— Il vous l'a dit?

— Mon père n'a pas cru devoir me faire un mystère de votre démarche... il a supposé que vous aviez l'intention de lui demander ma main.

— Ah! c'est mon rêve le plus cher!

— Je ne vous dirai pas que je suis flattée d'avoir été remarquée par vous... Ce serait tout simplement banal et je hais cela, mais je ne vous cacherai pas que depuis deux jours j'ai été plus émue qu'à aucun autre moment de ma vie.

— Est-ce possible!

— Ne vous hâtez pas de vous réjouir. J'ai beaucoup réfléchi; — il faut que je vous parle... Seulement, à cette heure, vous le voyez, je ne m'appartiens pas encore; — mais je vous ai réservé le quatrième quadrille, et tout le temps qu'il durera nous le passerons à causer. — Voulez-vous?

— Vous ne savez pas combien vous me rendez heureux!

La jeune fille eut un sourire singulier et serra la main du vicomte.

Puis, comme les accords de la mazurka se faisaient entendre, elle s'abandonna aux bras d'un nouveau cavalier et disparut avec lui dans un tourbillon de gaze et de dentelles.

Gontran était resté profondément troublé.

Son amour datait du premier jour où il avait rencontré Herminie, et, depuis, il n'avait pas eu d'autre désir ni d'autre rêve que sa possession.

Peut-être bien cependant s'était-il dit quelquefois que mademoiselle Dalbane, avec ses excentricités d'enfant élevée à l'américaine, n'était pas la femme qui convenait de tous points au vicomte d'Épernon, frère de la duchesse de Frileuse !... Mais le sentiment qu'il éprouvait n'était pas de ceux qui peuvent s'expliquer ; il obéissait à un entraînement dont il n'avait même plus conscience... et, eût-il été certain que cette union dût le mener à des abîmes inconnus, qu'il n'eût pas hésité davantage, et s'y fût précipité sans réfléchir.

Et puis, un moraliste l'a dit, le cœur a des raisons que la raison ne comprend pas toujours.

Tout en réfléchissant aux quelques paroles que lui avait dites mademoiselle Dalbane, Gontran avait quitté le salon, où il venait de la laisser, et machinalement, cédant à un besoin de recueillement et de solitude, il avait gagné la serre qui formait comme une immense rotonde de cristal au fond du dernier salon.

Une fois là, il s'assit sur un divan, s'accouda sur le dossier, et laissa son regard indifférent se perdre dans les méandres que les allées du jardin traçaient au-dessous de lui.

Et tout d'abord il vit peu de chose : sa rêverie l'absorbait tout entier, et il n'apercevait rien du dehors. Mais peu à peu son regard s'assura davantage, il parcourut avec un intérêt croissant le tableau qui s'offrait à lui, et, tout à coup, on eût pu le voir tressaillir et se soulever à demi.

Au bout du jardin, à quelques mètres du mur de clôture, se dressait une habitation, d'aspect sombre et morne, dont la silhouette détachait ses vives arêtes sur le fond bleu clair du ciel.

Dès qu'il eut remarqué cette habitation, Gontran ne put plus en détacher ses regards.

Et alors il s'orienta, rappela ses souvenirs des nuits précédentes... et presque aussitôt la vérité se fit jour.

Il avait devant lui la maison mystérieuse dans laquelle Beverley devait se rendre cette nuit même !

Mais il n'eut pas le temps de s'abandonner aux impressions qui le saisirent à cette découverte, car au même moment un bruit se fit à ses côtés, et il se retourna vivement.

Un homme était à quelques pas.

Le prince Lubiroff...

Gontran réprima un mouvement de contrariété.

— Je vous demande pardon de troubler votre rêverie, dit alors le prince avec un sourire, mais vous voyant seul en ce réduit je n'ai pu résister au désir très vif que j'éprouvais de causer quelques instants avec vous.

En ce moment, un roulement de voiture se fit entendre.

— Vous avez à me parler ?... demanda Gontran, au comble de l'étonnement.

— Précisément.

— A quel propos ?

— Je vais vous le dire... si vous voulez bien me permettre de prendre place à vos côtés...

Gontran ne revenait pas de sa surprise... Jamais encore le prince ne lui avait adressé la parole, et dans les circonstances où il se trouvait, après la conversation qu'il venait d'échanger avec mademoiselle Dalbane, une pareille démarche lui semblait inexplicable.

Cependant le prince s'était assis sur le divan, et son œil d'une mobilité extrême ne quittait pas son jeune partenaire.

— Je ne crois pas vous apprendre une chose nouvelle, dit-il bientôt, en vous disant que nous venons chez M. Dalbane pour le même motif, et que nous y apportons tous deux les mêmes intentions.

— Je ne comprends pas, — balbutia Gontran.

— En termes plus clairs, répliqua le prince, dont l'accent devenait plus ferme et plus net, vous êtes amoureux de mademoiselle Dalbane, dont moi-même j'ai le désir de faire ma femme...

— Monsieur !

— Appelez-moi monsieur... si le mot vous plaît, je n'y trouverai rien à reprendre... seulement, j'estime qu'entre gens de notre monde une explication du genre de celle que je provoque peut se circonscrire dans des limites étroites de convenance et de courtoisie... N'est-ce pas votre avis ?

— Sans doute.

— A la bonne heure... Au surplus, je ne viens pas vous demander de renoncer à mademoiselle Dalbane ; encore moins ai-je la prétention de vous disputer sa main en champ clos... Vous avez pour vous le double avantage de l'élégance et de la jeunesse, et je ne me dissimule pas que ce sont là des qualités auxquelles je n'ai rien à opposer... mais il y a d'autres considérations à vous présenter qui méritent bien que vous y arrêtiez votre attention.

— Lesquelles ?

— Vous aimez mademoiselle Herminie, et vous êtes bien résolu à la demander à son père... mais vous êtes désintéressé, chevaleresque, et on vous ferait certainement injure en supposant que vous avez pensé à la situation de M. Dalbane.

— Que voulez-vous dire ? fit Gontran en fronçant les sourcils.

— Vous voyez ! l'hypothèse seule d'une pareille supposition amène déjà la rougeur à votre front... et cependant... la position de M. Dalbane est tout exceptionnelle sur la place de Paris... Sa fortune entière est engagée dans sa maison de banque, et il suffirait d'une catastrophe, que le moindre nuage à l'horizon politique peut déterminer...

— Ah ! assez, monsieur ! interrompit vivement Gontran ; vous en avez trop dit, et je ne veux pas en entendre davantage ; d'ailleurs je trouve singulier que vous prétendiez m'effrayer par des perspectives... dont vous ne paraissez pas vous-même vous être préoccupé.

— Oh ! moi... c'est différent... repartit le prince d'un ton ironique.

— Comment cela ?

— Je suis très riche... et je suis déjà bien vieux... Dans l'hypothèse d'une catastrophe, mademoiselle Herminie Dalbane, devenue princesse Lubiroff, trou-

verait dans sa nouvelle existence tout le luxe qu'elle a pu rêver, et qui est nécessaire à sa nature avide de plaisirs... Et puis... il y a autre chose.

— Quoi donc ?

— Rien. — Le sujet vous déplaît, je n'aurai garde d'y insister... mais croyez-
moi, monsieur le vicomte, ne précipitez rien, ne vous engagez pas trop vite,
attendez quelques semaines au moins, et si vous suivez mon conseil, peut-être
me remercierez-vous un jour d'avoir osé vous le donner.

Gontran garda le silence ; une sourde irritation pesait sur son esprit ; il ne
voulut pas rester une seconde de plus en la compagnie du prince.

Il se leva.

— Vous m'en voulez? — dit Lubiroff d'un ton sous lequel perçait une pointe
d'ironie.

Gontran allait répondre, mais la parole resta suspendue à ses lèvres et un
frisson courut sur sa peau.

Un vif et rapide éclair venait de passer, embrasant les glaces de la vitrine d'un
jet de feu.

Il en avait été presque aveuglé.

Il se dressa devant la glace... et pendant que son regard plongeait au dehors
un cri lui échappa, cri de surprise mêlée d'effarement.

— Qu'y a-t-il ? demanda le prince avec un tressaillement inconscient.

— Là! là!... Cette lumière... Regardez...

Le prince suivit l'indication de Gontran, et une pâleur de suaire se répandit
sur ses traits quand il aperçut, courant de fenêtre en fenêtre, au premier étage
de la maison mystérieuse, une lumière dont les reflets rayaient vivement l'obscurité de la nuit.

IX

Ce fut rapide d'ailleurs, et cela dura à peine le temps de l'écrire.

Le prince Lubiroff avait porté les deux mains à ses joues blêmes, et par une
pression énergique il rappela bien vite le sang au visage.

En même temps ses traits reprenaient leur placidité apparente, et un sourire
félin relevait le coin de sa lèvre.

Gontran, tout entier à son observation, n'avait rien remarqué de ce trouble
momentané dans l'attitude de son interlocuteur.

— Voilà qui est singulier, en effet, dit alors le prince d'une voix calme; à
plusieurs reprises déjà, en venant me reposer ici, j'avais remarqué cette maison
silencieuse et morne, — et je m'étais imaginé qu'elle était inhabitée.

— Oui, — oui... — répondit Gontran — sans trop savoir ce qu'il disait.

Il était ému, presque terrifié à la pensée du danger que Beverley courait peut-être en ce moment, et il prêtait l'oreille, s'attendant à chaque instant à entendre un coup de feu donner raison à ses appréhensions.

— Vous paraissez attacher à cet incident, poursuivit le prince en dardant sur lui ses deux yeux clairs, plus d'importance qu'il ne mérite... Y a-t-il ici quelque chose de particulier qui vous intéresse ?

— Mais vous ne savez donc pas ce qui se passe! s'écria le jeune vicomte.

— Que se passe-t-il?

— C'est Beverley.

— Ah!

— J'ai fait tout ce que j'ai pu pour le dissuader, mais il n'a rien voulu entendre, car il était encore sous l'impression de l'autre nuit.

— Quelle impression?

— L'assassinat de Bocquillon...

— Bon!... j'ai lu cela dans le journal... C'est vous qui l'avez ramassé, rue Basse-du-Rempart... Mais quel intérêt... votre ami pouvait-il porter à ce malheureux... et surtout quel rapprochement...

— Il y en a un.

— Vraiment?... Ma foi! je serais curieux de savoir.

Gontran ne quittait pas la maison du regard.

La lumière qui avait si violemment attiré son attention venait de descendre au rez-de-chaussée, et, finalement, elle avait disparu et la maison s'était de nouveau enveloppée d'ombre et de mystère.

— C'est fini! dit le prince en s'asseyant.

— Et j'avoue, répliqua le vicomte, que je suis maintenant un peu plus rassuré.

— Quel danger pouvait menacer votre ami dans une maison inhabitée?

Gontran eut un geste de dénégation.

— Inhabitée?... répéta-t-il; Beverley, Sosthène et moi, nous pourrions élever quelque doute sur ce point.

— Vous en avez vu sortir quelqu'un?

— Précisément.

— Qui cela?

— Un homme... un vieillard... Nous ne saurions dire au juste...

— Vous ne l'avez pas reconnu?

— Non... mais nous l'avons suivi.

— Ah !

Gontran allait poursuivre... Mais à ce moment même il aperçut mademoiselle Dalbane qui venait de s'arrêter sur le seuil de la serre et lui faisait un geste de la main.

Le jeune homme courut à cet appel... Herminie s'empara de son bras, et tous deux disparurent dans les salons encombrés.

Le prince était resté seul, soucieux et sombre.

Quand il les eut vus disparaître, son œil s'injecta subitement de colère; ses sourcils se froncèrent à la manière des tigres, et une sorte de rugissement gronda dans sa poitrine...

— Allons... allons !... murmura-t-il les dents serrées, pendant que ses ongles, durs comme des griffes, labouraient le velours du divan... c'est assez de mamours... je n'aime pas qu'on regarde comme ça dans mon jeu... il faut en finir...

Et son regard fulgurant se tourna vers la maison inhabitée... pour s'y oublier dans une contemplation que troublaient de temps à autre de profonds tressaillements de haine et de rage.

Cependant Gontran et mademoiselle Dalbane, après avoir réussi à fendre les flots pressés de la foule, venaient de se réfugier dans une pièce située à l'extrémité de l'appartement, et qui était la chambre même d'Herminie.

Il n'y avait personne:

Les deux jeunes gens échangèrent un regard à la vue de cette solitude propice, et s'assirent l'un à côté de l'autre, sur une chaise longue.

— Combien je vous remercie de ce moment de tête-à-tête que vous voulez bien m'accorder, dit Gontran d'une voix émue; je vais pouvoir enfin vous dire que vous êtes belle... et que je vous aime.

La jeune fille se prit à sourire.

— Il ne me déplaît pas que vous me trouviez belle, répondit-elle, et j'éprouve même un certain charme à vous entendre répéter que vous m'aimez... Vous le savez, je ne suis pas une jeune fille comme une autre, et j'ai tenu à affranchir ma vie de tous ces mensonges niais que les mères enseignent à leurs enfants... je suis ce que je parais être, et ceux qui m'aiment n'ont point à redouter jamais d'être déçus dans leurs illusions... Donc, vous m'aimez, mon cher vicomte, et vous avez dû déjà vous apercevoir que vous ne m'étiez pas indifférent.

— Herminie !...

— Attendez. Vous êtes jeune, élégant, vous vous mettez avec un goût exquis, et vous n'avez pas galvaudé votre cœur dans des promiscuités détestables. De plus, vous avez un nom noble que vous portez noblement, et il n'est pas une femme qui ne serait flattée d'avoir été distinguée par vous. — Seulement...

— Qu'allez-vous dire ? répéta Gontran en suspendant son regard inquiet au regard de celle qui lui parlait.

— Seulement, poursuivit Herminie, il y a dans votre situation un point noir, dont il faut bien que je fasse passer l'ombre sur votre bonheur.

— Parlez! parlez!

— Vous vous rappelez la ravissante scène du *Duc Job* où une jeune fille, éprise, cherche à établir le budget de sa vie, pour l'hypothèse où elle se résoudrait à devenir la femme de celui qu'elle aime.

— C'est la plus adorable scène que je connaisse, — répondit Gontran, — la plus délicieuse preuve d'amour qu'une jeune fille puisse donner à son amant.

Herminie approuva du geste.

— Eh bien! — répliqua-t-elle, — cette délicieuse preuve d'amour, je vous l'ai donnée aujourd'hui.

— Vous!

— Moi-même.

— Et comment?

— J'ai fait mon budget, pour le cas où je vous épouserais.

— Ah! que vous êtes bonne!

— Pas tant que cela peut-être. — Écoutez-moi.

Et la belle enfant prit un air presque grave...

— Si l'on ne m'a pas trompée, poursuivit-elle, M. le vicomte d'Épernon, votre père, a laissé en mourant une fortune qui peut être évaluée à deux millions.

— A peu près.

— Vous êtes deux enfants... madame la duchesse de Frileuse, votre sœur, et vous. Ce qui fait cinquante mille livres de rente pour chacun... Quant aux immeubles, ils se composaient d'un hôtel sis rue de Varennes et des châteaux de Beaujeu et de Graçay-Chambrun... Lors du partage, la duchesse de Frileuse a reçu dans son lot l'hôtel du faubourg Saint-Germain, et de votre côté vous êtes devenu propriétaire des terres de Beaujeu et de celles de Graçay-Chambrun, qui vous coûtent beaucoup plus cher qu'elles ne vous rapportent.

— Je crois entendre le notaire de ma famille! fit le vicomte d'un ton enjoué...

— De sorte que votre fortune personnelle n'atteint même pas au chiffre de cinquante mille livres de rente.

— Ne trouvez-vous pas?...

— Pour un garçon, c'est assez, sans doute, interrompit Herminie, mais pour le futur époux de mademoiselle Dalbane je pense que c'est tout à fait insuffisant.

Gontran fit un mouvement.

— Ah! ce que vous dites là est bien cruel... balbutia-t-il interdit.

— J'en suis navrée comme vous, mon ami... j'ai fait mon budget avec toute la conscience possible, et les chiffres ont été impitoyables. — Je sais bien qu'il y a une chose dont vous avez la délicatesse de ne pas parler, et que je devrais faire entrer en ligne de compte... ma dot... qui sera considérable... mais, songez-y, monsieur le vicomte... mon père est banquier; il ne donnera pas le capital de cette dot, et se contentera d'en servir la rente... de sorte que si, par impossible... —il faut tout prévoir dans ces temps de trouble et de révolutions... —si enfin une catastrophe survenait, — vous ne voudriez pas me voir obligée à renoncer à cette vie de luxe, de tapage et de fêtes pour laquelle je suis évidemment née, et dont je ne pourrais certainement pas me passer.

Gontran garda un moment le silence. Il était presque atterré... et ne savait que répondre.

— Vous m'en voulez de vous avoir parlé avec cette franchise? fit la jeune fille d'une voix câline et douce.

— Moi!... se récria Gontran; non... mais il y a une chose que je viens de découvrir... et qui m'a durement frappé.

— Laquelle?

— La certitude que vous ne m'avez jamais aimé!

— Vous croyez? dit Herminie.

Et il y eut dans le ton dont ces deux mots furent prononcés une telle émotion mal déguisée que Gontran releva brusquement la tête et prit ses deux mains qu'elle ne lui retira qu'après qu'il les eut baisées avec transport.

— Vous êtes un enfant, dit-elle en plongeant son regard dans ceux du jeune homme, et moi qui entre à peine dans la vie je la connais déjà mieux que vous ne la connaîtrez jamais.

— Mais vous en épouserez un autre?

— Peut-être.

— Le prince Lubiroff?

— Qui sait?...

Gontran crispa ses deux poings qu'il porta à ses lèvres.

— Celui-là ou un autre... continua Herminie... qu'importe, puisque ce n'est pas vous?... et ne préférez-vous pas que je devienne la femme d'un homme qui n'a rien que l'on puisse aimer?

— Que dites-vous?

Gontran secoua le front avec force...

Tout ce qu'il entendait était si inattendu qu'il avait peine à se retrouver.

La belle jeune fille s'était levée : une dernière fois, elle serra les mains du vicomte dans les siennes et pendant qu'une contraction nerveuse froissait sa lèvre :

—Nous nous reverrons!... dit-elle à voix lente; et, à la réflexion, vous comprendrez mieux le langage que je vous ai tenu aujourd'hui... Quant au prince Lubiroff, si je l'épouse, ma foi! c'est lui qui l'aura voulu, et il ne devra s'en prendre à personne... Venez me voir alors... je vous réserverai toujours mon plus amical accueil.... et je vous dirai si le prince est heureux en ménage.

Puis elle salua du geste, et rentra dans le bal d'un pas mesuré et calme.

Gontran étouffait...

C'était l'écroulement de tout ce qu'il avait rêvé... et le coup était d'autant plus douloureux qu'il ne s'y attendait pas...

S'il avait tenu le prince Lubiroff... il l'aurait certainement malmené.

Il quitta la pièce... il avait besoin d'air; instinctivement, il se dirigea vers la serre, où il espérait bien ne plus trouver le prince.

Il n'avait pas fait vingt pas qu'il suspendit sa marche.

A l'extrémité du couloir dans lequel il s'était engagé... il venait d'apercevoir Beverley, l'œil ardent, les cheveux en désordre, le visage altéré...

Il courut à sa rencontre.

— Vous! vous! s'écria-t-il... ah! je suis heureux de vous voir... Vous venez de la maison inhabitée?

— Oui, répondit Beverley d'un ton vague.

— Vous l'avez visitée?

— C'est cela.

— Et qu'avez-vous vu... dites... qu'avez-vous vu?

Une sombre expression se répandit sur les traits de Beverley... et sa main saisit fortement le bras de son ami...

— Venez! venez! dit-il, et vous verrez si je n'avais pas raison dans mes appréhensions et dans mes épouvantes!

X

Beverley resta d'abord quelques secondes sans parler... Sa poitrine se soulevait avec force; de sinistres lueurs traversaient son regard, et ses mains semblaient comme attachées à ses tempes.

Enfin il passa ses doigts rapides sur son front, comme s'il eût voulu en chasser une pensée obstinée, et se tourna vers Goutran.

— J'en avais le pressentiment, voyez-vous, dit-il d'un ton fiévreux; mon cœur était dévoré de curiosité... et je me doutais que cette maison cachait un mystère redoutable auquel je devais me trouver fatalement mêlé... Eh bien! ce que j'ai vu dépasse tout ce que je pouvais imaginer.

— Expliquez-vous...

— Voici... Je vous ai confié ce matin le projet que j'avais formé. Je voulais visiter cette habitation... et rien ne devait plus m'arrêter. Toutefois je suis un homme pratique, et je n'entendais pas m'exposer au sort de ce misérable Bocquillon. J'avais fait prévenir Adolphe, il avait promis de m'accompagner, et vers onze heures une voiture de place nous déposait rue Basse-du-Rempart.

— Vous étiez armés?

— Nous portions chacun un revolver... et Adolphe s'était chargé de se procurer les outils nécessaires pour l'ouverture des portes. — En outre, il s'était

Cependant l'homme au faux nez venait de déchirer l'une des manches de sa chemise.

précautionné d'une lanterne sourde, et c'est munis de ces divers objets que nous atteignîmes la porte qui donne sur la ruelle.

— Après?

— Cette première porte ne nous opposa qu'une faible résistance, dont nous eûmes facilement raison.

« En trois secondes, mon compagnon en fit sauter la serrure, et nous entrâmes dans le jardin.

« Je dis jardin, parce que je ne trouve pas un autre mot pour peindre le fouillis inextricable de ronces et d'épines qui avaient envahi le sol et masquaient les allées... mais ce n'était là qu'un détail insignifiant, et qui ne pouvait nous arrêter... Nous franchîmes résolument l'espace qui nous séparait de la maison... quelques mètres au plus, au bout desquels nous trouvâmes la porte.

« A notre grand étonnement, celle-ci était à peine fermée ; une poussée suffit pour l'ouvrir, et nous pénétrâmes alors, de plain pied, dans une salle à manger sur les dalles de laquelle nos pas résonnèrent avec une sonorité qui me fit tressaillir.

« Cette pièce était nue et sans meubles, l'humidité avait depuis longtemps détaché la tapisserie qui pendait par bandes vertes et traînait jusque sur le sol.

« Nous jetâmes un regard circulaire, mais rien ne frappa notre attention, et nous continuâmes d'avancer.

« Je ne prenais, d'ailleurs, aucune précaution, et pour tout dire, ce que je redoutais surtout, c'était de ne rencontrer personne.

« Je sortis de la salle à manger, et je me trouvai alors dans une espèce de couloir qui tourne autour des trois appartements du rez-de-chaussée.

« Je remarquai le même délabrement dans toutes les pièces ; j'en conclus naturellement que la maison était bien inhabitée, et que, si quelqu'un y venait de temps à autre, ce ne pouvait être que pour quelque œuvre de ténèbre ou de sang.

« Je poursuivis.

« Au bout du couloir s'ouvre un escalier à vis.

« Je m'y engageai.

« J'avais, à tout hasard, saisi d'une main mon revolver, et, de l'autre, je dirigeais devant moi les rayons de la lanterne sourde.

« Adolphe suivait à quelques pas derrière.

« Au premier étage, il y a trois grandes chambres ; l'une donne sur la ruelle, les deux autres sont celles dont vous apercevez les fenêtres, et qui prennent jour du côté de l'hôtel où nous sommes.

— Vous n'y avez rencontré personne ?

— Personne ; mais, en observant attentivement, savez-vous ce que j'ai découvert ?

— Quoi donc ?

— Contre le mur et sur le parquet, il y avait des traces de sang !

— Celui de Bocquillon peut-être !

Beverley haussa les épaules :

— Allons donc ! répliqua-t-il, l'affaire Bocquillon s'est passée il y a quelques jours, tandis que le sang dont les traces m'ont frappé a dû être versé à une date bien antérieure.

— Vous pensez alors qu'un crime a été commis dans cette habitation ?

— Oui, mon ami, et j'ajoute, d'après des données qui me sont toutes personnelles, j'ajoute que ce crime doit remonter à six années.

Le vicomte regarda Beverley, et celui-ci eut un ricanement sinistre.

Ils gardèrent le silence.

Par une opposition bizarre, mais qui avait son côté poignant, pendant que Beverley faisait son lugubre récit... à quelques pas des deux jeunes gens, le bal avait atteint le paroxysme de la gaieté et de l'entrain. Ils voyaient passer à travers les grandes baies de lumière les couples enlacés que la valse emportait dans leurs rêves éphémères de plaisir ou d'amour, et l'écho affaibli de l'orchestre semblait se faire invitant et doux pour les arracher aux terribles impressions dans lesquelles ils s'isolaient.

Beverley ne tarda pas à poursuivre.

Tout entier au sentiment qu'il rapportait de son expédition nocturne, il ne voyait rien et n'entendait rien de ce qui se passait à ses côtés... et Gontran lui-même ne prêtait qu'une oreille distraite aux murmures confus qui arrivaient jusqu'à lui.

— Six années !... reprit Beverley après un long silence... Que de choses écoulées depuis cette époque qui fut la plus cruelle et la plus douloureuse de ma vie ! Six années ! Mais ne pensons plus à cela et poursuivons... — La découverte que je venais de faire avait doublé l'âpre curiosité qui était en moi. Je montai du premier dans les combles, faisant la lumière dans tous les coins, cherchant avidement quelque indice qui pût me mener à la vérité. Mais, chose singulière ! je ne trouvai nulle part des traces récentes de pas.

« Quel chemin prenait donc le mystérieux vieillard quand il venait la nuit dans cette demeure ?

« Je n'y comprenais rien !

« Alors je redescendis.

« J'étais indécis, troublé, mécontent, quand, tout à coup, je sentis un frisson glacé courir par tout mon être !

— Qu'était-il arrivé ?

— En apparence presque rien... Je m'étais arrêté devant la porte ouverte qui conduit à la cave... et je regardais, sans voir, le trou béant et noir qui était devant moi ; machinalement, cependant, j'avais mis le pied sur la première marche.

— Après ?

— Puis, lentement, un à un, j'en parcourus tous les degrés, et à mesure que je descendais il me sembla qu'un sentiment nouveau me pénétrait.

— Comment cela ?...

— A chaque marche, le long du mur, apparaissaient des *brisées* manifestes attestant, comme dans nos bois, le passage du fauve. — Il n'avait rien à faire dans la maison, cet homme, et c'est la cave seule qui l'attirait.

— Enfin ?

— Enfin mon pied posa sur le sol humide et mou, et la terre détrempée me montra des empreintes de pas qui formaient comme un sentier banal.

— Vous avez suivi ce sentier?

— Parbleu! Seulement, je ne suis pas allé tout de suite jusqu'au bout.

— Pourquoi?

— Le sentier suivait une ligne courbe dont l'extrémité doit évidemment aboutir à l'hôtel de M. Dalbane; je m'y suis engagé, espérant bien trouver au bout de la route l'explication des visites nocturnes de notre vieillard... Mais j'avais à peine fait vingt-cinq pas que je me suis arrêté.

— Vous aviez rencontré un obstacle?...

— Non.

— Qu'était-ce donc?

Beverley essuya son front où perlait une sueur glacée.

— Il y avait là, répondit-il à voix lente et grave, une ondulation de terrain, que je ne m'attendais pas à rencontrer et dont la forme et la dimension me frappèrent; sans que je puisse dire pourquoi, je sentis tout mon sang affluer brusquement vers mon cœur... et je me vis contraint de suspendre ma marche...

— Cependant...

— Ah! je ne suis pas un homme comme un autre, mes impressions ne sont ni vulgaires ni banales, et à ce moment il me sembla que j'avais devant moi...

— Quoi donc?

— Une tombe! — Vous, peut-être, ou tout autre, vous eussiez passé indifférent : moi, dès que je l'eus aperçue, je ne pus plus m'en détacher...

— Mais quelle probabilité?

— Tout se tient... le crime du premier explique la tombe souterraine... — Du reste, c'est une vérification que je tenterai.

— Comment?

— Mais j'irai seul, cette fois... et il faudra bien alors que la maison maudite me livre son sanglant secret.

— Vous ne supposez pas cependant que le vieillard de l'autre nuit...

— Celui-là, répondit Beverley, je crois savoir maintenant à quoi m'en tenir sur son compte.

— Vraiment!

— Toutefois il y a encore beaucoup de confusion dans mes idées, il faut que je mette de l'ordre dans toutes ces choses, et puis il importe que je voie au plus tôt M. Dalbane. Ne m'en veuillez donc pas, mon cher vicomte, si je vous prie de me laisser... D'ailleurs mademoiselle Dalbane me reprocherait de la priver du cavalier auquel elle tient le plus, et je ne veux pas me faire une ennemie de la plus charmante et de la plus adorable des jeunes filles...

Gontran se leva sur ces mots, serra la main que lui tendait Beverley, et il ne tarda pas à rentrer dans le bal.

Tous les événements de cette nuit l'avaient vivement impressionné, et il était encore tout ému quand il franchit le seuil du premier salon.

Mademoiselle Dalbane passait; elle vint à lui avec une grâce parfaite.

— Est-ce que vous boudez?... dit-elle avec une petite moue qui lui allait à ravir...

— N'en croyez rien! se récria Gontran.

— Après ce que je vous ai dit, si vous n'êtes pas content... eh bien... vrai! vous êtes difficile...

Et elle lui pressa le bras. Gontran renaissait à l'espoir; il se pencha à son oreille.

— Vous n'aimez pas le prince? demanda-t-il d'une voix faible comme un souffle.

— Je le jure! répondit-elle en élevant le bras, comme eût pu le faire une grisette effrontée.

— Et vous ne l'épouserez pas?

— Je me le demande! interrompit la jeune fille qui s'épanouit en un rire éblouissant.

Gontran, quoi qu'il en eût, ne put s'empêcher de partager son hilarité.

— Vous me traitez comme un enfant, dit-il d'un ton de doux reproche.

— Et vous n'êtes pas autre chose! Voyons! soyez de votre âge... laissez-moi vous conduire et je vais vous présenter à quelqu'un.

— Qui cela?

— Une amie de couvent... jolie comme un cœur, et que les fées ont dotée de toutes les qualités.

— Mais je ne veux pas...

— Regardez au moins avant de parler, et quand vous aurez vu, vous refuserez, si vous en avez la force.

— Voyons donc!...

Et Gontran plongea son regard dans la direction indiquée par mademoiselle Dalbane.

Mais il n'eut pas plus tôt aperçu la jeune fille qui lui était désignée qu'il laissa échapper un cri de surprise.

Il venait de reconnaître la jolie enfant qu'il avait vue le matin, dans le jardin contigu à l'hôtel de Beverley.

Réjane!

XI

Réjane!...

Sous ses vêtements de gaze, avec sa couronne de myosotis qui mêlait ses petites fleurs délicates à l'opulence de ses cheveux blonds, elle avait le même air chaste et calme, et son beau regard, pudique comme celui des vierges de la Bible, planait imprégné de curiosité au-dessus de l'atmosphère brûlante du bal.

Gontran s'était pris à la contempler, et on eût dit que tout avait disparu devant cette vision !

— Eh bien ? — fit Herminie surprise peut-être de son immobilité et de son silence.

Le jeune homme revint à lui.

— Quelle est cette jeune fille ? balbutia-t-il d'un ton troublé.

— Cette jeune fille est mademoiselle Réjane, une amie de couvent, ainsi que je vous l'ai dit, et jolie, ainsi que vous le pouvez voir...

— Je ne l'ai point encore vue dans le monde.

— C'est en effet le premier bal auquel elle assiste... Voyons, ne désirez-vous pas que je vous présente ?

— A quoi bon ?

— Je dois lui faire les honneurs de cette soirée, et elle sera heureuse, j'en suis sûre, d'avoir passé en votre compagnie le temps d'un quadrille ou celui d'une polka.

Gontran ne résista pas davantage. Ce qu'on lui proposait, il le désirait d'ailleurs lui-même.

— Soit, dit-il comme avec résignation. Vous le voulez et je vous obéis, mais laissez-moi du moins me présenter moi-même.

— Faites comme vous l'entendrez.

Gontran quitta alors le bras de mademoiselle Dalbane ; les premiers accords de la valse s'étaient fait entendre : le salon dans lequel se tenait Réjane avait été déserté dès les préludes de l'orchestre, et la jeune fille s'y trouvait presque seule, assise, recueillie et pensive, auprès de la cheminée.

Gontran vint la saluer et lui demanda de vouloir bien accepter son bras pour la valse qui commençait.

La jolie enfant releva la tête à cette invitation et regarda le vicomte de son bel œil clair et doux.

En même temps, elle souriait.

— Je vous remercie, monsieur, répondit-elle... mais je suis déjà bien fatiguée... Et puis je ne valse pas...

— Au moins, insista Gontran, daignerez-vous m'accorder la faveur du prochain quadrille ?

— Ça... c'est différent ! dit Réjane ; je suis tout à fait libre, et je veux bien.

— Vous m'autorisez alors à attendre dans ce salon que la valse soit finie ?...

Une rougeur subite monta aux joues de Réjane, qui baissa les yeux sans répondre.

Le jeune vicomte s'assit non loin d'elle ; mais soit qu'il éprouvât un sincère plaisir à la contempler, pendant quelques secondes il garda le silence, pour ne pas rompre le charme.

Toutefois cette situation ne pouvait se prolonger longtemps sans devenir ridicule, et il ne tarda pas à reprendre la conversation.

— Mademoiselle Dalbanc, dit-il, me confiait tout à l'heure que vous étiez une de ses meilleures amies, et elle paraît vous porter une profonde affection.

Réjane releva ses beaux yeux sur celui qui lui parlait.

— Herminie a bien raison de m'aimer, répondit-elle ; nous étions étroitement unies au couvent, et depuis, bien que des circonstances inattendues eussent dû nous séparer, elle n'a jamais cessé de me témoigner un véritable attachement.

— C'est la première fois — m'a-t-elle dit — que vous venez au bal.

— C'est vrai...

— Je m'explique alors pourquoi je ne vous avais point remarquée encore, et je remercie mademoiselle Dalbanc à laquelle nous vous devons...

Réjane remua doucement la tête.

— Oh! ce n'a pas été sans peine, répliqua-t-elle... mon excellent père, qui est retenu par la goutte, ne pouvait pas m'accompagner et il avait des appréhensions... Nous vivons fort retirés... l'un près de l'autre... nous ne nous quittons pour ainsi dire jamais... et vous comprenez que ç'a été de sa part un grand sacrifice.

— Je le comprends.

— Mais Herminie a tant insisté... elle est revenue si souvent à la charge... qu'il a fini par céder, quelque contrariété qu'il en eût.

— Et puis peut-être avait-il une autre pensée.

— Laquelle?

— N'étiez-vous pas curieuse de voir cette fête... de vous mêler à ce monde que vous ne connaissiez pas? Il s'est dit qu'il ne devait pas vous priver de ce plaisir... et...

Une ombre glissa sur le front si pur de la jolie enfant.

— Cher père!... dit-elle d'un ton pénétré... Il doit bien se douter cependant que le plaisir que je goûte loin de lui sera toujours mêlé d'amertume et de tristesse.

— Que dites-vous?...

— Mais pardon, monsieur!... vous voyez, je n'ai pas l'habitude encore... je ne sais pas dissimuler mes impressions, qu'elles soient gaies ou tristes.

— Ah! ne craignez rien! dit Gontran avec chaleur... vos paroles ne sont pas recueillies par un indifférent, et il me semble que je vous connais déjà depuis longtemps.

— Monsieur...

— Écoutez-moi... laissez-moi vous dire!... si vous saviez... depuis quelques heures, l'intérêt que vous m'inspirez...

Gontran n'acheva pas... Réjane venait de faire un mouvement pour se lever.

Il se passait dans le cœur de la jeune fille quelque chose de bien singulier, —

et elle éprouvait en ce moment une sensation dont la profondeur l'effrayait, sans qu'elle pût en définir encore le caractère.

Depuis qu'elle était dans ce bal, elle n'avait guère ressenti que des impressions banales ou qui, tout en intéressant sa curiosité, avaient laissé son cœur parfaitement indifférent.

Mais, depuis quelques minutes, elle se sentait gagner par un trouble inconnu, contre lequel elle cherchait vainement à réagir, et dans son ignorance elle était bien près de trouver excessives, peut-être même impertinentes... les paroles que venait de prononcer Gontran.

— Mademoiselle, fit ce dernier devinant tout à coup le sentiment auquel elle obéissait; ah! je ne vous ai pas offensée en parlant comme je l'ai fait?

— Non, sans doute... monsieur... répondit simplement Réjane... Et pourtant, si peu que j'aie l'habitude de ce monde, il me semble que votre langage...

— C'est celui d'un véritable ami.

— Peut-être... — mais je ne vous ai pas autorisé à croire que vous fussiez le mien!

Gontran s'inclina.

— Vous avez raison! ... — répondit-il d'un ton grave; — et j'ai eu tort de m'abandonner trop vivement à la sympathie que j'éprouvais... Cependant il y a une explication à ma conduite... et j'espère que vous voudrez bien me permettre de vous la donner.

Réjane avait repris sa place, mais elle ne relevait pas les yeux.

Gontran continua :

— Je vous ai vue aujourd'hui pour la première fois, dit-il. Hier encore, je ne vous connaissais pas; et à l'heure présente je sais que votre père vous appelle Réjane, — et voilà tout! — Seulement, nous ne sommes peut-être pas aussi étrangers l'un à l'autre que vous le supposez.

— Que voulez-vous dire? demanda l'enfant avec une vague curiosité.

— Ce matin, un homme est allé vous voir, rue de Varennes.

— Eh bien?...

— Cet homme s'appelle Martial, n'est-ce pas?

— Oui... oui... le meilleur et le plus dévoué des serviteurs.

— Je l'ai toujours considéré ainsi.

— C'est le garde du château de Graçay-Chambrun.

— Précisément.

— Vous le connaissez?

— Depuis cinq ans...

— Mais... alors... vous, vous, monsieur, qui donc êtes-vous?

— Le vicomte Gontran d'Épernon! répondit le jeune gentilhomme avec un sourire qui se glaça presque instantanément sur ses lèvres.

Une pâleur de marbre venait d'envahir les joues de Réjane !

— De quoi! de quoi! dit la jeune femme; est-ce qu'on s'amuse comme ça les uns sans les autres?

— Qu'avez-vous? s'écria Gontran.

— Ce n'est rien! répondit la jeune fille; je n'ai pu maîtriser un premier mouvement de surprise... Je m'attendais si peu...

— D'où vient que mon nom...

— Vous le comprendriez mieux si je vous avais appris le mien.

— Comment?

— Mon père, disiez-vous, m'appelle Réjane... monsieur le vicomte, — et mon père est le général de Graçay-Chambrun!

A ce nom, Gontran se rejeta brusquement en arrière...

— Oh! pardon... pardon... mademoiselle!... balbutia-t-il.

Et il saisit les mains de la jeune fille, qu'il pressa dans les siennes avant qu'elle eût le temps de se retirer.

Mais elle ne tarda pas à se dégager de l'étreinte du jeune homme, et se leva.

— Ah! ne partez pas!... supplia Gontran avec un cri mal étouffé.

— Excusez-moi, monsieur, répondit Réjane.

— Vous m'aviez promis le prochain quadrille.

— J'avais trop présumé de mes forces... cette atmosphère m'étouffe... j'ai besoin de respirer... et mon père m'attend.

— Vous quittez le bal!

— A l'instant.

— Mais je vous reverrai!...

Réjane eut un regard sous le voile duquel trembla un moment une lueur d'une indéfinissable expression.

— Je suis la meilleure amie d'Herminie, répondit-elle d'une voix contenue; et vous pouvez être assuré que je serai près d'elle et que je prierai Dieu du plus profond de mon cœur, le jour où elle épousera M. le vicomte d'Épernon.

Puis elle salua et gagna la porte.

Gontran réprima un geste de dépit — et, sans se rendre bien compte de ce qu'il allait faire, il la suivit à pas rapides et heurtés!...

Mais, comme il atteignait le seuil du salon, il se croisa avec Beverley...

Ce dernier paraissait agité, et plus soucieux qu'il ne lui était apparu encore.

— Eh! vous voilà! dit-il à Gontran, en l'entraînant dans l'embrasure d'une fenêtre. Où allez-vous donc ainsi?

— Moi! fit le vicomte du ton d'un homme qui serait pris en flagrant délit d'indiscrétion.

— Est-ce cette jeune fille que vous suiviez?

— Pourquoi pas?

— Elle est charmante.

— N'est-ce pas?

— Vous savez son nom?

— On l'appelle Réjane.

— Et son père... est le général de Graçay-Chambrun.

Gontran regarda Beverley dont l'œil avait tout à coup pris une sinistre expression.

Involontairement, il tressaillit.

— Vous saviez donc qui elle était, dit-il, quand ce matin vous m'avez répondu que vous ne la connaissiez pas?

— C'est possible.

— Beverley!...

— Quoi donc?...

— Mais il me semble...

Beverley serra le bras de son interlocuteur à le briser.

— Soit! répondit-il d'un accent farouche et les sourcils contractés ; oui... je connaissais son nom, — mais je ne voulais pas vous le dire, à vous.

— Comment!...

Beverley secoua énergiquement la tête.

— Tenez! mon cher vicomte, dit-il avec violence, il ne doit pas y avoir de réticences entre nous... et ce matin il m'a semblé vous voir frissonner quand cette enfant a passé devant vous.

— C'est vrai.

— Alors j'ai eu peur que vous n'en vinssiez à l'aimer !

— Quelle idée !

— A votre âge, les impressions sont profondes presque autant que fugitives, et tout est possible.

— Enfin, quand cela serait ?

Un rugissement gronda dans la poitrine de Beverley, et un hideux rictus tordit sa lèvre.

— Ah! taisez-vous !... — proféra-t-il. — Par respect pour notre amitié... par pitié pour vous ou pour moi... ne vous arrêtez pas une seconde à cette supposition... Cette enfant m'appartient, entendez-vous? au nom du droit sacré de la plus légitime des vengeances!... — et malheur à qui tenterait de me la disputer !...

Et, quittant le vicomte, il s'éloigna sans même regarder en arrière.

XII

Près de trois semaines s'étaient écoulées depuis le jour où Charles Cardinet avait reçu la visite de son étrange associé.

Dans cet intervalle, l'humble coulissier avait escaladé avec une audace sans pareille tous les degrés de la Bourse, et à l'heure où nous le retrouvons installé dans son appartement somptueux de la Chaussée-d'Antin la chance l'a favorisé à ce point, qu'il peut traiter d'égal à égal avec les plus illustres représentants de la finance parisienne.

L'étonnement provoqué par une fortune aussi rapide n'était pas de nature à se calmer facilement; et bien que son crédit s'appuyât sur des valeurs de premier titre, qu'il avait déposées dans les principaux comptoirs de la capitale, bien que l'on eût appris que la maison Dalbane avait encaissé pour son compte une somme de cinq cent mille francs provenant de l'une des premières banques de Londres, l'obscurité qui planait sur la source de cette fortune suffisait à troubler la confiance, et il semblait que l'on attendît que Cardinet s'expliquât lui-même.

Mais ce dernier ne pouvait pas parler. — Peut-être serait-il plus juste de dire qu'il ne le voulait pas.

Et puis, à quoi bon ?

Il était riche, le reste lui importait peu.

Sa nouvelle position ne l'avait ni surpris ni inquiété.

Depuis le moment où il avait changé les cinq petits cartons bleutés contre cinq cent mille francs en billets de banque, toute incertitude avait disparu de son esprit.

Il s'était mis à l'œuvre, et dès ses premières opérations un succès inouï avait couronné son audace.

Chose bizarre, toutefois, et qui était peut-être la véritable cause de l'hésitation avec laquelle ses rivaux accueillirent son triomphe, ses opérations s'étaient portées sur des valeurs ordinairement immobiles, et dont les fluctuations insensibles ne se prêtent pas d'ordinaire aux jeux de la Bourse.

Cependant, par une coïncidence inattendue, invraisemblable, extravagante, le cours de ces valeurs avait, tout d'un coup, subi des dépressions qu'aucune explication naturelle et logique ne pouvait justifier et dont seul le nouveau favori paraissait avoir eu l'intuition !

Y avait-il là quelque coup longuement préparé à l'avance, dont Charles Cardinet avait surpris le mystère, et qu'il avait gardé pour lui ?

C'était possible, et les exemples ne sont pas rares !

Ce qu'il y avait de certain en tout cas, ce qui était manifeste et indéniable, c'est qu'en moins de trois semaines il avait réalisé des bénéfices considérables, qui pouvaient se chiffrer par plus de deux millions de francs.

On va vite à la Bourse — quand on n'y regarde pas de trop près.

Charles Cardinet pouvait donc jouir de son triomphe, auquel rien ne manquait... et à peine un nuage passait-il sur son front, quand le souvenir du vieillard inconnu se présentait à son esprit.

Il ne l'avait pas revu depuis qu'il s'était installé rue de la Chaussée-d'Antin. Mais il s'attendait à chaque instant à recevoir sa visite.

Un matin, après avoir déjeuné sommairement, il venait de passer dans son cabinet et s'était mis à feuilleter une collection nombreuse de titres étalés sur son bureau.

Dans le premier moment, rien de particulier ne se produisit, et il semblait procéder à une vérification banale ou indifférente.

Mais, peu à peu, son front s'assombrit, ses sourcils se contractèrent, et quelques mots inintelligibles s'échappèrent de ses lèvres...

— Qu'est-ce que cela signifie ? dit-il enfin en relevant les yeux.

Et, d'une main fiévreuse, il pressa une poire électrique qui pendait le long de la cloison.

Un garçon en livrée se présenta.

— Jean ! dit Cardinet d'une voix brève et sèche, priez M. Merlot de venir à l'instant même.

M. Merlot était le caissier.

Il s'empressa d'accourir.

Il avait une cinquantaine d'années, le visage glabre, le front fuyant, l'air obséquieux.

Il salua humblement.

— Monsieur m'a fait appeler ? demanda-t-il en s'approchant de Cardinet.

— Oui, monsieur, — répondit ce dernier. — Ce matin, vous m'avez remis des titres qui vous ont été livrés hier par la maison Périer frères. Je viens d'y jeter un coup d'œil et savez-vous ce que j'y découvre ?

— Quoi donc, monsieur ?

— Ces titres portent les mêmes numéros que ceux que nous avons déposés, il y a trois semaines, entre les mains de M. Dalbane, pour nous couvrir de nos opérations.

— Je l'ai remarqué également.

— Et vous n'avez pas cru devoir me faire part de votre remarque ?

— J'attendais que monsieur fût seul.

— Ce qui arrive est inexplicable.

— En effet.

— Enfin, qu'en pensez-vous vous-même ?

Le caissier Merlot remua la tête.

— Mon Dieu ! — répondit-il, — on ne peut pas savoir... Il n'y a peut-être là, après tout, qu'une confusion imputable à quelque commis de la maison Dalbane... on y fait des opérations si nombreuses... on y reçoit tant de valeurs, de tous les marchés financiers de l'Europe, qu'une erreur de classement a pu se produire.

— Vous avez raison.

— Pris isolé, ce fait n'a rien de précisément grave, mais s'il se renouvelait... cela pourrait devenir inquiétant.

— Vous y veillerez.

— Monsieur peut s'en rapporter à moi.

— C'est bien...

Ils en étaient là quand le timbre de l'appartement retentit.

On entendit la porte de l'antichambre s'ouvrir, puis un valet de chambre entra dans le bureau et remit une carte à Cardinet.

Ce dernier n'y eut pas plus tôt jeté un regard qu'il fit un mouvement.

Il y avait sur la carte un seul mot :

BIBI

Cardinet lança la carte dans le foyer et se tourna vivement vers le valet.

— Faites entrer... dit-il aussitôt.

Puis, s'adressant à Merlot :

— Vous pouvez vous retirer, ajouta-t-il ; plus tard nous reprendrons cette conversation... et, s'il y a lieu, nous aviserons.

Le caissier gagna la porte.

Comme il en atteignait le seuil, il se croisa avec l'homme à la carte.

Merlot s'effaça pour le laisser passer, et le vieillard lui fit un signe de tête amical.

Un moment après, la porte se refermait, et Charles Cardinet se trouvait seul avec son mystérieux associé.

Celui-ci s'était avancé à pas lents, examinant avec un sérieux intérêt la pièce dans laquelle il venait d'entrer, et promenant son regard sur les moindres détails de l'ameublement.

— Pas mal ! pas mal ! dit-il en souriant ; je vois que vous comprenez les affaires... et vous méritez le succès que vous obtenez.

— Ce succès vous est dû tout entier... repartit Cardinet.

— Parbleu ! c'est clair... mais encore y a-t-il un certain talent à ne pas effaroucher la confiance.

Cardinet avait avancé un fauteuil : le vieillard s'y assit.

Il était mis comme la première fois, enveloppé de fourrures, les yeux cachés derrière des verres de couleur fumée.

Mais c'est à peine s'il prenait, cette fois, le soin de dissimuler.

— Au surplus... — reprit Cardinet après quelques secondes de silence, — ne vous ayant pas revu depuis trois semaines, et ne sachant pas quelles étaient vos intentions, j'ai tenu à jour le compte exact de nos bénéfices... Votre part a été mise de côté avec un soin scrupuleux, et je suis prêt à vous remettre la somme qui vous revient à ce jour.

Le vieillard se renversa avec un petit gloussement.

— Fi donc ! fi donc ! — se récria-t-il, — prenez garde, mon ami ! je ne vous ai pas dit que je cherchais un homme honnête... j'ai cru seulement avoir rencontré un homme habile, et cela me suffit. — Ne vous diminuez pas par des prétentions déplacées au prix de vertu.

— Cependant...

— Parlons d'autre chose.

— De quoi donc ?...

— Vous êtes presque riche à l'heure qu'il est ; les affaires affluent chez vous et l'on vous cite à l'égal des premiers financiers de l'Europe.

— Je n'oublierai jamais que c'est vous...

— Bon ! des bêtises !... je n'ai que faire de cela... D'ailleurs, du moment où la reconnaissance deviendrait une obligation, le bienfait serait bien près d'avoir été un calcul. Ne nous payons pas de clichés et dites-moi ce que vous comptez faire.

— Mais je ne sais encore, répondit Cardinet avec un peu d'embarras.

Le vieillard haussa les épaules.

— Ce n'est pas à un vieux singe comme moi que l'on apprend à faire des grimaces, répliqua-t-il ; si je déteste que l'on regarde dans mon jeu, il ne me déplaît pas de fourrer l'œil dans les cartes de mes associés.

— Que voulez-vous dire ?

— Que vous êtes sur le point de faire des sottises.

— Comment ?

— Vous êtes allé trouver le papa Dalbane.

— Qui vous l'a dit ?

— Qu'importe, puisque je le sais ? j'ajoute que j'ai deviné le motif secret qui vous y attirait.

— Vraiment ! dit Cardinet.

Le vieillard se leva à demi.

— Ah çà ! dit-il en changeant tout à coup de ton et d'allure, est-ce que décidément vous me prenez pour un imbécile ? et croyez-vous, par hasard, que je vous ai confié cinq cent mille francs, tout simplement pour vous procurer la chance d'épouser mademoiselle Dalbane, dont le père n'aura pas demain matin dix centimes à offrir à son gendre.

Cardinet se dressa presque épouvanté ; mais avant qu'il eût eu le temps de se remettre le vieillard était allé à la table, et avait plongé ses deux mains frémissantes dans les titres qui y étaient étalés.

— Et ces *fafiots ! !* poursuivit-il d'un accent incisif et dur, est-ce que tu n'as pas remarqué les numéros qu'ils portent ?... ne te rappelles-tu pas que tu les as confiés, il y a trois semaines, à la maison Dalbane, et peux-tu m'expliquer comment ils te reviennent par le comptoir des frères Périer ?... Ah ! je te croyais plus *roublard*... et à certains tressaillements de ton visage, l'autre nuit, j'étais resté convaincu que tu m'avais reconnu. — Mais regarde-moi donc !

En parlant de la sorte, le vieillard rabattit le col de sa houppelande fourrée, et remit tranquillement ses lunettes dans leur étui.

Cardinet jeta un cri.

— Lombard ! vous ! dit-il en se voilant les yeux de ses deux mains.

— Ingrat ! répondit son interlocuteur ; avoir pu oublier si vite notre vieille et tendre amitié, quand, moi, au contraire, j'ai été si heureux de te retrouver ! — Mais, maintenant, nous voici réunis de nouveau : nous sommes seuls et nous allons pouvoir jaboter comme au bon temps. Allons! assieds-toi là et écoute ce que j'ai à te dire.

Et comme Cardinet ébauchait un geste de résistance :

— Surtout, ajouta Lombard, ne faisons pas de peine à Bibi; et pour le cas où tu serais tenté de faire le méchant, pense quelquefois à la petite maison de la ruelle et n'oublie pas que, moi aussi, je sais où est le cadavre!

A ces mots, Cardinet baissa la tête et se laissa tomber comme affaissé sur son siège.

XIII

Lombard fit un geste satisfait et, ayant repris sa place, il poursuivit :

— Il faut que je te fasse un aveu qui coûte à mon amour-propre, dit-il avec ce gloussement de poule sensuelle qui lui était familier; jusqu'au jour où tu m'as planté une balle dans l'épaule, je n'avais en toi qu'une confiance limitée. Tu étais jeune, ardent, peu scrupuleux sur le choix des moyens. Cela promettait un joli coquin pour l'avenir; mais, enfin, ce n'était encore qu'une promesse. Seulement quand, après l'affaire de Graçay-Chambrun, je compris toute l'habileté du coup double que tu avais préparé, ce fut une autre paire de manches et j'ai été tenté de tirer mon chapeau! Aussi je ne fus pas méchant... J'ai respecté la douleur d'un père, et, lorsque je t'ai retrouvé après cinq années de séparation, ç'a été pour t'accabler de billets de banque... Qu'as-tu à répondre à ça?

— Rien! rien! balbutia Cardinet.

— A merveille!... Du reste, je ne suis pas venu de si bonne heure pour te raconter des histoires que tu connais aussi bien que moi, ni pour t'adresser des reproches dont tu te moques comme de Colin-Tampon... Nous avons des choses plus sérieuses à traiter, et je me permettrai d'ajouter que le moment est solennel!...

— Quels sont donc vos projets? demanda curieusement Cardinet.

Lombard l'enveloppa d'un regard mélancolique.

— Autrefois tu me *tutéyais*, répondit-il... et ta voix ne me semblait que plus douce... N'éprouves-tu pas le besoin de revenir aux habitudes de notre vieille intimité?

— Comme tu voudras.

— A la bonne heure! Et maintenant, procédons avec méthode... Tu me demandes quels sont mes projets, et je suis obligé de te faire quelques cachotteries sur ce point.

— Mais ce que tu me disait de M. Dalbane?...

— Ça... c'est différent.

M. Dalbane était étendu sans vie, le visage horriblement défiguré.

— Tu crois que sa position est menacée ?...

— Tiens-toi bien... elle ne vaut pas la tienne...

— Cependant.

— Pas un mot de plus...

— Mais s'il en est ainsi... la couverture que j'ai déposée chez lui... les deux cent mille francs qu'il a reçus de moi !...

— Laisse bêler le mérinos !... la nuit prochaine, il se passera des choses qui étonneront bien des gens... et on entendra quelque bruit dans Landerneau !... Mais, pour ne pas se trouver pris dans l'engrenage, il faut ouvrir l'œil et jouer serré... ça me regarde... Écoute!... Aujourd'hui, tu feras reprendre chez papa Dalbane une forte partie du dépôt que tu as effectué entre ses mains... et, ce soir, tu me diras où tu en es avec lui !

— Où te verrai-je?

— Tu feras retenir pour cette nuit... un cabinet chez Brébant.

— Tu sais qu'il y a bal à l'Opéra?

— Précisément... nous n'irons pas au bal, mais nous serons tout de même de la petite fête... A partir de minuit... tu iras t'installer chez le restaurateur de la jeune littérature... et tu m'attendras.

— A quelle heure viendras-tu m'y rejoindre?

— On n'a jamais pu savoir... Je serai très occupé cette nuit... et quand tu me reverras, le plus fort sera fait.

Il y eut un silence.

Cardinet observait son interlocuteur avec intérêt, et il était frappé de l'énergie avec laquelle il scandait chacune de ses paroles.

— Est-ce tout ce que tu as à me dire? demanda-t-il au bout d'un instant.

— Pas tout à fait... Car il y a des choses qu'il est bon que tu saches.

— Lesquelles?

— Tu as entendu parler du prince Lubiroff?

— Parbleu! c'est un des prétendants à la main de mademoiselle Herminie Dalbane.

— Je crois que tu avais rêvé un moment de devenir son rival.

— Pourquoi pas?...

— N'anticipons pas sur les événements! Le prince Lubiroff est l'époux qui convient à mademoiselle Dalbane, et il serait imprudent de te fourrer dans ses jambes. D'ailleurs il a pris les devants... et je crois savoir qu'aujourd'hui même il a fait sa demande et qu'il a été agréé par le papa et par la fille.

— Est-ce possible! s'écria Cardinet.

— Ce mouvement de surprise n'est pas flatteur pour le prince, mais il s'en fiche pas mal!... Seulement le dernier mot n'est pas dit quant au *conjungo*, et il faut voir venir. Nous en recauserons en temps opportun. Mais il était bon de te faire part de ce mariage, afin de te rendre toute ta liberté d'esprit. Un dernier mot.

— Parle!

— Il y a, parmi cette jeunesse que je rencontre parfois ici et là, un homme qui m'intrigue et sur lequel je n'ai pu encore avoir des renseignements précis.

— Qui cela?

— Tu le connais.

— Son nom?

— Beverley!...

Cardinet eut un geste insouciant.

— Bon! répondit-il, Beverley est un original, vivant la nuit plutôt que le jour, qui n'a d'autre passion que la curiosité, et qu'il suffit d'obser r deux minutes pour pénétrer jusqu'au fond du cœur.

— Tu crois?

— J'en suis sûr.

— Eh bien! tu te trompes!

Et Lombard prononça ces quelques mots d'une voix si nette et si ferme que Cardinet tressaillit.

— Tu te trompes! répéta Lombard; Beverley n'est pas l'individu que tu crois, et de pareils hommes ne doivent pas se traiter légèrement.

— Crois-tu?...

— Sais-tu ce que cet homme a fait, il y a quelques semaines?

— Quoi donc?

— Il est allé, la nuit, visiter la maison de la ruelle.

— Lui! dans quel but?

— Je cherche...

— Et tu n'as pas trouvé?

— Pas encore... Oh! il a du vice, celui-là!... Après l'expédition nocturne à laquelle il s'est livré, il s'est dit que probablement il serait surveillé, qu'on chercherait à surprendre le mobile qui le pousse : et il n'a plus bougé, attendant sans doute une occasion meilleure.

— C'est invraisemblable!

Lombard remua la tête.

— Il n'y a que les choses invraisemblables qui arrivent, répondit-il sentencieusement; cet homme n'est pas le premier venu; il y a dans sa vie un mystère qui nous intéresse... et, à tout prix, il faut qu'il nous livre le mot de l'énigme!

— Que crains-tu donc de lui?

— Je ne sais! mais mon flair est sûr... et c'est à l'un de nous deux qu'il en veut.

— Quelle idée!

— Où l'as-tu connu?

— Sur le boulevard... au théâtre... chez Brin-de-Tulle.

— Et il ne t'a rien dit qui ait pu éveiller tes soupçons?

— Rien!

— Tu n'as pas été chez lui?

— Jamais.

— C'est une lacune.

— Nos relations se bornaient à l'échange de quelques mots quand nous nous rencontrions...

— Soit! soit! nous songerons à tout cela et nous règlerons notre conduite sur la sienne. S'il se tient tranquille, nous le laisserons en paix, mais s'il prétend nous gêner dans nos entournures, nous pourrons bien aller lui pousser une visite rue de Varennes! — et alors... ce n'est pas moi qui payerai la casse...

En parlant de la sorte, Lombard s'était levé.

— Tu ne veux pas d'argent? insista Cardinet.

— A quoi bon?... rien ne presse... répondit Lombard. Seulement, fais toujours établir mon compte, parce que, si les choses tournent comme je l'espère, je serai peut-être obligé de quitter Paris, sans prendre congé de mes amis.

— Comment cela?...

— Laissons planer une ombre tutélaire sur l'avenir... et ne troublons pas ce regain charmant d'amitié qui nous rapproche.... Nous reprendrons ce discours prochainement.

— Je te reverrai cette nuit?

— C'est convenu... à minuit, chez Brébant; attends-moi.

Sur ces mots, il gagna la porte et disparut.

Pour tout dire, Lombard était plus agité qu'il ne convenait à un homme de sa trempe.

La pensée de ce qu'il allait tenter durant cette nuit, dont il n'était plus séparé que par quelques heures, lui communiquait une sorte de fièvre à laquelle il fallait un aliment et il se mit à marcher devant lui sans bien savoir précisément quelle direction il prenait.

Machinalement — instinctivement peut-être — il descendit le boulevard vers la Madeleine, passa les ponts, et au bout d'une heure il remarqua que, tout en flânant, il avait atteint le faubourg Saint-Germain.

Et, alors, une idée lui vint.

Il n'était pas loin de la rue de Varennes.

Il s'y rendit.

L'hôtel de Beverley formait l'angle de la rue, ainsi que nous l'avons dit, et il se mit à l'examiner avec attention, et à rôder le long des murs élevés qui le protègent.

Au bout de quelques minutes, cette inspection des lieux l'absorba à ce point qu'il ne fit plus attention à autre chose.

Il y a peu de passants dans ces quartiers solitaires, et il n'avait pas à craindre que sa présence éveillât la curiosité ou provoquât le soupçon.

Et, cependant, un fait se produisit, auquel il ne s'attendait guère.

Comme il revenait sur ses pas, après avoir fait le tour de l'hôtel et constaté l'existence d'une porte de sortie qui ouvrait sur le jardin, il s'aperçut qu'un homme le suivait depuis quelque temps, épiant avec intérêt chacun de ses mouvements.

Lombard n'aimait pas cela.

Quel était cet homme, et que lui voulait-il ?

Il lui envoya un regard vif et prompt, et, involontairement, il se prit à frissonner.

Celui qui le suivait — il venait de le reconnaître — était Martial, le garde du château de Graçay-Chambrun !

Que faisait-il dans ces parages? Habitait il le quartier? ou l'y avait-il suivi sans qu'il s'en aperçût?

Il hésita un moment.

Cependant Martial s'était approché, et, en passant près de lui, il murmura à son oreille quelques mots, parmi lesquels Lombard crut entendre son nom.

Mais il n'avait pas le temps d'entamer une conversation qui pouvait présenter des dangers sérieux, et sans attendre une nouvelle provocation il s'inclina vivement, tourna le dos et détala avec une rapidité de vélocipédiste.

Il ne ralentit sa course que lorsqu'il eut mis le pied sur le pont de la Concorde.

— Ouf! souffla-t-il alors... D'où sort-il donc, celui-là? Hum! il faudra veiller à ça avant qu'il soit trop tard...

Or, à quelques heures de là, par une nuit sombre et sans lune, un homme enfilait la rue Basse-du-Rempart, et se dirigeait, à pas cauteleux et lents, vers la maison de la ruelle...

Avant d'y entrer, il jeta à deux ou trois reprises un regard soupçonneux à droite et à gauche, et quand il fut bien sûr de ne pas avoir été suivi il ouvrit la porte qu'il referma derrière lui, et disparut bientôt dans le jardin.

Cet homme, c'était Lombard.

XIV

Une fois qu'il eut ouvert la porte de la maison, Lombard s'engagea dans la salle à manger et marcha droit à la cave.

Le chemin paraissait lui être familier; il se dirigeait à travers les ténèbres sans hésitation, et son pas était résolu et ferme.

Quand il atteignit le dernier degré de l'escalier, il continua d'avancer, prit le sentier sinueux et mou qu'avait suivi Beverley quelques semaines auparavant, et parvint au mur mitoyen qui séparait la maison inhabitée de l'hôtel de M. Dalbane.

Alors il tira de son paletot une lanterne qu'il tenait cachée, et, l'ayant allumée, il en projeta les rayons devant lui.

L'humidité avait revêtu les murs d'une couche épaisse de salpêtre, sous laquelle disparaissaient presque entièrement les lignes de ciment qui marquaient chaque assise de pierres. Seulement, en face même de l'endroit où venait de s'arrêter Lombard, deux ou trois moellons semblaient avoir été descellés récemment, sans doute dans le but de se frayer un passage vers les sous-sols du banquier.

Lombard ne perdit pas de temps... il alla prendre une longue barre de fer dans l'angle du mur, et, d'un geste énergique et prompt, il en appliqua la pointe taillée en biseau entre les moellons descellés.

Cela dura trois minutes à peine, au bout desquelles deux énormes pierres tombèrent en dedans du mur, ouvrant ainsi un vaste trou par lequel Lombard ne tarda pas à disparaître.

Un instant plus tard, il se trouvait dans une cave dépendant de l'hôtel Dalbane !

Une cave longue, spacieuse, voûtée comme une chapelle, et contre les parois de laquelle s'élevaient d'immenses casiers, défendus par une grille de fer, armée elle-même de cadenas et de verrous.

Derrière cette grille s'entassait une effrayante quantité de titres et de valeurs de toute sorte, classés et rangés avec ordre, et dont les provenances diverses étaient indiquées par de larges étiquettes, blanc et noir, qui pendaient à chaque étage.

C'est en ce lieu qu'étaient disposées toutes les valeurs confiées à la maison Dalbane, et, à première vue, cela rappelait assez bien le cours de la Bourse que donnent chaque jour les journaux de Paris à leur quatrième page.

Lombard ne s'oublia pas à admirer l'ordre qui régnait dans le classement de ces valeurs ; tout au plus constata-t-il qu'il y avait des lacunes nombreuses parmi ces entassements de titres ; mais son but n'était pas de rechercher les causes de ces lacunes, et il paraissait avoir hâte d'en finir.

Il traversa donc la cave dans sa largeur, et gagna le casier qui faisait face au mur par lequel il était entré.

Ce casier, comme celui de droite, était armé de verrous et de cadenas.

Mais ces engins-là n'avaient pas de secrets pour Lombard.

En deux tours de main, à l'aide d'un outil dont il s'était muni, cadenas et verrous volèrent en éclats, et la grille, rendue à la liberté de ses mouvements, roula doucement et d'elle-même sur ses gonds.

La poitrine de Lombard se dilata, tout son corps se pencha alors en avant, et ses deux mains s'enfoncèrent dans la masse des titres et des valeurs !

C'était le nid important, — et il le savait bien.

D'ailleurs cette expédition était la dernière qu'il dût faire... Depuis quelques mois il avait pris au banquier ce qu'il y avait de meilleur, — le dessus du panier des dépôts ; — la prudence lui conseillait de ne pas aller plus loin, et il était décidé à borner l'aventure à la tentative qu'il effectuait en ce moment.

Mais il fallait cette fois composer un lot intelligent, et, parmi ces *actions* qui s'offraient à lui, choisir celles dont il pourrait se défaire facilement, dût-il — ce qu'il avait fait déjà — aller les vendre jusque sur les marchés de Londres, de Vienne ou de Francfort!

Il se mit donc à cette recherche avec une âpre activité, plongeant ses doigts dans ces parchemins, les examinant un à un, s'emparant de ceux-ci pour les enfouir dans ses poches qui se gonflaient à vue d'œil, rejetant dédaigneusement ceux-là sur le sol qu'ils finirent par joncher.

Absorbé tout entier dans son œuvre acharnée, il ne songeait pas à autre chose; sa poitrine haletait, et de temps à autre, quand il faisait une découverte inattendue, inespérée, ses veines se prenaient à battre avec violence, et il passait comme un voile devant ses yeux!

Tout à coup un cri sourd s'étrangla dans sa gorge, et un frisson glaça sa chair.

La porte de la cave venait de remuer.

Son œil se tourna ardent de ce côté.

Il s'était trompé sans doute!... il avait mal entendu!... il n'était pas possible que quelqu'un osât venir le déranger!

Mais presque aussitôt le même bruit se reproduisit... on eût dit le grincement d'une clef dans la serrure.

Il se rejeta brusquement dans un angle obscur et souffla sa lanterne.

Il ne lui restait plus le temps de fuir... la porte s'était ouverte... et dans le jet de lumière qui rayait l'ombre un homme venait d'apparaître.

M. Dalbane!...

Pâle, le visage défait, la cravate dénouée, les cheveux en désordre, tenant un bougeoir dans sa main décharnée et tremblante...

Un spectre!

Ce qui s'était passé était horrible, et ressemblait au plus épouvantable des cauchemars.

Depuis quelques jours, une inquiétude sans nom s'était emparée du malheureux banquier et l'avait cruellement ébranlé.

C'était quelque chose d'impalpable et de terrible comme l'inconnu!

Des pressentiments sans cause, des appréhensions sans motifs, des murmures insaisissables qui parlaient de ruines prochaines.

Puis cela avait pris consistance...

La remarque dont Cardinet entretenait son caissier Merlot le matin même, cette remarque avait aussi frappé M. Dalbane.

Des ordres de vente lui étaient parvenus désignant certains numéros d'actions qu'il savait lui avoir été confiées, et qui ne devaient pas être sorties de ses caisses.

C'était peu de chose, à la vérité; une irrégularité de classement ou une erreur dans l'indication des numéros pouvait tout expliquer.

Mais le fait s'était renouvelé et avait pris des proportions bizarres.

Ce même samedi, pendant toute la journée, les télégrammes s'étaient succédé, venant de Londres, de Berlin, de Vienne, accusant une persistance inquiétante dans le désordre, et pouvant finalement inspirer le soupçon d'un vol.

M. Dalbane était l'honneur et la probité même... sa réputation était européenne, la sûreté qu'il offrait dans les transactions financières avait attiré autour de sa maison l'estime et la considération générales...

Ses employés lui étaient tous connus depuis longues années ; l'idée ne pouvait lui venir de chercher un coupable parmi eux !

Cependant le vol était manifeste... et le ton des dernières dépêches qu'il reçut dans la soirée lui fit même comprendre que la situation était beaucoup plus grave qu'il ne l'avait voulu croire d'abord...

Alors il n'y tint plus !

Il s'était retiré vers dix heures du soir dans son cabinet de travail, après avoir embrassé Herminie qui avait elle-même gagné sa chambre.

Une fois seul, il se livra à une vérification attentive de ses livres, compulsa les dossiers de ses clients, et compara à nouveau les ordres de vente avec les numéros des dépôts, espérant toujours rencontrer au bout de cet examen une preuve qui pût le rassurer.

Il ne trouva rien !

A mesure qu'il avançait, la situation s'accusait de plus en plus menaçante, et le déficit ouvrait ses profondeurs sous ses regards terrifiés.

C'était à donner le vertige...

Et, pendant les deux longues heures qui s'écoulèrent de la sorte, il sentit passer sur son front blême et creusé de rides douloureuses toutes les années qui lui restaient à vivre !...

Quand il se releva, ses cheveux avaient blanchi aux tempes ; ses yeux se troublaient de lueurs d'égarement et de folie, et sa peau semblait s'être collée sur les os saillants de ses joues.

Il était méconnaissable !

Minuit venait de sonner... il alluma un bougeoir... se munit de plusieurs clefs... et avant de sortir il alla à un secrétaire qu'il ouvrit.

Dans l'un des tiroirs, il y avait un revolver.

Il s'assura que les canons en étaient chargés... et le prit...

Puis il descendit et gagna la cave.

Lorsqu'il poussa la porte devant lui, sa main ne tremblait plus... Il avait pris une résolution suprême...

Il fit quelques pas, et dans le premier moment son œil indécis n'eut que des perceptions vagues...

Mais cela dura peu.

— Commençons ! dit tout à coup le magistrat en se tournant vers les terrassiers...

Bientôt il aperçut la grille ouverte, le sol jonché de parchemins, les titres et les valeurs bouleversés sur les étagères.

Il s'arrêta.

Le doute n'était plus possible, le crime était manifeste.

Un sanglot gonfla sa poitrine ; et il voulut crier !...

— A moi !... A l'aide ! balbutia-t-il d'un ton faible comme un souffle.

Au même instant, ses yeux s'ouvrirent démesurément et ses doigts crispés se tordirent sur la poignée de son revolver.

Il venait d'entendre un bruit à ses côtés, et s'était retourné.

Il y avait un homme devant lui!

— Ah! c'est toi!... toi! s'écria-t-il en retrouvant tout à coup l'énergie et la force.

Et, se précipitant sur Lombard, il le saisit à la cravate et le maintint d'une main affolée de colère et de rage.

— Eh! là! là! grommela ce dernier en cherchant à se dégager... si vous criez ainsi, vous allez faire accourir tous les curieux du quartier...

— Misérable!... tu m'as volé.

— Pardieu!

— Rends-moi ces titres... qui sont mon honneur... la fortune de mon enfant... la...

Le banquier n'acheva pas.

Le visage de Lombard se trouvait en ce moment en pleine lumière, et à sa vue ses doigts se détendirent et lâchèrent prise.

— Grands dieux!... balbutia-t-il épouvanté, cette ressemblance!... Lubiroff!... est-ce possible!...

Lombard proféra ce petit gloussement dont il n'avait jamais pu se défaire.

XV

— Et où prenez-vous Lubiroff? dit-il en exécutant un bond de côté, et cherchant à gagner le passage par lequel il était venu.

Instinctivement, M. Dalbane remarqua ce mouvement et revint immédiatement à la réalité de la situation.

La ressemblance qu'il venait de constater ne pouvait être qu'une horrible ironie du hasard... L'homme qu'il avait devant lui n'était qu'un vulgaire voleur et, son arrestation pouvant seule sauver son honneur, il ne voulait pas le laisser échapper.

Il arma son revolver.

— Tu ne sortiras pas d'ici! s'écria-t-il en visant le misérable.

— Ça... c'est une autre paire de manches, répliqua Lombard, et malgré tout le plaisir que j'aurais à passer quelques heures en votre compagnie...

— Je puis te tuer! je n'ai qu'à presser la détente de cette arme; si tu fais un geste, je n'aurai ni hésitation ni pitié.

C'est tout ce qu'il put dire.

Lombard avait déjà pris son parti! Il venait de s'élancer de sa place, avait envoyé au loin le bougeoir que le banquier tenait à la main, et, rassuré désormais par l'ombre qui s'était faite instantanément, il se précipita vers l'issue qu'il s'était ménagée.

Mais, à ce moment, un coup de feu retentit ; la balle du revolver l'atteignit en pleine poitrine, et il se retint au mur en proférant une imprécation de douleur et de rage.

En même temps, il entendit M. Dalbane courir à la porte de la cave et appeler à l'aide.

Mais, il était près d'une heure ; tous les domestiques dormaient à l'hôtel et dix minutes s'écoulèrent avant qu'aucun d'eux n'arrivât à son secours.

— Joseph ! est-ce toi ? balbutia M. Dalbane en allant à la rencontre du premier valet qui se présenta.

— Qu'y a-t-il ? Qu'avez-vous ? demanda le valet d'un ton troublé.

— Viens ! viens ! Suis-moi !

Et ils rentrèrent dans la cave.

Le valet avait rallumé la bougie éteinte. M. Dalbane marchait en avant, l'arme braquée, l'oreille tendue, l'œil ardent.

Mais il eut beau fouiller tous les coins, visiter les casiers, effectuer les perquisitions les plus minutieuses, il ne trouva rien.

Rien ! qu'une mare de sang à l'extrémité du caveau et à quelques pas, dans la muraille, un trou qui était resté ouvert.

Le banquier tressaillit.

— C'est par là qu'il venait ! murmura-t-il d'une voix défaillante... C'est par là qu'il a disparu...

Le valet allait se précipiter... M. Dalbane le retint...

— Non ! non ! dit-il accablé et sans force... Reste ! ne me quitte pas !... D'ailleurs il y a autre chose à faire, et je veux...

— Quoi donc ?

Les regards de M. Dalbane s'étaient portés vers les titres qui jonchaient le sol, et vers les casiers presque vides...

— Ruiné ! perdu ! déshonoré ! balbutia-t-il en labourant son crâne de ses doigts crispés.

Puis, tout à coup, saisi par une nouvelle pensée, il abandonna le caveau, remonta l'escalier d'un pas fiévreux, et regagna son cabinet.

Le valet l'avait suivi.

— Joseph, dit-il alors, laisse-moi, mon ami ; tu es un bon et fidèle serviteur, toi, et j'ai une confiance absolue dans ta probité... laisse-moi... réveille Philippe et Jacques... Veillez tous les trois à ce que personne ne puisse plus s'introduire dans le caveau... Et, si j'ai besoin de vous, je vous appellerai.

— Monsieur ne veut pas... insista l'honnête valet.

— Non, j'ai besoin d'être seul. — Le coup qui me frappe est des plus cruels.

— Mais il n'est pas aussi terrible peut-être que j'ai dû le supposer tout d'abord.

— Il faut que j'examine, que je vérifie.   Et, pour cela, je n'ai besoin que de solitude et de calme. Va!

A peine le valet se fut-il retiré que M. Dalbane se rua sur les registres qui étaient restés ouverts sur son bureau, et il se mit à les feuilleter d'une main agitée et convulsive.

A chaque page qu'il tournait, on eût dit que son agitation augmentait d'intensité; ses dents mordaient ses lèvres jusqu'au sang, de grosses gouttes de sueur perlaient sur son front, et un moment même deux larmes tombèrent de ses yeux et allèrent tracer un douloureux sillon sur ses joues.

— Ruiné! perdu! déshonoré! répéta-t-il... Il n'y a plus d'illusion possible... il m'a tout pris... ma fortune tout entière ne suffira pas à combler cet épouvantable gouffre!... Mon Dieu! mon Dieu! mon Dieu!

C'était effrayant à voir... Ses traits étaient convulsés... une torsion affreuse contractait sa bouche... on ne voyait plus pour ainsi dire de ce visage que le masque de lividité même sous lequel il disparaissait!

Tout à coup, cependant, il parut revenir à lui.

La pensée de sa fille avait traversé son cerveau, avec la rapidité d'un éclair, et il s'était redressé comme subitement rappelé de la folie à la raison.

— Herminie!... dit-il en serrant sa poitrine pour empêcher son cœur d'éclater, pauvre et chère enfant!... La ruine, elle l'accepterait peut-être... — mais le déshonneur... Ah! jamais! jamais!...

Et son poing, en frappant la table, rencontra la poignée de son revolver.

Il frissonna.

— Non! ajouta-t-il, il ne faut pas que cela soit... et je sais ce qu'il me reste à faire. — Mais elle, elle! — Ah! qu'ai-je donc fait à Dieu pour qu'il m'envoie une aussi épouvantable épreuve?...

Il repoussa l'arme que sa main venait de rencontrer et secoua la tête avec résolution.

On eût dit qu'une nouvelle sensation venait de le frapper et avait tout à coup changé le cours de ses pensées.

Il s'éloigna de son bureau, fit quelques pas à travers le cabinet, puis se dirigea vers la porte.

Il traversa alors un grand salon qui était contigu à la pièce qu'il quittait, franchit sa propre chambre à coucher, et arriva enfin à celle d'Herminie.

Un silence profond planait sur toutes ces pièces; les tapis moelleux assourdissaient le bruit de ses pas; on n'entendait que le mouvement monotone et régulier des pendules...

Sur le seuil de la chambre d'Herminie, il s'arrêta.

Une lampe qui pendait du plafond éclairait la chambre qu'il venait d'atteindre, et ses rayons, tamisés par un globe dépoli, jouaient mystérieusement sur les meubles de soie orange.

M. Dalbane resta quelques secondes, contemplant ce retrait charmant, où tout semblait imprégné de grâce et de virginité.

Toutefois, à force de regarder, il finit par remarquer certains détails inaperçus d'abord, et qui lui communiquèrent un trouble inattendu.

Il régnait dans cette pièce un désordre singulier; les meubles n'occupaient pas la place qui leur était habituelle : deux candélabres, enlevés à la cheminée, avaient été comme oubliés sur une console ; sur la chaise longue, un jupon gisait fripé et déchiré. Çà et là, l'œil rencontrait sur le parquet, ou un ruban, ou un nœud de dentelles ; enfin, sur la table à toilette, c'était un fouillis de flacons roses et blancs, de boîtes de poudre qui roulaient au milieu d'une profusion d'épingles noires.

M. Dalbane sentit une vague terreur s'emparer de lui.

Que pouvait signifier un tel désordre qui était si peu en harmonie avec les habitudes de sa fille?

Il n'y comprenait rien... mais il avait peur.

Il voulut voir.

Il marcha au lit, écarta vivement les rideaux de gaze et de soie, et alors la vérité lui apparut dans toute son horreur!

Le lit était vide... Herminie n'était point dans sa chambre... elle avait quitté l'hôtel à l'insu de son père !

Quelques heures auparavant, ce coup l'eût tué.

En ce moment, il eut la force de regarder en face ce nouveau malheur, et l'âpre curiosité de tout apprendre.

Il avait trempé sa lèvre à une coupe de lie, il voulut la vider jusqu'au fond.

Il descendit.

Le concierge dormait ; il le réveilla.

—Jérôme, interrogea-t-il aussitôt, tu n'as pas quitté ta loge ce soir, et tu as dû voir toutes les personnes qui sont sorties de l'hôtel?

— Oh ! parfaitement, monsieur, répondit le concierge. Je ne me suis même couché qu'à minuit... quelques minutes après que mademoiselle a été partie.

— Tu l'as vue, alors?

— Comme je vous vois...

— Elle n'était pas seule?

— Mademoiselle Laure, sa femme de chambre, l'accompagnait.

— Et elles n'ont pas dit à quelle heure elles rentreraient?

— Pour ce qui est de ça... non!... mais elles paraissaient bien pressées... même que mademoiselle Laure a failli déchirer son domino et qu'elle a laissé tomber son masque...

— Ah!... fit M. Dalbane avec un tressaillement... mademoiselle Laure était masquée?

— Comme mademoiselle...

Le malheureux n'en pouvait plus.

Un mot encore, et il se fût trahi.

Il se contint.

— Bien! bien! dit-il, j'étais resté longtemps à travailler cette nuit... je n'avais pas vu partir ma fille, et je me sentais inquiet; tu m'as rassuré, je te remercie..

— Si monsieur avait besoin de mes services.

— C'est inutile... tu peux te recoucher.

Il était près de deux heures : M. Dalbane reprit à pas lents le chemin de son cabinet, et une fois qu'il y eut pénétré, il se laissa tomber sur une chaise, roula sa tête dans ses mains et fondit en larmes.

— De quelque côté que je porte mes regards, je ne vois que honte et déshonneur!... murmura-t-il à travers ses sanglots... Ah! je n'y survivrai pas... et mieux vaut la mort qu'une pareille destinée!

Il se leva, marcha à son bureau et saisit le revolver qu'il y avait laissé.

Puis il l'arma.

Il y avait là, devant lui, le portrait de sa fille, qui lui souriait d'un air caressant et doux.

Il ferma les yeux pour ne pas la voir, et appuya résolument la bouche du revolver contre son cœur!

En ce moment, un roulement de voiture se fit entendre au dehors et vint s'arrêter à la porte de l'hôtel.

Toute sa chair frissonna à ce bruit.

Ce ne pouvait être qu'Herminie, — elle revenait! Dieu la lui envoyait à temps pour qu'il pût l'embrasser avant de mourir.

Il s'élança éperdu vers la chambre de sa fille.

Mais une nouvelle déception l'y attendait. Ce n'était pas Herminie qui venait de rentrer. C'était mademoiselle Laure, sa femme de chambre.

A cette vue, M. Dalbane ne fut pas maître d'un premier mouvement de colère, et il bondit vers la jeune fille, l'œil plein d'éclairs.

Celle-ci, du reste, était restée terrifiée et muette en apercevant son maître.

XVI

— Toi! c'est toi! dit alors M. Dalbane.... Parle, qu'as-tu fait de ma fille?...

— Mais, monsieur... balbutia mademoiselle Laure interdite.

Une petite soubrette à l'œil mutin, à la mine ordinairement effrontée...

— Réponds! réponds! insista le banquier en lui serrant les mains à les briser.

Elle poussa un cri de douleur.

— Vous me faites mal, dit-elle en cherchant à se dégager.

M. Dalbane lâcha prise.

— Parle alors... continua-t-il... D'où viens-tu, à cette heure !... et seule !...

La petite soubrette regardait sa main que l'étreinte furieuse du banquier avait un peu meurtrie... et tout en regardant elle réfléchissait à ce qu'elle devait répondre.

Ce ne fut pas long, car presque aussitôt elle reprit son aplomb et son sang-froid...

— Vous demandez ce que j'ai fait... et d'où je viens? dit-elle, l'œil impertinent et la voix railleuse... Eh bien!... j'arrive de l'Opéra !

— Que dit-elle? fit M. Dalbane.

— Après tout, je n'y suis pour rien, moi, et je n'ai fait qu'obéir à mademoiselle. Elle avait appris aujourd'hui qu'elle allait épouser le prince Lubiroff...

— Eh bien?

— Eh bien! elle a voulu, avant son mariage, assister à l'un de ces bals dont elle avait tant entendu parler.

— Et tu l'as accompagnée?

— C'est ce que j'avais de mieux à faire.

— Vous êtes parties ensemble?

— Vers minuit.

— Et pourquoi reviens-tu seule?

— Ah! voilà ! fit la soubrette... vous ne vous imaginez pas la foule qu'il y a là-bas... Dans le premier moment, cela a bien marché : mademoiselle et moi nous nous tenions par le bras, et malgré la cohue nous ne nous quittions pas... mais arrivées à la porte du foyer... un mouvement nous a tout à coup séparées... et j'ai perdu mademoiselle de vue.

— Qu'était-elle devenue?

— Je n'en sais rien.

— Tu ne l'as pas cherchée?

— Pendant plus d'une heure.

— Et alors?

— Alors, voyant que je ne la retrouvais pas, la peur m'a prise; et comme j'avais fouillé tous les couloirs, toutes les loges, sans succès, j'ai pensé que mademoiselle avait quitté le bal, et qu'elle était rentrée à l'hôtel.

M. Dalbane passa ses mains sur son front moite.

— La mesure est comble ! murmura-t-il ; c'est plus d'épreuves qu'un homme n'en peut supporter !

Laure, désormais remise de son émotion, s'était rapprochée.

— Si monsieur le désire, dit-elle, je retournerai à l'Opéra.

M. Dalbane fit un geste négatif.

— Non !... interrompit-il vivement, non !... Ta maîtresse ne peut tarder à rentrer.... Il est probable que se trouvant seule, tout à coup, elle prendra le parti que tu as pris toi-même... Il faut l'attendre... et quand elle rentrera...

— Faudra-t-il prévenir monsieur?...

Le malheureux leva les yeux au ciel.

— C'est inutile ! répondit-il... Ne lui dis même pas que je me suis aperçu de son absence... il ne faut point ajouter à son émotion... Demain... je lui parlerai... et en apprenant les inquiétudes auxquelles elle m'a livré elle comprendra, j'en suis sûr, tout ce qu'il y a de condamnable dans sa conduite.

M. Dalbane regagna son cabinet dont il ferma la porte derrière lui, et certain alors qu'il était bien seul et qu'aucun indiscret ne pouvait plus le venir troubler il se jeta sur un fauteuil, et, la tête dans les mains, le regard attaché au parquet, immobile et muet comme la statue du Désespoir, il se prit à songer.

Le silence était profond ; de temps en temps seulement, au dehors, on entendait le roulement des voitures, auquel se mêlaient les appels joyeux des masques qui se croisaient sur le boulevard.

Chaque fois que ces bruits arrivaient jusqu'au malheureux père, un déchirement affreux se faisait en lui, et il pensait à sa fille. — Le déshonneur pour lui ! La honte pour elle ! Comment vivre après cela ?

Ainsi que nous l'avons dit, il y avait ce soir-là bal à l'Opéra !...

En temps ordinaire, minuit est au boulevard une heure curieuse !..

Les théâtres et les concerts ont fermé, et les bals commencent à ouvrir.

Deux courants s'établissent alors entre les gens qui se retirent et ceux qui arrivent.

Plus de trente mille personnes, jetées ainsi tout à coup dans la circulation, sillonnent en tous sens la ligne équatoriale qui partage Paris de la Bastille à la Madeleine.

Cette crue subite de la foule dure près d'une heure. Puis le flot des passants tarit, le mouvement se ralentit ; il semble que le pouls de Paris batte moins vite.

Les magasins ont retiré leur concours à l'éclairage municipal, et l'œil qui parcourt la longue ligne bordée de deux guirlande de becs de gaz s'étonne que tant d'ombre le dispute à tant de lumière.

C'est la nuit, on la sent derrière soi, autour de soi... mais la journée parisienne n'est pas finie.

Au boulevard, elle ne finit jamais ! Elle se continue dans ce qu'elle a de fiévreux, d'exceptionnel et d'excessif, et sur cette voie enténébrée s'ouvrent de nombreux et ardents foyers de vie vers lesquels gravitent de toutes parts, de tous les coins, de tous les mondes, les passions raffinées, les désirs insatiables, les ivresses sans nom !... tous les affamés de plaisir, lassés, blasés, inassouvis !

Là, dans une atmosphère saturée de plaisirs stimulants, ils vont renouer

— Suis-je indiscrète? demanda l'enfant curieuse.

l'intrigue dont le fil s'est brisé au retour du Bois ou à la première des Bouffes, — se retremper ou se rattraper.

Tous les quartiers de Paris sont plus ou moins tributaires du Boulevard, et dans leurs contingents mêlés et confondus, on retrouve ceux qui payent pour s'amuser, et ceux que nous payons pour qu'ils nous amusent.

C'est la fusion des classes.

Le gentilhomme s'y laisse tutoyer par sa blanchisseuse ; nos jeunes créanciers nous serrent la main, et les étrangers nous invitent à rêver de la fraternité des peuples.

Le plaisir est polyglotte, et l'or aussi !

Il y a de tout là-dedans.

Pour les uns, la vie nocturne est une habitude, comme aux Orientaux l'opium et le hatchis.

Pour d'autres, c'est un moyen d'existence.

Les seconds sont souvent les parasites des premiers. — Les passions de ceux-ci font des rentes à ceux-là, et de leurs excès, dont l'éclat fait scandale, on peut dire que si beaucoup en meurent, beaucoup plus en vivent.

Il y a donc là des excentriques et des aventuriers, des rêveurs et des faiseurs, des gentilshommes d'une noblesse aussi authentique que les crus de Bignon et de Brébant, et des barons de Lancy, des princes de Markariantz, des comtesses de Montesson.

Du vrai et du *toc*.

Des armoiries et des dossiers !

Il y a autre chose

On n'y rencontre pas seulement les habitués de la nuit ou les déclassés du jour !

Ceux-là sont connus, cotés et ne font mystère ni de leurs vices, ni de leurs infirmités...

Mais on y retrouve encore, errant, inquiet et taciturne, celui dont parle Edgar Poë et qu'il a appelé l'*homme des foules !*

Où va-t-il ? — d'où vient-il ?

Pendant le jour — ceci a été observé — sous les flots tumultueux et affairés de ce Bosphore parisien qu'on appelle le Boulevard, il s'opère un travail incessant de sédimentation qui va déposer dans les bas-fonds sociaux certains germes mystérieux dont la fécondation est réservée aux monstrueux accouplements de la nuit.

L'*homme des foules* est peut-être un de ces produits redoutables.

Il vient de l'ombre, et va aux ténèbres.

Et son esprit rumine alors l'œuvre terrible qui sans doute l'épouvanterait lui-même, quelques heures plus tard.

Heureusement le tableau de la nuit parisienne ne se compose pas uniquement de couleurs sombres.

Il a aussi son charme et sa gaieté.

Charme malsain et gaieté factice. — Mais qu'importe !

La femme !

Tout un monde que l'on peut diviser également en population flottante et en population sédentaire.

Le regard ébloui y voit passer des étoiles de la haute galanterie... et de simples nébuleuses... des artistes érotiques dont la photographie a popularisé les *attraits* en les flattant... et d'humbles et très actives prêtresses de Vénus qui, selon l'expression de Balzac, vont en *journée la nuit*, déjeunent quand on les invite à souper, et vous aiment avant qu'on les en prie !

D'où viennent-elles ces bohèmes à la toilette d'une élégance douteuse, aux paupières bistrées, à l'attitude indolente ou tapageuse ? de quel versant descendent-elles ?... sous quelle latitude vont-elles se réfugier pendant le jour ?

Qui l'a dit jamais... et qui s'en préoccupe ?

Elles vont et viennent : *Quærens quem devoret !* plus soucieuses que tristes, plus excentriques que spirituelles, singulières marchandes d'illusions et de volupté qui font une bien maigre réclame à la gaieté française !

Le soir, vous les voyez rôder le long des cafés aux terrasses lumineuses ; — la nuit, vous les retrouvez sur les divans des maisons de souper.

Chez Brébant ou chez Riche, au Helder ou dans le sous-sol de Frontin, chez Hill's ou chez Péters, qui ne les connaît ! Ce personnel est toujours le même, il ne varie pas beaucoup, et c'est à peine si, de loin en loin, vous y rencontrerez une irrégulière du grand monde, une madame de Châlis qui, par caprice, a voulu respirer l'âcre parfum des cabarets à la mode et y souper avec le prince Titiane !

Après tout, ne nous montrons pas trop sévères ; laissons à d'autres le rôle de censeur détaché du tableau de Couture, et n'oublions jamais que des statisticiens émérites veulent bien ne pas croire inutiles à la prospérité de la Champagne et de la Bourgogne ces nuits de bal qui remplissent jusqu'au matin d'une foule houleuse et altérée les salons des établissements que nous venons de citer.

Cette même nuit, au moment où Lombard s'introduisait dans la maison de la ruelle, Beverley et Sosthène de Simier montaient l'escalier de Brébant et faisaient appeler Désiré.

Ce dernier accourut.

— Mon ami, dit alors Beverley, je crois savoir que M. Charles Cardinet a fait retenir ici un cabinet pour cette nuit.

— Précisément, monsieur, répondit Désiré, nous lui avons donné le salon vert.

— Ce salon est contigu, ce me semble, au grand salon rouge que j'ai retenu moi-même.

— C'est cela.

— A quelle heure doit venir M. Cardinet ?

— Entre minuit et une heure.

— Alors, vous ne l'avez pas vu encore ?

— Non, monsieur.

— Tout est pour le mieux !... Quand il viendra, ne lui dites pas que je serai son voisin cette nuit, c'est une surprise que je lui ménage, et la discrétion est de rigueur.

— Monsieur peut être tranquille...

C'est parfait... tenez le salon rouge prêt... nous serons vraisemblablement ici, vers deux heures.

Désiré salua, et les deux jeunes gens descendirent sur le boulevard.

Dès qu'ils eurent fait quelques pas, Sosthène se tourna vers son compagnon, et l'enveloppa d'un regard où il y avait peut-être autant d'inquiétude que de curiosité.

XVII

— Ah çà ! dit-il vivement, à quelle machination travaillez-vous donc, mon ami, et quelle surprise ménagez-vous à ce Cardinet que vous connaissez à peine ?

Beverley se prit à sourire.

— Seriez-vous jaloux de l'ex-coulissier ? demanda-t-il d'un ton ironique, et comme pour détourner la conversation.

— Moi ! se récria Sosthène.

— Alors, pourquoi vous occuper de lui ?

— Vous vous en occupez bien vous-même.

— Oh ! c'est différent... quand je parais m'intéresser à Cardinet, c'est l'autre que je vise.

— Quel autre ?

— Vous l'avez déjà oublié.

— Le vieillard ?...

— Parbleu !

— Que vous a-t-il fait ?

L'œil de Beverley lança un éclair qui s'éteignit aussitôt.

— Rien ! répondit-il... seulement, vous savez, je suis curieux, je veux connaître ce qu'il est, et je le saurai cette nuit.

— Comment cela ?

— Vous verrez. Si je m'expliquais, vous y prendriez moins de plaisir.

— A votre aise.

— D'ailleurs, Brin-de-Tulle nous attend à l'Opéra. Moi-même, j'y veux aller faire un tour ; ne perdons pas de temps.

Quand ils arrivèrent rue Le Peletier, il y avait foule, et la cohue des masques et des habits noirs inondait les portiques.

Beverley et Sosthène montèrent l'escalier entre deux haies d'arbustes, et atteignirent assez vite le premier étage.

Comme ils allaient entrer dans le foyer, Sosthène aperçut Gontran d'Épernon, auquel il envoya de loin un salut amical.

Gontran répondit de la main, et s'éloigna.

— C'est singulier ! fit Sosthène, comme s'il se fût parlé à lui-même.

— Quoi donc ? interrogea Beverley.

— Avez-vous remarqué d'Épernon ?

— Certainement.

— Il s'est éloigné au lieu de venir à nous... Est-ce que vous êtes en froid ?

— Un peu.

— A quel propos ?

— Un détail insignifiant; j'irai le voir... et j'espère que ce refroidissement ne durera pas... Au surplus, ce n'est pas là peut-être la véritable cause de son attitude...

— Cependant...

— Gontran est très discret! et je ne pense pas que ce soit pour nous qu'il vient ici.

Sosthène se frappa le front.

— Au fait! s'écria-t-il... vous avez raison... je me rappelle.

— Que vous rappelez-vous ?

— Dans la journée, j'ai vu d'Épernon chez lui.

— Eh bien ?

— Il avait reçu une lettre qui l'intriguait beaucoup.

— Ah! ah!

— Un petit billet parfumé... avec des pattes de mouches... Quelque chose de tout à fait *chic*...

— Et que disait ce billet ?

— On lui donnait rendez-vous... ici...

— Vous voyez! je ne me trompais pas!... il y a quelque intrigue sous roche.

— Qui cela peut-il être ?

— Eh ! qu'est-ce que cela vous fait... Tenez !... tenez!... voici Brin-de-Tulle qui s'avance dans un magnifique domino de satin bleu... je ne veux pas troubler votre bonheur et je vais vous laisser... Avant une heure, je serai rentré chez Brébant et je compte bien que vous ne me ferez pas attendre.

— Brin-de-Tulle est trop heureuse de souper avec vous! répondit Sosthène ; elle doit même abuser de l'invitation que vous lui avez faite pour amener Peau-d'Ane, Ninoche et Turbine...

— Qu'elle amène toutes ses amies, si cela lui plaît! mais surtout qu'elles arrivent de bonne heure.

Beverley abandonna le bras de Sosthène et disparut peu après dans les remous de la foule.

La présence de Gontran au bal de l'Opéra a besoin d'être expliquée.

Le jeune vicomte avait horreur de ces cohues, et il professait une médiocre estime pour les *beautés* que l'on rencontre dans ce *temple du plaisir*.

De plus, l'état d'esprit dans lequel il se trouvait depuis quelques semaines, lui faisait rechercher la solitude. Sans se rendre bien compte du sentiment auquel il obéissait, il avait quitté Paris un matin avec Martial, et était allé passer trois ou quatre jours au château de Graçay-Chambrun.

Puis, il en était revenu, ramenant son garde avec lui...

Quelle était la raison de ce voyage et de ce retour?... Il sentait en lui et autour de lui de sourdes appréhensions qu'il ne pouvait justifier... Était-ce son amour malheureux pour mademoiselle Dalbane? Étaient-ce d'autres aspirations vagues dont l'objet ne se manifestait pas encore?...

Il n'eût pu le dire...

Seulement, il était soucieux, morose, et fuyait les amis qu'il fréquentait d'ordinaire.

Or, ce jour-là, le matin, Martial, en le venant voir, lui avait remis une lettre que le concierge venait de recevoir.

La lettre ne contenait que quelques mots :

« Mon ami,

« Je serai cette nuit au bal de l'Opéra — j'aurai peut-être besoin de votre bras. Par grâce, ne me le refusez pas — à minuit. »

Le billet n'était pas signé — et Gontran n'en connaissait pas l'écriture. Sa perplexité fut grande; pendant toute la journée, il chercha à pénétrer ce mystère.

Et, à plusieurs reprises, il eut comme un soupçon de la vérité.

Mais c'était tellement inadmissible, qu'il repoussa bien vite cette supposition.

Toutefois, quand vint l'heure, il s'habilla et sortit.

Minuit et demi sonnait quand il entrait au foyer de l'Opéra.

Au même moment, deux dominos passèrent près de lui... et il entendit prononcer son nom.

— Tu es exact... merci! murmura alors une voix à son oreille... Ne quitte pas le foyer... je t'y retrouverai!...

Et les deux dominos s'éloignèrent.

Au son de la voix qui venait de lui parler, Gontran avait frissonné jusqu'au fond du cœur et un voile glissa devant ses yeux.

Cette voix!... il avait cru la reconnaître.

Il alla s'asseoir sur un divan, à l'extrémité du foyer.

Il était en proie à une agitation inaccoutumée; il lui semblait que tout bruit avait subitement cessé, et que la solitude s'était faite à ses côtés.

Il n'entendait plus, pour ainsi dire, que les battements précipités de son cœur.

Ce qu'il éprouvait était un mélange de sentiments opposés, à travers lesquels il cherchait vainement à se retrouver.

Cette voix, elle lui parlait encore, et il sentait toujours la chaude haleine des lèvres qui avaient murmuré son nom.

Ne s'était-il pas trompé? Avait-il bien entendu? N'était-ce pas impossible..., invraisemblable..., monstrueux!

Cependant, les flots de la foule allaient et venaient, pleins de senteurs capiteuses qui lui montaient au cerveau, et communiquaient à ses sens une ivresse inconsciente; les robes de soie houleuses et pressées le frôlaient avec des provocations irritantes, et il voyait passer devant lui, comme à travers un kaléidoscope, ces costumes bigarrés de couleurs éclatantes, empruntés aux nationalités les plus étranges ou inspirés par les fantaisies les plus extravagantes...

Une petite main de femme qui vint se poser sur son épaule, l'arracha brusquement à sa rêverie.

— Eh bien... eh bien... vicomte, dit en même temps une voix caressante et douce... à quoi rêvons-nous donc, tout seul, en ce réduit?...

Il suffit à Gontran d'un regard pour reconnaître celle qui lui parlait.

— Brin-de-Tulle!... dit-il en secouant la tête pour chasser ses dernières préoccupations.

— Tu m'as reconnue? — fit la jolie pécheresse.

— Qu'as-tu donc fait de Sosthène?

— Je l'ai perdu!

— Mais il te retrouvera.

— Espérons-le... mon Dieu! à deux heures, chez Brébant. Es-tu des nôtres?

— Non! pas cette nuit.

— Pourquoi?

— Je me range!

— T'es bête...

— Tu ne me crois pas?

Brin-de-Tulle haussa les épaules, et fit un geste qui avait bien envie d'être indiscret.

— Je vois ce que c'est, dit-elle, tu attends quelqu'un.

— Peut-être...

— Une dame du monde!

— Ça n'est pas défendu.

Brin-de-Tulle s'épanouit en un rire, au milieu duquel éclatèrent ses dents éblouissantes.

Puis, elle se pencha sur le jeune homme, presque à l'effleurer de ses lèvres.

— Écoute, reprit-elle après un court silence, il en faut pour tous les goûts, et je ne veux pas me montrer trop sévère pour les femmes honnêtes... Mais quand le cœur ne t'en dira plus... rappelle-toi qu'il y a quelque part une pauvre fille qui a un béguin pour toi.

— Quelle plaisanterie!

Elle en meurt...

— Qui cela?

— Ninoche!... elle soupe avec nous chez Brébant, je lui ai fait espérer que tu y serais aussi. — Voyons! un bon mouvement... Veux-tu?

Le jeune vicomte allait répondre, mais, à ce moment, une jeune femme enveloppée dans un domino de satin noir vint lui prendre brusquement le bras en se laissant tomber à ses côtés.

— Gontran! — dit-elle — Gontran! vous voyez que j'ai été bien inspirée en vous écrivant de venir.

— Que vous arrive-t-il, demanda le jeune homme au comble de l'étonnement, et qu'avez-vous?

— J'ai peur.

— De quoi?

— Ne restons pas une seconde de plus ici... il faut que je prenne une résolution... Venez! venez!

Gontran se leva, et ayant fait un signe à Brin-de-Tulle, il s'éloigna en serrant le bras du domino, qui tremblait sous le sien.

— Rassurez-vous, madame, fit-il tout en marchant, et dites-moi seulement où vous désirez que je vous conduise.

— Loge n° 16!... répondit la jeune femme... réfugions-nous là, d'abord... après nous aviserons.

Gontran se fit ouvrir la loge indiquée, et quand il en eut fermé la porte derrière lui :

— Maintenant! dit-il, nous voici seuls!... et vous pouvez...

Il n'alla pas plus loin, la jeune femme venait d'ôter son masque, et une exclamation presque douloureuse était échappée au vicomte.

Ses soupçons se vérifiaient.

Mademoiselle Herminie Dalbane était devant lui.

XVIII

Cependant la jeune femme s'était assise, — allongée plutôt — sur le divan de la loge ; elle avait rejeté son capuchon et ses cheveux s'étaient répandus à flots autour d'elle.

En même temps, elle dénoua son domino et ses belles épaules apparurent sous la lumière voilée que tamisait le globe de la lampe.

Gontran eut un éblouissement; la parole resta suspendue à ses lèvres.

Un désir ardent l'avoit pris de franchir la porte à claire-voie qui donnait accès dans le jardin.

D'ailleurs, Herminie venait de faire un geste qui lui disait d'approcher et il avait fait quelques pas vers elle.

— Ne me grondez pas... ne me parlez pas, dit-elle alors; je vous expliquerai tout... mais je me sens encore si troublée, si émue... j'ai eu tellement peur — que j'ai besoin de me remettre. — Asseyez-vous là près de moi... et attendez... ce ne sera pas long...

Gontran fit ce qu'on lui ordonnait, et alla s'agenouiller presque, sur un tabouret qu'il venait de rouler auprès du divan...

Il y eut un silence.

Herminie était immobile en apparence. Mais de temps à autre, ses épaules remuaient comme si un frisson les eût effleurées, et ses mains pressaient son front, comme pour y fixer une pensée qui la fuyait...

Cela dura quelques minutes... puis elle se tourna vers d'Épernon.

— Me voici mieux déjà, reprit-elle, d'un ton nonchalant et tendre; jamais je n'avais rien éprouvé de pareil... je me sentais extrêmement lasse... énervée plutôt... c'est la chaleur... le bruit... cette foule... et puis, la peur.

— Pourquoi? interrogea Gontran.

— Je ne sais pas... j'étais venue avec Laure; vous savez, ma femme de chambre.

— Quelle imprudence!

— C'est possible! Je ne me défends pas. Je vous ai déjà dit que je ne suis pas une femme comme une autre! Je ne raisonne pas mes résolutions; dès que l'idée m'est venue d'assister à l'un de ces bals, dont j'avais tant entendu parler, aucune objection n'a pu me détourner.

— Si M. Dalbane apprenait...

— Mon père! répliqua Herminie, d'un accent presque amer. M. Dalbane est un banquier! Les affaires lui prennent ses jours et ses nuits : il n'a jamais eu le temps d'être père.

— Cependant...

— Enfin... j'avais résolu de venir à l'Opéra... et selon le programme que je m'étais tracé, j'y arrivais avec Laure, comme minuit sonnait; à tout hasard, je vous avais écrit, et bien que vous m'eussiez dit souvent que vous n'aviez pas d'autre amour que le mien... — je comptais sur l'attrait puissant de l'inconnu — et j'ai eu raison... puisque la première personne que j'ai rencontrée, c'est vous!

— Après... après?

— Les premiers moments se passèrent assez bien... nous allions, Laure et moi, nous tenant par le bras; je me gardais de répondre aux paroles que l'on m'adressait, mais j'ouvrais une oreille avide à tous ces propos, à tous ces bruits que j'entendais...

— Eh bien?

— Alors, il se passa un fait auquel je ne m'attendais pas.

— Lequel?

— Un homme m'avait remarquée... et me suivait.

— Quel homme?

— Je ne sais pas si je me suis trompée... Je n'ai vu cet homme qu'une fois en ma vie... comme je traversais le bureau de mon père... et il m'a semblé le reconnaître.

— Savez-vous son nom?

— Je crois qu'on l'appelle M. Cardinet.

— Et il vous suivait!

— Avec obstination! Plusieurs fois il avait glissé son bras autour de ma taille et j'avais eu bien de la peine à me dégager. Enfin, voyant qu'il ne parvenait pas à vaincre ma résistance, savez-vous ce qu'il fit?

— Quoi donc?

— Il tira de sa poche un billet de banque, et je vis qu'il le glissait dans la main de Laure.

— Qu'espérait-il donc?

— Il espérait corrompre ma compagne, dans laquelle il avait évidemment reconnu une suivante... et son calcul était juste, car son espoir ne fut pas déçu.

— Comment?

— Dix minutes plus tard, dans un de ces remous de la foule auxquels la force de dix hommes ne saurait résister, je sentis que Laure abandonnait tout à coup mon bras, et quand je lui jetai un cri désespéré qui eût dû la retenir, elle avait déjà disparu dans les flots de promeneurs.

— Et Cardinet?

— Il observait de loin, sans rien perdre de la scène.

— Mais que fit-il?

— Il vint à moi... et persuadé dès lors que le succès était assuré, il chercha à m'entraîner.

— Le misérable!

— A vrai dire, j'étais en proie à une terreur sans nom, je me sentais glacée, il me semblait que j'allais m'évanouir et j'étais perdue peut-être si à ce moment votre pensée ne m'était revenue à la mémoire; j'avais remarqué l'endroit où vous vous étiez réfugié... Je me précipitai vers vous, comme vers le seul homme auquel je pusse me confier, et ce ne fut qu'après vous avoir rencontré, en sentant mon bras s'appuyer sur le vôtre, que je compris que le danger était conjuré!

En finissant, la belle jeune fille tendit ses deux mains vers le vicomte qui les pressa avidement sur ses lèvres.

— Et vous ne voulez pas que je vous gronde! dit-il d'un ton de doux reproche... et vous me défendez encore de vous dire que vous avez eu tort...

— Ne dites rien, et laissez-moi faire de cette nuit l'emploi qui me paraît convenable. Vous ne savez donc pas que ce sont peut-être mes dernières heures de liberté et de fantaisie.

— Que voulez-vous dire?

— Je me marie.

— Avec le prince?

— Le Lubiroff! comme on s'exprime dans le monde où nous sommes actuellement.

— Ah! vous voulez m'éprouver.

— Le prince a fait sa demande... il est agréé... et je l'épouse.

— Mais vous l'aimez donc !

La jeune fille se releva brusquement : toute trace de défaillance avait disparu. Un éclair d'audace sillonna son regard.

— Si je l'aimais... je ne l'épouserais pas ! répondit-elle d'une voix assurée et ferme.

— Vous vous calomniez !

— Ne parlons plus de cela.

— Ne désirez-vous pas que je vous reconduise rue Caumartin ?

Herminie se prit à sourire.

— Je vous ai dit que j'avais mon programme, répondit-elle, et, malgré l'absence de Laure, je ne veux pas y manquer ; — je tiens à tout voir, et je verrai tout... D'ailleurs, je suis tout à fait remise, et il n'est pas encore deux heures. C'est trop tôt.

— Où voulez-vous donc aller ?

— Donnez-moi votre bras, je vous le dirai en route.

Après avoir quitté Sosthène, Beverley était descendu sur le boulevard et s'était dirigé vers l'établissement de Brébant.

Une pensée sombre pesait sur son esprit, et la gaieté bruyante qui animait les abords de l'Opéra ne réussit pas à le distraire.

Quand il arriva chez Brébant, une heure était sonnée depuis longtemps.

Le restaurant était presque silencieux, mais le chef et les marmitons se tenaient à leur poste, et les garçons allaient et venaient à tous les étages, dans tous les couloirs, préparant les cabinets et les salons.

On attendait la sortie des bals.

Beverley rencontra Désiré dans le couloir du premier étage...

— Le salon rouge est prêt ? interrogea-t-il en se dirigeant vers le fond.

— Oui, monsieur, répondit Désiré.

— Mes invités ne viendront probablement pas avant deux heures. Je vais fumer un cigare en les attendant.

Le garçon l'accompagna jusqu'à la porte pour la lui ouvrir.

En passant devant le cabinet qui précédait immédiatement le salon rouge, Beverley s'arrêta.

— Les hôtes de ce salon ne sont pas encore arrivés ? demanda-t-il sur un ton indifférent.

— Pas encore, monsieur.

Beverley passa.

Mais, au moment de fermer la porte de son cabinet derrière lui, il suspendit sa marche.

Des bruits de pas s'étaient fait entendre, et Désiré s'était avancé à la rencontre d'un nouveau client.

Beverley laissa la porte entre-bâillée et écouta.

— Salon vert! dit alors une voix sèche et brève.

— Monsieur est de la société de M. Cardinet? répondit le garçon.

— Précisément.

— Si Monsieur veut se donner la peine d'entrer...

— Est-ce que M. Cardinet n'est pas encore venu?

— Pardonnez-moi, monsieur. M. Cardinet est venu vers minuit; il a attendu une demi-heure environ, puis il est allé faire un tour au bal de l'Opéra, en disant qu'il allait revenir et ne serait pas longtemps absent.

— Bien! cela suffit. Faites-moi servir une carafe frappée et du rhum. Avec ça, je prendrai patience.

Beverley ferma la porte et rentra dans le salon rouge.

Une contraction nerveuse crispait ses lèvres. Il marcha à pas rapides vers la porte de communication...

— Enfin! balbutia-t-il profondément agité, enfin, je vais savoir !

La porte de communication, — cela n'étonnera probablement aucun de nos lecteurs, — était percée de plusieurs trous à travers lesquels l'œil pouvait assez facilement distinguer ce qui se passait de l'un dans l'autre salon...

Il y appliqua son regard...

Il y avait bien là un homme; l'homme était bien assis en face de lui. Mais il portait un énorme nez de carton qui le défigurait complètement, et il était impossible de rien voir des traits de son visage.

Beverley recula avec un geste de dépit.

Cependant la contrariété qu'il venait d'éprouver céda vite à la réflexion... il se dit que l'inconnu allait attendre Cardinet... qu'il devait vraisemblablement souper avec lui, et il pensa qu'un moment viendrait où, son faux nez le gênant, il se résignerait à le déposer.

Il reprit son poste d'observation.

Le mystérieux invité de Cardinet n'était plus seul, — le garçon venait de lui apporter l'eau et le rhum qu'il avait demandés, et Beverley le vit se retirer en saluant son client d'un sourire qui s'adressait bien évidemment à son faux nez.

Le client n'y prit pas garde.

Seulement, dès qu'il fut seul, il alla vivement tirer le verrou de la porte, et, revenant vers la table, il ôta prestement son paletot et son gilet, et, d'un geste violent, déchira le plastron de sa chemise, de façon à mettre sa poitrine à nu.

Beverley étouffa un cri de stupéfaction.

La poitrine de cet homme était souillée de sang, et l'on y pouvait suivre le sillage rouge qu'y avait tracé la balle d'un revolver.

XIX

Que signifiait cela, et de quel drame terrible sortait cet homme?

Beverley était trop captivé par l'étrange tableau qu'il avait sous les yeux, pour songer à autre chose, et l'horreur qu'il éprouvait ajoutait un stimulant de plus à sa curiosité.

Cependant l'homme au faux nez venait de déchirer l'une des manches de sa chemise, et, après avoir étanché son sang avec l'eau glacée qu'on venait de lui apporter, il avait bandé sa blessure, comme eût pu le faire le plus habile chirurgien de nos hôpitaux.

Cela fut fait avec une sûreté de main qui accusait un praticien consommé, et c'était, il faut le dire, un singulier spectacle que celui de cet homme accomplissant une pareille besogne, en pareil lieu, sans quitter le faux nez derrière lequel il dissimulait ses traits.

Quand il eut fini, il jeta sous le divan où il était assis les linges sanglants dont il venait de se servir, remit tout en ordre autour de lui, et poussant un soupir de bien-être et aussi de satisfaction, il alluma un londrès et se prit tranquillement à fumer.

Beverley ne revenait pas de sa surprise; il eût donné sa fortune pour voir, ne fût-ce que pendant une seconde, le visage de cet homme.

Mais il lui fallut remettre à des temps meilleurs la suite de ses observations... car un brouhaha venait de s'élever dans les corridors du restaurant, la porte du salon rouge s'était ouverte avec fracas, et une bande de jeunes femmes et de jeunes gens y avait fait irruption en exécutant une sarabande désordonnée.

Il n'eut que le temps de s'éloigner de la porte et de se précipiter à la rencontre de ses invités.

Toutefois, il ne fit que la moitié du chemin; Brin-de-Tulle, qui l'avait aperçu, s'était empressée de lâcher Sosthène, et le prenant par le bras, elle l'avait entraîné à l'écart.

— Écoute! écoute! lui dit-elle à voix basse et rapide, sais-tu ce que je viens de voir?

— Quoi donc?

— Gontran.

— Ici?

— Ici même!

— Après tout, qu'y a-t-il de si étonnant? Il ne lui est pas interdit de souper, je suppose.

— Mais il n'était pas seul ! il a disparu dans le 2 *Saint-Phar* ; il avait avec lui une femme chic...

— Et du monde ?

— J'en jurerais.

— Qu'importe ! laissons Gontran à ses amours, et ne songeons qu'à nous ! Vous avez faim, j'espère ; eh bien, mettons-nous à table.

— Oui, oui ! à table ! à table ! répétèrent en chœur toutes les jeunes femmes.

On s'assit, et le service commença.

Pendant quelques minutes, ce fut un silence presque solennel, et l'on n'entendit guère que le cliquetis des fourchettes et des couteaux mêlé aux fins bruits des verres de mousseline.

Le temps de bien s'accoter dans les sièges de velours capitonné, et de faire honneur à la barbue hollandaise, largement arrosée de sauterne ou de château-d'Yquem.

Puis, peu à peu, les communications s'établirent entre les convives, quelques interpellations jaillirent invitant à la répartie, et bientôt, les têtes s'échauffant, les saillies se succédèrent pleines d'entrain et de folie.

Il y avait là, entre autres, une jeune femme de dix-huit ans à peine, dont les débuts dans la vie galante remontaient au plus à deux années, et qui, d'ordinaire, était la joie, l'animation, l'esprit même de ces sortes de réunions.

Elle était jolie, délicate et tendre, et portait, sur ses joues pâles aux pommettes colorées, la trace des fatigues de la vie qu'elle menait.

On lui avait dit souvent de se ménager... Un de ses amants lui avait même offert d'aller se refaire à Nice, où il lui proposait de l'emmener.

Elle avait refusé.

Elle voulait rester à Paris.

Et peut-être avait-elle raison... Sa poitrine était faite à l'air vicié qu'elle y respirait. Un air plus pur l'eût tuée plus tôt.

Elle songeait bien à cela, d'ailleurs !

On eût dit qu'elle avait le pressentiment de sa destinée, et, n'espérant guère vivre longtemps, elle voulait vivre vite.

On l'appelait Ninoche.

Une bonne fille au demeurant.

On disait d'elle qu'elle avait le cœur sur la main et la main toujours ouverte.

Cette nuit-là, la pauvre enfant semblait avoir perdu sa gaieté habituelle ; c'est à peine si elle répondait aux incitations qui lui étaient adressées, et elle laissait passer les saillies sans y prendre garde et sans s'y mêler.

— Ah ça, qu'as-tu donc ce soir ? dit tout à coup Brin-de-Tulle, qui lui faisait face.

— Moi ! dit Ninoche en regardant autour d'elle comme à travers un rêve.

— Voilà déjà plusieurs fois que je l'observe, poursuivit Brin de Tulle... et ce n'est pas sain... faudra soigner ça !

La maîtresse de Sosthène était économe... elle n'avait qu'un répertoire limité de mots... et ne le renouvelait pas assez souvent.

Mais ces compagnes y étaient faites... et elles n'avaient en outre aucun droit de se montrer exigeantes.

— Est-ce que Ninoche serait amoureuse ? demanda un des jeunes gens en éclatant de rire.

— Tu as mis dans le mille !... s'écria Brin-de-Tulle, et ça, sans le savoir... ce qui n'a pas dû contrarier tes habitudes. — Oui... elle aime... et voilà tout le mal !...

— Oh ! oh ! se récria Sosthène.

La jolie pécheresse leva les épaules.

— Oui, tout le mal ! poursuivit-elle, après avoir trempé ses lèvres dans une coupe de champagne... est-ce que nous devons aimer, nous autres ?... est-ce que toutes celles qui ont voulu se payer ce luxe-là n'en sont pas mortes ?...

— Voilà donc pourquoi tu te portes si bien ! repartit le jeune de Sancé, qui était assis à sa droite.

Brin-de-Tulle allait répondre ; elle n'en eut pas le temps...

La petite Ninoche venait de se lever... d'une main fébrile elle saisit une coupe pleine, et, la portant brusquement à ses lèvres, elle la vida d'un trait.

— Vous avez raison, dit-elle alors d'un ton un peu nerveux et en secouant la tête avec force... Nous sommes ici pour dire des bêtises, et ce n'est pas pour autre chose qu'on a invité Sancé et Précourt... J'ai eu tort, je me repens, et je ne demande plus qu'à me rattraper !

En présentant de nouveau son verre à Sosthène qui le remplit, elle le vida une seconde fois avec la même avidité fiévreuse.

Un hourra enthousiaste accueillit cette *rentrée* de la jolie enfant ; la gaieté ne tarda pas à atteindre ses plus extrêmes limites, et bientôt tout le monde se mit à parler en même temps.

Tout à coup, Brin-de-Tulle jeta un cri qui amena un moment de silence.

— Quoi !... qu'y a-t-il? demandèrent quatre ou cinq voix.

— Quel est l'insolent ?... ajouta le jeune de Sancé, qui commençait à être notablement gris.

Tous les regards s'étaient tournés, ironiquement anxieux, vers Brin-de-Tulle.

— Beverley a disparu !... dit celle-ci, en indiquant la place de l'amphitryon qui était vide.

— Tiens ! c'est vrai... on l'a enlevé...

— Qu'a-t-on fait de Beverley?

— Je demande que l'on arrête Brébant... et qu'on le pende, s'il ne nous le rend pas.

Entrée de la rue basse du Rempart et du boulevard de la Madeleine.

Et toute la compagnie se mit à appeler en chœur sur l'air des *Lampions* :
— Beverley ! Beverley ! Beverley !
Avec un bruit assourdissant de couteaux et de fourchettes sur les assiettes et sur les verres.

Mais Beverley ne songeait guère à ce qui se passait à ses côtés ; il ne prêtait aucune attention aux appels joyeux que sa disparition avait provoqués.

Il s'était dissimulé derrière la draperie qui masquait la porte de communication, et son regard plongeait avidement dans le salon vert où un nouveau client venait d'entrer.

Ce client, c'était Cardinet.

Celui-ci n'avait pas de faux nez; quand il quitta son pardessus, il apparut dans toute la splendeur morne d'une tenue de rigueur :

Habit et pantalon noirs... cravate blanche ; gilet à cœur...

En entrant, il était allé serrer la main de Lombard, et avait fait au garçon qui le suivait un signe qui l'invitait à servir.

Puis, les deux convives s'assirent en face l'un de l'autre. — On apporta des huîtres et du champagne frappé, et le souper commença.

Beverley, l'œil ouvert, le souffle contenu, attendait toujours; il espérait que l'homme au faux nez finirait par se trahir; qu'il abandonnerait son masque et qu'il livrerait ainsi son secret!

Il se trompait.

La conversation s'animait entre les deux hommes... Charles Cardinet parlait avec chaleur; de temps à autre, un éclat de voix arrivait jusqu'à l'oreille de Beverley, ou encore il voyait un rire sardonique crisper la lèvre de l'inconnu.

Mais c'était tout!

A la fin, sa curiosité se révolta ; l'impatience lui communiqua une sourde irritation, et le désir de connaître envahit son être tout entier.

Il se retourna, écarta la portière avec violence et fit quelques pas vers ses convives.

Une idée bizarre lui était venue, et il ne voulait pas tarder à la mettre à exécution.

Cependant, à sa vue, des applaudissements avaient éclaté, et Sosthène, Sancé, Précourt, enlacés à Brin-de-Tulle, à Ninoche et à Peau-d'Ane, s'étaient précipités à sa rencontre.

— Le voilà! c'est lui! — qu'on rende Brébant à la liberté! — vive Beverley!...

Ce fut, pendant quelques secondes, un mélange d'exclamations attendries, au milieu desquelles Beverley eût vainement cherché à se faire entendre.

— Ah çà... où étais-tu passé?... s'écria Brin-de-Tulle...

— Il guettait l'omnibus!... ajouta le moins bête de la bande.

— Accusé! compléta Ninoche d'un ton solennel... quelle justification avez-vous à présenter pour votre défense?

Beverley se prêtait avec complaisance à toutes ces plaisanteries. Il souriait à Ninoche, à Peau-d'Ane, à Brin-de-Tulle, et comme les femmes menaçaient de l'entourer pour le ramener à table, il fit tout à coup un écart, et tirant un billet de banque de son porte-monnaie, il l'agita au-dessus de sa tête.

— Voyons! voyons ! dit-il, soyons sérieux — si c'est encore possible. — Quelle est celle de ces dames qui veut gagner un billet de mille?

— Moi! moi! moi ! s'écrièrent toutes les femmes, d'un commun accord.

— Et vous ne demandez pas ce qu'il y a à faire pour le gagner?..

— Est-ce pour ouvrir un concours comme à Nanterre?...

— C'est pour mieux que cela...

— Ça sera-t-il amusant?

— J'en réponds.

— Parle alors...

Beverley baissa la voix.

— Écoutez... dit-il; il y a là, dans le salon vert, un homme qui tient vraisemblablement à garder l'incognito, puisque, depuis une heure, il n'a pas encore quitté son masque.

— Eh bien! fit Brin-de-Tulle.

— Eh bien... cet homme m'agace, et je veux voir son visage.

— Mais quel moyen?... objecta Ninoche, devenue attentive.

— Il y en a un, répondit Beverley; les nuits de bal... toutes les folies sont permises... et il s'établit d'ordinaire, à l'heure où nous sommes, une promiscuité agréable entre les sociétés des divers cabinets : il s'agit donc tout simplement, pour celle qui voudra tenter l'aventure, de s'introduire dans le cabinet voisin et, par adresse ou par plaisanterie, d'enlever à ce personnage le faux nez derrière lequel il se cache.

— Mais il peut se fâcher, dit Brin-de-Tulle.

— S'il se fâche, répondit Beverley d'une voix ferme, ça ne regardera plus les femmes, et je me charge de tout! Voyons, un premier billet de mille francs pour entrer, et un second en sortant... si l'on a réussi... Qui accepte?

Des quatre ou cinq femmes qui étaient présentes, Ninoche seule s'avança.

— Moi! répondit-elle avec assurance.

— Tu as bien compris ce qu'il faut faire? dit Beverley.

La jolie enfant se dirigea vers la table, y vida encore une coupe pleine, et, saluant Beverley du geste, elle sortit résolument du salon rouge.

Un instant après, on l'entendit qui frappait à la porte du cabinet voisin.

Beverley avait repris son poste d'observation, et, sans qu'il eût pu s'expliquer ce qui se passait en lui, son cœur se prit à battre comme à l'approche de quelque danger inconnu.

XX

Avant de dire ce qui va se passer dans le salon vert entre Lombard et la petite Ninoche, qu'il nous soit permis de faire quelques pas en arrière, et de raconter succinctement la scène qui avait lieu, non loin de là, dans le 2 *Saint-Phar*, cabinet qui était contigu à celui qu'occupaient Charles Cardinet et son associé.

Ainsi que Brin-de-Tulle l'avait confié à Beverley, au moment où elle traversait le couloir, elle s'était croisée avec le vicomte Gontran d'Épernon : ce dernier donnait le bras à une femme enveloppée dans un domino de satin noir, et elle les avait vus disparaître dans le 2 *Saint-Phar*.

La jeune femme qui accompagnait Gontran, Brin-de-Tulle ne l'avait pas reconnue, mais le lecteur a déjà dit son nom, et il sait, lui, que c'est mademoiselle Herminie Dalbane.

Dès qu'elle eut pénétré dans le cabinet, elle se jeta sur un divan avec un frissonnement qui lui courut sur la peau et promena autour d'elle un regard curieux et comme avide d'indiscrétion.

— Faut-il que je me démasque? demanda-t-elle à Gontran.

— Pas encore, répondit le vicomte. Le garçon va nous servir et apporter tout ce qui est nécessaire à notre souper. Quand il aura fini, il se retirera, et je pousserai le verrou. Vous serez bien certaine alors qu'aucun indiscret ne pourra plus venir troubler notre tête-à-tête, et vous pourrez laisser tomber votre loup.

Herminie répondit pas...

Elle s'était levée... et venait de reprendre son examen des lieux.

Elle voulait tout voir, tout regarder, sans redouter de tout comprendre...

Elle s'approcha de la glace, que sillonnaient en tout sens des inscriptions nombreuses et des emblèmes inspirés par tous les sentiments.

— Est-ce que votre nom est gravé là, aussi?... demanda-t-elle tout à coup, en se retournant vers le vicomte.

Ce dernier remua la tête.

— Ne me félicitiez-vous pas, l'autre soir, répondit-il, de n'avoir point galvaudé mon cœur dans des promiscuités de mauvais aloi...

— C'est vrai!

— Je respecte l'amour... moi!... et je ne l'expose pas dans ces lieux empestés...

Herminie s'éloigna à pas lents, gagna la fenêtre dont elle souleva la draperie, et plongea son regard sur le boulevard.

Gontran, lui, s'assit sur un fauteuil, et se prit à songer, pendant que le garçon allait et venait à travers le cabinet.

Deux natures de sensations bien différentes agitaient, en ce moment, les deux jeunes gens.

Pour Herminie, cette nuit, passée hors de l'hôtel de son père, et qui avait commencé au bal de l'Opéra pour se finir dans le salon du cabaret à la mode, cette nuit, disons-nous, constituait une fantaisie de pensionnaire, excessive sans doute, et répréhensible de tous points ; mais sans chercher à atténuer la faute commise, on peut dire que la fille de M. Dalbane n'avait certainement pas compris toute la gravité de l'acte qu'elle accomplissait.

Privée des conseils de sa mère, abandonnée par son père dans son propre hôtel, initiée, au sortir du couvent, sans transition et presque sans pudeur, à tous les spectacles malsains, à toutes les libertés sans contrôle, Herminie eût pu se réclamer de l'indulgence du monde, et prétendre qu'il y a des degrés dans les responsabilités humaines.

Elle n'avait pas même pensé à cela.

La curiosité s'était éveillée en elle et elle avait voulu la satisfaire.

D'ailleurs elle savait bien, elle, que le contact de cette fange à laquelle elle allait se mêler serait impuissante à la souiller... et puis, elle avait confiance en Gontran, et ce qu'elle lui avait dit en l'entraînant chez Brébant donnait la note exacte des sensations qu'elle éprouvait.

— Figurez-vous que vous avez une sœur, lui dit-elle en descendant l'escalier de l'Opéra, et que cette sœur vous supplie de la protéger dans sa folle équipée : que feriez-vous?

— Je tenterais de la dissuader, répondit Gontran.

— Et si vous n'y réussissiez pas?

— Alors, je me résignerais à la suivre.

— Eh bien! vous êtes mon frère pour cette nuit! ne m'abandonnez pas.

Gontran avait obéi.

Toutefois, un changement bizarre s'était opéré en lui, à partir du moment où il avait quitté la rue Le Peletier.

Jusque-là, ce rôle de protecteur discret d'une jeune fille charmante, avait particulièrement séduit son caractère chevaleresque, et, en traversant avec elle les flots pressés de la foule, il lui semblait qu'il remplissait un devoir d'honneur en la préservant de tout contact impur.

Mais dès qu'il se trouva seul avec elle, dans une étroite voiture, ou son corps moite venait de frôler doucement aux oscillations de la voiture, lorsque quelques instants plus tard, il pénétra dans le 2 *Saint-Phar* où mille riens, inaperçus d'Herminie, prenaient pour lui une signification inaccoutumée... quand enfin, le garçon, après avoir tout bien préparé pour le souper, vint lui demander s'il ne désirait rien de plus, et qu'il lui eut dit qu'il pouvait se retirer... je ne sais quelle bouffée monta de son cœur à son visage, et il prit son front dans ses mains, comme pour y fixer la raison près de l'abandonner.

— Eh bien! dit alors Herminie.... c'est fini... nous sommes seuls... et vous pouvez pousser le verrou.

Gontran alla à la porte, en titubant ainsi qu'un homme ivre...

— C'est que j'étouffe! voyez-vous continua la jeune fille, en détachant son loup... Voilà bientôt trois heures que je ne l'ai pas quitté... et je suis sûre que je suis d'un rouge à faire peur.

En parlant ainsi, elle se présenta à la glace et donna un coup d'œil à sa toilette...

— Ah! comme je suis laide! dit-elle encore, en dénouant ses cheveux pour les arranger... — Gontran! venez donc m'aider...

Gontran venait de fermer la porte... il accourut à cet appel.

Herminie tournait le dos, mais elle l'aperçut dans la glace, et jeta un cri.

— Eh! mon Dieu! dit-elle... comme vous voilà pâle, mon ami... est-ce que vous seriez souffrant?

— Moi!

— Je ne vous ai jamais vu ainsi.

— C'est que jamais non plus, repartit Gontran, je ne me suis trouvé avec vous, seul, dans un salon semblable à celui-ci.

La jeune fille se tourna tout à fait.

Son opulente chevelure avait roulé jusque sur ses épaules, un sourire d'une expression singulière releva ses lèvres, et son regard enveloppa le vicomte de profondes effluves.

— Je ne comprends pas bien ce que vous voulez dire, répondit-elle, — peut-être avec un peu de malice, — tout ce que je me rappelle, c'est que, pour une heure encore, vous êtes mon frère, et que, dès lors!... Mais voyons, ne parlons plus de cela ; relevez, s'il vous plaît, mes cheveux qui s'emmêlent sur mon col, et ne perdons plus notre temps, car je crois que j'ai faim...

Peu après, ils se mirent à table.

Momentanément, Gontran était calmé. Les sensations par lesquelles il venait de passer s'étaient apaisées, et pendant un bon quart d'heure, les deux jeunes gens ne songèrent qu'à satisfaire leur appétit.

La chère était exquise, les vins généreux, et il s'élevait des couloirs et des cabinets voisins un tumulte et un bruit qui ne manquaient pas de stimulant.

Herminie s'amusait sincèrement ; elle ne regrettait rien de ce qu'elle avait fait... ne songeait pas encore au retour.

Toutefois, à un moment, et comme elle voyait la lumière des bougies pâlir, sous l'épaisse atmosphère qui régnait dans le cabinet, elle demanda l'heure à Gontran.

Celui-ci regarda sa montre.

— Trois heures! répondit-il.

Un pli soucieux creusa le front de la jeune fille.

— Déjà!... dit-elle, il faut songer à partir.

Et elle se leva, comme à regret.

— Vous me permettez de vous accompagner, demanda Gontran en s'approchant.

— Certainement, répondit Herminie, seulement nous prendrons une voiture de place.

— J'y ai pensé... elle stationne sur le boulevard, et nous attend!...

Puis il ajouta d'un ton ému :

— Voici une nuit qui a passé bien vite !

Herminie reconstituait sa toilette, elle remettait de l'ordre et de l'harmonie dans les longues torsades de ses cheveux, et n'avait pas replacé encore son capuchon de satin sur ses épaules,

— J'en garderai, moi, répliqua-t-elle, un impérissable souvenir.

Et elle tendit une main que Gontran garda un moment.

— Nous sommes toujours frère et sœur ? dit-il alors à voix basse.

La jeune fille retira sa main, mais par un mouvement inconscient, sans doute, l'un de ses beaux bras, en se relevant, alla effleurer les lèvres du vicomte.

Ce dernier s'en saisit vivement et le retint entre ses doigts frémissants.

— Herminie ! s'écria-t-il en même temps d'un ton plein de fièvre.

Et incapable de se contenir plus longtemps, il prit la jeune femme dans ses bras, et l'attira violemment contre sa poitrine.

Mais au moment où il allait oublier ce qu'il s'était promis à lui-même, au moment où son souffle ardent brûlait les joues de la jeune femme, ils se dressèrent tout à coup, l'un et l'autre, et échangèrent un regard terrifié.

Un rugissement de tigre blessé venait d'ébranler la cloison du cabinet, un de ces rugissements sinistres comme on n'en entend que sur les bords de l'Hougli, et dans les forêts impénétrables de l'île de Ceylan !...

— Qu'est-ce que cela ? balbutia Herminie en devenant blême.

— Écoutez ! Écoutez !... répondit Gontran.

Et aussitôt, deux cris se succédèrent appelant à l'aide...

— A moi ! à l'assassin ! je meurs... râlait une voix de femme.

Herminie s'empressa de remettre son masque et son capuchon.

— Ah ! partons ! partons ! dit-elle glacée d'épouvante ; on assassine quelqu'un dans le cabinet voisin.

— Attendez ! fit Gontran en posant un doigt sur ses lèvres... peut-être qu'il serait imprudent de sortir en un pareil moment. Restez ici, ne craignez rien. Je vais interroger Désiré, et dès que je verrai le moment favorable...

Pendant qu'il parlait, le tumulte s'était accentué et avait pris des proportions inusitées. — On allait, on venait, c'était un tapage mêlé de cris et d'imprécations au-dessus duquel planaient vingt voix de femmes effarées et nerveuses.

Gontran entr'ouvrit la porte et ne tarda pas à être complètement renseigné.

Voici ce qui était arrivé.

XXI

Tout d'abord, rien de bien grave ne s'était produit, et l'escapade de Ninoche n'avait pas dépassé les limites de la plaisanterie.

En arrivant chez Bréhant, la jolie enfant était affublée d'un domino, sous lequel elle portait un costume complet de *débardeur*, que l'on eût dit dessiné par Grévin lui-même.

Quand, au moment de se mettre à table, elle avait rejeté son domino, et s'était présentée dans toute la grâce de ses formes adorables, ç'avait été un hourrah d'enthousiasme parmi les jeunes blasés qui ne la connaissaient pas intimement.

Et l'on s'était mis à la détailler avec une indiscrétion qui l'eût effarouchée peut-être si elle ne l'avait particulièrement flattée.

L'impression qu'elles produisent est moins, pour ces sortes de femmes, une affaire d'amour-propre qu'une affaire d'intérêt; et le désir qu'on leur témoigne vaut surtout à leurs yeux, parce qu'elles y puisent une sécurité pour leur avenir commercial.

Lorsqu'elle avait quitté le salon rouge, Ninoche s'était penchée vers Brin-de-Tulle.

— Je suis un peu *éméchée*, lui avait-elle dit à l'oreille, mais ça n'en sera que plus drôle, et s'il refuse de *céder à mes lois*, je me sens capable de tout !...

Puis elle était sortie.

Sur le seuil, elle avait rencontré un garçon.

— Louis !... ordonna-t-elle alors, — ouvre la porte du salon vert... et annonce mademoiselle Ninoche... du théâtre impérial des Folies-Marigny !

Le garçon hésita un moment; mais il soupçonna immédiatement une de ces excentricités qu'autorise la saison du carnaval... et sans plus se faire prier, il mit la clef dans la serrure du cabinet indiqué.

Le temps de l'écrire ! — A peine la clef avait-elle fait un tour, qu'un coup de pied lestement appliqué par le petit débardeur sur la porte, l'envoyait rouler sur ses gonds, et que Ninoche faisait son entrée dans le salon.

Cardinet et Lombard se dressèrent en sursaut à cet incident inattendu.

Cardinet esquissa un sourire; Lombard fronça les sourcils.

— De quoi ! de quoi ! dit la jeune femme en s'avançant, les reins cambrés et le poing sur la hanche... Est-ce qu'on s'amuse comme ça, les uns sans les autres?... Deux hommes seuls! dans un cabinet... chez Brébant!! Oh! la! la !... *Ou's qu'est mon fusil?...*

Nous voudrions dire le ton impossible sur lequel ces quelques mots furent prononcés, pour bien faire comprendre l'effet qu'ils produisirent...

Cardinet, qui avait reconnu la jolie enfant, lui tendit la main par un mouvement de bonne et franche humeur, — pendant que Lombard se rejetait en arrière, et grommelait quelques paroles de contrariété et de colère.

— Tu viens donc trinquer avec nous? dit Cardinet, en présentant un verre à Ninoche.

— Ça n'est pas encore défendu par la police de l'Empire !... répliqua le débardeur.

Et saisissant le verre qui lui était offert, elle l'éleva jusqu'à sa bouche.

Boulevards Saint-Denis et Saint-Martin.

Mais avant d'y porter les lèvres, elle jeta un regard à Cardinet et à Lombard.

— Chevaliers !... ajouta-t-elle... c'est à vous que je bois ! et j'espère que vous ferez raison à une faible femme !

Et elle but.

Cardinet vida son verre en riant..., mais Lombard resta taciturne et morne dans son coin.

Ces incidents d'une nuit de bal ne lui communiquaient aucune gaieté... Il était sourdement irrité de se voir interrompu dans sa causerie avec Cardinet... peut-être aussi cherchait-il à réagir contre l'horrible souffrance que lui faisait éprouver sa blessure.

Mais il n'était pas au bout des épreuves que lui réservait la petite Ninoche.

Celle-ci venait, en effet, de replacer son verre vide sur la table, et elle s'était tournée vers Lombard, la lèvre railleuse, le regard impertinent et l'attitude provocante...

— Eh bien! c'est pas gentil ce que vous faites là! dit-elle, en s'approchant de l'homme au faux nez... et vous n'êtes pas galant avec les femmes!... Voyons, on a donc des peines de cœur...Je vois ce que c'est...Madame a lâché Monsieur, et nous portons là une blessure dont on ne veut pas guérir!

En parlant de la sorte, le débardeur avait sauté sur les genoux de Lombard, et venait de poser la main sur sa poitrine — à l'endroit même de sa blessure.

Lombard proféra un cri douloureux, et par un geste plus prompt que la douleur même qu'il ressentit, il envoya l'enfant contre la cloison...

Ninoche eut une seconde de peur — quelque chose comme le pressentiment d'un danger... et elle frissonna et pâlit...

Mais les fumées du champagne et du château-d'Yquem l'avaient *éméchée*, selon son expression, et, de plus, elle était du nombre de ces femmes que le danger attire plutôt qu'il ne les effraye!

Le premier moment de stupeur passé, elle secoua les épaules comme si elle eût voulu repousser le frisson qui l'avait envahie, puis elle releva la tête et fit quelques pas vers Lombard.

Ce dernier ne pensait déjà plus à elle; sa douleur s'étant calmée, il avait repris son sang-froid, et croyait bien en avoir fini avec le débardeur.

Quand il la vit revenir à lui, avec la même attitude provocante et l'œil brillant de défi, il jeta un regard à Cardinet, et se ramassa, pour ainsi dire, sur lui-même

Cardinet comprit son regard et fit un signe furtif à Ninoche.

— Allons! en voilà assez... dit-il en même temps, tu as produit ton effet... nous avons trinqué ensemble... tu peux te retirer.

Le débardeur eut un geste narquois...

— Bon! bon... répondit-elle... on sait ce que parler veut dire... et on va disparaître... mais auparavant, nous allons faire la paix... avec le vieux.

Et pour la seconde fois, elle sauta sur les genoux de Lombard et lui jeta ses deux bras autour du cou, avant qu'il pût se défendre.

— Voyons! ajouta-t-elle d'un ton câlin, et en passant la main dans ses cheveux taillés en brosse. C'est donc vrai... qu'on a fait de la peine à papa!... Aussi, c'est ta faute.

— Laisse-moi!

— On ne reste pas comme ça toute une nuit avec un faux nez.

— Va-t-en!

— Je suis sûre que c'est ça qui te gêne! voyons... soyez galant et avant de nous quitter, vous allez faire une petite risette à Ninoche...

Et brusquement, sans transition, comme Clavermann escamoterait une muscade, elle détacha le faux nez de Lombard et l'envoya voler au plafond.

Toutefois, elle ne s'était pas fait d'illusion sur l'audace d'une telle action, et pendant qu'elle lançait le faux nez par-dessus sa tête, elle glissait vivement des genoux de Lombard, et se précipitait vers la porte.

Elle n'eut pas le temps de l'atteindre!

Lombard s'était levé avec une imprécation de fureur, et la lèvre torve, l'œil injecté de sang, rugissant à la manière des fauves, il bondit sur ses pas et la saisit violemment par les cheveux.

Malheureusement, le chignon que portait la pauvre enfant était bien à elle; la secousse que lui imprima la main brutale de Lombard l'arrêta court, la ramenant en arrière et après avoir tourné sur elle-même, elle faillit tomber à la renverse.

En même temps, elle sentit deux griffes puissantes pénétrer dans sa chair; un nuage passa sur ses yeux... et, croyant toucher à sa dernière heure... elle appela à son secours d'une voix mourante.

— Prends garde! dit alors Cardinet à l'oreille de Lombard... on peut venir!... tu es démasqué, et si on te voyait!

Lombard comprit sans doute la justesse de cette observation... car, après une minute d'hésitation, il proféra une seconde imprécation et finit par lâcher sa proie! ..

Or, pendant cette scène, voici ce qui s'était passé dans le salon rouge.

Nous n'avons pas besoin d'insister sur l'intérêt avec lequel Beverley avait suivi l'entrée de Ninoche dans le cabinet de Cardinet et le manège auquel elle s'était livrée pour arriver aux fins qu'elle se proposait...

Tous ces détails l'avaient amusé même, et il se sentait disposé à se montrer plus généreux qu'il ne l'avait promis envers l'audacieux débardeur. Jusqu'alors il ne songeait certainement pas à mal. Tout au plus éprouva-t-il un commencement d'inquiétude quand il vit l'homme au faux nez repousser brutalement les avances de la jolie enfant et l'envoyer rouler contre la cloison...

Peut-être, s'il l'avait pu, aurait-il à ce moment dissuadé Ninoche de continuer.

Mais la partie recommençait... la jeune femme témoignait, en poursuivant, qu'elle n'avait eu ni peur, ni mal, et Beverley s'était pris à regarder, entièrement absorbé par sa curiosité.

Un homme était là, devant lui, cachant ses traits avec un soin jaloux. — A tout prix, il voulait savoir quel était cet homme!

Tout à coup, une sensation inouïe ébranla son être, et ses doigts grincèrent contre la porte.

Le masque venait de tomber du visage de Lombard, qui s'était levé.

— Lubiroff! cria Beverley, lui! lui!

Et il recula de deux pas en prenant son front moite dans ses mains.

— Lubiroff! continua-t-il, l'homme de la maison inhabitée!... l'assassin de Bocquillon!... mais alors... c'est lui... que je cherche... et ce Cardinet...— Mon Dieu! serais-je donc arrivé au but si longtemps poursuivi? Voyons! voyons!

Il voulut se rapprocher et reprendre de nouveau son poste, pour bien s'assurer qu'il ne se trompait pas... Mais les cris *au secours! à l'assassin!* retentirent à ce moment, et il se rua au dehors...

Tous les convives des cabinets voisins étaient accourus aux appels désespérés du pauvre débardeur; les couloirs étaient encombrés, et quand Beverley parut, il constata que Cardinet était seul et que son compagnon avait disparu...

— Où est-il?... Je veux le voir! dit le jeune gentleman en fendant les flots serrés de la foule.

— Il est parti! répondit Sosthène, qui avait reçu dans ses bras la malheureuse Ninoche plus morte que vive.

— Et vous ne l'avez pas arrêté! s'écria Beverley.

Le mot était tombé de ses lèvres, sans qu'il y attachât un sens bien précis. — Mais il produisit sur quelques-uns des assistants un effet singulier.

— Arrêté! répéta Sancé, que l'incident avait presque dégrisé... et pourquoi diable faire?... C'est quelque fonctionnaire peut-être qui a peur d'être pris en flagrant délit de débauche nocturne... il a été un peu vif, c'est vrai! Mais, après tout, Ninoche n'en mourra pas.

— Arrêté! répéta à son tour Cardinet... diable! vous êtes excessif, M. Beverley!

Ce dernier se tourna vers le coulissier, et ils échangèrent deux regards qui étincelèrent comme deux lames d'acier.

Cardinet se sentit troublé le premier, et baissa les yeux devant l'étrange attitude de Beverley.

Le gentleman eut un sourire ironique.

— Au fait! dit-il, vous seul ici connaissez cet homme et vous pourriez nous dire...

— Quoi donc?

— Qui il est...

Cardinet protesta du geste.

— Cet homme avait ses raisons sans doute pour ne point se démasquer, répondit-il, je serais moi-même fort embarrassé de dire au juste qui il est.. et je crois que ce que nous avons de mieux à faire, c'est de respecter son incognito, puisque personne n'a vu son visage.

Beverley se pencha à son oreille.

— Personne, excepté moi! répondit-il à voix ardente et basse.

— Vous! dit Cardinet.

— Oui, moi, monsieur... moi!... et quand cela vous paraîtra utile... je pourrai vous faire connaître quel est ce mystérieux personnage...

Cardinet ne répondit pas.

Du reste, l'émotion était calmée ; la circulation avait repris son cours habituel, et Brin-de-Tulle, Sosthène, Sancé et les autres cherchaient à entraîner Beverley.

En ce moment, la porte du salon vert s'ouvrit discrètement et Gontran parut sur le seuil, en compagnie d'un domino dont le bras s'appuyait en tremblant sur le sien.

— Ne craignez rien, madame, dit Gontran, tout est fini, nous pouvons nous éloigner.

Et ils s'engagèrent dans le couloir.

Mais ils eurent à peine fait quelques pas, qu'une chose inattendue, terrible, effrayante jusqu'à l'invraisemblance, vint tout à coup glacer le sang dans les veines du vicomte d'Épernon...

XXII

Il venait de descendre la première marche de l'escalier, soutenant avec une amoureuse sollicitude la jeune femme qu'il avait au bras, et qui gardait encore un reste d'émotion de la scène violente dont elle avait été témoin.

Plusieurs groupes les précédaient ou les suivaient, et ils avançaient lentement.

Presque tous s'entretenaient encore du petit débardeur et de l'issue de son équipée, et chacun en parlait avec animation.

Herminie n'écoutait pas, et Gontran n'y prêtait qu'une attention indifférente.

Tout à coup, il tressaillit, et son attention s'éveilla ardente et troublée.

Il y avait derrière lui deux hommes, appartenant au meilleur monde, qui avaient soupé séparément, et qui, se rencontrant dans la mêlée des couloirs, venaient d'échanger une poignée de mains.

— Vous rentrez ! dit l'un qui était un industriel bien connu, jeune encore, intelligent, et dont la fortune avait été rapide sans cesser d'être honnête.

— Ne pensez-vous pas qu'il soit grand temps, — répartit son interlocuteur, auditeur au Conseil d'État, — il est bien près de quatre heures, et je tombe de sommeil.

— Vous étiez à l'Opéra ?

— Non... Il y avait bal au ministère cette nuit, et j'ai dû m'y rendre.

— Que s'y est-il passé ?

— Rien...

— Le ministre est-il toujours en faveur ?

— Il était radieux.

— C'est bon signe, mais il me semble que vous en êtes parti de bien bonne heure.

— En effet.

— Vous vous y ennuyiez?

— Nullement.

— Cependant...

— J'étais bien résolu au contraire à rester jusqu'au jour, sans un incident qui s'est produit, et devant lequel, ma foi, en dépit de mon scepticisme, je n'ai pu rester indifférent.

— Quelque chose de grave?

— Vous l'apprendrez demain.

— S'agit-il de politique?

— Pas le moins du monde.

— Qu'est-ce donc alors?

— Désirez-vous vraiment?...

— C'est-à-dire que vous piquez ma curiosité au dernier point.

— Eh bien... voici... je venais de me lever d'une table de jeu, où j'avais gagné une somme relativement importante, lorsque je me croisai avec le docteur Durieux, qui s'éloignait en toute hâte, le front soucieux, et les joues extrêmement pâles... Vous connaissez Durieux?

— Eh! qui ne le connaît!

— C'est un vieil ami de ma famille... d'ordinaire taciturne et froid, et qui ne dit à un client qu'il est bien malade que lorsqu'il est mort, — je m'étonnai de son attitude, des signes manifestes d'inquiétude qui éclataient sur son visage, et je lui demandai la cause de son émotion.

— Et que vous répondit-il?

Ce colloque s'échangeait entre le jeune auditeur et l'industriel, tout en descendant à pas lents, l'escalier du premier étage... et jusque-là, rien dans cet entretien n'avait frappé Gontran.

A ce moment, d'ailleurs, un remous de la foule le sépara des deux interlocuteurs, et il n'entendit pas la suite immédiate de leur conversation.

Seulement, quelques secondes à peine s'étaient écoulées, que l'industriel et l'auditeur revenaient prendre leur place derrière lui, et voici ce qu'il entendit alors:

— C'est affreux, disait l'industriel.

— N'est-ce pas?... ajoutait son compagnon.

— Et cela s'est passé?

— Cette nuit...

— On avait fait appeler Durieux?

— Précisément, — seulement quand il est arrivé rue Caumartin, il était trop tard.

— Tout était fini!...

— Pauvre Dalbane!

Gontran eut besoin de toute sa force pour ne pas se trahir... et son regard se tourna effaré vers Herminie.

Mais celle-ci n'avait rien entendu, c'étaient d'autres paroles dont le bruissement venait à son oreille.

Le jeune vicomte s'empressa de l'entraîner vers la voiture qui stationnait devant le restaurant, et après qu'il l'y eut fait monter, il donna l'adresse au cocher, et prit place lui-même à côté de la jeune femme.

— Et maintenant! dit celle-ci avec un geste comiquement résigné, la comédie est finie, et nous allons rentrer dans la monotonie de la vie bourgeoise!... eh bien! c'est égal, cette nuit m'aura laissé du moins un souvenir que je mettrai le plus long temps possible à oublier.

— Pourvu que vous puissiez rentrer à l'hôtel sans être vue! dit Gontran, en proie à un trouble poignant.

— Bon! fit Herminie d'un ton ironique; pensez-vous donc par hasard que j'aie donné des ordres pour que la domesticité fût sur pied à mon retour! J'ai pris un *passe*, qui ouvre la porte du jardin. Je gagnerai par là l'escalier de service, et je trouverai Laure endormie sur un fauteuil de ma chambre à coucher... voilà tout.

— Ah! je ne sais pourquoi, s'écria le jeune homme, j'ai peur de vous quitter et de vous laisser rentrer ainsi, seule.

— Que redoutez-vous?

— Mon Dieu, on n'est pas maître de cela; c'est une appréhension.

— Allons! allons! vous êtes un enfant; vous vous effrayez de tout... ne craignez rien.

— Au moins... — insista Gontran, — promettez-moi... que s'il vous arrivait quelque chose d'imprévu... vous n'hésiteriez pas à me faire appeler.

— Vous!... quelle idée... Mais, vraiment, mon ami, avec vos airs mystérieux, vous finirez par me faire peur à moi-même.

— Vous avez raison... j'ai tort.

— A la bonne heure... Du reste, la course n'est pas longue... nous voici déjà arrivés... ne vous dérangez pas... et ne vous occupez plus de moi!... demain, je vous enverrai Laure, pour vous rassurer!

En parlant ainsi, la jeune femme avait sauté sur le trottoir, et courant à une porte qui donnait, ainsi qu'elle l'avait dit, sur le jardin de l'hôtel, elle se retourna une dernière fois pour envoyer un geste d'adieu au vicomte et tout aussitôt elle disparut en fermant la porte derrière elle.

Dès qu'elle eut mis le pied dans le jardin, elle marcha d'un pas rapide vers l'escalier de service dont elle avait parlé, et monta prestement jusqu'au premier étage.

Il y avait là une porte qui ouvrait sur la serre, et par laquelle on pouvait pénétrer dans les salons de l'hôtel... Herminie se sentait désormais rassurée; un silence profond régnait de tous côtés; elle avança sans trouble et sans inquiétude, et quelques secondes plus tard elle entrait dans sa chambre.

La lampe ne jetait plus qu'une clarté douteuse... et un premier étonnement la saisit, quand elle promena son regard autour d'elle.

— Laure! murmura-t-elle à voix basse comme un souffle.

Rien ne répondit...

Laure était absente.

N'était-elle pas rentrée? Cela lui sembla impossible... Que pouvait-elle être devenue? Elle ne comprenait pas...

Laure couchait d'habitude dans une pièce située tout près de la chambre d'Herminie.

Elle pensa qu'elle avait dû se jeter sur son lit en attendant sa jeune maîtresse, et elle courut aussitôt vers sa chambre.

— Laure! appela-t-elle une seconde fois en contenant sa voix.

Le même silence lui répondit.

Herminie se sentit troublée jusqu'au fond de l'âme.

Son cœur s'était pris à battre... Ses oreilles bourdonnaient; son souffle oppressé avait peine à soulever sa poitrine.

Et alors comme elle prêtait l'oreille, un fait bizarre se produisit.

Est-il vrai, est-il possible, ainsi que le prétendent certains mystiques, que toute maison où la mort a passé s'imprègne tout à coup d'une atmosphère particulière; que les bruits que l'on y entend, si imperceptibles qu'ils soient, semblent parler de choses inconnues; qu'enfin, les impressions qui s'en dégagent empruntent un accent supérieur ou sacré?

La jeune femme n'y songeait pas... Pourtant, un douloureux pressentiment saisit son cœur, et, à travers le silence, elle crut entendre des voix mystérieuses qui chuchotaient à son oreille des mots étranges dont le sens lui échappait.

Que s'était-il passé? Quel malheur la menaçait? Pourquoi cette sueur froide qui perlait à son front?

Elle n'y tint plus.

Au bout d'un instant, elle eut peur de se trouver seule, dans cette chambre où sa voix n'éveillait pas un écho empressé, et résolue à faire le jour sur ces ténèbres, elle courut à la porte et se disposa à en franchir le seuil.

Elle n'alla pas plus loin... Laure venait à sa rencontre; elle l'accueillit par une exclamation de joie.

— Enfin!... c'est toi! dit-elle... mais d'où viens-tu donc ainsi, pourquoi me laisses-tu seule?

Au lieu de répondre, la petite soubrette, émue et tremblante, la ramena avec autorité dans sa chambre.

Boulevard des Italiens.

— Comme te voilà pâle! ajouta Herminie, t'aurait-on vue rentrer?

— C'est cela! répondit Laure vivement, ou plutôt... non! j'ai eu peur... je ne vous voyais pas revenir.

— Mon père dort?

— Oui... oui... il dort!...

— Comme tu dis cela!

— Il faut vous mettre au lit, mademoiselle, vous devez être fatiguée... vous avez besoin de repos... et moi-même...

— Tu me caches quelque chose.

— Eh! que voulez-vous que je vous cache? Voyons, soyez raisonnable...
Demain nous causerons de tout cela. Mais je suis sûre qu'en ce moment...

Laure essayait, tout en parlant ainsi, de déshabiller sa maîtresse, et celle-ci
paraissait disposée à se laisser faire. Quand, tout à coup, elle écarta la petite
soubrette d'un geste presque violent, et s'élança vers la porte de la chambre.

— On a marché dans le couloir!... dit-elle d'un ton âpre?

— Croyez-vous?

— Écoute! on parle à voix basse... C'est Joseph et un autre domestique...
D'où vient qu'ils sont debout à cette heure?

— Mais, mademoiselle...

— Tu me caches quelque chose, te dis-je, je le sens, je le devine... parle!
parle! que s'est-il passé?

— Mais, je vous jure...

— Ah! tu n'oses pas! mais je comprends... mon père t'a surprise... tu lui as
tout dit...

— Il l'a bien fallu.

— Il sait tout!... Et il est irrité, n'est-ce pas?... Ah! j'ai eu tort aussi...
j'aurais dû... mais je veux le voir, je veux lui dire... Quand je me serai expliquée,
je le connais... Il me pardonnera!

Herminie avait fait déjà quelques pas en avant... Laure se cramponna à son
bras et la retint avec violence.

— Non! non! par grâce! je vous en conjure! suppliait-elle, n'allez pas de ce
côté.

— Pourquoi donc? fit la jeune femme.

— Demain... Plus tard...

Herminie passa ses deux mains sur ses yeux.

— Oh!... il y a un malheur, ici!... prononça-t-elle d'une voix farouche...
laisse-moi! laisse-moi!

Et se dégageant énergiquement de l'étreinte de Laure, elle s'élança au dehors
et arriva peu après à la chambre de son père.

C'est tout ce qu'elle put faire...

Un regard suffit pour lui apprendre ce qui s'était passé...

M. Dalbane était étendu sans vie sur son lit, le visage horriblement défiguré...

Un voile sombre passa à cette vue sur ses yeux; son sang se glaça dans ses
veines, et, s'affaisant sur elle-même, elle roula inanimée sur le parquet.

XXIII

Quand le bruit de la mort de M. Dalbanc se répandit le lendemain matin dans Paris, et que l'on apprit les circonstances dans lesquelles elle s'était accomplie, il y eut une stupeur profonde dont l'effet influa un moment sur le crédit public!...

M. Dalbanc entretenait des relations étroites avec les principaux établissements financiers de l'époque, sa mort et les causes secrètes qui avaient dû la déterminer devaient logiquement inspirer la crainte d'une catastrophe imprévue, d'un naufrage où pouvaient être intéressées à des degrés différents toutes les maisons de banque de France et d'Europe, et pendant toute la journée qui suivit, on remarqua autour de la Bourse un mouvement inusité; on y recevait à chaque instant de l'étranger des télégrammes inquiets, presque effarés, qui attestaient l'émotion qu'avait soulevée au loin la nouvelle de cet événement, et chacun attendait avec une fiévreuse impatience que le jour se fît sur les raisons mystérieuses qui avaient pu pousser M. Dalbanc au suicide.

Car la discrétion est impossible en semblable occurrence; malgré les précautions que l'on avait pu prendre, on sut bien vite, pour ainsi dire dès la première heure, que M. Dalbanc s'était suicidé.

Ce qui se passait au dehors, n'approchait pas d'ailleurs de ce qui se passait à l'hôtel même du banquier.

Pendant toute la journée, ce fut une allée et une venue indescriptible... et l'on peut dire, sans crainte d'exagération, que tout Paris se présenta, en quelques heures, à la loge du concierge.

Les uns venaient tout simplement s'y inscrire; mais les autres, sous prétexte de l'intérêt qu'ils portaient à la jeune orpheline, se répandaient en questions indiscrètes, et sollicitaient avidement des détails que, du reste, on ne leur donnait pas.

Le concierge avait reçu des ordres formels de la part des amis autorisés, et il répondait invariablement par la même formule à toutes les questions.

— Mademoiselle est fort abattue... elle ne reçoit personne, — le docteur seul a pu la voir.

Il fallait bien que l'on se déclarât satisfait.

Dans les bureaux, qui étaient situés au rez-de-chaussée, régnait une animation toute particulière : la mort violente du chef de la maison, connue de tous les employés, était commentée par eux avec passion, et il n'en est pas un seul qui ne l'attribuât à quelque perte énorme subie par M. Dalbanc dans des opérations auxquelles il s'était livré à l'insu de tous !

Et l'envie, la calomnie d'aller leur train !

Ces hommes, qui se sentaient à la veille d'être remerciés, se répandaient en violences contre l'homme qui les avait nourris pendant quinze ans.

« Il ne se trouvait donc pas heureux avec les millions qu'il avait gagnés !... il lui en fallait plus encore — ces gens-là étaient insatiables... Il n'hésitait pas à se ruiner en prodigalités folles, tandis qu'il eût refusé peut être cinq-cents francs d'augmentation à un pauvre employé... Et tout cela, pour sa fille ! une demoiselle qui n'avait d'autre ambition que de s'habiller comme une cocotte !... »

Tous ces propos où se trahissait l'indifférence de natures vulgaires avaient, après tout, une saveur qui les recommandait à l'observation. C'était plus grotesque encore que méchant !

Mais pour trouver l'odieux, il fallait quitter les bureaux, descendre quelques marches, et pénétrer à l'office.

A l'exception de Laure, toute la valetaille s'y trouvait réunie, et il s'y était joint deux ou trois garçons de recettes et plusieurs fortes commères du quartier.

Dieu sait les paroles pleines de fiel qui s'y débitaient depuis le matin !

Il faut tout dire, pour rester dans le vrai.

Depuis trois ou quatre années, ces malheureux avaient confié à la maison Dalbane le produit de la danse du panier, dans les différentes fonctions qu'ils exerçaient !

Tant que leur argent ne leur avait rapporté que quinze ou vingt pour cent, ils n'avaient point trop crié, et ne s'étaient même pas plaints. — En moins de cinq années, ils pouvaient doubler leur capital, et il n'eût pas été bienséant d'exiger davantage.

Mais quand ils se virent tout à coup menacés dans leur fortune même, quand ils comprirent, aux bruits qui se répandaient de toutes parts, qu'ils allaient être englobés dans le malheur général, leur colère ne connut plus de bornes, et leur indignation ne recula devant aucune manifestation.

Chose bizarre... qui semblerait illogique à première vue, et qui n'est pourtant que la résultante rigoureuse de la logique humaine, ce n'est point à M. Dalbane qu'ils s'en prirent, ce ne fut pas au malheureux banquier que s'adressèrent leurs imprécations.

Il s'était fait justice, celui-là... il était mort... et on ne pouvait guère lui en demander plus.

Pauvre cher homme ! c'était la bonté même... il était si faible... qu'il ne savait rien refuser à sa fille...

Ah ! sa fille !

Mademoiselle Herminie.

Avec quelle haine vigoureuse on prononçait ce nom !

Elle n'en avait jamais assez, cette mijaurée... avec ses cheveux jaunes, ses yeux estompés, ses joues blanchies à la poudre de riz !...

C'est elle qui avait ruiné son père et tous les honnêtes gens qui avaient eu confiance en lui...

— Et puis, vous savez ce qu'on dit!... ajoutait tout bas une commère ; quand le père Dalbane s'est tué... elle était au bal !

— C'est-y bien vrai!.... demandait un autre.

— Si c'est vrai!... saint Maclou!... puisqu'elle portait encore son domino, quand on l'a déposée évanouie, sur son lit.

— Oh! évanouie ! interrompit la femme de chambre, — c'est moi qui ne crois pas ça, par exemple.

— C'était donc une frime? grommela la cuisinière... en se rapprochant.

— Pardine... elle a plus de vice, celle-là... que la locataire de chez nous, qui ne passe pas cependant pour une honnête fille?

— Eh bien... qu'est-ce qu'elle va devenir, à présent?

— Tiens... elle fera comme les camarades, donc!

— Elle ira à pied.

— Ou elle montera dans la voiture des autres !

Cette dernière prophétie fut accueillie par un de ces rires qui rappelaient la gaieté sinistre des sorcières de Macbeth.

Tout à coup, on se tut.

Mademoiselle Laure venait d'entrer à l'office pour y prendre quelques objets dont sa maîtresse avait besoin, et tous les regards, chargés de provocation, s'étaient tournés de son côté.

— En voilà encore une qui ne vaut pas cher ! dit à voix basse la femme de chambre.

— Une fine mouche! opina la cuisinière.

— Et qui sortira d'ici plus riche que nous toutes ensemble! ajouta une troisième.

La petite soubrette connaissait de longue date les dispositions malveillantes dont elle était l'objet. Elle ne fit attention à rien, n'honora même pas d'un regard ses ennemis ameutés, et dès qu'elle eut trouvé ce qu'elle cherchait, elle se retira, sans avoir prononcé une parole.

Puis elle remonta à la hâte auprès de sa maîtresse.

Depuis le matin, Herminie ne s'était pas remise de l'épouvante qu'elle avait éprouvée quand elle s'était vue tout à coup en présence du corps défiguré de son père.

C'était comme un horrible cauchemar auquel elle cherchait à s'arracher. Elle s'efforçait de ne pas y croire, et attendait toujours que le réveil vînt la rendre à la sérénité d'autrefois.

Mais chaque heure qui s'écoulait la rivait davantage à l'effroyable réalité. On l'avait entraînée pour la soustraire au douloureux spectacle de la chambre mortuaire; Laure ne l'avait plus quittée, et, sur ses conseils, elle s'était jetée sur son lit.

Ce fut vainement qu'elle appela le sommeil à son aide.

Sitôt que ses paupières se fermaient, appesanties par la fatigue ou vaincues par les émotions de la nuit précédente, elle se réveillait en sursaut, se dressait effarée, sur son séant, et ses deux mains jetées en avant semblaient repousser quelque sanglant fantôme.

Et puis, elle avait l'intuition de ce qui se passait.

Elle ne songeait pas au déshonneur, car elle savait bien, elle, que son père était le plus honnête des hommes. Mais elle soupçonnait quelque sinistre dans lequel la fortune du banquier avait dû sombrer, et l'acte de désespoir auquel il s'était abandonné, lui disait surabondamment qu'il avait été provoqué par la menace d'une ruine certaine.

Et elle devinait, autour d'elle, l'explosion contenue encore de l'envie, et la pensée qu'elle ne serait pas même plainte dans son malheur ajoutait à la violence de son abattement.

Heureusement, un incident presque inattendu vint dans la journée faire diversion à ses funèbres pensées.

Vers trois heures, un valet demanda à parler à mademoiselle Laure, et comme celle-ci répondait que sa maîtresse ne voulait voir personne, une voix s'éleva dans l'antichambre qui fit tressaillir Herminie.

— Réjane!... dit-elle, en adressant au ciel un regard plein de reconnaissance attendrie.

Elle se souleva à demi.

Au même instant, mademoiselle de Graçay-Chambrun se précipitait dans la chambre et jetait ses deux bras autour du col de son amie.

Et, pendant un long moment, ce fut un doux murmure de tendres baisers et de paroles émues, entrecoupées par des sanglots...

— Toi! toi!... balbutia Herminie ; chère Réjane, ah! cela fait du bien de s'appuyer sur un cœur sincère et dévoué.

— Pauvre amie! répondit Réjane ; je viens d'apprendre l'horrible malheur, et alors, je n'ai eu qu'une pensée, celle de venir m'asseoir auprès de toi. Mon excellent père ne voulait pas ; il avait peur... mais je n'ai rien écouté... et quand il a vu cela, malgré sa goutte, il m'a accompagnée!

— Comme vous êtes bons tous deux!

— Oh! nous ne t'abandonnerons pas! tu ne peux pas rester ici seule... En chemin, nous avons pris une résolution et nous t'emmenons.

— Y songes-tu?

— Je ne songe qu'à cela. Tout est convenu : ta chambre va être préparée, tu coucheras près de moi ; je ne te quitterai plus, et si l'amitié la plus profonde peut apporter un adoucissement à ton chagrin, c'est chez nous que tu le trouveras.

Herminie serra la jeune enfant dans ses bras.

L'expression de cette sympathie naïve et tendre lui faisait du bien. Depuis quelques heures, c'était la première fois qu'elle respirait dans une atmosphère de sentiments calmes et doux.

Cependant des faits plus graves se préparaient à la suite de l'événement dont tout Paris s'entretenait à cette heure.

Si les employés de M. Dalbane, ses domestiques et tous ceux qui avaient avec lui des relations d'amitié ou d'affaires s'étaient émus de l'aventure, le parquet, de son côté, n'était pas resté indifférent, et des perquisitions avaient été ordonnées dans le but d'arriver à la constatation régulière et complète de la vérité.

Cela n'avait pas été long.

Dès les premières heures, il était acquis que le banquier avait été audacieusement volé, et que le voleur s'était introduit dans les sous-sols de l'hôtel par la brèche pratiquée dans le mur mitoyen. On visita avec soin la maison inhabitée ; on la parcourut de la cave au grenier, dans l'espoir de découvrir quelque indice qui mît la justice sur la trace du criminel. Mais, malgré le zèle et l'activité déployés par les agents de la sûreté, toutes les recherches demeurèrent infructueuses, et l'on ne trouva aucune piste sur laquelle on pût lancer les limiers de la police.

Ce résultat étonna le public et contraria sérieusement la justice.

Mais il n'y avait rien à faire en pareille occurrence, et le mieux était d'attendre.

C'est ce que l'on fit...

Et pendant que l'on attendait, voici ce qui se produisit !...

Une chose étrange... fantastique, et qui rappelait, par plus d'un côté, la bizarrerie poignante de certains contes d'Edgard Poe.

XXIV

Deux jours s'étaient écoulés.

On était au lundi.

Vers huit heures du soir, le commissaire de police du quartier de la Madeleine venait de rentrer dans son appartement, quand un de ses employés monta le prévenir qu'une personne demandait à lui parler.

— Quelle est cette personne ? fit le commissaire.

L'employé présenta une carte sur laquelle il y avait ce nom :

— Beverley.

Ce M. Beverley n'a pas dit pour quel objet il désirait me parler?

— Il a dit que c'était pour une affaire qui ne souffrait aucun retard.

— C'est bien ! faites attendre... je descends.

Quelques moments plus tard, Beverley était introduit auprès du magistrat.

Il salua et s'assit sur le siège qui lui était offert.

— Vous voudrez bien m'excuser, monsieur, dit-il alors, si je viens vous déranger à cette heure... mais il s'agit d'une affaire de la plus haute gravité, pour laquelle je dois réclamer votre assistance.

Le commissaire avait déjà regardé son interlocuteur, et il demeurait frappé de l'air de distinction qui éclatait dans toute sa personne.

— Vous êtes M. Beverley ? dit-il cependant, comme pour faire comprendre à son interlocuteur qu'il attendait un renseignement plus explicite.

— Oui, monsieur, répondit Beverley, qui saisit tout de suite le but de la question ; je suis sujet anglais ; j'habite Paris depuis dix années, rue de Varenne, et vous pourriez, dès ce soir même, obtenir sur mon compte toutes les références qu'il vous paraîtra utile de demander.

Le commissaire fit un geste satisfait.

— Parfaitement, monsieur, continua-t-il, parfaitement, et je crois inutile d'insister pour le moment... Veuillez donc, je vous prie, m'expliquer l'objet de votre visite et me faire connaître en quoi je puis vous être utile.

— Voici, monsieur...

Beverley passa sa main sur son front, comme s'il eût voulu y bien fixer ce qu'il avait à dire ; puis il reprit presque aussitôt :

— Si je ne me trompe, dit-il, vous avez été appelé depuis deux jours à assister M. le juge d'instruction dans les perquisitions qui ont été ordonnées par la justice, à la suite du douloureux événement de l'hôtel Dalbane.

— En effet, répondit le commissaire.

— Vous avez suivi tous les détails de la visite effectuée tant dans la maison de la ruelle, que dans les caves des deux habitations contiguës.

— C'est cela même.

— J'ai lu les journaux, et j'ai appris que vos recherches ont été à peu près infructueuses ; tout cela s'est borné à la constatation d'un passage pratiqué à travers le mur mitoyen ; mais les perquisitions n'ont amené aucune découverte qui pût faire la lumière sur ce vol audacieux.

— Auriez-vous, vous-même, quelque indice à fournir à la justice ? interrogea le magistrat.

— Peut-être !

— Comment cela ?...

— Pardon, Monsieur, répondit Beverley ; si vous le voulez bien, je ne m'occuperai de l'affaire Dalbane que d'une manière incidente.... Celle dont j'ai à vous entretenir est autrement importante, et, s'il y a entre elles deux une relation secrète, je ne veux pas en tenir compte et je désire vous laisser tout le mérite de la mettre en relief.

Place de la République (Château-d'Eau).

— Cependant!...

— M. Dalbane a été victime d'un vol accompli avec une audace presque sans précédents... Vous retrouverez le voleur, j'en suis sûr, et je n'ai que faire de vous offrir mes services à ce sujet... mais il est, je le répète, un autre crime... qui m'intéresse, moi, dans ce qu'un homme peut avoir de plus sacré au monde, et c'est à ce propos, à ce propos seulement, que je viens réclamer votre concours.

— De quoi s'agit-il donc? demanda le commissaire qui, décidément, commençait à s'intéresser à ce mystère qu'on lui faisait entrevoir.

Beverley leva son regard clair sur le magistrat.

— Vous êtes depuis longtemps commissaire de ce quartier? dit-il alors.

— Depuis dix années...

— En ce cas, vous devez vous rappeler un crime qui y fut commis il y a six années.

— Six années !

— Le 22 janvier 1859.

— Attendez...

— Il s'agissait d'une jeune femme, miss Aurore Stanley, arrivée à Paris depuis peu, demeurant au numéro 25 de la rue Caumartin, et qui disparut un soir, sans que l'on ait jamais pu retrouver sa trace.

— En effet, je me rappelle maintenant !... disparition inexpliquée, et sur laquelle la lumière ne s'est jamais faite ; cette jeune personne portait sur elle une somme considérable en bancknotes et en diamants. Elle était sortie, vers huit heures du soir, elle avait pris une voiture, et on l'avait entendue donner au cocher l'indication de la rue où elle se rendait.

— Rue de Varenne !... dit Beverley d'une voix sombre.

— Précisément... rue de Varenne... puis, la voiture partit, et l'on ne revit plus la jeune femme.

— Toutes les recherches furent vaines.

— C'est moi qui fus chargé de les diriger.. et je mis à cette mission une ardeur que rien ne put rebuter... malheureusement nous ne trouvâmes rien !

— Pas même le cadavre de la victime.

— On crut qu'elle avait gagné l'étranger.

— On se trompait...

— Qui le sait?

— Moi, Monsieur...

— Vous !...

— J'étais absent de Paris, à cette époque, et je revins trop tard pour donner à la justice des indications qui l'eussent peut-être mise sur la véritable piste... mais depuis !

— Depuis?

— J'ai voué ma vie à la découverte du crime, et au châtiment du criminel.

— Qui vous donne lieu de penser qu'il y ait eu crime?

— Un indice fort simple.

— Lequel?

— Les bijoux de la victime.

— Vous les avez retrouvés?

— Presque tous.

— Où cela !

— Chez une jeune femme galante que l'on appelle Brin-de-Tulle.

— Qui les avait donnés à celle-ci?

— M. Cardinet, son amant.

— Et où les avait-il achetés?

— Chez un bijoutier de la rue de la Paix.

— Enfin, qui les avait vendus à ce dernier?

— Ah! si je l'avais su! Mais on a donné un nom quelconque : celui d'un voyageur descendu à l'hôtel du Louvre, quelque filou qui se faisait passer pour un Turc. — A Paris, on croit beaucoup aux diamants des Turcs.

— Soit! j'admets cela... poursuivit le commissaire ; la jeune femme a été dépouillée, je le veux bien... mais qui vous prouve qu'elle ait été assassinée ?

Beverley eut un âpre sourire.

— J'en ai douté, répondit-il, jusqu'au jour où je me suis arrêté sur le bord de sa tombe.

— Que dites-vous? fit le commissaire avec un mouvement de stupeur... Sa tombe!... vous savez...

— Depuis quelques jours.

— Et où cela?

— Dans la cave de la maison inhabitée.

— Le magistrat s'était levé... il fit quelques pas à travers la chambre, et ajouta :

— Voyons! voyons! tout cela est si extraordinaire, qu'en vérité...

— Vous n'y croyez pas! Mais j'espère que dans une heure il ne restera plus dans votre esprit aucun doute à ce sujet.

— Comment cela?

— Vous n'avez donc pas compris ce que je viens vous demander?

— Quoi! quoi! que voulez-vous?

— Je veux que vous m'accompagniez à l'instant même, que nous nous rendions dans la maison inhabitée, et que là nous procédions sans retard à...

Le commissaire ne répondit pas tout de suite...

Il avait repris sa place en face de Beverley, et la demande était si bizarre que des doutes sérieux lui revenaient sur l'état mental de son interlocuteur.

Mais il avait affaire à un homme sain d'esprit, et de plus extraordinairement perspicace, et Beverley ne demeura pas longtemps indécis.

— Permettez-moi, monsieur, reprit-il au bout de quelques secondes, de ne pas laisser la conversation s'égarer sur un terrain où nous ne nous retrouverions plus... Vous savez maintenant ce que je veux, je désire ajouter que j'ai bien réfléchi avant de me présenter, et il ne me semble pas possible que vous me refusiez votre concours, sans manquer à vos devoirs de magistrat.

— Monsieur!

— Je m'explique. En raison de découvertes qui sont le résultat d'une longue suite d'observations dont il serait inopportun de vous faire la confidence en ce moment, je crois pouvoir vous affirmer que le corps de la malheureuse miss

Aurore Stanley est enterré dans la cave de la maison que je vous indique ; tant que les assassins n'ont eu à redouter aucune investigation indiscrète, on pouvait être assuré qu'ils laisseraient les choses en leur état, et qu'ils ne tenteraient pas eux-mêmes de faire disparaître le cadavre ; mais tout est changé depuis deux jours ; l'attention de la justice a été appelée sur la maison dont je parle, et si nous ne nous empressons de faire les constatations nécessaires, peut-être arriverons-nous trop tard, et laisserons-nous échapper les preuves que le hasard nous offre.

— Il faudrait préalablement prendre l'avis du procureur impérial, objecta le commissaire.

— Vous pouvez le prévenir que, dans l'intérêt même de la cause, vous avez dû céder à mes instances, répartit Beverley.

— Encore, est-il nécessaire d'avoir sous la main, à sa disposition, un médecin, quelques terrassiers...

— J'ai prévu tout cela, monsieur. Trois terrassiers doivent se trouver à cette heure rue Basse-du-Rempart, et quant au médecin, j'en connais un dans les environs ; je l'ai fait prier de m'attendre ; nous le prendrons en passant.

Le commissaire hésitait encore.

— Croyez-le bien, monsieur, insista Beverley ; et vous le savez, d'ailleurs, mieux que moi, ce que je vous demande est de tous points licite, et dans une heure, c'est vous-même qui me remercierez !

Le commissaire ne fit pas d'autre objection.

— Il se leva. — Beverley se leva à son tour.

Ils descendirent.

Le long du trottoir, devant la maison, il y avait une voiture.

Ils y montèrent.

Puis, la voiture partit dans la direction de la rue Basse-du-Rempart. Chemin faisant, ils allèrent prendre un médecin qui était ami de Beverley...

Le trajet fut court... peu après ils arrivaient à destination.

Trois hommes stationnaient non loin de l'endroit où ils venaient de s'arrêter.

— Ce sont nos terrassiers, dit Beverley.

Les hommes s'approchèrent. — Ils étaient munis de pioches, de pics et de pelles...

Sur un signe du commissaire, on se mit en marche.

La ruelle était déserte... une ombre épaisse enveloppait la maison... Elle présentait un aspect plus sinistre encore que d'habitude.

Le groupe silencieux traversa le jardin, puis la salle à manger, puis enfin les six hommes s'engagèrent dans l'escalier de la cave.

Beverley marchait le premier. — Après venaient le commissaire et le médecin, enfin, derrière, les trois terrassiers, munis de lanternes, dont ils dirigeaient la lumière sur ceux qui les précédaient.

Cela dura cinq minutes au plus.

Puis Beverley suspendit sa marche, et indiquant du doigt l'ondulation de terrain qu'il avait remarquée quelques semaines auparavant :

— C'est là ! dit-il d'une voix altérée et sourde.

Et chacun se pencha en avant pour regarder !

XXV

Le tableau était vraiment saisissant et presque fantastique.

Les trois terrassiers avaient déposé leurs outils, et se tenaient immobiles et graves, projetant les rayons de leur lanterne sur l'ondulation du terrain...

Le commissaire occupait la droite, le médecin la gauche... quant à Beverley, il s'était rejeté dans l'ombre, et comprimait sa poitrine de ses deux poings, pendant qu'une pâleur de suaire envahissait ses traits.

Un silence sinistre s'était établi ; parmi ces six hommes, il n'y en avait pas un qui ne crût réellement qu'il venait de s'arrêter au bord d'une tombe.

— Commençons ! dit tout à coup le magistrat, en se tournant vers les terrassiers... Seulement, opérez avec les plus grandes précautions... Si nous devons trouver ici ce que nous cherchons, il faut prendre garde qu'une trop grande précipitation dans notre travail ne prépare des difficultés pour les constatations ultérieures...

Et comme, en parlant de la sorte, il avait reculé de quelques pas, son pied heurta un objet qu'il n'avait pas tout d'abord aperçu.

Il prit une lanterne et regarda.

C'était un cercueil dont le couvercle était ouvert.

Malgré lui il frissonna.

— Qu'est-ce que cela ? demanda-t-il d'un ton plus ému qu'il ne l'eût voulu, peut-être.

— Ne faites pas attention ! répondit Beverley ; il m'appartenait de tout prévoir, et si mes soupçons se vérifient, nous déposerons dans ce cercueil, les chers ossements que nous allons recueillir.

— Vous avez pensé à tout !

— J'ai le respect des morts, monsieur, et au souvenir de la malheureuse victime qui est là, je donnerais, s'il le fallait, mon sang goutte à goutte, — ma vie, jour à jour.

Le commissaire se tut.

Du reste, à ce moment, un premier coup de pioche venait de retentir et avait éveillé un écho lugubre sous les voûtes de la cave...

Les terrassiers s'étaient mis à l'œuvre.

Tous firent silence, et chacun s'apprêta à prendre part à l'opération qui commençait.

Nous n'avons pas l'intention de charger ce tableau outre mesure, ni de raconter dans tous ses détails l'exhumation qui s'effectuait à cette heure.

Nous avons moins encore à nous défendre contre le reproche d'exagération qui pourrait nous être adressé ; de pareilles scènes ne sont malheureusement pas rares dans la vie ordinaire, et le lecteur voudra bien se rappeler qu'hier même, tous les journaux l'entretenaient de fouilles semblables, entreprises à l'occasion d'un crime récent !

Ici toutefois, la présence de Beverley et l'intérêt qu'il paraissait attacher au résultat des recherches, prêtaient un caractère particulier à la scène, et chacun comprenait qu'il y avait là autre chose que le mystère d'un crime banal.

Une demi-heure se passa.

Les fouilles touchaient à leur fin, et elles avaient réussi au delà de tout espoir !

Beverley était appuyé au mur ; le commissaire encourageait les terrassiers de la voix, et le docteur s'était agenouillé sur le sol, silencieusement absorbé par les constatations importantes auxquelles il se livrait.

Tout à coup un même sentiment s'empara de tous les témoins ou acteurs de cette scène. Le commissaire fit un geste énergique aux ouvriers qui aussitôt suspendirent leur travail ; le médecin releva la tête, Beverley se dressa, l'œil en feu, la poitrine haletante, le front baigné de sueur froide.

Un murmure de voix venait de se faire entendre ! Quelque chose d'imperceptible comme un chuchotement ou un souffle qui frôla les murs de la cave et arriva jusqu'à eux, apportant quelques paroles à peine inarticulées.

— Qu'est-ce que cela ? balbutia Beverley en proie à une sorte d'hallucination.

Et son regard se porta avide du côté d'où le bruit était parti.

Presqu'au même instant, un rayon de lumière éclaira le fond de la cave, et alors, on vit un homme passer à travers le trou pratiqué par Lombard, et pénétrer dans la cave de la maison inhabitée.

Il n'avait pas fait un pas que Beverley l'avait reconnu.

C'était Cardinet...

Il enfonça ses ongles dans les bras du commissaire.

— Voyez ! voyez ! dit-il d'une voix qui hésitait dans sa gorge. Lui ! c'est lui !

— Qui cela ? interrogea le commissaire en le regardant avec un profond intérêt.

Le jeune gentleman passa ses deux mains sur son front...

— Rien ! rien ! répondit-il, je suis fou !... je perds la raison... mais cet homme... cet homme ! que vient-il faire ici ?

— C'est ce que nous allons lui demander... il vient à nous... attendons .

Beverley ne s'était pas trompé : l'homme qu'il avait aperçu franchissant le mur qui séparait l'hôtel Dalbane de la maison inhabitée... c'était l'ex-coulissier Charles Cardinet !

Dans le premier moment, ce dernier n'avait rien vu de ce qui se passait...

Il s'était engagé dans la brèche qui ouvrait une communication entre les deux habitations, et avait mis le pied sur le sol de la cave de la maison inhabitée, sans se douter du tableau qui l'y attendait.

Mais quand il eut franchi la brèche et qu'il eut fait quelques, pas, suivi à peu de distance par un garçon de bureau de la maison Dalbane, il s'arrêta tout d'un coup, fit un haut-le-corps et resta comme pétrifié à sa place.

Il venait de remarquer le groupe qu'éclairaient les trois lanternes des terrassiers.

Il se crut tout d'abord le jouet d'un rêve... il ne pouvait ajouter foi à ce qu'il voyait, et se consultait sur le parti qu'il devait prendre.

Mais ce ne fut qu'une courte hésitation...

Presque aussitôt il sourit lui-même de sa défaillance, et pressant ses joues de ses deux mains, pour en arracher la pâleur qui s'y était collée, il fit un signe au garçon qui le suivait, et continua résolument sa course.

A mesure qu'il avançait cependant, sa poitrine se prenait à battre ; le soupçon de la vérité l'envahissait et quand il arriva près du groupe, il avait compris qu'il s'agissait d'une exhumation !...

Tout son corps se prit à tressaillir, et son regard troublé sembla interroger chacun des hommes devant lesquels il se trouvait.

Instinctivement, il se tourna vers Beverley.

Celui-ci ne l'avait pas quitté de l'œil, on eût dit qu'il cherchait à lire jusqu'au fond de son âme.

— Qu'y a-t-il donc, et que se passe-t-il ici ? demanda l'ex-coulissier.

— Vous le voyez ! répondit Beverley, sans le quitter du regard ; Monsieur est médecin, et, avec l'aide de ces trois hommes, nous procédons à une exhumation.

— A quel propos ?

— D'après certaines données qui me sont personnelles, j'étais autorisé à penser qu'un cadavre avait été caché en cet endroit, et vous pouvez vous assurer par vous-même qu'on ne m'avait pas trompé.

— Mais le crime dont vous venez de découvrir la trace n'a rien de commun, je suppose, avec le vol dont M. Dalbane a été victime ?

— Qui sait !

— Le crime serait-il récent ?

— Le docteur assure qu'il remonte à six années.

— Ah !

— Du reste, la justice va être saisie. Une enquête sera ordonnée, et puisque le hasard vous a amené sur les lieux...

Cardinet protesta vivement du geste.

— Oh ! ma présence ici, répliqua-t-il, s'explique de la façon la plus naturelle... J'avais depuis quelque temps des relations d'intérêt avec M. Dalbane ; sa mort violente a inspiré des craintes sérieuses à toute la finance. Moi-même, j'ai voulu me renseigner sur l'étendue du désastre, et comme je manifestais à la personne chargée de la liquidation le désir très vif que j'éprouvais de voir par moi-même comment le vol s'était accompli... on m'a donné un garçon de bureau qui m'a accompagné sur les lieux.

— Rien n'est plus naturel, en effet, dit Beverley.

— J'avoue, du reste, continua Cardinet en souriant, que mon émotion a été grande en votre présence... Vu à distance, le groupe que vous formiez n'avait rien de précisément rassurant... et si je n'avais écouté que mon guide, je crois que j'aurais battu en retraite.

— J'espère que maintenant votre guide est tout à fait rassuré.

— Je l'espère aussi, dit Cardinet en s'inclinant... et je ne veux pas vous retarder davantage.

— Mais nous avons fini...

— Vraiment...

— Et puisque je vous ai rencontré, je ne vous laisserai pas partir seul.

Beverley dit alors quelques mots à l'oreille du commissaire, et, après avoir serré les mains du docteur, auquel il parla également à voix basse, il s'éloigna à pas rapides et se hâta de rejoindre l'ex-coulissier, qui avait pris les devants.

Une fois sur le trottoir de la ruelle, Cardinet glissa un louis dans la main du garçon de bureau, le remercia de l'avoir accompagné, et se dirigea vers le boulevard, suivi de près par Beverley.

Ce dernier avait son idée. Il n'avait pas revu l'ex-coulissier depuis la scène du salon vert, et il n'était pas fâché de se retrouver en sa compagnie.

Ils firent quelques pas en silence ; puis Beverley se tourna vivement vers Cardinet.

— Voilà une bien étrange aventure, dit-il, et la découverte à laquelle je viens d'assister fera demain un certain bruit dans la capitale.

— Le voleur se double ici d'un assassin... et il sera curieux de rechercher...

— Mais les deux affaires ne peuvent avoir aucune connexité, répliqua l'ex-coulissier... à moins que le docteur ne se trompe.

— Oh ! le docteur se trompe, il n'en est pas de même de moi.

— Vous !

— Mes souvenirs sont précis.

— Vous connaissez donc la victime ?

— Et je connais aussi les assassins...

Cardinet fit un mouvement.

— Quelle plaisanterie... dit-il sur un ton qui essayait d'être enjoué... Si

Tout à coup il tressaillit et son attention s'éveilla ardente et troublée.

vous étiez instruit, comme vous le prétendez, je m'expliquerais difficilement
que vous n'ayez pas déjà dénoncé les criminels à la justice.

— Il y a une raison à mon silence.

— Laquelle?

— C'est que je prétends me réserver à moi seul le châtiment des coupables?...

Cardinet allait répliquer, mais un cri s'éleva en ce moment à ses côtés et
vint arrêter brusquement la parole sur ses lèvres.

Deux hommes venaient de les croiser, et l'un d'eux avait proféré une exclamation de surprise.

Cardinet se retourna et tressaillit,

Il avait reconnu d'Épernon, qui passait accompagné de Martial.

Ce ne fut qu'un éclair. — Cardinet reprit bien vite possession de lui-même.

Il salua Gontran... et entraîna Beverley, qui ne se souciait pas lui-même de s'arrêter avec le vicomte.

Dès qu'ils se furent éloignés, Gontran prit vivement le bras du garde de Graçay-Chambrun.

— Qu'as-tu donc? lui demanda-t-il avec intérêt, et pourquoi ce cri qui vient de t'échapper?

Martial n'était pas encore tout à fait remis; sa poitrine se soulevait avec violence et son œil s'attachait à Cardinet avec une persistance singulière.

— Moi! balbutia-t-il... mais je n'ai rien... je vous assure!... seulement... en me trouvant en face de cet homme...

— Le connais-tu?...

— J'ai cru le reconnaître... mais je me suis trompé sans doute... C'est impossible. — Ne vous a-t-il pas salué, monsieur le vicomte?

— En effet...

— Vous le voyez?...

— Rarement...

— Comment s'appelle-t-il?

— Cardinet.

— Et que fait-il à Paris?

— Il est banquier.

Martial garda un moment le silence... puis il reprit :

— Je vous prie de m'excuser, monsieur, dit-il, mais, voyez-vous, cela a été plus fort que moi... parce que...

— Achève...

— Non... non!... permettez-moi de ne rien vous dire... aujourd'hui du moins...

— A ton aise, mon bon Martial... à ton aise... Nous voici arrivés à la porte de mon cercle... Je vais te quitter; mais n'oublie aucune des recommandations que je t'ai faites.

— Monsieur le vicomte peut compter sur moi.

— Demain matin, tu remettras ma lettre à mademoiselle Dalbanc.

— Ce sera fait.

— Et tu viendras m'apporter la réponse rue de la Chaussée-d'Antin.

Martial salua militairement... et, pendant que son maître montait à son cercle, il s'éloigna dans la direction du faubourg Saint-Germain.

XXVI

Depuis la terrible catastrophe où elle avait vu sombrer tous les rêves dorés qui avaient jusqu'alors bercé sa vie insouciante, Herminie s'était réfugiée chez le général de Graçay-Chambrun, et là, dans le modeste appartement que ce dernier occupait rue de Varennes, elle attendait que l'apaisement se fît dans son esprit, et que le calme rentrât dans son cœur.

Réjane s'ingéniait doucement à la consoler. Durant le jour, c'est à peine si elle la quittait d'une minute ; elle lui rappelait les souvenirs heureux de leur enfance, l'entretenait de tout ce qui pouvait l'intéresser dans son infortune, et son babil charmant parvenait parfois à amener un sourire sur les lèvres de son amie.

Herminie attirait alors la jolie enfant contre sa poitrine, l'y tenait longtemps serrée dans une étreinte reconnaissante et souvent elle laissait, avec son baiser, tomber une larme attendrie sur son front.

— Pleure, pleure; disait la petite Réjane, cela te soulagera... ton cœur est trop plein ! D'ailleurs, si tu le veux, nous ne nous quitterons plus ! tu peux être heureuse encore près de nous !... et puis... tu es belle... parmi tous les jeunes gens qui t'entouraient, il y en a qui t'aimaient... Si tu as cessé d'être riche, tu n'as pas cessé d'être belle !... plus belle même que tu ne l'as jamais été... et qui sait !

Herminie mettait sa main sur les lèvres de l'enfant.

— Tais-toi ! tais-toi ! répondait-elle, pendant qu'un frisson courait sur ses épaules... tu ne sais rien de la vie, et tu vois le monde à travers ton cœur... chère Réjane ;... ah !... n'arrête jamais ton regard sur de pareils objets... leur vue seule ternirait la pureté de ton œil si doux ; vois-tu ! il n'y a pas d'assimilation possible entre les autres jeunes filles et moi... et pendant ces quelques jours qui viennent de s'écouler, nul ne saura jamais à quelles profondeurs j'ai pénétré, et à travers quels éblouissements et quelles ténèbres j'ai promené mon regard !

— Que dis-tu ?

— Rien... rien.

— Croirais-tu qu'il y a des moments où tu me fais peur ?

— C'est qu'aussi il y a des moments où je m'épouvante moi-même !

— Herminie...

Alors, Herminie se prenait à sourire.

— Ne parlons plus de cela, disait-elle avec une sorte d'enjouement forcé, j'ai tort de m'abandonner devant toi à la pente de mes rêveries. Je n'ai pas le droit de troubler la sérénité de ton âme et je ne dois pas même t'inspirer le soupçon de la destinée qui m'épouvante et m'attire en même temps.

La conversation en restait là... les deux jeunes filles se prenaient alors le bras et couraient au jardin, où la vue des objets extérieurs donnait bien vite un autre cours à leurs confidences.

Une fois entre autres, Herminie avait levé les yeux, et en apercevant Beverley qui se promenait sous la vérandah de sa terrasse, elle avait serré vivement le bras de Réjane contre le sien.

— Beverley!... dit-elle... c'est donc là qu'il demeure?...

— J'ignorais son nom! répondit Réjane, qui, involontairement, se prit à pâlir.

— Qu'as-tu? fit Herminie qui l'observait.

— Oh! ne fais pas attention...

— Mais tu as pâli.

— C'est possible, je ne m'en défends pas!...

— D'où vient?

— Je ne saurais l'expliquer. Seulement, ce qui n'est pas douteux, c'est l'impression que la vue de cet homme produit sur moi.

— Comment cela?

— J'ai beau me raisonner; ça n'y fait rien... Chaque fois que je l'aperçois, il me prend un tremblement, et je me sens sur le point de défaillir.

— C'est bizarre.

— N'est-ce pas.

— Et tu n'as pas cherché à analyser cette sensation?

— Non! — Cet homme me fait peur; voilà tout!... Il me semble, — c'est puéril, certainement, — il me semble que son regard a parfois comme des menaces sinistres — et que c'est à moi qu'il en veut.

— Quelle folie?...

— Sans doute, je ne dis pas!... mais c'est plus fort que moi... Tiens!... rentrons... veux-tu?...

Et elles étaient rentrées.

C'est ainsi que se passaient les journées; généralement, sans autre incident. On déjeunait à onze heures, on dînait à sept... puis, vers dix ou onze heures, chacun se retirait dans sa chambre.

C'était seulement alors qu'Herminie recouvrait toute sa liberté de penser?

Jusque-là, elle se contenait, elle mentait aux autres et à elle-même! Mais une fois qu'elle se trouvait seule, on eût dit qu'une nouvelle vie commençait et qu'elle reprenait réellement possession de son esprit et de son cœur.

Elle dormait peu; elle songeait.

Au passé, au présent, à l'avenir.

Quand parfois ses yeux se fermaient par lassitude, il lui arrivait de se réveiller tout à coup dans la nuit, et, le front dans la main, le coude appuyé sur son oreiller, les cheveux répandus sur ses épaules, elle écoutait le silence qui planait au dehors, ou les voix mystérieuses qui parlaient au dedans d'elle.

Les heures noires tombaient une à une, sans qu'elle prît la peine de les compter; elle poursuivait obstinément quelque rêve à travers mille sensations douloureuses, et souvent l'aube blanchissait ses rideaux, qu'elle était encore là la poitrine soulevée, les yeux brûlés par des larmes qui ne voulaient point couler.

Accoutumée au mouvement tumultueux et incessant du boulevard, elle n'avait jamais soupçonné le calme presque effrayant des grandes solitudes du faubourg Saint-Germain.

A peine, de temps à autre, le roulement d'une voiture, le bruit d'une lourde porte qui se ferme, ou encore ces tressaillements intermittents de la nuit que l'on ne perçoit guère que dans les campagnes de province.

A travers ce silence et cette solitude, des perspectives inouïes se découvraient à sa pensée, et, pour la première fois de sa vie peut-être, elle plongeait jusqu'au fond des abîmes inconnus de l'avenir.

Qu'allait-elle faire ?... Vers quelle destinée allait-elle se diriger?

Elle eût été fort empêchée de le dire.

Mais un sentiment impérieux s'était déjà fait jour au milieu des hésitations auxquelles elle était en proie... et, dès ce moment, elle avait résolu de ne pas accepter l'existence humble et modeste que lui offrait l'amitié de Réjane.

Elle était née, elle avait vécu avec l'ambition d'être reine ! — par la beauté ou par la fortune, — à aucun prix, elle n'eût voulu renoncer à cette royauté qu'elle s'était promise !

D'ailleurs, le reste lui importait peu !

Depuis quatre jours, elle avait bien réfléchi.

Sa pensée venait de soulever l'un après l'autre, tous les voiles de la vie, analysé tous les sentiments humains, et déterminé, avec une précision de chimiste, la part qui doit être faite à l'hypocrisie sociale dans les témoignages de respect que les hommes rendent à la vertu de la femme !

Elle savait par intuition que les manifestations sociales ont le mensonge pour base presque unique, et l'expérience lui avait appris que l'audace est, pour ainsi dire, la seule qualité dont le monde tienne compte.

Et elle disait comme le personnage de l'un des drames les plus puissants de l'école moderne :

« Je me couronnerai de ma honte... et l'on m'adorera comme une reine ! »

Tout cela était peut-être bien inconscient encore de la part de la jeune femme, ces aspirations demeuraient à l'état latent, et elle ne les formulait pas en théorie...

Mais son esprit surexcité souriait à leur essor, et elle se gardait de rien faire pour les étouffer ou les distraire.

Et puis... elle conservait en elle une sourde irritation du sinistre où avait disparu tout à coup l'avenir promis à sa beauté...

Quoi qu'elle fît, à quelque retour qu'elle se livrât sur elle-même, elle ne pouvait admettre qu'elle eût mérité le coup qui la frappait, et l'espèce d'abandon qu'on lui témoignait.

L'humiliation qu'elle ressentait s'imprégnait de haine; un sentiment de révolte soulevait son cœur et il lui semblait que de cette coupe de honte à laquelle elle était prête à tremper ses lèvres, se dégageait un âcre parfum de vengeance qui la grisait par anticipation.

La pente était terrible, bien faite pour donner le vertige, et la pauvre jeune femme n'avait autour d'elle aucune affection saine et forte qui pût la relever ou la retenir.

Ajoutons que, comme toutes les femmes, Herminie Dalbanc était plutôt un tempérament qu'un caractère.

Elle ne discutait pas avec ses impressions et ne raisonnait guère les résolutions qu'elle prenait. Elle n'avait jamais eu que des notions fort vagues du juste et de l'injuste, et ne discernait pas très bien ce qui était illicite de ce qui était permis.

Sa nature impressionnable et nerveuse agissait, pour ainsi dire, en dehors de toute réflexion, et il est certain que, jusqu'alors, aucune considération étrangère n'avait exercé d'influence sur sa volonté.

C'est au milieu de ces aspirations troublées, excessives, malsaines, qu'Herminie passait ses nuits depuis qu'elle était chez M. de Graçay-Chambrun.

Il y avait quatre jours au plus qu'elle y vivait auprès de Réjane, et, pour tout dire, elle s'ennuyait de l'existence monotone qu'elle y menait.

Elle attendait.

Quoi? — elle ne le savait pas elle-même.

Seulement il lui semblait que le hasard lui ménageait quelque surprise.

Un matin, elle était descendue au jardin plus tôt que de coutume, et elle se promenait depuis plus d'une heure, continuant de bercer les rêves de la nuit.

Dix heures avaient sonné depuis quelque temps.

Il faisait une de ces douces matinées que l'hiver ménage quelquefois aux Parisiens.

Un souffle tiède passait dans l'air, comme une promesse de printemps... et quelques doux rayons de soleil venaient jouer sur le sable d'or des allées.

Herminie allait et venait sans but, à pas lents, les bras croisés contre sa poitrine.

Au détour d'une allée, elle rencontra Réjane qui la cherchait.

Du premier regard, Herminie remarqua une ombre sur le front de la jolie enfant.

Malgré elle, elle se sentit inquiète.

— Déjà levée!... dit Réjane en approchant... je suis allée à ta chambre, et ne t'ai point trouvée... alors, j'ai pensé que tu étais descendue au jardin... et me voici.

— Qu'y a-t-il donc? demanda Herminie.

— Il y a que l'on vient d'apporter une lettre pour toi, répondit Réjane.

— Qui cela?...

— Martial!

— Et d'où vient-elle?... Donne!

— Réjane tendit la lettre dont Herminie s'empara avec une certaine vivacité. Elle se prit à en examiner le cachet.

C'était un cachet armorié, au milieu duquel on lisait ces mots : *L'honneur suffit.*

— *L'honneur suffit*, lut Herminie en regardant son amie; sais-tu quelle est cette devise?

— Ne la connais-tu pas toi-même répondit Réjane en rougissant.

— Moi, non.

— C'est celle du vicomte d'Épernon.

— Ah!

— Herminie ne put se défendre d'un tressaillement.

— En effet, dit-elle, maintenant je me rappelle... c'est lui sans doute...

Et après avoir jeté un nouveau regard sur l'adresse et sur le cachet, elle mit la lettre dans son sein.

— Eh bien, tu ne la lis pas?... fit Réjane avec un accent presque douloureux.

— Oh! j'ai le temps... plus tard, après déjeuner.

— Tu n'es pas curieuse.

— C'est que je sais d'avance ce qu'il m'écrit.

— Vraiment...

— Gontran est une nature chevaleresque, toute spontanée, et je suis sûre..

— De quoi?

Herminie se prit à sourire, et baisa Réjane au front.

— Allons! allons! mademoiselle, dit-elle avec enjouement, je vois que vous voulez savoir...

— Moi!

— Oui... oui... vous!... et j'ai pitié de votre curiosité : après déjeuner... nous monterons toutes les deux dans ma chambre, et là, nous lirons ensemble la lettre de ce gentilhomme auquel *l'honneur suffit!*

Réjane se tut... et fit quelques pas avec Herminie qui lui avait pris le bras.

— Au surplus, dit mademoiselle Dalbane, l'heure du déjeuner approche... et je crois qu'il est temps de rentrer pour ne pas faire attendre le général.

— Comme tu voudras! dit Réjane.

— Elles se dirigèrent vers la salle à manger.

On finissait de mettre le couvert... le soleil y faisait irruption par la porte-fenêtre qui donnait sur le jardin... ses gais rayons animaient les losanges des dalles blanches et noires, et allaient allumer des milliers d'étincelles jusque sur la haute crédence chargée de cristaux, qui se dressait contre l'un des côtés de la pièce.

Herminie n'en eut pas plus tôt atteint le seuil qu'elle se précipita vers la place qu'elle occupait d'habitude à table.

Il y avait là une lettre qui, dès son entrée, avait violemment attiré son regard.

Quand elle l'eut prise, et qu'elle en eut regardé l'adresse, — une pâleur subite envahit ses joues.

— Qu'as-tu donc? demanda Réjane en allant à elle.

XXVII

Herminie s'était déjà remise.

— Ce n'est rien, répondit-elle.

Et elle glissa vivement la lettre dans la poche de sa robe.

— Tu ne la lis pas? objecta Réjane.

— Je m'en garderais bien.

— Cependant...

Herminie haussa les épaules.

— Enfant que tu es! dit-elle; n'avons-nous pas toute la journée à nous... je les réserve toutes deux, et nous aurons, après déjeuner, de quoi occuper nos loisirs.

— Tu sais qui t'écrit?

— Oh! à n'en pas douter; la première, tu l'as deviné toi-même, est de M. Gontran d'Épernon; quant à la seconde, qui est timbrée de Vintimille, elle m'est adressée par M. le prince de Lubiroff.

Comme les deux jeunes filles devisaient ainsi, le général était entré, et l'on s'était mis à table.

Le déjeuner fut charmant, le général avait mille attentions paternelles pour Herminie, et celle-ci s'ingéniait à lui témoigner sa reconnaissance en se montrant affectueuse et soumise.

Au moment où le repas finissait, le domestique s'approcha de mademoiselle Dalbane et vint lui présenter une nouvelle lettre.

Herminie ne put s'empêcher de sourire.

— Décidément, dit-elle, avec une sorte d'enjouement, c'est le jour aux lettres!... Voyons d'où vient celle-ci.

Et elle examina la suscription.

Au détour d'une allée elle rencontra Réjane qui la cherchait.

M. de Graçay-Chambrun était assis à ses côtés; sans qu'il eût pu expliquer le sentiment auquel il obéissait, — machinalement peut-être, — il se pencha vers mademoiselle Dalbane, et son regard rencontra le billet qu'elle tenait à la main.

Ce fut comme un coup de théâtre!

Le général fit un mouvement où la stupéfaction se mêlait à l'épouvante, son œil devint ardent et fixe, et se penchant brusquement en avant, il étendit le bras, comme s'il eût voulu arracher le billet à mademoiselle Dalbane.

— Cette lettre! dit-il d'un ton âpre et violent, qui a écrit cette lettre?

Herminie recula, presque offensée de la question et du geste qui l'accentuait, et regarda le général avec une profonde surprise.

— Mais je n'en sais rien encore, répondit-elle d'un accent ému.

— Oh! cette écriture... cette écriture! continua M. de Graçay.

— Vous la connaissez donc?

Le général passa sa main sur son front blême, et un soupir déchira sa poitrine.

Cependant Herminie avait décacheté l'enveloppe et son regard vif et prompt s'était porté vers la signature...

Puis, elle passa la lettre ouverte à M. de Graçay.

— C'est M. Charles Cardinet, banquier, qui m'écrit, dit-elle alors; sans doute quelque affaire d'intérêt! La lettre est adressée rue Caumartin, où M. Cardinet me croit encore... Désirez-vous la lire, général?

M. de Graçay ne répondit pas tout de suite; son regard était devenu atone; ses bras étaient retombés inertes le long de son corps, et deux larmes tremblaient au bord de ses yeux rouges...

A cette vue, Réjane, qui ne comprenait rien à ce qui se passait, sinon qu'un souvenir pénible venait de traverser l'esprit de son père, Réjane, disons-nous, se précipita vers le général, et jeta ses deux bras autour de son cou.

— Mon père... mon bon père!... qu'avez-vous?... dit-elle avec un cri effrayé...

Et en même temps, elle regardait à la dérobée la lettre qui avait causé tout ce trouble...

Mais elle n'en eut pas plutôt remarqué l'écriture, qu'à son tour, elle se sentit saisie du même sentiment désordonné, et qu'un voile passa devant ses yeux.

— Lui! lui! est-ce donc possible! balbutia-t-elle en cachant sa pâleur sur la poitrine du général.

Ce dernier remua tristement le front.

— Non!... répondit-il... non... mon enfant... ce n'est pas possible : cette lettre est de M. Charles Cardinet, ainsi qu'on te l'a dit; elle ne peut être de celui dont le souvenir vient d'être si inopinément évoqué! Remets-toi donc, chère Réjane... et oublions l'un et l'autre ce moment de douloureuse angoisse.

Le général se leva alors, et alla prendre les mains d'Herminie qu'il serra affectueusement dans les siennes.

— Vous me pardonnerez, n'est-ce pas, chère enfant, dit-il; je n'ai pas été maître d'un premier mouvement... cette écriture, j'avais cru la reconnaître... mais je me suis trompé, je le vois maintenant; et vous ne me garderez pas rancune de mon indiscrétion et de ma brusquerie.

Herminie souriait.

— Y songez-vous, général, répondit-elle, en présentant son front aux lèvres du vieillard, le malheur m'a fait votre fille et vous avez tous les droits d'un père, comme vous en avez toutes les tendresses!

Puis, se tournant vers Réjane, elle ajouta :

— Viens-tu, Réjane?... je vais t'attendre...

Et elle gagna sa chambre à pas rapides.

Cependant. Réjane n'avait pas bougé, elle la suivit du regard tant qu'elle put la voir, et dès qu'elle eut disparu, elle alla s'agenouiller silencieusement aux pieds du général.

Celui-ci voulut la relever et la prendre dans ses bras.

La jolie enfant résista.

— Cher père ! dit-elle d'une voix tremblante... ce souvenir vous a fait du chagrin et à moi aussi... Depuis cinq ans, c'est la première fois.

— Tais-toi ! tais-toi !

— Qui sait ce qu'il est devenu?

— Le malheureux !...

— Vous l'aimiez tendrement.

— C'est horrible !...

— Il avait pour moi une véritable affection de frère...

— Lui !...

Le général eut un geste énergique, et secoua le front avec colère.

— Écoutez-moi, insista doucement Réjane, vous ne m'en voulez pas, à moi ; je suis votre enfant adorée, et je vous aime de toutes les tendresses de mon cœur... eh bien, il y a une prière que depuis longtemps je désire vous adresser, et jusqu'à présent, je n'ai pas osé...

— Qu'est-ce donc? fit M. de Graçay, enveloppant sa fille d'un regard étonné.

— Si vous vouliez...

— Achève !

— Nous parlerions quelquefois d'Henri.

— Ah! tu veux donc que je le maudisse encore !

— Non, mon père, mais je veux que vous le plaigniez !...

Le général prit sa tête dans ses mains et fondit en sanglots.

— Si vous saviez ! continua Réjane... tous les soirs et tous les matins... je prie pour lui... Dieu est bon; ce n'est jamais en vain qu'on l'implore !... il m'entendra... et si un jour vous le voyiez venir se jeter, repentant, à vos genoux... Si enfin...

La jeune fille n'acheva pas.

M. de Graçay s'était levé; une résolution farouche brillait dans son regard.

— Jamais! jamais! interrompit-il... Il a comblé la mesure... Tout est fini... et la seule grâce qu'il faille demander à Dieu désormais, c'est que nous n'entendions plus parler de lui !...

En parlant ainsi il se dirigea vers la porte, et il allait en franchir le seuil, quand il se retourna vivement et revint sur ses pas...

Réjane était restée muette et interdite à sa place ; il alla à elle et baisa son front à plusieurs reprises.

— Pauvre et chère enfant, dit-il... tu auras été la joie et la consolation de ma triste vieillesse !... — Bonne petite Réjane... Ah ! tu ne sauras jamais à quel désespoir tu m'as arraché, et quel bonheur m'a donné ton amour ! — Pardonnemoi... mon enfant. — Aime-moi bien toujours... et oublie surtout ce passé sinistre dont la seule idée ne pourrait que troubler ton cœur !

Puis, cette fois, il s'éloigna, laissant la pauvre enfant douloureusement impressionnée...

Elle se rappela alors l'invitation qui lui avait été faite par Herminie, et elle monta à sa chambre, vers laquelle l'attirait à son insu un autre sentiment plus puissant que l'émotion qu'elle venait d'éprouver.

Ainsi que nous l'avons dit, mademoiselle Dalbane venait de recevoir trois lettres.

L'une était du vicomte Gontran d'Épernon.

La seconde du prince Lubiroff.

La troisième de Charles Cardinet.

Dès qu'elle s'était trouvée seule dans sa chambre, elle avait décacheté et lu chacune de ces lettres dans l'ordre même de leur réception.

Celle de Gontran était courte et ne contenait que quelques lignes :

« Herminie,

« J'ai attendu quelques jours pour vous écrire... Vous savez que je vous aime, et je vous ai dit déjà que je n'ai qu'un rêve... celui de devenir votre époux !..

« Dites un mot, ma belle fiancée... et demain, madame la duchesse de Frileuse, ma sœur, ira vous chercher et vous gardera près d'elle jusqu'au jour prochain où vous deviendrez ma femme ! Herminie, c'est mon bonheur que je vous demande à genoux... C'est peut-être aussi le vôtre, si vous m'aimez comme je vous aime.

« Vicomte GONTRAN D'ÉPERNON.

« P. S. Remettez la réponse à Martial, qui vous porte cette lettre... et songez à l'impatience avec laquelle je vais attendre son retour. »

Herminie avait lu à trois reprises la lettre du jeune gentilhomme, et on eût dit que cette lecture communiquait à son cœur une sorte de fraîcheur saine et reconfortante.

Quand elle eut fini, elle posa la lettre sur la table et prit celle du prince Lubiroff.

Voici ce qu'elle contenait :

« Ma chère enfant,

« Je viens d'apprendre la terrible nouvelle, et je songe au sort dont vous êtes menacée. J'avais demandé votre main à M. Dalbane, et il avait bien voulu me l'accorder... Je crois même que vous aviez donné votre consentement à cette union.

« Je suis peu habile à faire des phrases. Vous ne dépendez maintenant que de vous, et c'est de vous-même qu'il convient que je vous obtienne.

« Écoutez-moi donc, ma chère enfant, et ne faites pas trop attention à ce que ma proposition peut présenter d'insolite.

« J'ai quitté Paris brusquement; de graves raisons d'intérêt m'obligent à me rendre à Venise, puis à Trieste; enfin, à voyager pendant plusieurs mois... mais je n'ai pas voulu quitter la frontière avant de connaître votre réponse.

« Si vous voulez bien accepter la main d'un prince qui est assez heureux pour être plusieurs fois millionnaire, nous nous marierons ici, loin de Paris, sans bruit et sans éclat, nous voyagerons pendant tout l'été, et nous ne rentrerons que l'hiver prochain dans cette capitale que vous aimez tant, et à laquelle je ne veux pas vous enlever!

« Charles Cardinet, mon nouveau banquier, vous remettra une somme de cinquante mille francs que je lui ai laissée à votre intention, et moi, je vous attendrai avec toute la fièvre d'un vieillard amoureux.

« Je n'ai peut-être que peu de temps à vivre, ma chère enfant, ne retardez pas trop le bonheur que vous seule pouvez désormais me donner.

« Prince Lubiroff. »

Pendant qu'elle lisait cette lettre, Herminie avait plus d'une fois senti un sourire plein d'ironie effleurer ses lèvres; quand elle l'eut achevée, elle la rejeta sur la table, d'un geste presque dédaigneux, et prit le billet de Charles Cardinet.

Celui-ci ne parlait que d'affaires.

« Mademoiselle,

« J'ai l'honneur de vous informer que le prince Lubiroff, mon client, a déposé entre mes mains une somme de cinquante mille francs, que je suis chargé de vous remettre.

« Cette somme est donc à votre disposition et vous pourrez la faire toucher à ma caisse quand vous le jugerez convenable.

« Ch. Cardinet,
« banquier. »

Herminie achevait la lecture de ce dernier billet, quand Réjane entra dans la chambre.

XXVIII

— Suis-je indiscrète? demanda timidement l'enfant curieuse, en remarquant les trois lettres ouvertes sur la table.

Herminie prit celle de Gontran, et la lui donna.

— Tu m'autorises à la lire? dit Réjane d'un accent ému.

— Sans doute.

Réjane dévora le billet... et quand elle en eut achevé la lecture, elle le rendit à Herminie d'une voix tremblante.

— Eh bien, dit mademoiselle Dalbane, tu as lu?

— Oui.

— Et que penses-tu de la proposition qu'il m'adresse?

— Je n'ai vu M. le vicomte d'Épernon qu'une fois en ma vie, répondit Réjane, et je ne doutais ni de la loyauté de son caractère, ni de l'élévation de ses sentiments.

— Sans doute, sans doute, repartit Herminie, c'est un cœur généreux, un véritable gentilhomme celui-là, et je garderai de lui le meilleur souvenir.

— Ne comptes-tu pas lui répondre?

— Je verrai.

— Hésiterais-tu à accepter l'offre qu'il te fait?

Et il y eut dans le ton de cette question, tant d'émotion mal contenue, qu'Hermine se prit à sourire.

— Chère âme... répondit-elle... toi aussi, tu as un cœur excellent et devoué. Seulement, il ne faut pas me juger comme tu te jugerais toi-même...

— L'amour d'un homme tel que M. d'Épernon, n'est-ce pas le bonheur?

— Pour une jeune fille comme mademoiselle de Graçay, peut-être...

— Que dis-tu?

— Mais moi!... moi!...

Et elle secoua le front d'un air résolu.

Réjane ne démêlait pas bien ce qui se passait dans le cœur de son amie... mais instinctivement, elle avait peur comme si elle se fût trouvée tout à coup transportée sur le bord d'un abîme.

— Enfin!... que comptes-tu faire?... interrogea-t-elle, inquiète et troublée.

— N'est-ce pas Martial qui a apporté la lettre du vicomte? répondit Herminie.

— C'est lui, en effet.

— Eh bien... prie-le de venir, et dis-lui que je désire lui parler.

Quelques secondes plus tard, Martial se présentait dans la chambre de la jeune fille.

— Mon ami, dit-elle alors, M. le vicomte d'Épernon m'a fait l'honneur de m'écrire ce matin, je suis très sensible au souvenir qu'il m'envoie; vous voudrez bien le lui dire de ma part, je vous prie, et lui porter mes plus sincères remercîments. Vous ajouterez que je suis fort occupée ce matin, que je ne puis lui répondre encore d'une manière explicite, mais que dans la journée, — peut-être ce soir, — il recevra quelques mots qui lui diront la résolution que j'aurai prise... Vous comprenez bien, n'est-ce pas?

— Oh! parfaitement! Mademoiselle n'a pas d'autres recommandations à me faire?

— Non, mon ami... c'est tout... et vous pouvez vous retirer.

Martial salua et sortit.

— Tu vas le désespérer! fit Réjane, dès qu'elle se retrouva seule avec Herminie.

— Bon!... je lui donnerai des explications qu'il comprendra.

— Lesquelles?...

Herminie prit la lettre du prince Lubiroff, et la tendit à Réjane.

— Tiens! dit-elle d'un accent sous lequel on sentait autant d'ironie que d'amertume.

Réjane obéit et lut.

Et à mesure qu'elle avançait dans sa lecture, une vive rougeur montait à ses joues.

Sans qu'elle pût justifier le sentiment auquel elle obéissait, elle n'osait plus regarder son amie, et tenait les yeux baissés.

— Tu n'iras pas retrouver cet homme? balbutia-t-elle d'une voix faible comme un souffle.

— Pourquoi pas?... repartit Herminie avec un geste de défi.

— Mais tu ne l'aimes pas...

— Qu'importe!

— Herminie! Herminie... prends garde!

— A quoi?

Réjane jeta ses deux bras autour du cou de son amie.

— Mon Dieu! s'écria-t-elle, je ne sais plus, depuis un moment, ce qui se passe en moi.... mais j'ai peur, j'ai horriblement peur! tiens, vois comme je tremble.

— Enfant!

— Crois-moi... ne repousse pas le bonheur qui vient à toi... on dit que les cœurs simples ont parfois des intuitions providentielles, eh bien... mon cœur me dit que tu cours à un malheur certain... à la...

— Achève.

— Non! non! je l'aime!... réfléchis... attends encore... comment te dire cela... reste près de nous... et quand tu auras recouvré le calme... quand tu seras rendue à toi-même...

Herminie baisa tendrement la jolie enfant au front et dans les cheveux.

— Chère petite, dit-elle, d'un accent attendri, te voilà toute pâle... et je sens ton cœur qui bat contre le mien... allons, remets-toi... il ne faut pas t'effrayer ainsi... d'ailleurs... ma résolution n'est pas prise encore... tu veux que je réfléchisse... eh bien, je te le promets.

— Vrai! dit Réjane, qui se prit à sourire à travers ses larmes.

— Je le jure... Seulement, écoute : ainsi que tu l'as remarqué, j'ai besoin de reprendre possession de moi-même. Tu vas me laisser quelques heures. Tu devais sortir aujourd'hui avec le général... Eh bien... ne vous occupez pas de moi... et quand vous reviendrez, j'aurai pris un parti...

— A la bonne heure.

— Embrasse-moi donc une dernière fois, comme tu m'aimes! et chasse de ton esprit ces vilaines appréhensions qui l'ont assombri un moment.

Pendant que ceci se passait chez le général de Graçay-Chambrun, le vicomte d'Épernon était resté dans son appartement de la Chaussée-d'Antin, attendant avec impatience la réponse qui allait être faite à sa lettre et que Martial devait lui rapporter.

Il serait bien difficile d'analyser les mille sensations qui traversèrent son esprit et son cœur pendant ces quelques heures d'attente anxieuse.

En écrivant à mademoiselle Dalbane, Gontran avait cédé surtout à l'enthousiasme de sa nature chevaleresque; après la mort violente du banquier, son amour s'était pour ainsi dire combiné de compassion et de générosité, et le gentilhomme avait compris qu'il ne lui restait plus qu'un devoir étroit à remplir.

Certes, il aimait Herminie avec toutes les ardeurs d'une passion aveugle, mais il y avait dans le sentiment qu'il éprouvait au moins autant de désir que d'affection.

La beauté de la jeune fille présentait en effet ce caractère particulier que si l'on ne pouvait la voir sans l'aimer, on ne pouvait non plus l'aimer sans désirer sa possession.

Il se mêlait à l'espèce de fascination qu'elle exerçait, je ne sais quel trouble qui rappelait les sensuels enchantements de Circé, et à plusieurs reprises déjà, Gontran s'était effrayé du malaise que le contact de la jeune fille lui communiquait, et qui était si différent des saines extases de l'amour véritable.

Mais, à l'âge de Gontran, on ne raisonne pas volontiers ses sensations, et il ne s'était point arrêté longtemps aux objections qui lui étaient venues.

D'ailleurs, ici, l'honneur même était d'accord avec l'entraînement des sens, et le jeune gentilhomme n'entendait pas discuter sur ce point.

Ce ne fut que vers une heure que Martial revint de la rue de Varennes.

— Eh bien?... demanda Gontran d'un ton âpre. Martial remua la tête.

— J'ai remis votre lettre, répondit-il. Mademoiselle Dalbane envoie à M. le

J'en ai douté jusqu'au jour où je me suis arrêté sur le bord de sa tombe.

vicomte ses plus sincères remerciements, — et dans la journée ou ce soir... elle
fera connaître la résolution qu'elle aura prise.

— C'est tout?

— C'est tout.

Gontran eut un geste de dépit.

Il s'attendait à une réponse plus précise, à une résolution plus prompte; l'hésitation d'Herminie lui semblait de mauvais augure.

Toutefois, il se contint.

— Soit! — dit-il d'un ton nerveux — va, mon ami, pour le moment, je n'ai plus besoin de toi... Seulement, dans la soirée, je t'attendrai, et peut-être aurai-je alors quelques ordres à te donner.

Martial se retira et Gontran resta seul.

Il était fort perplexe, soucieux, mécontent.

Qu'allait-il faire en attendant? Il sentait bien qu'il lui serait impossible de demeurer toute une journée à attendre une réponse qui pouvait ne pas venir.

Il s'habilla et sortit.

Où alla-t-il? — Quand il rentra, il eût été fort empêché de le dire.

Il était près de huit heures.

Comme il passait devant la loge du concierge, il s'arrêta.

— Il n'est point venu de lettre pour moi? demanda-t-il d'une voix qui tremblait.

— Non, monsieur, répondit le concierge, seulement M. Martial est venu vous demander plusieurs fois.

— Ah!... Et a-t-il dit quand il reviendrait?

— Il est monté à l'appartement de monsieur, et probablement qu'il y est encore, car je ne l'ai vu redescendre.

Gontran monta l'escalier et sonna.

Un domestique accourut.

— Martial est ici? interrogea Gontran.

— Il attend dans le cabinet de monsieur.

Gontran trouva son garde dans la pièce désignée, mais, dès qu'il l'eut aperçu, il comprit à son attitude morne et triste que quelque incident inattendu s'était produit.

Il alla vivement à lui.

— Tu as une fâcheuse nouvelle à m'apprendre! dit-il aussitôt.

— Hélas! oui, monsieur le vicomte, répondit Martial. Il y a une heure, je me suis rendu chez le général...

— Que s'y est-il passé?

— Une chose presque invraisemblable, à laquelle, du moins, je ne m'attendais pas... J'ai trouvé la maison sens dessus dessous.

— Pourquoi?

— Mademoiselle Dalbane était partie.

— Comment?

— Vers deux heures environ, pendant l'absence du général et de mademoiselle Réjane, elle avait fait demander une voiture de place... et depuis, on ne l'a plus revue.

— Mais rien ne prouve qu'elle ne doive pas revenir.

— Excusez-moi, monsieur le vicomte, quand mademoiselle Réjane a monté à sa chambre, elle a trouvé une lettre à son adresse, dans laquelle elle annonçait la résolution qu'elle avait prise.

— Où est-elle allée?

— Elle n'en dit rien.

Gontran serra son front de ses deux mains...

— Partie! partie! balbutia-t-il, — sans me répondre! sans me faire connaître sa résolution! c'est impossible. Ce serait insensé! Ah! que croire? que faire?

Il resta quelques secondes le regard fixe, mordant sa lèvre... en proie à un trouble violent.

Mais ce fut court. — Peu après il releva la tête.

— Martial, dit-il d'une voix plus ferme, c'est là assurément une triste nouvelle! mademoiselle Dalbane n'a pas cru devoir mettre ses amis dans la confidence de la retraite qu'elle a choisie; nous devons respecter sa réserve; je n'insisterai donc pas. Seulement, à partir d'aujourd'hui, je prends un parti auquel je songeais depuis longtemps, et que tu m'as toi-même, plus d'une fois, conseillé.

— Lequel, monsieur le vicomte?

— Celui d'aller passer quelques mois à Graçay-Chambrun.

— Ah! si vous disiez vrai!

— Tu partiras demain, et, sous quelques jours, j'irai moi-même t'y rejoindre.

Dès que Martial l'eut quitté, Gontran renvoya ses autres domestiques, et gagna sa chambre à coucher.

Il avait besoin d'être seul, de récapituler les événements de la journée, et de chercher à se retrouver à travers le désordre que le départ — ou la fuite — de mademoiselle Dalbane avait jeté dans son esprit.

Une heure au moins s'écoula dans ces rêveries pleines d'énervement, qui tantôt le faisaient mélancolique et triste, et tantôt communiquaient à sa chair certains tressaillements qui lui rappelaient l'âpre souvenir de la nuit passée chez Brébant.

Tout à coup il frissonna.

Le timbre de l'appartement venait de frapper trois coups nerveux et secs.

Qui cela pouvait-il être?

Aucun domestique n'était là pour ouvrir... Il eut un instant l'idée de ne pas répondre. Mais une curiosité avide s'était emparée de lui... et il voulut savoir.

Il se leva et alla à la porte.

Dès qu'il l'eut ouverte, il recula de quelques pas et jeta un cri.

C'était mademoiselle Dalbane.

— Herminie! dit-il, pendant que la jeune femme repoussait la porte derrière elle d'un geste résolu.

Mademoiselle Dalbane portait une longue robe montante de crêpe noir, qui dessinait les formes adorables de sa taille, et donnait à l'expression de son visage un accent que Gontran ne lui connaissait pas.

La pâleur de son visage ressortait avec des tons de marbre sur les sombres couleurs de son voile à demi relevé, et son attitude émue plutôt que douloureuse ajoutait un charme de plus à son éclatante beauté!

Il y eut un moment de silence. — Gontran lui avait pris les mains.

— Vous! vous! reprit-il avec un sourire radieux... Si vous saviez la peur que vous m'avez faite...

— A quel propos?

— Ne recevant pas de réponse... j'avais supposé...

— Quoi donc?

— Pardonnez-moi!

— Dites! dites!

— Eh bien... j'avais supposé... que vous aviez accepté les propositions du prince Lubiroff...

La jeune femme eut un moment de trouble, peut-être de honte... mais, surmontant aussitôt cette dernière hésitation :

— Le Lubiroff!... répondit-elle d'un accent intraduisible... j'y penserai demain!... mais aujourd'hui... aujourd'hui...

Et, en prononçant ces mots, elle se jeta dans les bras du jeune gentilhomme et alla cacher sa tête rougissante sur sa poitrine.

XXIX

On était à la fin de mai.

A cette époque de l'année, le château de Graçay-Chambrun, dont l'aspect est d'ordinaire un peu mélancolique, se revêtait tout à coup de couleurs moins sombres; les bourgeons des grands arbres éclataient sous les caresses fécondantes d'un soleil de printemps, et déjà, à travers les buées transparentes du soir ou du matin, le regard pouvait plonger au loin dans les vertes perspectives des fourrés ombreux...

Rien ne saurait rendre le charme qui se dégageait alors du tableau que l'on avait sous les yeux, du haut de la terrasse par laquelle on accédait au vaste vestibule de l'habitation.

Le château de Graçay-Chambrun était situé sur un plateau dont la partie occidentale confinait à de profondes vallées; des sentiers étroits et encaissés conduisaient à ces vallées par des pentes sinueuses, souvent très raides, où des échappées inattendues venaient surprendre et éblouir le piéton. On apercevait alors, à ses pieds, des plaines plantureuses, coupées de ruisseaux qui reluisaient au soleil comme de longs rubans d'argent, ou encore, dans la brume irisée de l'horizon, les silhouettes géantes des premiers contreforts des Alpes...

Les terres dépendantes du château étaient presque toutes situées sur le versant opposé qui, par une déclivité plus douce, descendait dans la direction de Mâcon.

Les autres biens appartenaient soit à des vignerons du pays, soit à des fermiers, qui les tenaient de propriétaires habitant quelque localité voisine.

Depuis la mort de son père, le vicomte Gontran d'Épernon n'avait fait, ainsi que nous l'avons dit, que des apparitions fort rares au château de Graçay-Chambrun.

Tout au plus, à l'époque de la chasse, y venait-il passer plusieurs jours, en compagnie de quelques amis...

On partait le matin de bonne heure ; on allait faire des battues dans les environs, en plaine ou sous bois... puis, le soir, on rentrait harassé, couvert de poussière et de boue, et, après une réfection abondante arrosée de vins généreux, chacun regagnait sa chambre pour aller demander au sommeil la réparation des fatigues de la journée.

Le lendemain on recommençait, et ainsi de suite jusqu'au moment où l'ennui naissait de l'uniformité de cette existence.

Alors les valets bouclaient les malles, l'omnibus du chemin de fer venait reprendre les chasseurs, et le train le plus rapide les transportait vers d'autres forêts et vers d'autres plaines !

Telles étaient les occupations de Gontran quand il habitait Graçay-Chambrun, et nous n'étonnerons aucun de nos lecteurs quand nous ajouterons qu'il ne connaissait guère du château que les plaines et les bois où il avait chassé le lièvre et le renard.

Martial avait fait tout ce qu'il pouvait pour engager son maître à venir le visiter plus souvent, mais jusqu'alors le jeune gentilhomme avait résisté à ses instances, et généralement c'est aux bains de mer ou au château de Beaujeu qu'il allait passer les quelques mois pendant lesquels Paris devient inhabitable.

Cette année cependant, il devait faire une exception à ses habitudes; deux semaines au plus après la mort de M. Dalbane, il était venu se réfugier à Graçay-Chambrun, et y avait passé une quinzaine de jours.

Mais il est certain que cette résolution avait dû être prise à la suite de quelque déception secrète, car Martial remarqua qu'il était fort pâle, très soucieux, et qu'il ne répondait que par monosyllabes aux questions que le vieux serviteur lui adressait.

Gontran était, en effet, bien changé.

Ce qui s'était passé depuis quelques mois, l'avait troublé profondément ; il portait en lui une douleur dont il n'avait voulu faire la confidence à personne ; et il n'était venu à Graçay-Chambrun que pour se dérober aux amis indiscrets qu'il ne pouvait éviter à Paris.

Il sortait d'un rêve effrayant qui le poursuivait jusque dans la réalité même et dont il aimait à se repaître encore, en dépit de l'amertume qu'il éprouvait à l'évoquer.

Le souvenir des dernières sensations qui avaient remué tout son être conservait un charme poignant auquel il ne pouvait s'arracher; chaque fois qu'il y reportait sa pensée, toute sa chair se prenait à frissonner, son sang brûlait ses artères, et il tendait sa lèvre avide comme s'il eût voulu arrêter au passage un baiser invisible.

Puis, tout d'un coup, l'apaisement se faisait, une pâleur de mort envahissait ses traits, et il prenait sa poitrine à deux mains pour l'empêcher d'éclater.

Les premiers jours furent particulièrement douloureux.

Ces alternatives de douleur et de joie épuisaient singulièrement ses forces ; on eût dit qu'une fièvre lente le minait... il avait des oppressions qui le tenaient parfois éveillé une partie de la nuit.

L'instinct du danger le rappela-t-il à lui-même, ou la nature lui fit-elle faire ce qu'il était incapable de faire par lui-même?

Qui le dira?

Toujours est-il, qu'un matin, il se jeta à bas de son lit, aux premiers rayons du soleil levant, et s'étant habillé à la hâte, il descendit et s'enfonça sous les grands arbres du parc.

Où allait-il? — Il n'en savait rien.

Il allait respirer.... se retremper plutôt, dans l'air vivifiant et pur de la campagne.

Au bout du parc, il rencontra Martial qui venait de faire sa ronde matinale.

— Monsieur le vicomte sort? demanda le garde étonné.

— Oui, mon ami! répondit Gontran... Si je restais plus longtemps enfermé, je crois que je mourrais de consomption ou d'ennui...

— Monsieur le vicomte ne veut pas que je l'accompagne?

— C'est inutile... je vais devant moi... à l'aventure. Je rentrerai pour déjeuner.

Et Gontran s'éloigna.

Au bout d'un quart d'heure, il atteignait l'extrémité du plateau, et s'engageait dans un de ces sentiers sinueux dont nous avons parlé.

Il ignorait où il allait... mais cela lui était bien égal !

Il marchait devant lui, sans s'inquiéter de savoir où aboutirait le chemin qu'il venait de prendre.

Une heure s'écoula ainsi... il continuait d'avancer, et ne songeait même pas à s'arrêter.

Le sentier qu'il suivait avait été évidemment tracé par quelque piéton fantaisiste... Au lieu de descendre directement vers la plaine, il contournait le plateau, tantôt s'enfonçant sous des lacis de ronces et de plantes vivaces, tantôt se relevant par une pente raide, pour reprendre sa direction vers les hauteurs...

De temps en temps, lorsqu'une éclaircie se produisait, et que Gontran pouvait plonger son regard à gauche, un frissonnement involontaire s'emparait de ses membres, et c'est avec une sorte d'effroi qu'il découvrait alors, à un mètre au plus de distance, des abîmes sans fond dont la vue donnait le vertige!

Un moment il fut tenté de revenir sur ses pas, et de rentrer au château, mais il était arrivé à un endroit où le chemin faisait un coude, et il voulait aller jusqu'au bout.

Bien lui en prit.

Il eut à peine fait quelques pas de plus, que le lacis de ronces se déchira tout à coup, et qu'il se trouva en présence du plus splendide des panoramas.

Le soleil s'était dégagé des brumes du matin, et, aussi loin que le regard pouvait porter, c'étaient des plaines immenses baignées de lumière, d'épais bouquets de bois, que traversaient de nombreux ruisseaux aux eaux vives et claires... Çà et là, on apercevait des groupes de vaches au poil roux, ruminant, indolentes et sensuelles, au bord des prairies... et enfin, au loin, les Alpes qui faisaient un cadre étincelant à ce tableau inouï.

Gontran demeura muet d'admiration et de surprise.

Mais cette sensation dura à peine le temps de l'indiquer, car presque aussitôt, il fit quelques pas en avant, comme impérieusement attiré par un objet qu'il n'avait pas tout d'abord remarqué.

C'était une habitation aux proportions modestes, composée d'un rez-de-chaussée seulement, qui, avec sa petite terrasse à l'italienne, ses murs blanchis à la chaux, et ses volets verts, présentait un aspect des plus pittoresques.

La position qu'elle occupait eût suffi d'ailleurs à la désigner à l'attention.

Placée en retrait du sentier, dans la montagne même, dont les pierres avaient dû servir à sa construction, sa terrasse apparaissait littéralement suspendue au-dessus du gouffre...

Du reste, elle devait être inhabitée, sinon abandonnée. Les volets et la porte en étaient fermés, mais le jardin attestait par la propreté de ses plates-bandes et l'entretien de ses allées, les soins qu'une main amie lui rendait d'une façon assidue.

Gontran fit plusieurs fois le tour de cette singulière habitation... et, bien qu'elle ne fût protégée que par une clôture d'aubépines, qu'il lui eût été bien facile de franchir, il recula à l'idée d'y pénétrer.

Au bout de quelques minutes, il reprit tout pensif le chemin de Graçay-Chambrun.

Pendant qu'il déjeunait, il fit appeler Martial et lui demanda à qui appartenait la maison qu'il venait de voir.

Martial se prit à sourire.

— Cette maison! répondit-il; elle est pour ainsi dire à moi.

— Comment cela?

— Elle appartenait à une vieille parente qui est morte dernièrement, et qui me l'a laissée en héritage. Seulement, les actes ne sont pas encore rédigés... et je ne serai propriétaire que dans un mois.

— Et, en attendant, tu soignes le jardin ?

— Oui, monsieur.

Gontran savait tout ce qu'il voulait. — Il n'y pensa plus.

Le lendemain, il dirigea ses promenades d'un autre côté, et deux semaines plus tard, il avait tout à fait oublié la maison inhabitée.

D'ailleurs, il ne tarda pas à s'ennuyer à Graçay-Chambrun.

La blessure qu'il avait reçue n'était pas encore cicatrisée, et sa douleur avait toujours besoin de distractions.

Il partit vers les premiers jours de mars, se rendit en Italie, revint à Paris, chercha ainsi à donner le change au malaise qu'il éprouvait, — mais il n'y réussit qu'imparfaitement, et Martial fut tout étonné, un soir, d'entendre une voiture s'arrêter à la grille du parc.

Il courut à la porte, et reconnut Gontran.

Le jeune vicomte revenait.

Il ne s'était trouvé bien nulle part ; les voyages l'avaient fatigué sans le distraire, personne n'avait pu lui dire ce qu'était devenue Herminie, et il rentrait le cœur plus ulcéré et l'esprit plus sombre que jamais.

Il eût voulu apprendre quelque chose d'elle... savoir où elle était... recevoir un mot qui lui dît ce qu'elle était devenue !

Rien !

Il ne savait plus que penser ni que faire.

Le lendemain de son arrivée, le soir venu, après dîner, il alluma un cigare et quitta le château.

Le soleil descendait lentement à l'horizon, et embrasait les campagnes environnantes.

Machinalement, le jeune vicomte prit le sentier qu'il avait suivi deux mois auparavant, et se laissa aller à l'aventure.

Au début, il ne fit même aucune attention à la direction qu'il prenait, mais peu à peu, le sentiment de la réalité le saisit, et le souvenir de la promenade qu'il avait faite naguère se présenta vivement à son esprit.

Et alors, un sentiment nouveau s'empara de lui : il voulut revoir la maison à la terrasse italienne, et pressa le pas pour y arriver avant que la nuit ne fût tout à fait venue.

Ce fut l'affaire d'une demi-heure.

Bientôt le sentier se dégagea comme la première fois : la plaine, que l'ombre commençait à envahir, se déroula à ses pieds, et à quelque distance, la petite maison lui apparut comme enveloppée dans un nimbe de pourpre et d'or.

Il s'arrêta.

Tous les dimanches, elle se rendait à l'église du bourg, accompagnée par Martial.

Quelques secondes à peine!... au bout desquelles il se produisit un fait singulier, invraisemblable, inattendu en tout cas, et qui le cloua stupéfait à sa place.

XXX

Il venait d'entendre sur le piano les premiers accords de la *Dernière pensée de Weber*.

La mélodie se dégageait du silence solennel de toutes choses et semblait flotter au-dessus du calme recueilli de la nature; les notes, tantôt graves, tantôt dolentes, empruntaient un accent particulier que Gontran ne leur connaissait pas, et qui l'initia, pour un moment, à tout un monde de poésie où son âme n'avait jamais pénétré.

De sa vie il n'avait rien éprouvé de pareil.

L'exécution n'était peut-être pas irréprochable, et un professeur du Conservatoire y eût trouvé à reprendre.

Évidemment il ne s'agissait pas ici d'un artiste qui, si bien doué qu'il fût, eût vainement tenté d'atteindre à cet effet.

. C'était, à n'en pas douter, une main de femme qui pressait les touches sonores, et le chant prenait parfois des intonations où l'on sentait vibrer une âme endolorie ou mélancolique.

Gontran demeura quelques minutes attentif et retenant son souffle:

Qui donc habitait cette demeure?... D'où venait que Martial ne lui avait rien dit, et que devait-il penser de ce mystère?

Il attendit...

Le piano s'était tu... le silence s'était fait autour de la charmante habitation... mais rien ne s'était montré à l'extérieur.

D'ailleurs, la nuit venait peu à peu... les ombres montaient de la plaine... une femme de chambre avait fermé la porte de la terrasse et les fenêtres de la maison.

Il hésita un moment.

Un désir ardent l'avait pris de franchir la porte à claire-voie qui donnait accès dans le jardin... mais un sentiment de bienséance le retint.

De quel droit se montrerait-il indiscret à ce point?... Il n'eût eu aucune bonne raison à alléguer... mieux valait se retirer sans pousser plus loin l'indiscrétion, et il se dit au surplus que Martial lui donnerait à ce sujet tous les renseignements qu'il pourrait désirer.

Il se retira... bien à regret, et emportant une impression bizarre...

Il ne doutait pas que cette maison ne fût habitée par une jeune femme.

Mais qui était-elle?

Quand il approcha du château, il faisait nuit close.

Au moment de rentrer, il rencontra Martial et l'appela.

Le vieux serviteur accourut immédiatement à son appel.

— Eh bien, mon bon Martial, dit Gontran, tu ne m'avais pas dit que la maison de ta vieille parente était habitée.

— Monsieur le vicomte est donc allé se promener de ce côté? demanda le garde d'une voix un peu hésitante.

— Eh! sans doute... le site est charmant, je l'avais déjà remarqué; mais je ne m'attendais pas à la découverte que j'y ai faite ce soir...

— Ce soir?...

— J'y ai entendu une véritable artiste.

— Ah !

— Et je ne te cache pas que j'ai hâte de la connaître.

Martial garda un moment le silence.

Il était évidemment fort embarrassé ; ses regards s'étaient obstinément attachés au sol.

Enfin, il parut faire un effort sur lui-même.

— Je vais vous dire, monsieur le vicomte, reprit-il ; cela s'est fait pendant votre absence, et voilà bientôt trois mois que la maison est habitée.

— Par qui ?

— Par M. le général de Graçay-Chambrun.

— Avec sa fille ?

— Oui, monsieur.

Il y eut un silence.

— Voyez-vous, poursuivit Martial peu après, c'est sur l'avis des médecins que le général a quitté Paris. Oh ! pas pour lui ; mais à cause de mademoiselle Réjane.

— Elle était souffrante ?

— C'est cela !

— Quand je l'ai vue, l'hiver dernier...

— Elle se portait comme le pont Neuf. Mon Dieu, oui ; mais ces natures-là, c'est si délicat, qu'un rien peut compromettre leur santé.

— Et de quoi souffre-t-elle donc ?

Martial remua tristement la tête.

— Ah ! voilà, répondit-il ; on ne sait pas... et les médecins moins que les autres... Ça date de la mort de M. Dalbane... La chère demoiselle !... elle avait montré bien du courage... Elle ne voulait pas paraître impressionnée à cause de mademoiselle Herminie. Et tout de même, ça l'avait frappée... Elle s'est prise à pâlir, ses joues se sont creusées... et au bout de quelques semaines on ne lui voyait plus que ses beaux grands yeux noirs ! Alors on lui a recommandé la campagne, l'air natal, et elle est venue s'établir ici.

— Pauvre Réjane !

— Vous avez raison, monsieur Gontran ! car si une enfant avait mérité d'être heureuse... c'est bien celle-là, allez... chère petite !...

Et, du revers de sa main, le vieux garde essuya une larme qui perlait au coin de son œil.

Ils firent encore quelques pas sans échanger une parole.

— Elle doit bien s'ennuyer, toute seule, dans cette maison isolée, reprit Gontran.

— Non... répondit Martial... l'enfant adore les fleurs et la musique... elle a un petit jardin et un piano, et cela lui suffit... Depuis qu'elle est ici, ses joues ont repris un peu de couleur, et elle sourit quelquefois.

— Alors elle est mieux?

— Je le crois. Seulement, elle est encore bien triste, et s'il m'était permis de dire toute ma pensée...

— Dis, dis! mon excellent Martial.

— Eh bien, j'ai souvent pensé que l'enfant avait un fond de chagrin : à propos de quoi? je n'en sais rien... Mais, pour sûr, il y a dans ce petit cœur si bon une douleur qui le mine, et dont on dirait qu'elle ne veut pas guérir.

Gontran se tut.

Ils étaient arrivés au seuil du château; Martial se disposait à s'éloigner, le jeune vicomte le retint.

— Un mot encore, dit-il. Tu me confiais tout à l'heure que mademoiselle Réjane aime les fleurs?

— Sans doute.

— Eh bien, je désire que tu choisisses ici toutes celles qu'elle préfère, et que chaque matin tu lui portes un bouquet que le jardinier composera d'après tes indications.

Par un mouvement irréfléchi, Martial prit la main de Gontran et la serra à la briser.

— Cela sera fait, monsieur le vicomte, dit-il, et je me réjouis d'avance à la pensée de la joie qu'elle en éprouvera.

Quelques semaines se passèrent à la suite de cette conversation, sans que rien vînt troubler la vie que Gontran menait au château.

Tous les matins, il allait faire une longue promenade à pied, et ne rentrait souvent que fort tard à Graçay-Chambrun.

Il visitait les environs, mais rarement dans le jour, il prenait la direction de la maison inhabitée.

On eût dit qu'il apportait une certaine réserve à ne pas être surpris de ce côté.

Mais le soir, après dîner, il s'enfonçait sous les allées ombreuses du parc, et, certain de ne pas être observé, il prenait le sentier qui conduisait vers la plaine.

Il avait fini par en connaître tous les détours, et l'eût parcouru sans hésitation à travers la nuit la plus impénétrable.

Quand il arrivait dans les environs de l'habitation du général, elle était bien souvent tout à fait close : mais il semblait que cela lui fût indifférent, et il restait là des heures entières, absorbé dans ses rêveries, plongeant son regard indécis et vague dans les profondeurs des perspectives nocturnes.

Ce qui se passait en lui était singulier. Il ne s'en rendait pas bien compte lui-même.

Ce qu'il y a de certain, c'est que le calme s'était fait dans son cœur, qu'il ne pensait plus que de loin en loin à Herminie, et qu'il éprouvait un sentiment de bien-être comme il n'en avait ressenti à aucune époque de sa vie.

Ce n'était point de l'amour cependant, du moins il le croyait, et ne songeait pas à se défendre contre cet entraînement auquel s'abandonnait son être tout entier.

Du reste, il voyait bien rarement mademoiselle de Graçay.

Celle-ci ne quittait pas son père, et le dimanche seulement, elle se rendait à l'église du bourg, accompagnée par sa vieille domestique ou par Martial.

Une fois ou deux, Gontran s'était trouvé sur son chemin, et il l'avait abordée pour lui demander des nouvelles du général.

Réjane avait balbutié quelques mots de réponse, puis elle avait salué, et s'était éloignée suivie de sa bonne.

C'était tout ! Dans l'état d'esprit où se trouvait Gontran, ces rares rencontres et ces rapides échanges de quelques paroles banales lui paraissaient bien insuffisants.

Qu'eût-il voulu cependant?... Il n'osait pas encore se l'avouer à lui-même.

Un matin, un dimanche, le jeune vicomte était descendu de bonne heure de sa chambre, et il se promenait, sourdement soucieux, quand il se trouva en présence de Martial.

Martial avait une mise plus soignée que de coutume; Gontran comprit tout de suite qu'il devait accompagner ce jour-là Réjane à l'église du bourg.

— Tu te rends chez le général ? dit-il en allant à lui.

— Oui, monsieur le vicomte, répondit le garde, à moins que vous n'ayez besoin de mes services.

— Du tout ! du tout ! cela fait plaisir à ton ancien maître, et je n'aurai garde de t'en empêcher.

Martial fit quelques pas pour s'éloigner... Gontran l'arrêta.

— Eh bien, dit-il, avec une pointe d'enjouement, est-ce que tu n'oublies pas quelque chose.

— Quoi donc?

— Ne veux-tu pas porter un bouquet à mademoiselle de Graçay...

Le front de Martial s'assombrit... et il ne répondit pas.

Gontran fit un mouvement.

— Qu'y a-t-il donc? dit-il avec une extrême vivacité...

Le vieux Martial eut un triste regard... il eût bien voulu dissimuler... mais cela était impossible à sa nature loyale et franche.

— Je vais vous dire... répondit-il avec embarras... c'est que depuis huit jours... j'ai reçu des ordres à ce sujet.

— Ah !...

— Dans le commencement, cela a été tout seul... et vraiment, c'était plaisir de voir la joie de mademoiselle Réjane... Mais au bout de quelque temps, elle s'est inquiétée... et dernièrement, elle m'a pris à part et m'a interrogé à propos de ces bouquets qui étaient de véritables merveilles.

— Eh bien?

— Eh bien, j'ai été obligé de dire la vérité, et quand on a appris que c'était par votre ordre...

— On a refusé !

— C'est cela.

Gontran baissa le front.

— Soit ! dit-il brusquement ; je n'ai rien à dire... Mademoiselle Réjane a sans doute raison... j'aurais dû ne pas sortir de ma réserve et de ma discrétion... Soit ! mais toi, du moins, tu aurais pu me prévenir.

— Je n'ai pas osé...

— Pourquoi ?

— Ah !... voyez-vous... ce n'est pas aussi facile que vous pourriez le supposer... d'autant plus que...

— Il y avait autre chose ?

— Précisément.

— Qu'est-ce donc ?...

— On vous a vu...

—Moi ?...

— La vieille Ursule, qui ne dort pas beaucoup, et qui, la nuit, rôde souvent autour de l'habitation, vous a rencontré quelquefois, assis à peu de distance, et regardant l'habitation...

— Et elle est allée le rapporter au général ?...

— Oh !... pas au général... Elle en a peur comme des cornes du diable ! mais elle s'est confiée à mademoiselle Réjane.

— Et qu'a dit celle-ci ?...

— Rien... Seulement il paraît qu'elle a pleuré toute la journée... et le lendemain, quand je suis allé la voir... elle m'a parlé de l'affaire avec tous les ménagements imaginables... en me priant...

Gontran saisit le bras de Martial.

— Bien ! dit-il, je comprends et je sais ce qu'il me reste à faire. Toutefois, je ne veux pas que mademoiselle Réjane reste sur cette impression, et il faut que tu m'aides à me disculper...

— Ah ! tout ce que vous m'ordonnerez ! fit Martial.

— Écoute-moi donc, mon ami, et retiens bien ce que je vais te dire !

XXXI

— Ainsi que tu en avais formé le projet, tu vas te rendre auprès de mademoiselle de Graçay.

— Oui, Monsieur.

— Tu te mettras à sa disposition, et tu l'accompagneras jusqu'à l'église. La vieille Ursule sera probablement avec vous, et tu ne diras rien de notre conversation... mais au retour, tu laisseras Ursule prendre les devants, et tu t'arrangeras de manière à rester seul avec mademoiselle Réjane.

— Cela sera fait.

— Alors, tu parleras... tu lui diras que je regrette d'avoir pu être la cause, même involontaire, du chagrin qu'elle a éprouvé, et tu l'assureras qu'à partir de ce jour, elle peut être certaine qu'Ursule ne me rencontrera plus jamais autour de sa demeure.

— Mais...

— Du reste, je t'autorise à ajouter qu'elle n'aura pas longtemps à souffrir de ma présence dans le pays... et que je suis décidé à le quitter avant la fin du mois.

— M. le vicomte songe à partir?

— Oui, mon ami... et quand je ne serai plus là, j'espère que mademoiselle Réjane ne refusera pas d'accepter les fleurs que tu lui porteras.

Ces dernières paroles furent prononcées sur un ton qui surprit Martial.

Mais il ne lui parut pas opportun de faire une objection, et il s'inclina sans répondre.

— Tu as bien compris?... conclut Gontran.

— Parfaitement, monsieur.

— Eh bien... va... ne t'attarde pas... et puissent ces assurances rendre le calme à la fille de ton ancien maître...

Il s'éloigna.

Plus d'un mois s'écoula à la suite de cet incident — un mois pendant lequel Gontran prit vingt fois la résolution de partir, sans qu'il pût se résigner à quitter le château.

Il avait tenu sa promesse, et n'était plus retourné à la maison isolée. Il avait fait plus, il avait évité de parler à Martial du général ou de sa fille ; mais il était à bout de forces et de patience et comprenait bien lui-même qu'il fallait prendre un parti.

D'ailleurs, depuis quelques jours, un sentiment tout nouveau s'était emparé de lui.

Ce qu'il éprouvait participait à la fois de l'humiliation et de l'étonnement. Il se passait autour de lui quelque chose qu'il ne comprenait pas bien encore, mais qui l'inquiétait.

Un matin, en descendant au bourg, il s'était rencontré avec M. de Graçay-Chambrun, et c'est à peine si le général avait répondu à son salut.

Il était rentré profondément surpris, et toute la journée il avait songé à cette rencontre.

Le lendemain, ce fut le tour de Martial.

Non que celui-ci fît montre de la moindre impolitesse; il était trop scrupuleux et trop attaché à ses devoirs.

Mais Gontran remarqua que son attitude différait essentiellement de celle des jours précédents, et il devenait évident qu'il y avait quelque chose.

Cela précipita ses résolutions.

Il avait trop attendu, et ne voulut pas remettre davantage.

Il fit appeler Martial.

— Mon ami, lui dit-il alors, tu vas donner des ordres pour mon départ.

— M. le vicomte nous quitte! fit l'ex-brigadier, dont le visage parut s'éclairer à cette nouvelle.

— Oui... je pars...

— Bientôt!

— Le plus tôt possible.

— Monsieur le vicomte retourne à Paris?

— Je ne sais... mais ce que j'affirme, c'est que je ne resterai pas un jour de plus ici...

Et avant de partir... ajouta-t-il, sur un ton presque dur, je ne dois pas te cacher... que je ne suis plus content de toi!

Martial fit un haut-le-corps, et regarda son interlocuteur.

— De moi !... dit-il avec une douloureuse surprise, et en quoi ai-je pu déplaire à monsieur le vicomte?

— Je vais te le dire, puisque tu n'as pas l'air de vouloir comprendre. Depuis quelques jours, tu n'es plus le même; c'est à peine si tu viens prendre mes ordres... Quand tu es en ma présence, on dirait que tu as perdu ta franchise d'autrefois, et j'en suis venu à penser que j'ai fait quelque chose qui ait pu déplaire à M. Martial.

Le vieux garde ne répondit pas tout de suite.

A n'en pas douter, les paroles de Gontran avaient dû rencontrer quelque fibre sensible, car pendant plusieurs secondes il resta muet et le front baissé.

Enfin, il redressa la tête, et son regard clair et loyal se releva vers le jeune vicomte.

— Pardonnez-moi, monsieur, répondit-il, car cela a été probablement plus fort que moi; — mais croyez...

Ah! vous me haïssez donc bien, s'écria le jeune homme d'un ton déchirant. (Page 183).

— Ah çà, c'est donc vrai?

— Oui, Monsieur.

— Tu m'en voulais?

— Peut-être bien.

— Et à propos de quoi? Qu'avais-je fait?

Le visage de Martial prit une expression douloureuse.

— Oh! à moi, rien, assurément... mais à mademoiselle Réjane!...

— Que veux-tu dire?... interrompit Gontran hors de lui... moi!... moi!...

Martial remua le front.

— Ce n'est pas... répliqua-t-il, que vous ne soyez libre de vos actions, et que vous n'ayez le droit d'aller et de venir selon votre bon plaisir... mais vous aviez promis de ne plus vous rendre, la nuit, autour de la maison isolée... et je ne croyais pas...

L'excellent homme n'alla pas plus loin... Gontran venait de s'emparer de ses deux mains par un mouvement plein de fièvre, et il les secouait avec violence.

— Voyons! voyons! dit-il d'un ton impérieux, il y a ici quelque méprise terrible... explique-toi... parle!... On a donc vu un homme rôder autour de la demeure du général?

— Ce n'était pas vous! s'écria le garde.

— Martial!...

— Ah! monsieur! monsieur! si vous saviez le bien que ça me fait d'apprendre que je me suis trompé!

— Assez! réponds!... Tu as vu un homme?

— Toutes les nuits!

— Depuis quand?

— Depuis huit jours.

— Et l'on ne sait pas quel est cet homme!... et tu n'as pas cherché à découvrir?...

— Je pensais que c'était M. le vicomte, et alors...

— Mais il y a là un danger qui menace le général ou sa fille.

Martial eut un éclair dans les yeux.

— Ah! soyez tranquille, répondit-il, maintenant que je suis certain que ce n'est pas vous... avant demain, je saurai à quoi m'en tenir sur le compte du mystérieux promeneur...

La conversation en resta là. Seulement, dans la journée, Gontran, qui ne songeait plus à partir, eut un second entretien avec son garde, et, quand vint le soir, ils quittèrent tous deux le château et prirent la direction de la maison isolée.

Il était neuf heures.

La nuit venait... la lune montait lentement dans le ciel où couraient quelques nuages poussés par une forte brise.

Les deux homme s'étaient engagés dans le sentier... Martial marchait devant, son fusil sous le bras, et Gontran le suivait en proie à une vive agitation.

Il allait revoir la demeure de Réjane... qui sait même! peut-être une occasion favorable lui permettrait-elle de lui parler et de se disculper à ses yeux.

Son cœur était plein de tendresses ineffables ; de temps en temps des bouffées de chaleur montaient à ses joues, et sa poitrine se prenait à battre violemment.

Il ne se défendait pas contre les sensations multiples qui l'envahissaient, et s'abandonnait au charme qu'il éprouvait à songer à la jolie enfant.

Tout bas, d'un ton à peine perceptible, il s'oubliait même jusqu'à murmurer son nom.

Réjane!

Et il lui semblait qu'à cet appel si tendre l'image de la pure jeune fille venait, confiante et soumise, se présenter à son regard.

Était-ce de l'amour? N'était-ce tout simplement qu'un sentiment de compassion pour son malheur... ou le danger qu'elle courait?

Il n'eût pu le dire au juste et ne s'en inquiétait guère, mais ce qu'il savait bien, c'est que ce sentiment le pénétrait tout entier... et qu'il eût donné sa vie sur un mot ou pour un regard de Réjane.

Ils avançaient en silence.

Une demi-heure s'écoula.

Puis le chemin se releva et ils atteignirent les hauteurs qui dominaient l'habitation du général.

Une fois là, ils s'arrêtèrent et s'assirent à l'abri d'un bouquet de bouleaux, à travers lequel on pouvait observer sans être vu.

— Voici l'endroit où je viens toutes les nuits, depuis une semaine, dit Martial en plaçant son fusil entre ses jambes.

— Et toutes les nuits tu vois cet homme? interrogea Gontran.

— Oui, monsieur le vicomte.

— Tu n'as pas distingué ses traits?

— Je vous l'ai dit, je croyais que c'était vous, et je n'ai pas poussé plus loin mes investigations. Cependant, depuis notre conversation de ce matin, j'ai réfléchi, et maintenant je suis sûr que je m'étais trompé.

— Alors...

— L'homme est plus grand que M. le vicomte, plus trapu aussi, et puis, à certains indices que je me suis rappelés, il me semble que ce n'est pas la première fois que je rencontre ce personnage.

— Vraiment!...

— Je suis sûr de l'avoir déjà vu.

— Où cela?

— A Paris.

— Dans quelles circonstances?

Martial allait répondre, mais il mit tout à coup un doigt sur ses lèvres.

— Qu'y a-t-il? fit Gontran.

— Écoutez...

— Est-ce donc lui?

Martial se pencha vers son interlocuteur.

— Silence! dit-il à voix basse. Voyez-vous, nous autres gardes, nous avons comme qui dirait des facultés particulières... nous voyons et nous entendons de loin, et, depuis quelques secondes... je perçois un bruit...

— En effet... dit Gontran, qui prêtait l'oreille.

— C'est notre homme.

— Qui te l'assure?

— Tenez... il approche... ne prononçons plus une parole, ne faisons plus un mouvement, car s'il suit le même chemin que les jours précédents, dans deux minutes, il passera à dix pas de nous.

Gontran retint son souffle, et tout son corps s'inclina en avant.

A moins d'incident tout à fait imprévu, il fallait que l'homme passât devant eux, et il n'était pas possible que Gontran ne remarquât pas ses traits.

Cependant, il s'approchait

On entendait maintenant son pas assuré et ferme, et bientôt sa silhouette apparut, vivement éclairée par les rayons de la lune...

Gontran pâlit; l'homme était encore loin, mais un regard avait suffi au vicomte, et ses deux poings se pressèrent sur ses lèvres, pour comprimer une exclamation qui allait lui échapper.

— Prenez garde! fit Martial.

L'homme passait en ce moment devant le bouquet de bouleaux. — Il n'entendit rien, redoubla même de vitesse, et peu après, Martial et Gontran le virent s'arrêter, à deux cents mètres environ, sur la pointe extrême du plateau.

Gontran avait laissé retomber les bras le long de son corps.

— Beverley! balbutia-t-il alors... Beverley, ici!...

Et, se rappelant tout à coup les paroles que le jeune gentleman lui avait dites, une nuit, chez M. Dalbane, il murmura d'une voix troublée, et comme s'il se fût parlé à lui-même :

« *Cette enfant m'appartient, au nom du droit sacré de la plus légitime des vengeances, et malheur à qui tenterait de me la disputer!* »

XXXII

Il se retourna vers Martial, le visage contracté et la pâleur sur le front.

— Martial! dit-il d'une voix ardente, tu m'as assuré que le général ignorait que cet homme vînt toutes les nuits rôder autour de l'habitation?

— En effet, répondit le garde.

— Eh bien, il faut l'en informer.

— Vous connaissez donc cet homme?

— Je le connais.

— Et vous croyez qu'il y a un danger?

— J'en suis sûr.

— Ne sommes-nous pas là ?

— Oui, aujourd'hui, demain, tant que nous serons au château, mademoiselle de Graçay n'aura rien à redouter.

— C'est donc d'elle qu'il s'agit ?

— C'est d'elle, et de personne autre.

— Ah ! vous avez raison ; alors, il n'y a pas à hésiter. Seulement, il est inutile de mettre encore le général dans la confidence et, pour cette nuit du moins, il suffira d'en parler à mademoiselle Réjane.

— Je t'accompagne.

— Non, monsieur le vicomte, attendez. Mademoiselle Réjane ne s'attend pas à vous voir, et je veux l'y préparer. Dès que le moment sera venu je vous préviendrai.

Gontran obéit, et pendant que Martial s'éloignait, il se reprit à observer Beverley.

C'était bien lui !... Plus il l'examinait, moins il lui restait de doutes...

Mais que venait-il chercher à Graçay-Chambrun, et quels ténébreux projets l'y attiraient ?

Gontran avait fréquenté Beverley assez longtemps pour ne se faire aucune illusion sur son compte...

Il le savait énergique et résolu, et il avait toujours pensé qu'il y avait dans son passé un mystère auquel sa vie devait rester éternellement suspendue.

Il parlait rarement de ce passé... il n'en avait fait la confidence à aucun de ses amis, mais quand, par hasard, on en évoquait devant lui le souvenir... ses sourcils se contractaient d'une façon sinistre, et ses lèvres murmuraient des paroles d'implacable vengeance !

Comment la pure Réjane pouvait-elle se trouver mêlée à ce mystère ?... par quelle coïncidence devait-elle être enveloppée dans cette vengeance ?... Gontran ne parvenait pas à comprendre !

Cependant Beverley venait d'abandonner l'endroit où il s'était arrêté un moment, et il avait fait quelques pas dans la direction de l'habitation.

Toutefois, il n'alla pas bien loin... A ce moment, il aperçut Martial qui s'y rendait de son côté, et par un brusque mouvement, il revint aussitôt sur ses pas.

Il est probable même que la présence du garde dérangeait tout à fait ses plans, car après quelques minutes d'hésitation, Gontran le vit faire un geste de vive contrariété, et tourner lestement les talons.

Un instant plus tard, il disparaissait dans le sentier qui conduisait vers la plaine.

Gontran écouta le bruit de ses pas, qui allait s'affaiblissant, et quand il n'entendit plus rien, il quitta lui-même son poste d'observation, et se dirigea vers la demeure de Réjane.

Il n'avait pas fait cent pas, qu'il suspendit sa marche. Derrière la haie d'aubépines, il venait d'apercevoir Martial et Réjane qui s'étaient arrêtés pour causer. — Martial se tenait debout devant mademoiselle de Graçay, qui s'était assise sur un banc.

Placée ainsi, la jolie enfant faisait face à Gontran, et à la lueur éclatante de la lune, il pouvait, à travers la claire-voie de la porte, la contempler tout à son aise.

Il y avait quelques semaines à peine qu'il ne l'avait vue; il fut frappé de l'altération que ses traits avaient subie en si peu de temps, et en ressentit une impression douloureuse.

Martial avait raison, la pauvre enfant souffrait d'un mal inconnu dont peut-être elle ne voulait pas guérir!

En ce moment elle répondait à Martial, et il prêta une attention anxieuse à ce qu'elle disait.

— Ainsi Ursule s'est trompée, dit-elle, pendant que sa poitrine se soulevait avec effort, et je suis heureuse de l'apprendre. Je n'y croyais pas beaucoup cependant, et j'avais toujours pensé qu'une pareille indiscrétion était indigne de M. Gontran.

— Et moi donc! répondit Martial, mais la vieille paraissait si sûre de son fait, que je ne me suis pas même donné la peine de bien regarder. Et puis, on devient vieux, voyez-vous, les jambes sont bonnes encore, mais l'œil...

— Bon Martial!

— Du reste... quand j'ai fait part à M. le vicomte du soupçon dont il était l'objet... dame! il en a paru bien affecté... il est devenu tout tremblant... et il voulait venir pour vous dire lui-même...

— Qu'il n'en fasse rien!... interrompit Réjane.

— Moi! je trouvais cela tout naturel.

— Non! non... je ne veux pas... à quoi bon?... je sais tout maintenant; cela suffit.

— Cependant...

Réjane s'était levée.

— Non!... répéta-t-elle d'un ton plus ferme, — peut-être un peu nerveux, — c'est inutile... J'ai rencontré une fois M. d'Épernon : c'était pendant une nuit de bal, chez mademoiselle Herminie Dalbane... Nous avons échangé quelques paroles, et nous nous sommes quittés pour ne plus nous revoir... La présence du propriétaire de Graçay-Chambrun ne pourrait être que pénible à mon père... et, quant à moi, je n'ai aucune raison de le recevoir et de lui parler.

Elle fit quelques pas pour s'éloigner... mais elle n'alla pas bien loin, car, en passant devant la porte du jardin, elle reconnut le jeune vicomte debout sur le seuil, et s'arrêta en portant la main à son cœur.

— Ah! ce n'est pas bien ce que vous faisiez là, monsieur, dit-elle d'un accent douloureux.

— Mademoiselle ! supplia Gontran.

— Vous écoutiez !

— Pardonnez-moi...

— Non ! partez, de grâce, je vous en prie. Vous voyez comme cela me fait mal.

— Ah ! vous me haïssez donc bien s'écria le jeune homme d'un ton déchirant.

La pauvre enfant tressaillit et se retourna.

Elle avait croisé ses deux bras sur sa poitrine, ses dents mordaient ses lèvres comme pour refouler un sentiment près de faire explosion... et elle regardait Gontran avec une fixité étrange.

— Moi ! moi ! balbutia-t-elle, plus émue qu'elle n'eût voulu le paraître.

— Si vous saviez, poursuivit Gontran, combien j'ai été malheureux depuis le jour où vous avez refusé de recevoir les fleurs que Martial vous portait chaque matin. — Ah ! ne craignez rien, je ne vous offenserai pas davantage, et je vais partir puisque vous l'ordonnez ! — Mais, au moins, laissez-moi vous dire qu'au milieu de l'épouvantable déception qui m'avait déchiré, je m'étais follement repris à un espoir nouveau ; il me semblait que tout n'était pas fini pour moi dans la vie, que je n'avais pas mérité le malheur qui me frappait ; qu'enfin, Dieu me réservait dans l'avenir un bonheur plus pur, vers lequel une aspiration sainte emportait mon être tout entier...

— Monsieur !...

— Ne me repoussez pas, mademoiselle ! car jamais vous n'aurez été l'objet d'un culte plus respectueux et plus dévoué. Dites-moi ce que vous voulez que je fasse... ordonnez que je parte ou que je reste... et j'obéirai... heureux toujours de faire ce que vous aurez commandé !

Réjane garda le silence.

Martial s'était éloigné à quelque distance, par discrétion, et les deux jeunes gens étaient seuls...

Au bout d'un instant, Gontran reprit :

— Vous ne me répondez pas ! insista-t-il d'une voix qui tremblait.

— Et que puis-je répondre ?... fit Réjane.

— Vous m'en voulez donc toujours ?...

— N'en croyez rien !

— Enfin... il vous déplaît de me voir demeurer à Graçay-Chambrun... vous désirez que je quitte le pays ?...

Réjane se prit à frissonner, et, un moment, elle oublia son regard sur le front du jeune homme.

— Je n'ai pas dit cela !... répondit-elle... mais il ne m'appartient pas de vous indiquer les résolutions que vous devez prendre... voyez vous-même, monsieur Gontran... réfléchissez à ce qu'il convient que vous fassiez, et, à quelque détermination que vous vous arrêtiez, je m'en rapporte entièrement à votre loyauté et à votre honneur.

Ces paroles furent dites sur un ton si grave et si doux à la fois, qu'elles pénétrèrent jusqu'au fond du cœur du jeune homme... et qu'il ne fut pas maître d'un premier mouvement.

— Ah ! vous êtes bonne... et je vous aime ! — s'écria-t-il hors de lui.

Et, en même temps, il saisit la main de l'enfant et la porta à ses lèvres.

Réjane poussa un cri effrayé... et se sauva à pas rapides vers l'habitation.

A partir de ce jour, aucun autre incident ne vint troubler le bonheur de Gontran.

Il avait promis d'être respectueux et discret ; il tint loyalement sa promesse.

Tout au plus allait-il une fois par semaine, la nuit, à la maison isolée.

Il ne s'y rendait pas même avec la pensée d'y rencontrer Réjane et de lui parler.

Mais, durant l'heure qu'il y passait, il la voyait quelquefois accoudée seule et pensive sur la terrasse, ou, encore, assise dans le salon et jouant quelque mélodie de Schubert ou de Gounod.

Quand venait le dimanche, le jeune vicomte quittait le château aux premiers appels de la cloche du bourg, et se rendait à l'office, à la suite des fidèles des environs.

L'église était pauvre et nue ; elle ne présentait que des tableaux d'un art douteux ou grossier ; les chants que l'on y entendait n'invitaient ni au recueillement ni à la prière.

Mais, de la place qu'il avait choisie, Gontran pouvait contempler la belle enfant... De temps à autre, il recueillait quelques-uns de ses regards si naïfs et si purs, et jamais il n'avait éprouvé un bonheur comparable à celui qu'il emportait de l'humble basilique.

A l'issue de l'office, souvent il accompagnait Réjane pendant quelques minutes.

Leur conversation était, pour Ursule et Martial, insignifiante et banale ; mais les deux jeunes gens y trouvaient un charme ineffable, et Gontran avait remarqué que, lorsqu'elle lui parlait, la voix de Réjane empruntait des accents plus doux encore que d'habitude.

On était aux premiers jours d'octobre ; — les deux derniers mois avaient passé comme un rêve ; — Gontran ne doutait plus qu'il ne fût aimé... et il était bien résolu, avant de rentrer à Paris, à demander au général la main de mademoiselle de Graçay-Chambrun.

Mais il mettait à faire cette démarche une sorte d'hésitation, qui avait sa raison dans le sentiment de jouissance un peu égoïste qu'il goûtait depuis quelque temps.

Il lui était particulièrement doux de se sentir aimé ainsi à l'insu de tous, à l'insu même peut-être de la jolie enfant.

Ses journées et ses nuits s'écoulaient à se rappeler les naïfs témoignages d'amour que Réjane lui donnait, sans, pour ainsi dire, s'en douter.

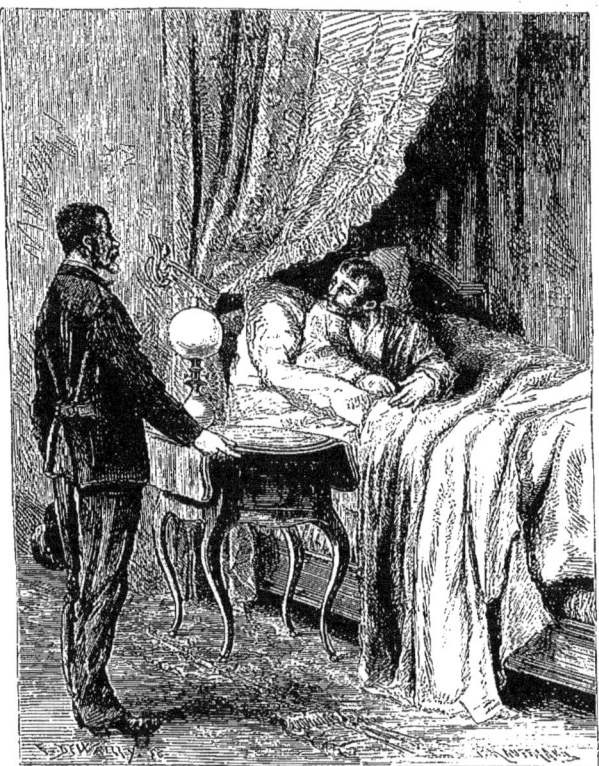

Eh! bien, lui dit-il lorsqu'il le vit entrer, qu'as-tu à m'apprendre? (Page 192).

Nature impressionnable et franche, elle ne savait pas dissimuler ses sensations; sa voix, son regard, ses attitudes, trahissaient vingt fois en une minute
les tendresses mal contenues de son cœur : et Gontran craignait, par une démarche trop hâtive, de détruire le charme discret de ce bonheur si pur.

Un jour, pourtant, il comprit qu'il ne pouvait pas hésiter davantage et quitta
le château, décidé à aller trouver le général.

Il était cinq heures.

Le soleil descendait lentement à l'horizon, l'air était tiède; tout annonçait
une soirée splendide.

Gontran était fort ému... Bien qu'il ne fût pas inquiet sur l'accueil qui allait être fait à sa demande, de temps à autre son cœur se prenait à battre, et sa pensée s'imprégnait de mélancolie.

Tout à coup, il suspendit sa marche et prêta l'oreille.

Il était arrivé à peu près à moitié chemin et venait d'entendre des pas précipités qui se dirigeaient de son côté.

Qui cela pouvait-il être?

L'attente fut courte.

Presque aussitôt il vit, à l'angle du sentier, déboucher un homme, dans lequel il reconnut immédiatement Martial.

Martial, les traits bouleversés, la poitrine haletante.

Il courut à lui.

— Où vas-tu ainsi? demanda-t-il, en proie à une vive inquiétude.

— Ah! c'est vous! Dieu soit loué, répondit Martial. J'allais vous chercher.

— Qu'y a-t-il?

— Un malheur...

— Réjane!... s'écria Gontran.

XXXIII

Martial remua la tête.

— Non! ne vous effrayez pas, répondit-il. Mademoiselle de Graçay ne court aucun danger... je le suppose, du moins; mais, tout de même, il se passe quelque chose de terrible.

— Explique-toi?

— Voici : Hier soir, j'avais laissé le général assez agité; il avait reçu un mot le matin, et il paraît que ce qu'on y disait était inquiétant, puisque toute la journée Ursule l'avait entendu aller et venir dans sa chambre, et parler tout haut.

— Après... après...

— En quittant la maison, vers neuf heures, je n'étais pas rassuré.

— Pourquoi?

— Je connais le général, voyez-vous, depuis des années; c'est le meilleur et le plus violent des hommes... et il vous tuerait, comme il vous embrasserait, avec la même facilité. — Or, pendant toute la soirée, j'avais remarqué un certain pli au coin de son œil gauche, et je savais par expérience que ça n'était pas bon signe.

— Tu me fais mourir.

— Aussi je m'étais bien promis d'y retourner aujourd'hui de bonne heure...

Mais ce matin, j'ai été très occupé... dans la journée, on m'a fait demander au bois, et ce n'est que vers trois heures que j'ai pu me rendre à l'habitation.

— Eh bien?

— Eh bien, savez-vous ce qui était arrivé?

— Quoi? quoi?

— Il n'y avait plus personne.

— Que dis-tu?

— Le général et mademoiselle Réjane étaient partis.

— Partis!.... c'est impossible... sans te rien dire, sans que Réjane ou monsieur de Graçay...

— Il ne restait qu'Ursule.

— Qu'a-t-elle dit?

— Oh! pas grand'chose. Le général n'a pas l'habitude de raconter ses affaires. Seulement, voici ce qu'elle m'a appris. Vers onze heures, un homme est venu qui a fait passer sa carte au général. Ce dernier l'a reçu tout de suite et s'est enfermé avec lui. Qu'est-ce que cet homme a pu lui dire? on n'en sait rien; mais ce qu'il y a de certain, c'est qu'une heure après, M. de Graçay envoyait chercher la carriole du messager, et qu'il se faisait transporter à la station du chemin de fer.

— Et Réjane? insista Gontran.

— Ah! il paraît qu'elle pleurait à fendre l'âme, la pauvre demoiselle. Mais quand le général a parlé, on n'a plus qu'à obéir; et lui qui se ferait couper en petits morceaux pour l'enfant, n'a pas eu l'air seulement de prendre garde à ses larmes.

— Et tu ne te doutes pas de ce qui a pu arriver?

— Non... J'ai bien réfléchi cependant... et à moins que?...

— A moins que...

— Je ne sais si je dois dire cela... C'est un secret auquel je n'ai été initié qu'en raison de mon dévouement à la famille... et si le général apprenait...

— N'as-tu pas confiance en moi?

— Ah! comme en Dieu...

— Peut-être pourrai-je être utile à ton ancien maître ou à sa fille... et s'il leur faut ma vie... je suis prêt à la donner.

— Vous avez raison.

— Parle donc.

— Eh bien... si je ne m'abuse pas... il faut que l'on soit venu lui parler de M. Henri.

— Son fils?

— Oui, monsieur le vicomte; un malheureux pour lequel le général s'est ruiné... que l'on avait presque oublié depuis cinq années... et qui peut-être vient de se rappeler à son père par quelque nouveau crime.

— Serait-ce lui qu'il aurait reçu cette nuit ?

— Ça... c'est impossible, car la vieille l'aurait reconnu... et puis d'ailleurs... le visiteur a donné sa carte ; Ursule me l'a remise, et nous pouvons voir son nom...

En parlant ainsi, Martial tendit à Gontran une carte dont celui-ci s'empara par un geste violent.

Il y eut à peine jeté les yeux, que sa main se prit à trembler.

— Beverley!... s'écria-t-il avec explosion... lui! encore lui!...

— Vous connaissez cet homme? interrogea Martial.

— Si je le connais!...

— C'est un ami du général?

— C'est le plus implacable et le plus dangereux de ses ennemis!

— Mais qu'est-il venu faire ici?... Qu'a-t-il pu dire à M. de Graçay... pour le déterminer à partir?

Gontran eut un geste énergique.

— Il faut le savoir! répondit-il d'un ton farouche, et je le saurai avant deux jours... Martial... je suis certain que ton ancien maître et sa fille courent, en ce moment, les plus grands dangers. Nous ne pouvons rester une seconde de plus à Graçay-Chambrun!

— Où irons-nous? demanda le garde étonné.

— A Paris.

— Mais quelle est votre idée?

— Viens! viens! il n'y a pas une minute à perdre... l'express passe dans une heure à la station... et nous allons nous y rendre sans délai... Viens! te dis-je... et songe qu'il s'agit de la vie de ton maître et de l'honneur de sa fille!

Ce qui se passa jusqu'au moment où Gontran, accompagné de Martial, arriva à Paris et descendit à son appartement de la rue de la Chaussée-d'Antin, le jeune vicomte eût été fort embarrassé de le dire : quelque effort qu'il fît, il ne parvint qu'imparfaitement à mettre un peu d'ordre dans ses idées.

Durant le trajet, il ne ferma pas l'œil, et tout en songeant à Beverley, il chercha à pénétrer quel était le mobile qui faisait agir cet homme.

Il se rappela les conversations qu'il avait eues naguères avec le jeune gentleman ; les paroles significatives qui lui étaient échappées à plusieurs reprises ; le portrait voilé de deuil devant lequel il s'était incliné rue de Varennes, enfin, l'âpre énergie qu'il avait déployée dans sa visite nocturne à la maison de la ruelle.

Et pendant que mille souvenirs passaient devant son esprit, il s'efforçait de les classer avec méthode pour en tirer une induction qui l'éclairât.

Évidemment il y avait dans le passé de ce Beverley une terrible catastrophe qui avait jeté sa vie dans le bizarre ; un crime avait été commis dont la victime était sans doute une femme aimée, crime ténébreux, resté impuni, et dont lui, Beverley, s'était donné la mission de rechercher et de punir les coupables.

Depuis — pendant six années — il avait vécu à part, épiant les moindres indices avec une patience de Mohican, flairant le vent à la manière des fauves en quête d'une proie, l'âme ulcérée et le cœur altéré de vengeance.

La durée de l'attente ne l'avait pas découragé, et il était probable qu'il venait enfin d'atteindre son but.

Gontran comprenait tout cela; mais ce qu'il cherchait encore, ce qu'il ne parvenait pas à deviner, c'était la relation qui pouvait exister entre les criminels et le général de Graçay-Chambrun, et comment la pure et douce Réjane se trouvait enveloppée dans la haine de cet homme !

C'est là ce qu'il voulait savoir à tout prix, et il était bien décidé à aller demander des éclaircissements précis à Beverley lui-même.

Quand le train arriva à Paris, Martial rejoignit son jeune maître, au moment où il allait quitter la gare, et lui demanda ce qu'il avait à faire.

— Rien pour le moment, répondit Gontran, encore tout ému des souvenirs qu'il avait évoqués pendant le trajet... dans quelques heures tu te rendras auprès du général, et tu tâcheras de démêler la cause de son départ précipité.

— Le général s'étonnera peut-être de me voir à Paris... objecta Martial; et s'il s'informe du motif qui nous a fait quitter le château...

— Tu diras que j'ai été rappelé par une dépêche de la duchesse de Frileuse, et que je ne fais que passer à Paris... du reste, ce n'est pas le général qu'il faut convaincre... c'est surtout mademoiselle Réjane qu'il importe de prévenir.

— Que devrai-je lui dire?

— Une seule chose... qu'elle comprendra, je l'espère. Tu lui diras que je suis venu à Paris, parce que son départ m'a inquiété. Que j'aurai l'honneur de la voir sous peu de jours, et, si elle a pour moi quelque amitié, si elle croit à l'affection profonde qu'elle m'inspire, elle voudra bien te tenir au courant de tout ce qui se passera rue de Varennes. Toutefois, garde-toi de l'inquiéter. Il faut qu'elle ne se doute pas des craintes que j'ai conçues, afin de ne pas donner l'éveil à ceux que nous avons à redouter!... Tu me comprends bien, n'est-ce pas?

— Est-ce tout?

— Non... Il y a rue de Varennes, à côté de l'habitation du général, un hôtel qui est habité par ce Beverley dont tu m'as remis la carte.

— Ah! ah!

— Tu observeras l'hôtel; tu en épieras les mouvements... et si quelque incident survenait qui te parût de nature à intéresser le général, sa fille ou moi, tu viendras m'en faire part, à quelque heure que ce soit, en quelque lieu que l'on te dise de m'aller chercher.

Martial s'inclina.

— Ce sera fait, dit-il.

Gontran lui prit les mains par un geste plein d'affectueux abandon.

— Je ne puis te confier ce qui se passe en moi, dit-il d'un ton pénétré; mais n'oublie pas, mon ami, que le bonheur de ma vie entière dépend peut-être de ton zèle, de ton dévouement et de l'énergie avec laquelle, pendant quelques jours, tu vas exécuter les ordres que je te donnerai.

Martial releva fièrement le front.

— On sait ce que c'est qu'une consigne, répondit-il. — M. le vicomte peut compter sur moi.

Gontran monta en voiture et partit sur ces mots dans la direction de la Chaussée-d'Antin.

Vingt-cinq minutes après, grâce au généreux pourboire qu'il avait donné au cocher, la voiture le déposait à la porte de la maison qu'il habitait.

Il était à Paris, résolu à tout tenter pour protéger, contre le danger qui la menaçait, la chère enfant dont il voulait faire sa femme, dût-il mettre sa vie comme enjeu dans la terrible partie qu'il allait engager!

XXXIV

Quand Gontran se réveilla, le lendemain de son arrivée, le soleil faisait irruption depuis longtemps dans sa chambre.

Il était si fatigué qu'il avait dormi toute la nuit.

Il s'empressa de sonner, et un valet accourut.

— Jean, interrogea le vicomte, il n'est venu personne me demander depuis hier?

— Personne, non, monsieur, répondit le valet.

— Alors, il n'y a rien de nouveau?

— Rien, sinon qu'on a remis chez le concierge deux lettres que je vous apporte.

— Des lettres de Paris?

— Une seulement... l'autre vient de l'étranger.

Gontran prit les lettres, et jeta un coup d'œil sur les suscriptions.

Celle de l'étranger portait le timbre de Venise. Elle était d'Herminie.

Gontran l'ouvrit vivement.

Elle ne contenait que quelques lignes :

« Mon ami,

« Je serai à Paris presque en même temps que cette lettre. Que de choses « cruelles et tristes j'ai à vous dire : mais, si vous m'aimez encore, j'aurai le « courage de ne pas me plaindre.

« A vous ! — à toi... »

Gontran eut comme un frémissement, et, machinalement, son regard chercha la seconde lettre.

Celle-ci était de Paris, et, tout d'abord, il fit une remarque qui le frappa.

L'adresse en avait été écrite par une main évidemment inexpérimentée, qui s'était oubliée en des fantaisies d'orthographe que les femmes seules osent se permettre.

Mossieu le vicomte GONTRAN

Rû de la Chosée d'entain, 28

PARIS

(Presse)

Que voulait dire cela?

Gontran déchira l'enveloppe et courut à la signature.

La lettre était signée : NINOCHE :

Il se prit à sourire et en commença la lecture.

Mais à peine eut-il parcouru les premières lignes que le sourire s'éteignit sur ses lèvres, pendant qu'un pli soucieux se creusait sur son front.

Il la lut ainsi jusqu'au bout!...

Et quand il l'eut finie, sa main tremblait... et une sombre expression avait envahi ses traits.

Voici ce que disait le petit débardeur :

« Monsieur Gontran,

« Je ne voulé pas vous écrir, parce que javai honte de mon écritur, mais il phot bien, puisque cet dan vot intérêt et quil pourra arrive les plus grans maleurs.

« Jé bien des chose a vous dire que jeu ne peu pas confie au papié il s'agit dune personne qui vous interesse et don jé entendu parlé depuis quelque tant. Jean né bien lon à vous dire, mais je çuis surveillé et il ne phot pas qu'on sache rien — voila ce queu jé imaginet.

« Samdi prochin nous souperon à la Maison d'Or. Vous savé Brin de Tulle. Elle va débuté aux Variétés dans un rol que lui a fait monsieur Offenbach. Ont repet samdi et apret nous iron soupé avec Sancé, Précourt et Cardinet. Vous ne savé pas que je çuis avecque lui. Je vous expliqrait ça. C'est à côse de lui que je veut vous parle et aussi à côse de M. Beverley.

« Monsieu Gontran,

« Croyé à ma saintcérité. Si vous savié come je voudrai vous rende heureux, mais prenez garde ilia dé jean mechant qui conspire et qui vous fron du mal si vous ne me croyez pas.

« Je vous atant samedi prochin à une heur, on cera bien conlant de vous
voire et moi ! qui me dit pour la vie

« Votre affectionné

« Ninoche.

« *P. S.* — Surtou ne montré pas ma lettre, cet entre nous et une indiscres-
sion pourré tout perde. J'espère que ma letre arriverat a tant. »

— Qu'est-ce que cela signifie ? balbutia Gontran, dès qu'il eut achevé cette
lecture.

— Samedi !... Mais aujourd'hui, ajouta-t-il peu après. — Que peut me vouloir cette pauvre enfant; à quelle machination veut-elle faire allusion ?

Martial survint comme il en était là de ses réflexions.

— Eh bien ! lui dit-il, dès qu'il le vit entrer... qu'as-tu à m'apprendre ? que
t'a dit le général ?

Il n'osa pas ajouter : As-tu vu Réjane ?

Mais le garde allait le satisfaire plus complètement qu'il ne l'espérait.

— Quant au général, répondit-il, je n'ai pas pu l'apercevoir; il était sorti de
bonne heure, et n'avait rien confié à sa fille, mais j'ai trouvé mademoiselle
Réjane, et si vous saviez avec quelle joie elle m'a accueilli !

— Vraiment ! fit Gontran.

— Elle m'a accablé de questions, me demandant comment je me trouvais à
Paris, ce qui s'était passé à Graçay-Chambrun après son départ, et me chargeant
de vous remercier de l'intérêt que vous lui témoignez; tout cela avec des mouvements de vivacité, des explosions de rire et de larmes, que je ne me rassasiais
pas de la regarder et de l'entendre.

— Pauvre enfant !

— Ah ! elle aime bien son vieux Martial... et elle a raison... car moi, voyez-
vous... je n'ai jamais eu d'autre affection.

— Enfin... elle ne sait rien.

— Non... rien... ou plutôt... à certains motsqui lui sont échappés, j'ai cru
comprendre qu'elle avait quelque idée de la chose.

— Qu'est-ce donc ?

— Ce que je vous ai dit.

— Le fils...

— Oui... M. Henry.

— Il est à Paris ?

— Il paraît...

— Mais il ne porte pas le nom du général ?...

— C'est probable...

— Et tu ne connais pas celui sous lequel il se cache ?

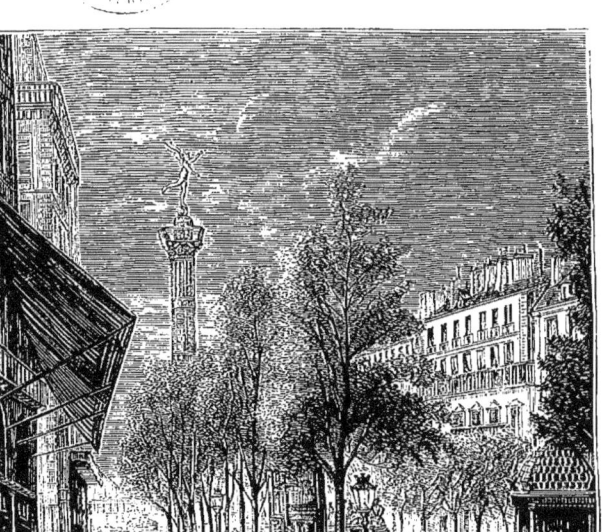

Boulevard Beaumarchais.

— Non, monsieur le vicomte, mais je crains bien que nous ne l'apprenions trop tôt.

Gontran se tut et fit quelques pas à travers la chambre.

Une pensée l'avait saisi ! Les souvenirs évoqués pendant la nuit précédente lui revenaient à la mémoire, et un désir ardent d'interroger Martial s'empara de lui.

Toutefois c'était fort délicat, peut-être dangereux. Il fallait user de beaucoup d'adresse et de ménagement.

— Ainsi, dit-il au bout de quelques secondes de silence, tu crois que le général a quitté Graçay-Chambrun parce qu'il a appris que son fils était de retour ?

— Je le crois !...

— Que fait ce malheureux ?

— Je l'ignore, mais on peut être assuré qu'il ne fait rien de bon. Le général a tout tenté pour le ramener au bien. Ça été inutile. Seulement, depuis cinq ans, il n'en avait plus entendu parler, et il espérait qu'il était mort !

— Eh quoi ! ce fils est à ce point indigne, que son père a pu désirer qu'il mourût !...

Martial secoua la tête avec force.

— Il y a de ces hontes-là dans les familles, répondit-il d'une voix rude, et si le général n'en est pas mort lui-même, c'est à cause de mademoiselle Réjane !

Gontran releva son regard sur Martial.

— J'étais absent de France, dit-il, au moment où eurent lieu les événements qui ont déterminé la vente du château de Graçay-Chambrun. Je me rappelle que mon père m'en entretint quelquefois, mais il me parla surtout d'une affaire antérieure, datant aujourd'hui de six années au moins, et sur laquelle planait un mystère qui n'a jamais été éclairci... Il s'agissait d'un crime... et tu t'en souviens peut-être !

Martial ne répondit pas tout de suite ; un sombre nuage avait passé sur son front, et tous ses membres avaient tressailli.

— Si je me souviens ! répondit-il, pendant que ses poings se crispaient sur sa poitrine... ah ! ce sont-là des scènes que l'on n'oublierait jamais, dût-on vivre cent ans.

— Ne veux-tu pas me les raconter ?

— A vous, M. Gontran... il me semble que je dirais tout.

— D'ailleurs, nous touchons à une heure solennelle et grave, et pour n'être arrêté par aucune obscurité dans cette voie où je m'engage, j'ai besoin de tout apprendre... Et puis, tu le sais bien, mon ami, le secret que tu as à me confier mourra là, si tu le désires, et jamais, je le jure, le général ni Réjane ne devineront que tu m'en as fait la confidence.

Martial fit un geste d'acquiescement.

— Mademoiselle de Graçay ignore tout, répondit-il. A cette époque, elle n'était encore qu'une enfant, et ne venait en Bourgogne qu'au moment des vacances. Le fait auquel vous faites allusion s'est passé à un moment où nous étions seuls au château, le général et moi.

— Parle ! parle !

— C'était pendant l'hiver de l'année 1859, le 10 mars, vers neuf heures du soir. Quel souvenir ! J'étais avec le général, et je me disposais à me retirer, quand nous entendîmes la porte du vestibule s'ouvrir avec fracas et des pas précipités se diriger vers le salon où nous étions.

« Le général devint pâle comme un mort.

« On a beau être sévère et rigide, on n'en reste pas moins père. M. de Graçay avait reconnu tout de suite le pas de son fils.

« — Martial !... balbutia-t-il, en se tournant vers moi... entends-tu ? c'est lui !...

« Il n'avait pas fini de parler, que sur le seuil du salon apparaissait M. Henry, les vêtements en désordre, couverts de boue, l'œil hagard, les joues livides.

« Le général jeta un cri, et son malheureux fils courut se jeter, les mains jointes, à ses genoux.

« — Ah ! sauvez-moi ! sauvez-moi ! dit-il d'une voix que la peur étranglait.

« — Quoi ? que se passe-t-il ? demanda M. de Graçay.

« — On me poursuit...

« — Qui cela ?

« — Par grâce ! je vous supplie, cachez-moi... ne me livrez pas ! songez qu'il y va de l'échafaud !

« La terreur à laquelle il était en proie, lui faisait oublier toute prudence... et il n'avait plus conscience de ce qu'il disait !

« De son côté, le général hésita un moment. Je vis son visage se contracter jusqu'à le rendre méconnaissable, mais il eut la force de se contenir, et prenant son fils par la main, il l'entraîna vers les appartements du premier étage.

« Lui aussi était troublé et ne savait plus bien précisément ce qu'il faisait ; seulement, il comprenait qu'il y avait là un danger terrible, imminent, et sa première pensée était de le conjurer.

« Avant de s'éloigner, il se tourna vers moi.

« — Martial ! dit-il alors avec un regard fulgurant, Martial, sur ta vie, ne permets à personne de pénétrer jusqu'à nous !

« Ils avaient disparu depuis une demi-heure, quand mon attention fut tout à coup attirée du côté du parc.

« On parlait avec animation, et je pouvais distinguer la voix du jardinier et celle d'une personne que je ne connaissais pas.

« L'attente ne fut pas longue ; presque aussitôt, un inconnu escalada l'escalier et vint se présenter à moi.

« — Où est-il ?... Il est ici ! dit-il, en me saisissant les deux mains.

« C'était un jeune homme... vingt-cinq ans à peine... robuste, énergique, résolu à tout.

« J'essayai de gagner du temps.

« — Que voulez-vous ? demandai-je.

« — Ah ! ne cherchez pas à me tromper ! reprit-il avec colère... je le suis depuis deux jours... je l'ai vu pénétrer dans le parc... je suis certain qu'il n'en est pas sorti... je veux qu'on me le livre !

« — De quel droit ?

« Il eut un ricanement et passa ses ongles dans ses cheveux. .

« — Écoutez, répondit-il, — et ses paroles résonnent encore à cette heure à mon oreille — écoutez! le misérable que je poursuis se nomme Henry de Graçay-Chambrun. — Il y a deux mois, de complicité avec un nommé Lombard, il a assassiné, volé, odieusement outragé miss Aurore Stanley, qui était ma fiancée, et puisque jusqu'à ce jour la justice n'est pas parvenue à atteindre les coupables, j'ai résolu, moi, de me charger seul du châtiment.

« — Mais qui vous dit?...

« — Le trouble où je te vois me prouve que tu ne doutes plus toi-même! Voyons! C'est ici qu'il s'est réfugié... Aux traces que je trouve sur ces dalles, je suis certain qu'il a passé là!... Sur ton honneur et sur ta vie ... je te somme de me livrer ce misérable.

« Comme il faisait quelques pas en se dirigeant vers le premier étage, je me plaçai en travers de l'escalier et lui barrai le passage.

« A cette vue, il proféra une imprécation de fureur.

« — Ah! prends garde!... balbutia-t-il en tourmentant la poignée d'un revolver de poche.

« — Vous ne passerez pas!

« — Cet homme m'appartient! le soustraire à ma vengeance, c'est accepter une part de complicité dans le crime qu'il a commis!... Prends garde!

« Il arma son revolver et en dirigea le canon sur ma poitrine. Et peut-être eût-il fait feu, si à ce moment Anthelme, le jardinier, qui est un colosse, ne s'était précipité sur lui et ne lui avait arraché l'arme des mains.

« Puis il le tint pendant quelques secondes étroitement serré entre ses bras, sans que le jeune homme pût parvenir à se dégager.

« — Au surplus, ajouta Anthelme, il serait inutile d'insister dorénavant... Celui que vous cherchez n'est plus au château.

« — Comment? fit le jeune homme.

« — Il vient de partir.

« — Infamie!

« — Et pour que la fantaisie ne vous reprenne pas de vous remettre sur sa piste, Martial et moi nous allons vous garder ici jusqu'à nouvel ordre.

« Le jeune homme ne répondit pas.

« Il avait compris qu'Anthelme et moi nous étions décidés à l'empêcher de s'éloigner, et il jugea qu'il serait puéril d'essayer d'engager une lutte.

« Mais une sauvage expression envahit ses traits, ses yeux s'éclairèrent de lueurs fauves, et sa poitrine soulevée eut un grondement irrité.

« — Soit! dit-il d'une voix pleine de fiel et de rage. Soit! mais l'acte que vous commettez à cette heure appelle des représailles terribles, et puisque l'on m'y pousse, je rendrai honte pour honte, sang pour sang!... Malheur au général et à sa fille! »

XXXV

Martial s'était tu depuis quelques secondes et Gontran ne songeait pas à reprendre la parole.

Le récit qu'il venait d'entendre l'avait fortement impressionné, et il lui semblait qu'il se faisait un commencement de lumière dans les ténèbres du passé.

Il devenait évident pour lui, que l'homme dont Martial venait de parler ne pouvait être que Beverley, — et cette menace qu'il avait proférée, six années auparavant, correspondait, à n'en pas douter, aux paroles qui lui étaient échappées le jour du bal de M. Dalbane.

C'est lui qui avait ramené le général du château de Graçay-Chambrun, et il n'était pas douteux non plus que ce retour de Réjane à Paris devait servir les sinistres projets qu'il méditait.

Il lui importait donc de connaître au plus tôt les confidences que la petite Ninoche avait à lui faire, et après avoir jeté un coup d'œil sur sa lettre, dans laquelle elle lui parlait de Beverley, il n'hésita plus et résolut de se rendre à son invitation.

— Un mot encore! dit-il à Martial. Depuis le jour où s'est passée, à Graçay-Chambrun, la scène que tu viens de me raconter, tu n'as jamais revu l'homme en face duquel tu t'es trouvé ?

— Je ne pense pas, répondit Martial.

— Tu ne sais pas qui il est ?

— Non...

— Mais si tu le rencontrais tu le reconnaîtrais ?

— Je ne sais pas : je ne l'ai vu qu'un instant... et c'est Anthelme qui l'a gardé pendant la nuit fatale...

— Bien !... interrompit Gontran... ce n'est pas là d'ailleurs ce qui m'occupe pour le moment, et j'en sais assez pour nous diriger. Seulement, il faut désormais veiller avec plus de vigilance encore... Un danger terrible menace mademoiselle Réjane, et il importe de ne plus la quitter d'un instant.

— D'après ce que vous m'avez conseillé, j'avais déjà pris mes dispositions en conséquence... Je suis depuis ce matin, installé chez le général, qui a bien voulu m'offrir d'habiter près de lui.

— C'est à merveille.

Martial allait se retirer quand il revint tout à coup sur ses pas, comme frappé d'une idée subite.

— Qu'y a-t-il ? demanda Gontran.

— Un détail, répondit le garde, un souvenir qui me revient, et que j'avais oublié.

— Qu'as tu à me dire encore?

— Vous rappelez-vous, monsieur le vicomte, le soir où, peu après la mort de M. Dalbane, vous m'aviez remis une lettre pour mademoiselle Herminie.

— Sans doute.

— Nous étions sur le boulevard... vous alliez à votre cercle, moi, je rentrais rue de Varennes, quand nous avons été croisés par deux hommes.

— En effet...

— Je ne vis que l'un de ces hommes... et, s'il vous en souvient, je ne fus pas maître d'un mouvement en l'apercevant.

— C'est vrai... je t'ai demandé ce que cela voulait dire, et tu as évité de me répondre.

— J'avais mes raisons alors !... mais à présent...

— Les traits de cet homme t'avaient frappé!

— C'est cela.

— Tu l'avais déjà rencontré quelque part?

— Je le crois.

— Et son nom ! le nom de celui qu'il te rappelait?

— Henry ! murmura le vieux garde à voix tremblante et basse.

Gontran fit un haut-le-corps.

— Le fils du général !... s'écria-t-il, d'un ton effaré.

— Un moment, j'en ai douté. — Mais depuis... maintenant surtout... il me semble...

— Cela doit être !... et dès ce soir, je saurai si cela est !... Va ! va ! mon ami... laisse-moi le soin de tirer parti de toutes ces confidences et n'oublie aucune des recommandations que je t'ai faites.

Gontran dîna chez lui : il ne voulait pas, en sortant, s'exposer à faire quelque rencontre qui l'eût distrait de son but.

Ce ne fut qu'aux environs d'une heure qu'il quitta la chaussée d'Antin, et se dirigea vers le restaurant de la Maison d'or, où il était attendu.

Depuis qu'il avait quitté Paris, c'est-à-dire depuis huit mois, il savait à peine ce qui s'y était passé et les changements qui avaient pu s'opérer dans le monde du plaisir qu'il fréquentait d'ordinaire.

Huit mois cependant voient souvent bien des révolutions s'accomplir ; et ceux qui n'ont jamais considéré le boulevard que comme une voie banale de communication, ne s'imaginent pas quels désastres s'y préparent, et par quelles dégringolades rapides on y aboutit à la ruine et quelquefois à la honte.

La nuit couvre ces sinistres de son manteau de ténèbres, mais le matin, à la lumière du jour, il n'est pas rare de voir surnager les lamentables épaves de ces naufrages parisiens.

Quoiqu'il fût très préoccupé par ce qu'il venait d'apprendre, Gontran éprouvait une vive curiosité à la pensée des révélations qui allaient lui être faites.

Pour la lutte qu'il s'apprêtait à engager, il lui importait de connaître quelles transformations avaient eu lieu depuis sa disparition, et les observations auxquelles il comptait se livrer devaient l'aider puissamment dans le rôle qu'il se disposait à jouer.

Voici à peu près, du reste, dans quelle situation il allait retrouver les divers personnages que le lecteur a déjà vu figurer dans ce récit.

Brin-de-Tulle n'avait pas sensiblement modifié sa position.

Engagée par Sosthène à sa sortie de l'*Eldorado,* elle avait donné à son amant les quelques mois de repos qu'elle venait de gagner.

Tant que l'été avait duré, elle s'était laissé adorer par le jeune millionnaire et l'avait suivi dans tous ces caravansérails de l'étranger qui ne semblent institués que pour le plaisir et la galanterie.

Ils avaient successivement visité Bade, Ems, Hombourg, Monaco, et étaient revenus à Paris, dès les premiers jours d'automne...

Brin-de-Tulle en avait assez, et peut-être Sosthène n'en demandait-il pas davantage.

Pour nous servir d'un mot, qui était fort en usage déjà à cette époque, la jolie pêcheresse ne *s'emballait* pas facilement : elle traitait le plaisir comme on traite les affaires, et elle aimait Paris, surtout parce que c'est la seule place où une femme de son tempérament peut trouver à faire valoir ses qualités exceptionnelles.

Brin-de-Tulle était entrée tout armée dans le monde galant; dès les premiers pas, elle avait eu son but dont rien ne pouvait la détourner.

Elle ne s'était pas dit : Je serai heureuse ! elle s'était tout simplement promis de devenir riche...

On aurait tort de croire que Sosthène lui fût indifférent. Le jeune millionnaire avait si bien fait les choses, qu'au fond elle lui gardait une sérieuse reconnaissance, peut-être même une amitié sincère.

Cardinet ne lui aurait jamais donné un petit hôtel rue du Cirque, ni un huit-ressorts de Binder, ni une paire de chevaux que les connaisseurs déclaraient n'avoir pas coûté moins de dix mille francs.

Sosthène avait donc réellement *lancé* la belle enfant, et les femmes d'affaires n'oublient pas toujours ces services-là !

Brin-de-Tulle pouvait maintenant quitter son amant, à la première fantaisie, bien certaine qu'au lendemain même de la séparation, elle trouverait un placement avantageux.

Il faut parler ainsi de ces choses-là.

Mais elle était trop habile pour précipiter les événements et elle exerçait assez d'empire sur elle-même pour que l'attrait de l'inconnu ne la poussât pas à compromettre le connu.

Seulement, elle prenait ses précautions.

Quand elle avait manifesté l'intention de rentrer au théâtre, Sosthène s'était empressé de lui en faciliter les moyens. Il connaissait les directeurs, les auteurs, les artistes... et en moins d'un mois, Brin-de-Tulle eut un rôle de deux cents lignes dans une pièce nouvelle, dont la première représentation devait avoir lieu vers le mois d'octobre.

Elle était rentrée à Paris pour présider à la confection de ses deux costumes, qui devaient faire sensation.

Elle avait revu dès les premiers jours celles de ses amies qu'elle aimait le plus.

Ninoche surtout !

C'était peut-être la seule personne pour laquelle elle sentît une vraie affection.

— Tu es avec Cardinet maintenant ? lui dit-elle, en l'embrassant avec affection.

— Il paraissait tant y tenir ! dit Ninoche d'un ton indifférent. Et moi... tu sais... celui-là ou un autre... puisque ce n'est pas lui.

Brin-de-Tulle remua la tête.

— Tu en tiens donc toujours ? interrogea-t-elle, avec un singulier tressaillement.

Le sentiment si profond qu'éprouvait son amie lui inspirait une sorte de terreur, on eût dit qu'elle avait peur de la contagion.

— Ça mourra avec moi ! répondit Ninoche avec un sourire résigné.

— Tu ne l'as pas revu ?

— Non.

— Où est-il ?

— A son château.

— Qui te l'a dit ?

— Son concierge... Je passe de temps en temps, rue de la Chaussée-d'Antin, pour avoir de ses nouvelles. Martial, son garde, écrit quelquefois, et je sais comme cela ce qu'il fait !

— Que fait-il ?...

— Je crois qu'il est amoureux.

— Pas d'Herminie, toujours... interrompit vivement Brin-de-Tulle, puisqu'elle voyage avec le Lubiroff !... et, sur ce point, je lui souhaite bien du plaisir : pour son début, elle n'a pas eu la main heureuse.

— Est-ce que le prince ?...

— Lui !... un prince... *il s'en ferait mourir !* — nous nous sommes rencontrés à Hombourg et il a cherché à se lier : il est joueur... Sosthène aussi... en moins de huit jours, il nous avait volé vingt mille francs.

Herminie ! balbutia-t-il, sans s'arrêter à analyser la sensation qu'il éprouvait. (Page 208.)

— Oh ! volé ! fit Ninoche.

— C'est un vieux filou, te dis-je... aussi, au bout de la semaine, j'ai arrêté les frais, et nous nous sommes donné de l'air...

— Du reste... tu as raison... quant à mademoiselle Herminie, reprit Ninoche après un court silence, ce n'est pas d'elle qu'il est amoureux.

— Aurait-il découvert une rosière dans les environs de son château ?

— Je ne pense pas...

— Moi non plus.

— Je te raconterai tout cela en détail...

— Quand tu voudras...

— Et peut-être aurai-je à te demander un bon conseil sur la conduite que je dois tenir.

— A propos de quoi ?

— Pas aujourd'hui... c'est plus grave que tu ne le penses... nous en causerons, le moment venu.

Brin-de-Tulle et Ninoche étaient les principales personnalités du groupe que nous connaissons ; quant aux autres jeunes femmes, que le lecteur se rappelle peut-être, il n'était survenu dans leur existence rien de bien précisément remarquable.

Peau-d'Ane continuait d'être la gloire de Valentino, Turbine avait remplacé Brin-de-Tulle à l'Eldorado, et c'était à peu près tout !

Quand vint l'heure du souper que Brin-de-Tulle offrait à ses amies à l'occasion de la répétition générale de la pièce dans laquelle elle devait débuter, aucune de ses invitées ne manqua à l'appel, et chacune d'elles s'y rendit avec son amant.

Seule, Ninoche arriva sans être accompagnée.

— Eh bien... et Cardinet ? demanda Brin-de-Tulle étonnée.

Ninoche remua la tête.

— Oh ! lui ! tu sais, répondit-elle, il est resté au jeu. Depuis un mois, tous les soirs, il va à son cercle, et souvent il ne rentre qu'au jour.

— Alors, il ne viendra pas souper ?

— Ça dépendra... il m'a dit de ne pas l'attendre.

— A son aise... on se passera bien de lui.

On se mit à table et la conversation ne tarda pas à s'animer.

Brin-de-Tulle était radieuse et pleine d'espoir.

Elle avait deux couplets à chanter dans la pièce que l'on venait de répéter et les auteurs, amis de Sosthène, étaient allés la complimenter sur la manière dont elle s'en était tirée... Tous les convives la félicitaient à ce propos, et Sancé et Précourt ne l'appelaient plus que la Diva.

Ninoche prenait part à la gaieté générale, mais à chaque instant, une vive sensation la pinçait au cœur, et un voile obscurcissait sa vue.

Dans la journée, elle avait passé rue de la Chaussée-d'Antin, et elle savait que Gontran était arrivé !

Elle attendait !

Heureusement, ce ne fut pas long.

Il y avait, en effet, à peine dix minutes qu'une heure était sonnée, quand la porte du salon s'ouvrit, et que Gontran parut sur le seuil.

XXXVI

L'entrée du jeune gentilhomme fut saluée par des hourras enthousiastes.

— Gontran ! c'est Gontran ! vive Gontran !

Sancé, Précourt, Sosthène s'étaient levés et étaient allés à sa rencontre, pendant que Brin-de-Tulle, un moment interdite, se penchait vivement à l'oreille de Ninoche qui avait pâli.

— Tu savais qu'il devait venir ? dit-elle aussitôt à voix basse et rapide.

— Oui ! répondit Ninoche en rougissant.

— Tu l'as donc vu ?

— Non.

— Comment cela s'est-il fait ?

— Je lui ai écrit.

— Et il apporte lui-même la réponse ?

— Tu vois.

— Oh ! oh !... cela se corse !

— Pourquoi ?

— Une idée !... car moi aussi, j'avais écrit à quelqu'un.

— A qui donc ?

— A la *Princesse*

— Herminie !

— Je l'ai invitée à souper.

— Et tu crois qu'elle viendra ?

— Nous le verrons bien.

Un nuage passa sur le front du petit débardeur.

— T'es bête ! continua Brin-de-Tulle, qui s'en aperçut ; a pas peur... tiens toi bien... et la Princesse en sera pour ses frais !

Pendant que ces paroles s'échangeaient entre les deux jeunes femmes, Gontran s'était avancé et avait salué Brin-de-Tulle.

— Ah çà ! tu as donc deviné que nous soupions ? interrogea celle-ci avec un fin sourire.

— Il n'est bruit, ce soir, à Paris, que de ton prochain début, répondit Gontran ; sur le boulevard, on m'a dit que vous étiez ici, et j'ai voulu apporter ma part de gaieté à cette petite fête.

— Tu sais que nous passons mardi !.

— Les fauteuils font déjà prime ! J'ai rencontré Adolphe, qui a bien voulu m'en promettre un... au prix de dix louis.

—Eh bien... que la fête continue !... Sosthène va te céder sa place et tu t'assiéras entre Ninoche et moi !

Gontran ne demandait pas autre chose et s'assit à l'endroit qui lui était indiqué.

L'animation, un moment suspendue, reprit alors de plus belle, et cinq minutes après le jeune vicomte jugea le moment opportun pour entamer la conversation avec Ninoche.

Celle-ci était fort émue, — mais elle était si heureuse de se sentir à côté de Gontran !

— Vous voyez, ma chère enfant, que je suis exact au rendez-vous, dit ce dernier; en arrivant, ce matin, j'ai trouvé votre lettre chez mon concierge, et je n'ai pas voulu remettre à vous remercier de l'intérêt que vous me témoignez.

— C'est moi qui vous suis reconnaissante, monsieur Gontran, répondit Ninoche, car, en vous écrivant, je n'espérais pas beaucoup que vous viendriez.

— Pourquoi donc?

— Vous ne me connaissez pas.

— Détrompez-vous.

— Vous ne vous êtes jamais mêlé en ce monde où je vous voyais de loin en loin, et je ne pouvais croire que vous aviez gardé quelque souvenir de moi...

Gontran ébaucha un sourire.

— Eh bien... c'est là une grosse erreur, répondit-il d'un ton affectueux; dans les rares occasions où j'ai pu vous rencontrer, j'avais conçu pour vous une très sincère sympathie et mon souvenir ne vous a jamais confondue avec les Peau-d'Ane et les Turbine que j'y ai entrevues.

— Est-ce vrai?..... fit Ninoche en joignant les mains.

— Peut-être ai-je tort de vous parler ainsi?

— Non... monsieur Gontran... non... car vos paroles me font du bien... et je ne les oublierai plus...

— Pauvre enfant !

Ninoche passa la main sur son front comme pour chasser une pensée importune.

— Mais ce n'est pas de moi qu'il s'agit, reprit-elle d'un ton plus ferme, et il faut que je vous parle des choses pour lesquelles je vous ai écrit.

— C'est donc tout à fait sérieux?... interrogea Gontran.

— Gardez-vous d'en douter !

— De qui les tenez-vous ?

— Je vous expliquerai tout cela... seulement il importe que personne ne puisse nous entendre... car le moindre mot rapporté à Cardinet ou à Beverley pourrait tout compromettre.

— Quel moyen employer?

— Il y en a un.

— Lequel ?

Ninoche leva son regard profond sur le jeune homme.

— Cela vous contrariera peut-être, répondit-elle d'un ton singulier, mais voyez-vous, pour quelques instants, il faudrait avoir l'air de me faire la cour.

— Comment?...

— Oh ! ne m'en veuillez pas, monsieur Gontran... je ne demande pas plus qu'il ne convient que vous fassiez. Cependant, ce que j'ai à vous dire est si important... nous avons si peu de temps devant nous.

— Expliquez-vous.

— Écoutez, il y a là, derrière cette portière qu'on a baissée, un petit cabinet où nous serions tout à fait seuls, et où nous pourrions causer à notre aise, — ils sont trop occupés en ce moment pour faire attention à nous... Tout à l'heure, je disparaîtrai sans qu'on s'en aperçoive, et dès que vous verrez le moment propice, vous viendrez me rejoindre, — voulez-vous?

— Je ferai ce que vous demandez.

Ninoche se leva avec un éclair dans les yeux ; pendant quelques minutes on la vit aller et venir à travers le salon, puis, tout à coup, elle adressa un signe furtif à Brin-de-Tulle, et gagna le cabinet voisin, sans que son manège eût été remarqué par aucun des convives.

Un instant après, Gontran disparaissait à son tour... et il allait rejoindre la jolie enfant qui lui fit une place à son côté, sur le divan où elle était assise.

Ils étaient seuls.

— Parlez ! parlez, dit Gontran, en lui pressant les mains... Si vous saviez combien je suis touché de tout ce que vous faites, et croyez que vous n'aurez pas obligé un ingrat.

— Je ne vous demande qu'un peu d'estime, — monsieur Gontran, — répondit Ninoche ; et je serai trop récompensée le jour où vous serez heureux...

— Chère petite !...

Machinalement, Gontran attira la belle enfant sur sa poitrine, et son souffle effleura son front.

Ninoche se dégagea vivement.

Une pâleur mortelle avait envahi ses joues, — elle porta ses deux mains à son cœur.

— Nous voici seuls... Causons... dit-elle, d'une voix saccadée ; je vous ai écrit... et je crains bien que vous n'ayez pas compris ce que je vous disais.

— J'ai compris qu'il s'agissait d'un danger.

— C'est cela. — Mais ce n'est pas vous que ce danger menace.

— Qui est-ce donc?

— Vous avez passé une grande partie de l'été à votre château?

— C'est vrai.

— Et à quelque distance de vous demeurait un vieux général en retraite ?

— M. de Graçay.

— Avec sa fille ?

— Qui vous a dit ?

— Qu'importe, puisque je le sais.

— Est-ce donc mademoiselle de Graçay qui se trouverait menacée ?

— Précisément.

— Elle !...

Et cette révélation coïncidait d'une façon si inattendue avec les confidences que Martial lui avait faites, ce jour même, que Gontran ne put se défendre d'un sentiment d'effroi.

Il s'empara avec une sorte de violence des mains du petit débardeur.

— Voyons ! dit-il d'une voix sourdement agitée ; ce que vous dites là est bien singulier, mon enfant, et peut-être vous êtes-vous trompée... qui pourrait en vouloir à cette jeune fille qui n'a fait de mal à personne ?... Quel misérable oserait former l'odieux projet ?...

— Ça... je ne le sais pas bien !... répondit Ninoche... mais ne dédaignez pas l'avis que je vous donne, car, si je ne puis vous renseigner tout à fait, je puis du moins vous en dire assez pour que vous preniez vos précautions... Vous aimez cette jeune fille... n'est-ce pas ?...

— Moi !

— On me l'a dit.

— Eh bien... oui !... je l'aime, c'est vrai !... pourquoi le cacherais-je ?... je vous estime assez dès à présent, pour vous faire cet aveu...

Une larme trembla au bout des cils de Ninoche.

— Merci... dit-elle... cela me décide à tout vous dire.

— Parlez...

— Depuis quelques mois... il y a un homme que je rencontre à chaque instant sur mon chemin... et dans le commencement, je n'avais eu qu'une idée à son sujet.

— Dites.

— C'est qu'il en voulait à Cardinet.

— Comment cela ?

— Ah ! nous autres, voyez-vous, nous savons observer quand nous nous en mêlons... On ne se méfie pas... on nous croit uniquement occupées de toilettes et de plaisir... et l'on ne se donne pas la peine de poser devant nous !

— Quel est cet homme ?

— Dès les premiers jours, j'avais remarqué son regard sombre et dur... il ne quittait pas Charles de l'œil, et je voyais passer bien souvent sur sa lèvre un tressaillement qui le faisait sourire, comme les tigres seuls doivent le faire.

— Enfin...

— Il hait Cardinet, ce n'est pas douteux, et j'avais cru jusqu'alors que ça se serait borné là... mais il y a quinze jours à peine, j'ai compris qu'il y avait autre chose.

— Qu'est-il arrivé ?

— Il m'a parlé.

— Ah !...

— Persuadé que Cardinet avait un secret et que, vivant dans son intimité, j'avais dû le pénétrer... il a tenté de me l'acheter.

— Vous avez refusé ?

— J'ai accepté au contraire... il ne fallait pas se montrer trop vertueuse... cela lui aurait donné l'éveil — et je n'aurais rien su.

— Que voulait-il apprendre ?

— Des bêtises ! — il croit que Cardinet porte un nom qui n'est pas le sien et cela ne me gêne pas... Seulement, tout en causant, et pendant qu'il cherchait à m'arracher mon secret... moi, j'ai deviné le sien.

— Est-ce possible ?

— Cardinet n'est pas le seul à qui il en veut... Dans l'emportement de sa haine, à deux reprises différentes, il a prononcé le nom de mademoiselle Réjane de Graçay.

Gontran se tut un moment, comme s'il eût voulu réfléchir une dernière fois à ce qu'il venait d'entendre ; puis il releva le front... et serra les mains de la jeune femme.

— Tout cela est grave, en effet, dit-il alors... mais j'en connaissais déjà une partie et je ne suis venu à Paris que pour surveiller Beverley.

— Vous savez que c'est lui ? fit Ninoche étonnée.

— J'espère que je l'empêcherai d'atteindre le but infâme qu'il se propose... Mais pour cela... ce n'est pas trop du concours dévoué de tous mes amis... et je compte bien sur le vôtre.

— Ah ! tout ce que vous me direz de faire, je le ferai.

Le jeune homme allait poursuivre, mais il n'en eut pas le temps. Une sorte de tumulte venait de s'élever dans le salon voisin, et au-dessus du bruit qui arrivait jusqu'à lui, Gontran tressaillit au son d'une voix qu'il crut reconnaître.

Son attente fut courte, du reste ; car aussitôt une main fiévreuse souleva la portière du cabinet et, dans le cadre de la porte, apparut Herminie Dalbane.

XXXVII

Gontran se dressa presque épouvanté à cette vue.

— Herminie! balbutia-t-il sans s'arrêter à analyser la sensation qu'il éprouvait.

Mais déjà la jeune femme s'était précipitée dans ses bras, elle le serrait contre sa poitrine, et baisait son front et ses cheveux avec des transports fous.

— Ah! cela fait du bien de se reposer un moment sur la poitrine d'un honnête homme! dit-elle un instant après, en reculant de quelques pas... Gontran! Gontran!... le ciel me devait cette joie après toutes les tortures et toutes les épouvantes à travers lesquelles j'ai passé...

Puis, elle se laissa tomber sur le divan, et força le jeune gentilhomme à s'asseoir à ses côtés.

Machinalement celui-ci obéit.

A vrai dire, il ne savait plus guère ce qu'il faisait, et cette apparition l'avait surpris au delà de toute mesure.

Herminie, du reste, ne lui laissa pas le temps de réfléchir et de reprendre possession de lui-même.

Elle lui tenait les mains, plongeait son regard dans ses yeux, — et contenait avec peine les sanglots dont sa poitrine était gonflée.

— Toi! C'est bien toi... reprit-elle au bout d'un instant... Mon Dieu... je ne croyais plus te revoir!... Non... ne parle pas... laisse-moi te regarder... il me semble qu'il y a autour de toi une atmosphère dans laquelle mon cœur se rafraîchit... Si tu savais de quels abîmes inconnus je remonte... et au milieu de quelles épouvantables ténèbres j'ai vécu depuis que je t'ai quitté!... C'est effrayant... Je te dirai tout!... Je veux que tu m'écoutes, — d'abord, — et quand tu m'auras entendue et jugée... nous verrons, ô mon Gontran, si tu auras le courage de me condamner!

Elle passa ses deux mains sur son front, pressa ses lèvres et ferma les yeux pour les rouvrir aussitôt grands et fixes.

S'appartenait-elle vraiment? N'était-elle pas plutôt sous l'empire de quelque sentiment excessif qui l'enlevait à la réalité même? Ne subissait-elle pas enfin une de ces hallucinations fiévreuses qui transportent parfois le cœur et l'âme dans un monde de sensations qui se dérobent à toute observation et à toute analyse?

On eût pu croire que quelque rêve terrible flottait devant son regard, ou qu'elle se sentait enveloppée par une vision qui pesait fatalement sur son esprit, et à travers laquelle l'impalpable et l'inconnu l'enserraient étroitement jusqu'à l'étouffer.

Une sorte de cauchemar.

Boulevard Montmartre, théâtre des Variétés.

Gontran regardait, et, sans savoir pourquoi, il avait peur.

— Écoute! écoute!... reprit la jeune femme bientôt après; — ah! tu te rappelles, n'est-ce pas?... tu n'as pas oublié cette nuit si rapide dont le souvenir
me brûle encore, à l'heure où je te parle!... J'étais partie... folle... enivrée... palpitante... sans réfléchir à ce que je faisais, je m'étais enfuie vers cet homme qui
m'attendait à l'étranger pour me faire princesse et millionnaire!...

« Vois-tu!... vous autres, vous n'avez pas les mêmes idées que nous... vous
ne savez pas faire la part des sentiments auxquels nous obéissons!... les femmes

qui aiment réellement ne s'arrêteront jamais devant les répugnances que vous inspirent certains compromis, dont votre fierté s'alarme ou s'effarouche, et quand je me résignai à aller au prince Lubiroff, c'était pour être plus sûre de te retrouver au retour...

— Herminie !... murmura Gontran.

— Ne m'interromps pas ! Je n'entends ni me disculper ni me justifier... je m'explique, voilà tout ! En allant au prince, je croyais aller vers un'époux ridicule, sorte de Cassandre passionné dont mes caprices devaient avoir facilement raison... mais, au premier jour de notre rencontre, il me tendit sa main, que j'acceptai sans défiance, et je sentis que cette main était armée de griffes qui me saisirent avec une violence presque sauvage !... A la place du vieillard aveugle et impuissant, auquel j'étais disposée à m'offrir, j'avais devant moi une bête fauve, dont je devins la proie...

Et, comme si ce souvenir l'eût rejetée tout à coup dans un ordre d'idées et de sensations douloureuses, la jeune femme se prit à frissonner, et Gontran vit son regard s'éclairer de lueurs sinistres.

Il y eut un court silence, puis elle secoua énergiquement la tête, et reprit :

— Ce fut horrible !... dit-elle... tous mes rêves longuement caressés s'évanouirent devant l'épouvantable réalité, et je roulai, humiliée, jusqu'au fond de l'abîme qui venait de s'ouvrir devant moi.

— Mais le prince !... balbutia Gontran...

La jeune femme eut un éclat de rire nerveux et sec, comme doivent en répéter parfois les échos de Bicêtre ou de Charenton.

— Ah !... le prince !... oui... parlons-en !... répliqua-t-elle d'un ton amer... tu as dû en rencontrer souvent de cette sorte, si tu as visité les bagnes de Toulon ou de Brest !...

— Que dites-vous ?

— Un misérable...

— Et vous ne l'avez pas quitté ?...

— Pourquoi faire ?...

— Cependant...

— N'étais-je pas perdue ? Pouvais-je espérer de rentrer jamais dans un monde dont je m'étais séparée avec tant d'éclat et de scandale ?... D'ailleurs... j'avais peur de la misère.., et il était riche...

— Herminie !

— Et puis, il y avait autre chose.

— Quoi ?...

— Tous les gouffres attirent, dit-on ; ce Lubiroff est réellement un abîme d'infamie... et je veux voir jusqu'au fond...

— Mais quel est-il ?...

— Je l'ignore.

— Ne craignez-vous pas de lui inspirer une défiance dangereuse?

— Ah! je l'aurai quitté avant qu'il ait conçu le moindre soupçon!

— Que comptez-vous donc faire?

— Moi!...

— Quel projet avez-vous formé... pour l'avenir?

La jeune femme se tut... ses paupières s'abaissèrent lentement... un tressaillement courut sur sa chair.

— C'est un rêve sans doute... murmura-t-elle, comme si elle se fût parlé à elle-même.

— Quel rêve? interrogea Gontran.

— Dieu ne voudra pas.

— Parlez.

Herminie releva les yeux et enveloppa le jeune homme de tendres effluves.

— Est-ce possible encore? poursuivit-elle, vous seul pouvez le dire. Quand j'ai pris la résolution de revenir à Paris, c'est à vous que j'ai pensé, Gontran, et il me semblait que si vous vouliez...

— Comment?

— Je ne vous dirai point à quels poignants regrets j'ai été livrée, depuis ma chute, et quelles aspirations m'ont parfois visitée dans mon abjection.

— Expliquez-vous.

— Vous m'aviez aimée d'un amour si chevaleresque, vous vous étiez montré si généreux au lendemain de la mort de mon père, que le souvenir de votre dévouement m'a bien souvent consolée et soutenue à travers mon propre mépris.

— Ce que j'ai fait, Herminie, répondit Gontran, tout homme de cœur l'eût fait à ma place.

— Peut-être.

— La fille de M. Dalbane eût assuré mon bonheur en acceptant la protection que je lui offrais...

— Je ne l'ai pas compris alors... mais si vous saviez combien de fois j'y ai songé... depuis.

— Que voulez-vous dire?

La jeune femme eut un triste et douloureux sourire...

— Voyez! mon ami, dit-elle en étouffant un sanglot, depuis quelques minutes je n'ose plus même vous tutoyer... Votre accueil est assurément des plus courtois... Vous êtes toujours le gentilhomme parfait que j'ai connu; mais ce n'est plus le Gontran qui m'aimait, et je vois que j'ai eu tort de venir.

— Est-ce donc moi que vous espériez rencontrer ici?

— Vous en doutez!

— Qui a pu vous dire?

— Mon Dieu! le hasard. Brin-de-Tulle, qui me savait à Paris, m'avait priée d'assister au souper de ce soir... et j'étais bien résolue à ne pas me rendre à son invitation mais au dernier moment, quelqu'un est venu me voir qui a' prononcé votre nom et qui m'a assuré que vous deviez être ici.

— Voilà qui est étrange ! fit Gontran... je suis arrivé hier matin, je ne suis pas sorti de la journée... et je me demande qui peut être si bien au courant de mes actions.

— Un de vos amis.

— Sosthène ?

— Non...

— Ne voulez-vous pas me dire son nom ?

— Je n'ai aucune raison de le cacher.

— Et c'est ?

— Beverley.

Gontran fit un soubresaut, et, à son tour, il saisit les mains de la jeune femme.

— Beverley ! répéta-t-il... vous l'avez vu ?

— Il y a une heure.

— Et il vous a dit que j'étais ici ?

— Sans cela, je ne serais pas venue.

— Mais comment le savait-il... qui lui avait appris à lui-même ?...

Herminie regarda le jeune homme avec étonnement ; dans la situation d'esprit où elle se trouvait, elle crut naïvement qu'un sentiment de jalousie et de dépit s'était emparé de Gontran, et l'espoir rentra tout à coup dans son cœur.

Elle se rapprocha, et ses lèvres touchèrent presque son oreille.

— A quoi penses-tu donc ? dit-elle avec un sourire radieux... Gontran !... est-ce que tu serais jaloux de Beverley ?

— Que dites-vous ? fit le jeune gentilhomme en revenant à lui.

— Tu sais bien cependant que je n'aime que toi ! Et si tu voulais encore...

Gontran se dégagea brusquement...

— Assez... dit-il avec effort et en se relevant... Assez !... ne me parlez plus de ce passé si triste ; et n'essayons pas de retourner vers un bonheur impossible... Je ne veux point oublier pourtant l'heure où je vous ai aimée, et j'en conserverai à jamais le souvenir... Mais vous avez repoussé l'existence honnête que je vous offrais ; vous avez choisi librement la voie dans laquelle vous êtes engagée désormais, et je ne prétends ni vous condamner ni vous juger, — le chemin que nous avons pris ne saurait plus nous rapprocher; chaque pas que nous y faisons l'un et l'autre nous sépare davantage, et il faut que nous nous résignions à ne plus nous rencontrer...

— Ah !... vous êtes cruel, Gontran, dit la jeune femme d'une voix accablée.

— Je suis sincère seulement.

— Vous ne m'aimez plus... qui sait!... j'en arrive à penser que vous ne m'avez jamais aimée...

Gontran ferma les yeux, comme si ces paroles eussent éveillé un dernier écho dans son cœur.

— J'ai aimé avec passion... mademoiselle Herminie Dalbane, répondit-il d'un ton sous la fermeté duquel on sentait vibrer une profonde émotion... mais je ne saurais plus rien avoir de commun avec la maîtresse du prince Lubiroff!...

La jeune femme étouffa un cri douloureux et roula sa tête dans ses mains...

Gontran avait fait quelques pas vers la porte... il revint vers la jeune femme.

— Herminie!... dit-il alors d'une voix plus douce, ne m'en veuillez pas... comprenez-moi bien... pardonnez-moi.

— Horrible! c'est horrible, balbutia la malheureuse en sanglotant.

— Ne nous quittons pas ainsi. Mon coupé est sur le boulevard. Si vous le voulez, je vous reconduirai.

— Chez le prince! fit Herminie avec des yeux égarés.

— Où vous voudrez, répondit le vicomte.

La jeune femme ne répondit pas tout de suite.

Ses belles dents mordaient ses poings ; deux larmes coulaient le long de ses joues. Sa poitrine se soulevait avec des bonds inégaux.

— Non! non! répondit-elle avec fièvre, la voiture du prince — et elle appuyait avec une sorte d'âpre plaisir sur chaque mot — la voiture du prince m'attend rue Laffitte. Je vous remercie et ne veux point vous compromettre.

— Herminie !

— Adieu !

— Vous désirez que je vous laisse?

— Ah! partez!... mais partez donc; vous voyez bien que vous me faites un mal horrible.

Et elle se laissa tomber sur le divan.

Une demi-heure se passa sans qu'elle revînt à elle, et Dieu sait ce que pendant ces trente minutes elle vit passer de fantômes terrifiants devant son esprit exalté.

Tout à coup, cependant, elle se redressa avec effarement et jeta une exclamation de terreur.

Une main venait de toucher son épaule nue.

Elle ouvrit les yeux et aperçut un homme debout devant elle.

C'était Beverley !

XXXVIII

— Qu'avez-vous ? interrogea le jeune gentleman avec un sourire d'une expression presque railleuse.

Herminie pressa son front dans ses deux mains, et son regard encore chargé de vagues effluves, se promena avec égarement autour du cabinet.

— C'est vous, Beverley ! fit-elle avec effort... Je ne savais plus où j'étais : vous me rappelez à la réalité.

— Que s'est-il passé ?

— Un rêve horrible...

— Vous avez revu Gontran ?

— C'est cela.

— Que vous a-t-il dit ?

Un rire nerveux souleva la poitrine de la jeune femme, qui tordit ses beaux bras dans un mouvement de désespoir muet.

— Ah ! je suis donc à ce point avilie et méprisable, balbutia-t-elle d'une voix sourde, pour que ceux qui m'aimaient le plus en soient arrivés à m'insulter !

— Que dites-vous ?

— Gontran ! Gontran ! lui...

Elle se dressa avec un bond de panthère blessée, et une imprécation farouche entr'ouvrit ses lèvres blêmes.

— Il a raison peut-être ! s'écria-t-elle avec emportement, et sa conduite m'indique la profondeur de l'abîme où j'ai roulé... Moi, je n'avais pas conscience... je revenais, croyant le retrouver comme je l'avais laissé, aimant, dévoué... passionné toujours... Je lui rapportais un cœur qui avait échappé à la griffe de l'autre... et il m'a repoussée comme on repousse une fille perdue.

— Est-ce possible ?

— Ah ! misérable créature que je suis, continua Herminie ; j'ai agi sans réflexion et sans calcul, et j'ai passé insouciante devant le bonheur que m'offrait sa main loyale... S'il savait pourtant quels amers regrets m'ont visitée depuis que je suis devenue la maîtresse du prince ! Jamais je ne l'ai tant aimé ! J'aurais été son esclave... il m'aurait emmenée où il aurait voulu... Nous aurions vécu seuls, à part, si loin de Paris que le mépris du monde ne serait pas venu m'y atteindre ; et maintenant que vais-je devenir ? Que me reste-t-il à faire ? Que m'importe désormais une existence d'où il sera éternellement absent !

Beverley s'approcha de la jeune femme et lui prit les mains.

— Voyons, lui dit-il, vous êtes très agitée en ce moment, et vous ne démêlez pas bien peut-être le sentiment auquel a obéi le vicomte d'Épernon.

— Que voulez-vous dire? interrogea Herminie en plongeant son regard dans ses yeux.

— Moi, il m'est venu tout de suite à la pensée que Gontran ne vous a pas tout dit... ou du moins que vous n'avez pas compris ce qui se passait en lui.

— Expliquez-vous.

— Eh ! je connais les hommes, particulièrement Gontran... et il ne serait pas impossible...

— Quoi! quoi !

— Que sa colère ne fût que du dépit... ou que son attitude n'eût d'autre cause... que sa jalousie.

Herminie jeta un cri.

— Lui !... lui ! jaloux !... dit-elle, en se levant brusquement.

Son regard s'était éclairé... on eût dit qu'un espoir inattendu venait de relever ses forces abattues.

— Ah ! si cela était !... balbutia-t-elle au comble de l'émotion... Si je n'avais qu'à le rassurer... Mon Dieu ! mon Dieu !

Elle se tut presque aussitôt, et une pâleur mortelle envahit de nouveau ses joues.

— Non ! ajouta-t-elle, cela n'est pas... cela est impossible... il me l'aurait dit... je l'aurais deviné... ah ! je l'aurais deviné, surtout ! Son regard, sa voix, ses gestes, quelque chose de lui m'aurait avertie... non ! il me méprise ! il lui répugne de me ramasser dans l'abjection où il m'a retrouvée.

Beverley garda le silence.

Il continuait d'observer la jeune femme, et l'on eût pu penser, à voir son attitude, qu'il éprouvait une certaine jouissance du désordre auquel elle s'abandonnait.

— Je veux bien croire que vous avez raison, reprit-il bientôt; cependant il y a toujours un mobile à toutes les actions humaines, et je ne puis admettre que le dédain de Gontran vienne uniquement de la situation que vous avez prise... et dont il a profité le premier.

— Ne rappelez pas ce souvenir...

— Tous les hommes sont égaux devant les sensations de ce genre ; le souvenir de la possession d'une femme survivrait même au mépris s'il devait exister jamais, et il n'y a qu'une chose au monde qui puisse l'entamer et le faire disparaître... C'est un autre sentiment plus puissant... plus exclusif... contre lequel il n'est pas toujours facile de réagir.

— Je ne vous comprends pas bien !... fit Herminie, qui involontairement se prit à tressaillir.

— C'est pourtant fort simple... mon idée, à moi, est que si Gontran vous repousse... s'il paraît ne plus vous aimer; c'est...

— C'est qu'il en aime une autre...

— Peut-être !

Depuis qu'elle était entrée dans le cabinet où elle se trouvait à cette heure, en tête-à-tête avec Beverley, Herminie avait passé à travers des émotions cruelles, et sa lèvre avait trempé jusqu'à la lie dans la coupe amère des désillusions.

Cependant elle s'était montrée courageuse et forte ; si son cœur avait saigné, un dernier espoir y palpitait encore, et l'abandon de Gontran ne lui semblait pas tout à fait irrévocable.

Mais aux dernières paroles de Beverley, un frisson courut sur sa chair... un voile se déchira devant ses yeux. Ce fut comme une révélation fulgurante qui éclaira son esprit, et son sein se souleva avec un sourd rugissement.

— Ah ! vous avez deviné, vous ! dit-elle, d'un ton mordant. Cela doit être, cela est, et même... Attendez ! attendez !

— Qu'avez-vous ?

— Je me rappelle...

— Quoi ?

— Quand je suis arrivée ici... dans ce cabinet, il s'y trouvait seul avec une femme...

— Ninoche ?

— Est-ce que je sais son nom ?

— Devenez-vous folle... ma pauvre enfant...

— Comment ?...

— Mais Ninoche n'est qu'une belle fille, qui se multiplie depuis deux ans dans une circulation active... Estimons assez Gontran pour ne pas lui donner de pareilles relations.

— Alors, qui est-ce donc ?

— Il a mieux placé son amour...

— Vous connaissez la femme qu'il aime ?

— Parbleu !

— Elle est jeune ?

— Dix-huit ans...

— Jolie ?

— Moins que vous... mais jolie plus que toute autre.

— Et son nom !... son nom !... Beverley... je veux que vous me disiez le nom de cette femme... ah ! il me semble déjà que je la hais de toutes les forces de mon âme...

Beverley se prit à sourire.

— Calmez-vous, mon enfant, répondit-il, car la révélation que j'ai à vous faire est plus grave que vous ne le pensez.

— Que voulez-vous dire ?

— Vous ignorez sans doute... puisque vous arrivez à peine, et que d'ailleurs

C'était Merlot, le caissier de Cardinet. (Page 222.)

le vicomte n'aurait eu garde de vous rien avouer à ce propos, vous ignorez que
Gontran a passé une grande partie de l'été au château de Graçay-Chambrun.

— On me l'avait dit.

— Et cela ne vous a pas surprise.

— J'ai cru que la douleur de notre séparation lui avait inspiré le goût de la
solitude.

— Vous deviez, en effet, vous contenter de cette explication qui flattait votre
amour-propre... et je n'irai pas jusqu'à prétendre que ce sentiment ait été tout à

fait étranger à sa détermination... mais les choses n'ont pas tardé à prendre une autre tournure.

— Il y avait donc une femme au château de Graçay?

— Au château... non... mais dans les environs.

— Et il l'a vue?

— Souvent.

— Il lui a fait la cour?

— J'en suis sûr.

— Enfin... cela ne me dit pas...

— Devinez.

— Ah! vous me faites mourir...

— Eh bien, apprenez qu'il y avait à deux kilomètres à peu près du château, une petite maison presque isolée, qui, pendant tout l'été, a été habitée... par le général de Graçay-Chambrun.

— Réjane! s'écria Herminie avec explosion, c'est Réjane qu'il aime!

Il y eut un long silence.

Beverley s'était contenté de faire un signe affirmatif, et la jeune femme était retombée sur le divan, en proie à un désordre inouï.

Elle ne faisait plus un mouvement; son front s'était penché morne et sombre ses bras pendaient inertes le long de son corps, sa respiration s'engageait dans sa gorge avec des sifflements de râle.

De temps à autre ses ongles roses grinçaient comme de petites griffes acérées, sur la soie opulente de sa robe; elle secouait la tête avec énergie, et sous son attitude accablée et dolente on sentait le tressaillement d'une colère mal contenue.

— J'ai eu tort de vous dire cela! prononça douloureusement Beverley à son oreille.

— Non! non! murmura-t-elle, laissez-moi, je vous en prie. Oh! je souffre! je souffre!

— Cette Réjane est une enfant.

— Oui. Une pure et douce enfant. Mon Dieu! si j'avais voulu...

— Une ou deux fois par les soirs d'été, je les ai vus.

— Elle l'aime.

— De toute l'ivresse d'un premier amour.

— Et lui! lui!

— Il est resté trois mois seul, au château... et il n'en est parti hier que parce que mademoiselle de Graçay rentrait à Paris.

Herminie étouffa un cri et roula sa tête dans ses mains.

— Oh!... je voudrais pleurer... dit-elle avec effort, mais je ne puis pas.., je ne puis pas! Tenez... ne me parlez plus de cela.

— Pourquoi?

— J'ai peur de moi.

— Que vous importe après tout que mademoiselle de Graçay devienne un jour la femme du vicomte d'Épernon.

— Taisez-vous!...

— Vous l'aimiez bien autrefois !

— Oui! oui !... et maintenant il me semble que je le hais... oh !... comme jamais encore je ne hais personne au monde.

Beverley approuva du geste.

— Bon ! dit-il d'un ton singulier... Cette sensation se calmera... C'est le premier moment de surprise... Mais quand le fait sera accompli, quand la petite Réjane s'appellera la vicomtesse d'Épernon...

— Ah !... jamais! jamais ! interrompit violemment Herminie.

— Eh ! que voulez-vous donc?

— Je ne sais pas...

— Vous n'espérez pas, je suppose, que Gontran se résigne à solliciter votre acquiescement... et à moins que...

— Parlez ! parlez !

— A moins que d'ici là quelque événement imprévu que l'on pourrait faire naître au besoin...

— Le jeune gentleman mit un doigt sur ses lèvres.

— Voulez-vous que je vous reconduise à votre hôtel ? ajouta-t-il à voix basse.

— Sans doute... mais quelle est votre pensée ?

— J'ai à vous parler.

— De Gontran !

— De Réjane...

— Et qu'avez-vous à me dire ?...

— J'ai à vous dire... que si vous le voulez... avant trois jours j'aurai rendu toute union impossible entre le vicomte d'Épernon et la fille du général de Graçay...

XXXIX

Quelques-uns de nos lecteurs se rappellent encore l'espèce de stupeur qui se produisit à Paris, et l'on peut ajouter : dans la France entière, lorsque Eugène Sue publia les premiers chapitres des *Mystères de Paris*.

L'œuvre nouvelle du célèbre romancier contenait de si effrayantes révélations sur le Paris de cette époque; le tableau qu'elle présentait, avec tant de précision dramatique, des tapis francs de la Cité, la peinture si poignante de ces bouges où grouillait une population abjecte qui s'alimentait incessamment des plus redoutables contingents, tout cela était bien fait pour éveiller la curiosité malsaine du public et semer l'appréhension et même l'épouvante dans les esprits les plus robustes.

On en était arrivé à penser que les trois bagnes de Brest, de Rochefort et de Toulon avaient chacun sa porte de sortie sur ce sombre quartier de la capitale, et l'on frissonnait en songeant aux ignobles contacts que les nuits parisiennes vous réservaient.

Depuis, Paris s'est pour ainsi dire transformé... de grandes voies se sont ouvertes ; on y a répandu à profusion l'air et la lumière, et il semble que l'on puisse désormais se railler des ténèbres et de la solitude.

C'est une erreur.

La nuit est toujours la nuit! Si le danger s'est modifié, on ne peut pas dire qu'il ait tout à fait disparu.

Et puis !... on a eu beau promener la pioche du démolisseur à travers les étroites ruelles où s'obstinaient les derniers vestiges du moyen âge, l'étranger, qu'un guide intelligent accompagne, peut remarquer encore, çà et là, de bizarres anomalies, au sein même des quartiers les plus élégants et les plus fréquentés.

La triangulation mathématique à laquelle nos édiles ont soumis les rues de la capitale a eu pour effet salutaire d'ouvrir des voies larges et droites à la circulation ; mais les impérieuses exigences de la régularité devaient fatalement laisser subsister certaines exceptions, et à l'heure où nous écrivons ces lignes nous en pourrions signaler plusieurs qui restent comme un témoignage éclatant des difficultés qu'ont rencontrées les transformations modernes.

Une surtout !

Au cœur de Paris, à deux pas du Louvre, sur cette large voie que l'on appelle la rue de Rivoli.

On dirait d'un gigantesque monolithe dans lequel on aurait taillé des étages et creusé des appartements.

Ce sont deux maisons juxtaposées, comme les frères siamois, ou mieux, étroitement soudées, comme les sœurs Millie-Christine.

Elles ne tiennent à rien et semblent avoir été isolées à dessein des habitations voisines, de peur de la contagion, à l'instar des léproseries du treizième siècle.

Le monolithe a pourtant bonne mine et n'offre rien d'effrayant! on peut en faire le tour, sans danger, par les quatre tronçons de rues sur lesquelles, il prend jour.

Rue de Rivoli, rue Jean Tison, rue Baillet, rue du Louvre.

Rue de Rivoli, il y a un marchand de vins... un café... et, en retour sur le Louvre, un marchand de jouets d'enfant. — Sur les trois autres rues, il y a un restaurant!

Un restaurant auquel sa position topographique donne tout de suite une allure et un aspect particuliers.

Chose remarquable et typique : on y accède par trois rues.

Celui qui vous a vu entrer ne vous voit pas sortir, — celui qui vous voit sortir, ne vous a pas vu entrer !...

Quel allèchement !

D'ailleurs, on trouve à l'intérieur tout ce que l'on peut demander à ces sortes d'établissements : bonne chère, bon vin et... ce qu'il faut pour écrire !

Il est très fréquenté, cela se comprend de reste : on y déjeune, on y dîne, et on y soupe, — on y déjeune surtout.

Deux jours après les scènes que nous avons racontées au chapitre précédent, vers dix heures du matin, un coupé de maître s'arrêta au coin de la rue de Rivoli et de la rue Jean Tison, et un homme que nos lecteurs ont déjà vu figurer dans ce récit, sauta lestement sur le trottoir et marcha vers l'entrée du restaurant.

C'était le prince Lubiroff, — ou Lombard.

Il monta à pas rapides l'escalier étroit et raide qui conduit au premier étage, et se trouva en présence d'un garçon envoyé à sa rencontre.

— Monsieur est seul ? demanda le garçon.

— Oui, mon ami.., oui, je suis seul, répondit Lombard, mais ce ne sera pas pour longtemps... As-tu un cabinet à m'offrir ?

— Nous avons le n° 5.

— Le numéro m'est inférieur.

— Que faut-il servir à monsieur ?

— Un verre d'eau et un cure-dent...

Et, comme à cette réponse le garçon faisait un geste stupéfait, le prince sourit avec bienveillance.

— Tu mettras deux couverts, continua-t-il, mais je te défends de me rien servir. Seulement, je t'autorise à me présenter tout de même l'addition, et je la solderai avec reconnaissance ; en attendant, voici des arrhes.

Il mit une pièce de vingt francs dans la main de son interlocuteur.

Celui-ci salua, et allait se retirer.

Mystère et discrétion ! ajouta Lombard ; dans quelques minutes, un homme viendra demander le prince... le prince, c'est moi, et tu l'introduiras dans le n° 5 ; rien des bureaux !... tu peux te retirer.

Lombard resta seul à peine cinq minutes.

Puis le garçon rouvrit la porte, et l'homme attendu entra.

— L'exactitude n'est pas seulement l'apanage des monarques !... dit Lombard. — Merlot ! je suis content de toi... Prends un siège, assieds-toi à mes côtés et causons... Les moments sont précieux, il faut mettre les morceaux doubles.

C'était Merlot !... — le caissier de Cardinet, mais le caissier méconnaissable. Cache-nez élevé jusqu'à la hauteur du nez... lunettes à verres bleues... perruque à poils roux.

— Du reste... tu n'es pas mal comme ça... approuva Lombard après l'avoir examiné, le patron lui-même y perdrait son latin ! Parlons peu et parlons bien. . Où en sommes-nous ?

— Il s'agit de Cardinet?

— Et de qui diable veux-tu qu'il soit question ?

— Depuis quinze jours, nous réalisons !...

— Ah ! ah !

— La liquidation a été bonne... le patron avait fait de grosses pertes au jeu... les dépôts sont en partie *lavés*, et nous restons avec notre saint-frusquin...

— Qu'y a-t-il en caisse !

— Sept cent mille francs.

— Si nous tardons... nous pouvons être volés... il faut prendre un parti, et sauver la caisse...

— Comment?...

— L'occasion est unique, demain peut-être Cardinet aura levé le pied ! — Depuis quelques jours, je l'observe, et je gagerais que le pied lui démange...

— Je suis prêt à faire ce que vous ordonnerez.

— Et tu ne feras pas mal... tu sais que je te tiens... tu es parti de Toulon sans demander la permission à M. le commissaire, un si brave homme, il me suffirait d'un mot au quart d'œil pour te rendre à la gendarmerie, que ton départ a contrariée.

— Vous ne ferez pas cela.

— Je ne veux pas troubler un garçon qui est en train de revenir à de bons sentiments, et dont le concours m'est si utile.

— Qu'ordonnez-vous?

— Rien pour le moment... à onze heures je déjeune à côté, avec ledit Charles Cardinet... et selon ce qui va se passer, vers deux heures, pendant qu'il sera à la Bourse, j'irai te trouver, et nous conviendrons de nos gestes.

— Est-ce tout?

— Non ! il y a ce soir une première représentation aux Variétés... As-tu fait retenir les deux baignoires d'avant-scène que je t'ai demandées...

— Oui, mais ça n'a pas été sans peine.

— Pourquoi?

— Vous savez que Brin-de-Tulle débute.

— Eh bien... ce n'est pas elle je suppose... qui va faire monter la cote de la Bourse...

— Détrompez-vous.

— Comment?

— Elle a fait un coup.

— Quel coup?

— Elle a loué d'avance toutes les loges de la galerie, et celles du foyer, et maintenant, c'est à elle ou à son représentant, M. Adolphe, qu'il faut s'adresser si l'on veut être placé.

— Tiens ! tiens ! ça n'est pas si bête... une fine mouche... que cette fille...

— N'est-ce pas?

— Et tu as payé les baignoires?

— Cinq cents francs...

Lombard fit un geste d'admiration sincère.

— Pas mal! pas mal!... dit-il... elle ira loin, celle-là... ce n'est pas comme l'autre.

— Quelle autre?

— Assez causé!... Voici onze heures qui sonnent... Je n'ai que le temps d'aller retrouver ton patron... Je prends les devants : règle ce que nous devons avec ce billet de mille, que je te laisse, et, dans dix minutes, tu pourras filer à ton tour.

Lombard s'éloigna sur ces mots, descendit la rue Jean Tison, remonta dans son coupé, et se fit arrêter devant la porte de la rue du Louvre.

Un garçon vint l'y recevoir.

— M. Cardinet? demanda alors le prince.

— M. Cardinet attend monsieur au numéro 4, répondit le garçon.

Et il l'accompagna jusqu'au cabinet désigné.

Il y avait un quart d'heure que l'ex-coulissier était arrivé... et il serait bien difficile de dire à quelles sombres réflexions il se livrait.

Évidemment, il était en proie à une agitation insolite, une sourde inquiétude pesait sur son esprit, et il se mit à se promener à travers le cabinet, comme le ferait une hyène dans une cage trop étroite.

Il allait, il revenait, pressant son front de ses doigts crispés, proférant des paroles incohérentes, l'œil hagard, le souffle haletant.

Quand il entendit Lombard monter l'escalier, ses sourcils se contractèrent, imprimant une expression hideuse à son visage, et une horrible imprécation tordit ses lèvres.

La porte s'ouvrit.

Lombard entra ; il était heureux et paraissait de belle humeur.

Et pendant que le garçon servait, il alla à l'ex-coulissier et lui tendit la main.

— Ah! cela fait plaisir de se revoir sans témoin, et de pouvoir à son aise épancher son cœur dans le sein d'un véritable ami, dit-il d'un ton enjoué. Sais-tu qu'il y a longtemps que cela nous était arrivé?

— Ne pouvais-tu venir chez moi? objecta Cardinet.

— Bon !... tu es trop pris par les affaires... Je ne te le reproche pas... jour de Dieu! il paraît que tu as marché... l'argent afflue dans tes coffres... la fortune te traite en enfant gâté, et c'est toujours un doux spectacle que celui de la vertu récompensée par le hasard.

Comme il finissait de parler, le garçon avait achevé le service et venait de se retirer.

Les deux hommes étaient seuls.

Une transformation subite s'opéra alors dans l'attitude et la physionomie de Lombard; son œil s'injecta de sang, une fauve lueur en jaillit, et il s'empara des mains de son interlocuteur, par un mouvement plein de violence et de désordre.

— Cardinet! dit-il d'une voix qui tremblait de colère, Cardinet, tu sais pourquoi je suis venu, n'est-ce pas? pourquoi j'ai tenu à te parler seul et sans témoins; et tu comprends qu'il faut que nous ayons ensemble une conversation décisive qui règle nos rapports diplomatiques et ne laisse place à aucune obscurité pour l'avenir!

— Mais, je te jure! .

— Je t'ai écrit de Venise, et tu ne m'as pas répondu. Je t'ai demandé de l'argent et tu m'en as refusé.

— Je n'en avais pas.

— Tu mens!

— Cependant...

— Tu mens! te dis-je, il ne faut pas me la faire celle-là... et je ne puis admettre que tu me prennes pour un imbécile.

Cardinet baissa les yeux sous le regard de Lombard.

Ce dernier avala un grand verre de vin qu'il venait de se verser.

— Assieds-toi et écoute, reprit-il au bout d'un instant, et tâche surtout de retenir ce que je vais te dire.

XL

— Quand je t'ai retrouvé, il y a un an, qu'étais-tu? un pauvre petit coulissier qui barbotait dans un étroit sentier boueux qui l'aurait conduit un jour ou l'autre sur les bancs de la police correctionnelle. Un soir, je suis allé te trouver... j'avais une vieille molaire contre toi... mais je me sentais un faible pour tes défauts... Tu es joueur, débauché et lâche, mais tu es intelligent et tu ne parlementes pas longtemps avec les scrupules... J'aime ça... tu étais mon homme. Je t'ai apporté cinq petits cartons bleutés qui représentaient autant de centaines de mille francs, et toi qui végétais sur le trottoir de la finance, tu as pu escalader les larges escaliers de la Bourse.

Une main venait de toucher son épaule nue.

— Crois bien que ma reconnaissance... balbutia Cardinet...

— Bon, c'est le vieux jeu, ne parlons pas de ça... Seulement, tu t'imagines bien que ce n'est pas pour tes beaux yeux que je me suis exposé à farfouiller dans les titres de la maison Dalbanc, et j'entends que ton coffre-fort n'ait jamais de secrets pour moi.

— Pourtant, quand il n'y a rien.

— Je suis sévère, mais juste!... S'il n'y a rien, je ne me montrerai pas exigeant... mais à cette heure, je ne veux pas que tu me montes le coup.

— Comment?

— Je sais, à un centime près, ce que tu as dans ta caisse.

— Qui te l'a dit?

— Merlot.

— Mon caissier?

Lombard haussa les épaules.

— Merlot n'est pas ce qu'un vain banquier suppose, répondit-il... il y a ving-ans que je le connais.

— Toi!

— Je l'ai rencontré dans l'infortune.

— Où cela...?

— Sous la casaque jaune.

— Lui!

— Esprit distingué, facultés exceptionnelles, — c'est une nature!

— Un forçat!

— Ne méprisons personne... nous ne savons pas comment nous finirons. — Donc, Merlot, qui sait mieux que toi ce que tu as dans ta caisse, m'a affirmé qu'il te restait quelque chose comme un million.

— Sept cent mille francs! rectifia vivement Cardinet.

— Sept cent mille francs, soit! je ne prendrai pas tout, mais ce soir il m'en faut cinq cent mille.

— C'est mon honneur que tu demandes!

Lombard eut un petit gloussement.

— Ne forçons pas notre talent, répliqua-t-il; on ne donne que ce qu'on a : ne me fais point esclaffer de rire! Ce soir, après la représentation des Variétés, entre minuit et deux heures, tu me remettras la somme demandée; il te restera deux cent mille balles pour ta part, et cela suffira à tes goûts modestes. Est-ce convenu?

Et comme Cardinet se taisait :

— Est-ce convenu? répéta Lombard, en frappant sur la table de son poing énergique.

Cardinet tressaillit... mais il continua de garder le silence.

Son interlocuteur se souleva à demi :

— Ah! ça, prononça-t-il d'une voix dont il n'essaya même pas de contenir ou d'atténuer les éclats, est-ce que tu deviens sourd et muet à volonté, maintenant? N'as-tu pas entendu ce que je viens de dire, ou ne veux-tu pas répondre à la demande que je t'adresse.

Cardinet était livide; sa main tremblait; un voile sombre semblait obscurcir sa vue.

— Quoi? que veux-tu?... balbutia-t-il, c'est impossible!...

— Tais-toi!

— Tu ne me laisses d'autre alternative que la fuite.

— Il me faut mes cinq cent mille francs, te dis-je.

— Si je te les donne... je suis ruiné... et je ne puis...

Lombard proféra une effroyable imprécation.

— Assez ! tais-toi !... grommela-t-il... Il est écrit que je te retrouverai toujours le même... hésitant, pusillanime et lâche !... ne sachant jamais prendre une résolution... Eh bien,... attends !... Je vais te rendre à toi-même, et t'insuffler un peu d'énergie et de courage... Tiens ! regarde et écoute...

En parlant de la sorte, Lombard avait tiré de sa poche une magnifique enveloppe de papier bulle, et l'avait placée sous les yeux de l'ex-coulissier.

Ce dernier lut la suscription, et frissonna.

— Qu'est-ce que cela ? demanda-t-il effaré.

— Ça... c'est un poulet que j'adresse à M. le procureur impérial, en son parquet, et dans lequel je raconte quelques-uns des faits et gestes du sieur Henry de Graçay-Chambrun, dit Charles Cardinet !...

— Ah ! tu n'enverras pas cette lettre.

— On y rappelle la petite histoire de miss Aurore Stanley, le vol des trois cent mille francs du général, et certains faux connus de moi seul, dont j'offre d'administrer la preuve aux magistrats qui désireraient la connaître.

— Lombard !

— C'est à prendre ou à laisser, mon bon... Si cette nuit, entre minuit et deux heures, je n'ai pas la somme... Merlot donnera un coup de pied jusqu'au Palais de justice...

— Mais c'est te perdre en même temps que moi !...

Lombard haussa les épaules.

— Imbécile ! répliqua-t-il ; on ne me prend pas comme ça sans vert, et tu le sais bien... Avant que tu ne sois pincé, et que tu aies pu jaboter, j'aurai filé quelques kilomètres — et puis, tu ne vois rien... tu ne devines rien... la confiance te rend idiot, et tu te balades au milieu de la capitale comme si tu n'avais pas un dossier rue de la Barillerie.

— Qui le sait ! fit Cardinet avec un geste de défi.

— Moi... d'abord... ce qui est quelque chose... et puis un autre.

— Merlot ?

— Mieux que cela.

— Qui donc !

— Un jeune gentleman.

— Beverley !

— Tu deviens perspicace.

— Quel intérêt ?...

Lombard eut un sourire singulier.

— Il est très fort, ce paroissien, c'est moi qui le déclare ; répondit-il... mais

Bibi n'est pas né d'hier, non plus; et il n'y a pas besoin de m'écraser l'orteil pour me faire ouvrir l'œil.

— Qu'est-ce donc que cet homme? interrogea Cardinet.

— Je t'avais déjà dit de t'en méfier!... c'est comme si j'avais parlé à une poule; moi cependant, je n'ai pas cessé de l'observer depuis l'affaire de la ruelle, et sais-tu ce que j'ai découvert?...

— Parle...

— C'est que ce Beverley... était l'amant que miss Aurore Stanley venait retrouver à Paris... et que, depuis six années, il vit avec l'unique pensée de découvrir et de punir ses assassins!...

Cardinet jeta un cri.

Mais ce n'étaient pas les paroles de Lombard qui le lui avaient arraché... il venait de se dresser de son siège, et sa main convulsive s'était dirigée vers le fond du cabinet.

Il y avait là une porte donnant vraisemblablement sur un salon contigu et derrière laquelle un bruit s'était fait entendre.

Quelqu'un les épiait-il?

— Nous ne sommes pas seuls, murmura l'ex-coulissier en échangeant un regard avec Lombard.

Ce dernier s'était déjà précipité vers la porte qu'il avait ouverte par un geste violent et désordonné.

Elle donnait sur une alcôve et non sur un cabinet.

Lombard en fouilla tous les coins avec une âpre avidité, regarda sous le lit, et ne vit rien qui expliquât le bruit qu'ils avaient entendu.

— C'est singulier, dit-il, comme se parlant à lui-même... une erreur sans doute!

Et il revint pensif vers son compagnon.

— Après tout! ajouta-t-il d'un ton décidé, que nous importe! nous touchons à l'heure des résolutions énergiques et promptes, il faut quitter Paris au plus tôt, et je compte sur toi pour me payer mes frais de route. Cette fois, j'espère que c'est bien entendu.

— Je ferai ce que tu voudras, répondit Cardinet.

— A la bonne heure! et comme nous n'avons plus rien à faire ici, nous allons tirer nos guêtres et jouer la *Fille de l'air!*

Cardinet n'opposa aucune objection, et quelques minutes après, le cabinet était vide.

Un garçon entra alors et se mit en devoir de desservir; mais il avait à peine enlevé quelques menus objets quand un fait bizarre se passa.

L'alcôve était restée ouverte, et il put voir au pied du lit une porte s'ouvrir silencieusement dans la cloison et un homme avancer la tête avec précaution.

Le garçon savait certainement que cet homme était là, car dès qu'il l'aperçut, il lui envoya un signe d'intelligence.

— Ils sont partis? demanda le mystérieux personnage.

— Depuis un moment... répondit le garçon.

— Ils n'ont rien dit en sortant?...

— Rien de rien.

— C'est bien!...

Le garçon s'inclina.

— Alors, monsieur est content de moi, dit-il avec un sourire obséquieux.

— Tout à fait content! et je tiens à te le prouver... Je t'avais promis dix louis pour prix de ta complaisance... je veux doubler la somme puisque nous avons réussi.

— Monsieur me comble...

— La personne que j'attends est-elle arrivée?

— Un homme est venu tout à l'heure, qui a demandé M. Beverley; je l'ai fait attendre dans un cabinet, afin de m'assurer, avant de l'introduire, que M. Cardinet et son compagnon étaient bien partis.

— Tu es intelligent et tout est pour le mieux; tu vois que je suis seul, tu peux faire entrer.

Ce fut l'affaire d'une seconde.

Le garçon sortit et reparut immédiatement après, précédant l'homme dont il venait de parler.

C'était Adolphe.

Dès qu'il se vit seul avec ce dernier, Beverley alla à lui.

— Je t'attendais avec impatience, lui dit-il; as-tu fait tout ce que je t'avais demandé?

— Ça n'a pas été précisément facile, répondit Adolphe, seulement monsieur a une manière de traiter les affaires, qui permet de lever bien des obstacles.

— Enfin?

— J'ai donc trouvé un cocher; il consent à nous livrer son fiacre pour cette nuit, moyennant trois cents francs.

— Après!

— Après, j'ai embauché deux de mes amis, — l'un prendra les guides à neuf heures du soir, pendant que l'autre montera dans la voiture; on ne peut pas dire que celui-là brille par une distinction excessive, mais il existe à Paris des établissements où l'on peut louer à la nuit redingote, paletot, pantalon et gilet, et mon homme sera tout à fait présentable; de plus c'est un roublard, et il n'y a pas de danger qu'il fasse des sottises; les cinq cents francs que je lui ai promis sont là, d'ailleurs, pour le maintenir dans le bon chemin. Il ne reste plus qu'à lui dire ce qu'il y a à faire.

— Je t'ai donné quelques-unes de mes instructions. Ce soir, je les compléterai... tu n'as pas oublié la loge que je t'ai demandée pour le début de Brin-de-Tulle.

— A cinq heures, j'irai vous la remettre.

— A cinq heures donc, nous prendrons les dernières dispositions... As-tu vu Ninoche?

— Je viens de chez elle, rue Mogador, 8, entre cour et jardin.

— Elle consent à te céder son appartement pour cette nuit?

— Sans hésitation !... Le prix que j'ai mis à la location l'a décidée tout de suite.

— Et elle ne se doute de rien...

— Ninoche?... elle s'en garderait bien !... S'il s'agissait de Brin-de-Tulle, je ne serais pas aussi tranquille... et c'est elle qui aurait essayé de nous faire *chanter*.

— Dès lors, il me semble que tout est prévu, je réfléchirai encore du reste ; si quelque incident inattendu se produisait pendant la nuit, tu auras le numéro de la loge où je me trouverai, et tu viendras me prévenir.

— Ce sera donc fait.

— A ce soir donc.

— A ce soir.

Comme on le voit, bien des événements se préparaient pour cette nuit où Brin-de-Tulle allait faire son apparition dans la pièce nouvelle que donnait le théâtre des Variétés.

XLI

L'histoire nous apprend qu'au moyen âge, industries, professions, dignités, tout était à Paris localisé de manière à ne permettre aucune confusion, ni aucun mélange possible ; et l'on a pu être autorisé à croire que, grâce à la Révolution française, ces distinctions, qui s'imposaient, même par le costume, avaient disparu à jamais dans le nouvel état social qu'elle a créé.

Il n'en est rien.

De même que les ordonnances de Henri II n'avaient pas réussi à proscrire certaines manifestations qui tendaient à confondre toutes les classes de la société, les édits somptuaires de la première République ont échoué dans leur volonté de les provoquer, et la mode, cette institution éminemment française, est restée plus puissante que toutes les institutions politiques.

On a modifié, transformé la capitale ; c'est à peine si, à part quelques monuments que l'art recommande à l'admiration et au respect de tous les âges, il reste encore quelques vestiges du vieux Paris, et pourtant, en dépit du niveau d'uniformité égalitaire que l'on tente d'imposer aux choses et aux idées modernes, vous retrouverez dans le Paris d'aujourd'hui, sous un autre aspect, mais avec non moins d'affirmation, la même localisation voulue qui témoigne surabondamment des mêmes répulsions pour le mélange et la confusion.

La promiscuité qui s'établit aux heures de nuit sur les boulevards confirmerait, par l'exception, ce que nous avançons, et s'il nous fallait une preuve plus typique encore, nous la recueillerions de la situation que présentent les différents théâtres de la capitale au point de vue de la clientèle particulière qui les fréquente.

Sans doute, le succès attire indistinctement toutes les classes de la société ; nul ne songe à discuter avec sa curiosité quand il s'agit d'une œuvre nouvelle d'Augier ou de Dumas, de Labiche ou de Barrière, de Meilhac et Halévy ou de Sardou ; mais en dehors de ces solennités qui se recommandent par un intérêt tout à fait exceptionnel, qu'observe-t-on dans la plupart des salles de spectacle de la capitale ?

Chacune d'elles a sa clientèle spéciale qui s'est recrutée peu à peu de contingents particuliers, attirés par des considérations multiples où se combine à doses presque égales tout ce qui exerce une action plus ou moins directe sur telle ou telle fraction du public. Le quartier, les artistes, les aménagements de la salle, le genre que l'on y représente... certains mystères d'attraction qui échappent à l'analyse... que sais-je !

Cela est difficile à préciser peut-être, mais il est acquis pour tout Parisien que le public du Gymnase n'est plus celui du Vaudeville, que les habitués de l'Opéra-Comique ne connaissaient pour ainsi dire l'Opéra que de nom, qu'enfin le peuple de l'Ambigu-Comique n'a aucun lien de parenté avec celui de la Porte-Saint-Martin.

De tous les théâtres de Paris, celui qui, à ce point de vue, s'impose plus particulièrement à l'observateur, c'est sans contredit le théâtre des *Variétés*.

La position topographique, les pièces qu'on joue, les artistes éminents qui composent le personnel de sa troupe, constituent autant d'attractions qui exercent leur puissance sur les promeneurs étrangers ou autochtones.

C'est d'ailleurs le boulevard le plus fréquenté de la capitale.

Pendant le jour, les encombrements de voitures y sont permanents, et l'on serait tenté de croire que c'est en cet endroit que se donnent rendez-vous les cochers en quête de passants à écraser.

Quand vient le soir, le tableau change.

Les cafés illuminent leurs terrasses, le théâtre allume son cordon de gaz, et la circulation s'accentue, incessamment alimentée par quatre affluents tumultueux qui s'appellent la rue et le faubourg Montmartre, le passage Jouffroy et le passage des Panoramas.

Dès huit heures, il s'établit sur les trottoirs parallèles un va-et-vient, un mouvement, un grouillement dont aucune ville au monde ne saurait présenter l'équivalent. Toutes les conditions, tous les âges y sont représentés. C'est la Bourse du plaisir, faisant pendant à la Bourse des affaires, qui se tient à quelques mètres plus loin, boulevard des Italiens

Les *Variétés* profitent évidemment des fluctuations qui se produisent dans leurs environs.

On sort de chez Brébant ou de chez Bonnefoy, de chez Riche ou de chez Bignon; l'affiche jaune aux majuscules noires resplendit sous les feux des becs de gaz; vous y lisez les noms aimés de Dupuis, de Pradeau, de Berthelier ou de Léonce, et vous franchissez gaiement le macadam!

A de certains jours, les couloirs du rez-de-chaussée et ceux du premier étage s'imprègnent tout à coup de parfums pénétrants qui participent à la fois de la poudre de riz et du gardenia... on y perçoit un doux bruit de petits pieds furtifs mêlé au frou-frou du linge sous les robes de soie... c'est discret en même temps que provoquant... et, inconsciemment, la lèvre s'ouvre pour aspirer cette atmosphère chargée de principes capiteux.

C'est le théâtre boulevardier par excellence et si, pendant les loisirs de l'entr'acte, vous allez vous accouder sur la marge de son balcon de pierre, vous comprenez tout de suite que la principale artère de la capitale passe à vos pieds.

C'est bien, en effet, le cœur même de Paris, où la vie se concentre jusqu'à la pléthore, où le sang se précipite jusqu'à l'apoplexie!

Le début de Brin-de-Tulle devait avoir lieu dans une pièce de Meilhac et Halévy, musique d'Offenbach.

Dès le matin, il s'était fait un tapage énorme autour de cette première représentation et de ce début, et tout Paris avait été invité par la presse à se rendre, le soir, sur le boulevard Montmartre.

Cela avait pris immédiatement les proportions d'un événement.

Offenbach était alors dans tout l'épanouissement de son talent, et l'on savait par expérience que chacune des batailles livrées par les deux jeunes auteurs des paroles se terminait presque invariablement par un grand succès.

A ces causes d'attraction, bien suffisantes déjà, s'ajoutait la curiosité que provoquait le début de Brin-de-Tulle. Curiosité toute parisienne, qui s'expliquait par le genre de notoriété qui s'attachait à la jeune femme, et aussi par la position de fortune de son protecteur.

Brin-de-Tulle était sincèrement émue.

Pour elle, c'était une grosse partie qu'elle allait engager. Jusqu'alors elle n'avait figuré que sur les planches de l'*Eldorado*, et le public n'avait pu la juger qu'à travers l'épaisse fumée du tabac et l'âcre parfum des consommations.

Tout au plus avait-on pu remarquer les admirables lignes de ses belles épaules, et la cambrure de son pied d'enfant.

Mais ce soir-là, elle devait paraître devant un public composé de la fine fleur

Voulez-vous sérieusement me croire, mon enfant? (Page 238.)

des gilets à cœur, et sous les transparences calculées d'un costume de gaze, elle allait livrer à tous les regards certains détails exquis de son corps charmant.

Brin-de-Tulle ne dédaignait pas les applaudissements qui s'adressaient à son talent, mais elle leur préférait de beaucoup le succès de jolie femme qu'elle ambitionnait d'obtenir.

Aussi était-elle arrivée de bonne heure, accompagnée de son coiffeur et de son costumier, et c'est d'un pas plus inquiet qu'impatient qu'elle avait pénétré dans le sombre couloir qui s'ouvre passage des Panoramas et donne entrée aux artistes.

Que de fois le public naïf ne s'est-il pas arrêté devant ces mots inscrits sur la porte qui dérobe à l'imagination les mystères du théâtre :

Entrée des artistes !

C'est le seuil d'un monde à peine entrevu à travers les éblouissements du rêve, vers lequel un courant mystérieux, favorisé par l'art moderne lui-même, entraîne les âmes altérées de fantaisie et de liberté, et où chacun espère rencontrer un idéal formé d'attractions hybrides qui relève à la fois de l'esprit et des sens !

L'endroit n'a cependant rien d'attrayant, du moins dans son aspect extérieur.

Vu de près, l'envers d'un théâtre est littéralement hideux et presque repoussant.

Des murs revêtus d'une double couche de poussière et de fumée, des décors éraillés ou lacérés, une atmosphère chargée de gaz délétères qui pèsent lourdement sur la poitrine !

Vous avancez en tremblant le long de corridors sombres, sur un plancher éventré par les besoins des trucs, menacé par les portants poudreux, fouetté par les fils qui pendent des cintres, coudoyé par les machinistes, les garçons d'accessoires ou les pompiers !... et c'est à peine si votre regard parvient à distinguer les objets à travers le va-et-vient fiévreux au milieu duquel vous êtes engagé.

Tout à coup, dans le couloir du fond, un jet de lumière vous frappe au visage... une baie s'ouvre à votre droite, et vous regardez !

C'est le magasin aux accessoires !

Pandémonium banal où vont se remiser tous ces oripeaux indescriptibles qui sont la base de la figuration ! fouillis inextricable où le préposé est seul capable de se reconnaître.

Ici, la robe et la perruque du tabellion qui, naguère, mariait le jeune premier avec l'ingénue ; là, les habits de soldats du guet, ou les costumes à paillettes des *seigneurs sans importance*. Rien n'y manque ; vous y retrouvez encore le sceptre et la couronne d'Agamemnon, le tonnerre de Chalcas, les casques des carabiniers... et peut-être, en cherchant bien, la vertu de Boulotte !

> Pourquoi qu'j'l'aurions pas comme les autres,
> Puisque ça doit s'tirer au sort.

Jusque-là, toutefois, l'aspect des *Variétés* offre à peu près les mêmes apparences que les autres théâtres de la capitale.

Mais, arrivé à l'extrémité de ce couloir dont nous venons de parler, et après avoir gravi les quelques marches de l'escalier, on se trouve au seuil du foyer, et le lieu vaut bien qu'on s'y arrête, ne fût-ce que pour jeter un coup d'œil sur les portraits qui en ornent les murs.

C'est en quelque sorte l'histoire-musée de ce théâtre, et le visiteur éprouve un vif plaisir à contempler en passant les traits de ces artistes du rire qui ont amusé nos pères ou nous ont divertis nous-mêmes : Pottier, Odry, Vernet, Rebard, Lassagne, Grenier, individualités fantaisistes ou fantasques qui, chacune pour sa part, a contribué puissamment à l'expansion de la gaieté et de l'esprit français !...

Il y avait plus d'une heure que Brin-de-Tulle s'était enfermée dans sa loge ; tout entière aux soins du maquillage, elle ne s'était pas aperçue que le temps s'écoulait rapidement, et que le lever de rideau était déjà plus d'à moitié joué.

A ce moment, on frappa à la porte de la loge.

— Qui est là ?... demanda la jeune femme qui, les épaules nues et le corps à peine couvert d'un peignoir de mousseline transparente, continuait d'estomper légèrement ses paupières...

— C'est moi... Sosthène... répondit le jeune millionnaire.

— Eh bien... j'en suis fâchée !... vous ne pouvez entrer.

— Pourquoi ?

— Parce que je m'habille, donc... et que je suis à peine vêtue.

— Cependant vous n'êtes pas seule...

— Par exemple !

— J'entends des pas d'homme.

Brin-de-Tulle s'épanouit en un rire sonore.

— Mais c'est Auguste et Firmin, le coiffeur et le costumier !... répondit-elle.

— Eh bien !

— Eh bien, est-ce que ça compte ? vous êtes absurde... Voyons, allez-vous-en... dans cinq minutes vous reviendrez.

— J'avais pourtant des choses intéressantes à vous dire.

— Vrai !

— Parole d'honneur !

— Ça n'est pas une frime ?

— Vous verrez.

— Entrez... alors... et surtout, ne me donnez pas de distractions.

La porte s'ouvrit, et Sosthène entra.

XLII

La loge de Brin-de-Tulle était semblable, dans ses proportions, à celle des autres artistes du théâtre, et elle ne se distinguait tout au plus que par un aménagement particulier, auquel la jeune femme avait présidé elle-même, et qui témoignait de ses habitudes de confort et de luxe.

Un petit divan occupait le fond de la loge... une grande glace de Venise en parait l'un des côtés, et la toilette, enveloppée de gaze et de dentelles, était encombrée de tous les flacons, de toutes les poudres, de toutes les eaux dont les femmes de théâtre font usage pour peindre et émailler leur visage.

Savon de gardénia, poudre de riz, essences régénératrices, rien ne manquait; Brin-de-Tulle, assistée du costumier et du coiffeur, surveillait toute chose avec un soin minutieux, et son art ingénieux et savant se manifestait jusque dans les moindres détails.

Ainsi qu'elle l'avait dit, elle n'était pas habillée encore; sous le peignoir de mousseline qui l'enveloppait, un maillot de couleur grise accusait ses formes adorables.

Sosthène lui baisa la main, et alla s'asseoir sur le divan.

— On n'entre pas encore, n'est-ce pas? demanda la jeune femme, en noircissant légèrement ses sourcils bruns.

— Le lever du rideau n'est pas joué! répondit Sosthène; on n'arrivera guère que dans une heure...

— D'où venez-vous?

— J'ai dîné au cercle.

— Et vos amis ne manqueront pas à la solennité?

— Je le crois bien... c'est une fureur! Adolphe, que j'avais prévenu, a dû faire une recette exceptionnelle : Précourt et Sancé ont payé leur fauteuil chacun vingt-cinq louis ; Saint-Briac s'est associé à Derville, et ils n'ont pu avoir qu'une loge de foyer. Danfort sera aux baignoires de droite avec Didine... Desclair aux baignoires de gauche, avec Bebelle... Il y aura les sœurs Drouard à l'avant-scène, et Ninoche avec Cardinet en pleine loge de face... On dit aussi que mademoiselle Dalbane assistera à la représentation.

— Avec le Lubiroff?

— Je ne crois pas.

— Pourquoi?

— Il me semble qu'ils sont en froid... peut-être à la veille d'une rupture.

— Tiens! tiens!... Qui vous a dit cela?

— Personne... mais j'ai un indice.

— Lequel?

— C'est Adolphe qui s'est coupé.

— Ah !

— Saint-Clair... vous savez, le petit secrétaire d'ambassade à qui son père vient de laisser une fortune de dix millions...

— Parfaitement, je le connais.

— Eh bien, il avait voulu louer l'avant-scène du rez-de-chaussée, qui porte le numéro 3.

— Je vois ça d'ici.

— Et comme ni au théâtre ni dans les agences, on n'avait pu lui procurer ladite loge, il s'est adressé à Adolphe, qui en était détenteur, et lui a offert... Devinez ?

— Mais je ne sais pas...

— Dites tout de même... C'est curieux.

— Mille francs ?

— Cinq billets de mille... ma chère !

Brin-de-Tulle jeta un petit cri.

— Quelle folie ! dit-elle ; que voulait-il donc faire de cette loge ?

— On prétend, au cercle, qu'il est amoureux fou de l'une des artistes qui jouent ce soir dans la nouvelle pièce.

— Vraiment... qui ça ?

— Le jeune diplomate est très discret, il ne l'a dit encore à personne.

— Voilà qui est rare !

— N'est-ce pas ?

— Et qu'a répondu Adolphe à cette offre princière ?...

— Adolphe a été antique !... il a refusé !

— La loge était louée déjà.

— Précisément ; les numéros 1 et 3 à la même personne.

— Lubiroff... peut-être ?...

— Vous y êtes...

Brin-de-Tulle s'était levée...

— C'est étrange, en effet, dit-elle au bout d'un instant... et je suis curieuse de savoir...

Elle n'acheva pas.

On venait de frapper à la porte.

— Qui est là ? demanda-t-elle une seconde fois en rajustant son peignoir.

— C'est une lettre et une carte que l'on apporte pour mademoiselle Brin-de-Tulle, répondit une voix de l'extérieur.

Sur un signe de la jeune femme, le coiffeur alla ouvrir la porte et reçut la carte et la lettre annoncées qu'il s'empressa de déposer sur la toilette.

— Sosthène !... fit alors Brin-de-Tulle, en donnant un dernier coup d'œil à son opulente chevelure... ouvrez donc ce billet, je vous prie... et dites-moi ce qu'il contient.

Sosthène obéit... et il eut à peine ouvert la lettre qu'il courut à la signature. Il fit un mouvement.

— Qu'avez-vous?... dit Brin-de-Tulle, qui l'observait du coin de l'œil.

— Le dernier mot du mystère !... répondit Sosthène en souriant ; je sais maintenant de qui Saint-Clair est amoureux.

— Vous voulez me faire poser !... répliqua la jeune femme, dont les joues se couvrirent d'une vive rougeur.

— Lisez vous-même !...

— Que dit-il ?...

— Il offre de doubler vos appointements, ce qui les porterait à cinquante mille francs.

Brin-de-Tulle tendit les mains au jeune homme.

— C'est à vous cependant que je dois tout cela ! dit-elle d'un ton qui voulait être ému.

— Dites que c'est à votre beauté et à votre talent, repartit Sosthène ; vous m'avez rendu plus que je vous ai donné.

— Nous n'en sommes pas à préparer notre balance.

— Qui sait ?

— Est-ce que vous en voulez à Saint-Clair ?

— Pas encore.

— Vous n'êtes pas jaloux, au moins ?

— Fi donc !...

— Dictez-moi vous-même la réponse qu'il faut faire à cette proposition.

Sosthène se prit à sourire.

— Voulez-vous sérieusement me croire, mon enfant ?... — reprit-il au bout de quelques secondes.

— Mais, sans doute...

— Saint-Clair vous offre cinquante mille francs...

— C'est vous qui le dites...

— Eh bien,... attendez quelques heures avant de répondre...

— Pourquoi ?

La jeune femme venait de rejeter le peignoir de mousseline qui couvrait ses épaules, et elle apparaissait maintenant sous son maillot gris-perle, dans toute la splendeur de sa beauté plastique.

Sosthène l'enveloppa un moment du regard.

— Parce que, avant la fin de la soirée, répondit-il, je suis sûr, en vous voyant ainsi, que le jeune candidat aura doublé ses offres !

Brin-de-Tulle allait répliquer, mais à ce moment un grand mouvement se produisit dans les couloirs et l'escalier voisin s'emplit d'un bruit tumultueux.

Le lever de rideau venait de finir ; elle n'avait plus que le temps rigoureusement nécessaire pour achever sa toilette.

— Voyons! voyons! dit-elle vivement, vous allez me laisser maintenant!
Sosthène se leva.

— Quand vous reverrai-je? demanda-t-il.

— Mais... ce soir... après le spectacle.

— Vous ne répondez donc pas à Saint-Clair?

— Je suivrai votre conseil, mon ami... et je remettrai ma réponse à demain,
puisque mon cœur et mon intérêt trouvent leur compte à ce qu'il en soit ainsi!

Sosthène lui baisa les mains et gagna les coulisses.

Rien ne saurait donner une idée exacte du tableau que présentait en ce
moment la scène des Variétés.

C'était une cohue, une confusion, une agitation sans pareille.

L'équipe des machinistes avait pris possession du théâtre et posait le décor et
les praticables du premier acte... Au milieu de la scène, des groupes de choristes
et de figurants s'étaient formés et l'on y causait avec animation des chances de
succès ou de chute de la pièce nouvelle, tandis que le régisseur allait et venait,
d'un portant à l'autre, affairé, troublé, profondément ému!...

Les jours de *première*, nul ne se désintéresse, et il n'est pas d'appoint si
infime qui ne semble appelé à concourir à l'effet à produire.

Un mot, une attitude, un geste, une grimace, rien n'est perdu pour le public
exceptionnel de ces solennités, et le triomphe final de la soirée est dû bien souvent à l'ensemble d'effets disparates, quelquefois opposés, qui se condensent et
se fusionnent sans que ceux qui les produisent en aient conscience.

Ce soir-là, suivant une expression consacrée, tout le monde était donc sur
le pont, et en attendant que les trois coups sacramentels fussent frappés, chacun,
à tour de rôle, allait jeter un coup d'œil sur la salle qui commençait à se
remplir.

Le spectacle, de ce côté, n'était ni moins curieux ni moins intéressant.

La foule se distribuait peu à peu aux fauteuils d'orchestre et à la galerie;
bon nombre de loges étaient déjà occupées par certaines jeunes femmes qu'on
est toujours sûr de rencontrer dans les solennités de ce genre, et de temps à
autre un mouvement s'opérait, annonçant l'apparition de quelque notoriété appartenant aux lettres, au journalisme, ou tout simplement à la vie militante du
boulevard.

On avait déjà signalé l'arrivée des principaux rédacteurs de journaux parisiens;
peu après s'étaient présentés, un à un, tous les martyrs de la critique.

Puis, enfin, les lorgnettes se braquèrent attentives et émues, épiant quelque
célébrité de la veille ou du jour, le dernier favori de la Bourse, le romancier à la
mode, l'héroïne du plus récent scandale!

De tous les incidents promis à la curiosité générale, c'était peut-être celui que
l'on espérait avec le plus d'impatience, et il ne se fit pas longtemps attendre.

Quelques minutes, en effet, avant que l'orchestre eût fait entendre les premières mesures de l'ouverture, deux faits se produisirent qui firent passer comme un frisson sur cette assemblée si impressionnable.

Deux loges s'étaient ouvertes presque en même temps — la loge 28 et la loge 24 — et l'on avait vu apparaître dans la première mademoiselle Herminie Dalbane, accompagnée de Beverley, et dans la seconde, Gontran d'Épernon, seul, le visage pâle, le front préoccupé et sombre.

Beverley s'était arrêté sur le seuil... tandis que Herminie, resplendissante de diamants et de dentelles, s'avançait, le regard assuré, la lèvre dédaigneuse, semblant défier tous les commentaires, par son attitude presque provocante.

Du premier coup d'œil, elle avait remarqué la présence de Gontran... mais elle ne parut pas y prendre garde, et ayant dégrafé sa *sortie*, elle la passa à Beverley, et s'assit sur le devant de la loge, présentant au public les splendeurs marmoréennes de ses belles épaules.

— Gontran est là! dit-elle à voix basse comme un souffle, en se penchant à l'oreille de Beverley.

— Je le sais, répondit ce dernier.

— Alors il ne se doute de rien?

— De rien, soyez-en certaine.

Herminie fit un demi-tour sur elle-même, et promena sa lorgnette sur la salle.

— Tiens, dit-elle au bout d'un instant, voici Cardinet avec Ninoche!... — Eh! qu'a-t-elle donc, cette petite? comme elle est pâle et comme elle vous regarde!

— Moi?...

— Est-ce qu'elle me ferait l'honneur d'être jalouse?...

— Allons donc!...

Herminie leva les épaules, mais presque aussitôt elle se prit à tressaillir.

— Qu'avez-vous? interrogea Beverley.

— Là... voyez! dans l'avant-scène du rez-de-chaussée...j'ai cru reconnaître...

— Lubiroff?

— Précisément.

— Cela doit être. Adolphe m'en avait prévenu. Il fait bien de se donner quelques heures de plaisir, car lui non plus ne se doute pas de ce qui va se passer.

— Qu'est-ce donc?

— Rien... rien... Je vous expliquerai cela... On vient de frapper les trois coups... le chef d'orchestre lève son archet... écoutons l'ouverture!

Elle était assise à sa petite table de travail et brodait. (Page 247.)

XLIII

Herminie ne s'était pas trompée, c'était bien le prince Lubiroff qu'elle avait vu ; il était arrivé aux dernières minutes, et, après avoir remis son paletot à Paul ou à Louis, les deux préposés du côté des numéros impairs, il avait pénétré dans l'une des deux avant-scènes qu'il avait louées.

Un moment, son regard s'était promené dans la salle avec une curiosité indifférente, puis il releva le treillage de la loge, et se rejeta dans un fauteuil.

Des *chut* nombreux s'étaient fait entendre ; un silence profond s'était établi ; l'ouverture commençait.

Moment solennel! pendant lequel, si désintéressé que l'on soit, le cœur se prend à battre, comme au voyageur qui, pour la première fois, mettrait le pied dans un pays inconnu et vierge.

Celui qui n'a pas assisté à de pareilles soirées, pourra difficilement comprendre ce spectacle exceptionnel de la représentation d'une œuvre nouvelle. Parmi ces hommes et ces femmes que le hasard rassemble, il en est bien peu qui ne soient depuis longtemps blasés sur ce genre d'émotion ; la plupart sont indifférents, quelques-uns même viennent là avec des sentiments de jalousie ou d'envie, ceux-ci craignant un succès, ceux-là espérant une chute ; — mais dès que la bataille est engagée, à peine les premiers mots ou les premières notes passent-ils, recueillis au milieu de l'attention générale, qu'un miracle semble tout à coup s'accomplir ; il s'établit presque instantanément un courant magnétique sur cette foule intelligente et particulièrement accessible aux beautés de l'art, quel qu'il soit, et ainsi se trouvent expliqués les enthousiasmes ou les sévérités qui ont accueilli souvent des œuvres qui ne méritaient ni tant d'honneur ni tant d'indignité!

MM. Meilhac et Halévy sont peut-être les deux auteurs dramatiques qui, jusqu'à présent, ont livré le plus de batailles importantes dans les temps modernes ; leur œuvre est considérable, il se recommande par une étude constante, ingénieuse autant que spirituelle des mœurs parisiennes, et ce qui restera de leur théâtre sera recherché dans l'avenir par les historiens, curieux d'y retrouver les éléments de reconstitution d'une société qu'ils n'auront pas connue.

Il serait injuste, du reste, de ne pas faire, dans les succès retentissants qu'ils ont obtenus, la part du compositeur, qui leur a si souvent prêté son concours, et l'on séparera difficilement le nom de Jacques Offenbach de ceux de Meilhac et Halévy.

Nous n'avons pas besoin de dire que la pièce qui se jouait, ce soir-là, n'intéressait à aucun degré le prince Lubiroff.

Il avait bien autre chose en tête.

Lui aussi se trouvait engagé dans une partie terrible, et le front dans la main, les yeux fermés, il supputait les chances qui lui restaient.

Il attendait Merlot.

L'honnête caissier l'avait quitté au sortir du dîner, et s'était rendu chez Cardinet.

Ce dernier devait, selon leur convention du matin, lui compter vers minuit une somme de cinq cent mille francs, avec laquelle il avait résolu de gagner l'étranger.

Mais depuis, il avait réfléchi, et, à tout hasard, il venait d'envoyer Merlot, rue de la Chaussée-d'Antin, avec mission de prendre les cinq cent mille francs qui se trouvaient, le matin encore, dans la caisse de l'ex-coulissier.

Une fois le coup fait, et pendant que Cardinet s'oubliait dans les distractions de l'opérette, il comptait prendre le train du Havre qui partait à minuit de la gare Saint-Lazare.

Il y avait une heure que Merlot l'avait quitté : il ne pouvait tarder à revenir.

Donc, il attendait, et nous pouvons même ajouter que le bruit qui se faisait autour de lui, les rires, les applaudissements qui accueillaient chaque couplet ou chaque saillie, tout cela lui causait un agacement, une irritation qui, peu à peu, insensiblement, finissait par agir sur ses nerfs.

Enfin, au bout de trois quarts d'heure, un tonnerre d'applaudissements éclata sur la salle, toutes les mains battirent avec frénésie, et cinq cents voix s'élevèrent pour rappeler les principaux artistes qui avaient figuré dans le premier acte.

Lombard bondit de sa place, arraché à sa redoutable rêverie, et plongea son regard autour de lui.

Un éclair!...

Car, au même instant, la porte de l'avant-scène s'ouvrit, et Merlot se précipita dans la loge.

— Ah! enfin!... s'écria Lombard, en allant à sa rencontre... Toi! c'est toi!... Qu'as-tu fait?...

— Plus bas! plus bas! fit le caissier en mettant un doigt sur ses lèvres.

Lombard haussa les épaules, et montra la salle d'un geste rapide.

Le tumulte était à son comble... Chacun quittait sa place pour aller respirer dans les couloirs, sous le péristyle ou sur le boulevard... Il résultait de ce mouvement un bruit assourdissant, au milieu duquel il était difficile de s'entendre.

— Voyons... parle! qu'as-tu fait? répéta Lombard, dont l'œil s'éclairait d'impatientes lueurs.

Merlot remua la tête.

— Ce que j'ai fait, répondit-il; eh bien, ça n'a pas été long.

— La caisse...

— Il n'y avait plus rien!

— Et l'argent... les sept cent mille francs!

— Disparus!

— Qui les a volés?

— Vous le demandez? c'est Cardinet, parbleu!

— Lui!

— Il va peut-être se gêner.

— Mais il n'a donc pas peur que je le dénonce... que je l'envoie au bagne... à la guillotine?...

Merlot cligna de l'œil.

— Pour ce qui est d'avoir le *trac*... répliqua-t-il... c'est précisément là, au contraire, ce qui l'a poussé à cet acte d'indélicatesse.

— Comment?...

— Eh ! sans doute... vous ne pouvez pas honnêtement lui reprocher d'avoir eu la même idée que vous.

— Explique-toi...

— Voici ce que j'ai compris aux quelques indiscrétions que j'ai recueillies.

— Voyons...

— Menacé par vous ce matin, craignant de manquer le coup qu'il prépare depuis quelque temps, il a résolu de se voler lui-même, et de filer avec la caisse comme vous en aviez formé le projet de votre côté.

— Alors, il va partir?

— Je le suppose.

— Cette nuit ?

— Le plus tôt sera le meilleur !...

Lombard promena ses ongles irrités contre la cloison de la loge.

— Et il croit que je le regarderai faire ! grommela-t-il en grinçant des dents ; il espère que je ne tenterai pas de me mettre en travers de son chemin... mille millions de tonnerre !

Merlot chercha à le calmer du geste.

— Ça... — c'est légitime... insinua-t-il, et la plus stricte morale vous en donne le droit... d'ailleurs, je viens de flairer un nouveau mystère ; et quoique je n'aie pu encore l'éclaircir, je suis autorisé à croire que le départ de Cardinet ne s'opérera pas sans difficulté?

— Que veux-tu dire? interrogea Lombard en dardant ses yeux sur son compagnon.

— En quittant la maison tout à l'heure, répondit ce dernier, j'ai causé avec le concierge.

— A quoi bon?

— Eh !... il ne faut pas dédaigner ces humbles fonctionnaires... c'est lui qui m'a dit que M. Cardinet allait probablement partir en voyage, et ça... je l'aurais bien deviné tout seul... mais ce qu'il a ajouté, m'a paru plus significatif.

— Qu'est-ce donc?

— Dans la soirée, il a vu rôder quelques mauvaises figures sur le trottoir... une ou deux fois, on est venu lui demander si le banquier était rentré ; enfin, quand je suis sorti moi-même, j'ai bien vu que l'on me suivait.

— La *rousse?* murmura Lombard avec un frisson.

— Ça se reconnaît tout de suite...

— Qu'est-ce que cela veut dire?

— Je n'en sais rien... mais il est certain qu'il y a quelque chose.

— Tu as raison. Et puis... il faut voir... si Cardinet doit partir cette nuit, nul doute qu'il ne porte sur lui la somme qu'il a dérobée, et dans ce cas...

— Que faut-il faire ?

— Tu vas aller te placer auprès de sa loge ; grâce à la confusion qui règne de tous côtés, il est facile de surveiller un homme sans qu'il s'en doute ; tu ne le quitteras pas de l'œil, tu l'arrêteras sous un prétexte quelconque s'il tente de s'éloigner, et de mon côté, quand je le verrai sortir, je ne serai pas long à aller le rejoindre.

— Est-ce tout ?

— Pour le moment ; s'il survenait quelque incident, tu en serais averti... va !

Merlot s'éloigna et gagna le premier étage, à travers la cohue qui encombrait les couloirs.

Chose bizarre ! aux Variétés, les jours de *première*, dans les entr'actes, ce n'est pas au foyer que l'on va chercher l'air et l'espace, pour se grouper et parler de la pièce nouvelle... C'est dans les couloirs engorgés que l'on stationne, au milieu d'un remous incessant de promeneurs, dont les flots pressés vous soulèvent et parfois vous enserrent jusqu'à vous étouffer.

Il y a au premier étage un endroit où le corridor s'élargit et communique par deux portes sur le double escalier qui monte du péristyle ; l'une de ces deux portes se trouvait précisément en face de la loge occupée par Cardinet, et Merlot alla s'y adosser, bien certain que, de là, il pourrait, sans être dérangé, exercer sa surveillance sur l'ex-coulissier.

Quelques minutes s'écoulèrent...

L'entr'acte tirait à sa fin. La sonnette s'était fait entendre, les groupes commençaient à se dissiper, chacun retournait à sa place ; et bientôt, le caissier se trouva seul dans le promenoir.

Seul, nous nous trompons !

Car à ce moment même Merlot fit une remarque singulière.

Dans l'angle de la seconde porte, un mystérieux personnage avait pris place depuis quelques secondes, et son regard, ardent et fixe comme celui du caissier, s'était pour ainsi dire attaché à la loge de Cardinet.

— Décidément, il y a quelque chose !... se dit Merlot, qui ne put se défendre d'un certain tressaillement.

Et alors une idée lui traversa l'esprit.

A n'en pas douter, l'inconnu qui était là était un agent de la sûreté qui avait reçu l'ordre de filer l'ex-coulissier. Peut-être s'agissait-il d'une arrestation imminente, et si comme le supposait Lombard, Cardinet résolu à fuir portait sur lui les sept cent mille francs qu'il avait dû soustraire à sa caisse, il y avait un coup à faire avant que la police lui mît la main au collet.

Merlot prit à peine le temps de réfléchir, et quittant la place, il se précipita vers l'escalier dans l'intention d'aller prévenir Lombard de ce qui se passait.

Comme il descendait les premières marches, il se croisa avec un spectateur, attardé sans doute, qui faillit le renverser en le heurtant avec violence.

— Prenez donc garde! fit Merlot, d'une voix irritée.

— 24... le n° 24! répondit l'homme sans songer même à s'excuser.

Et il passa comme un trait, se dirigeant vers la première ouvreuse qu'il aperçut.

Ses traits étaient décomposés, son œil hagard ; il avait la tête nue et les cheveux en désordre.

— 24! le numéro 24! répétait-il.

— Avez-vous le coupon? interrogea l'ouvreuse.

— Quoi?... Que dites-vous?... C'est mon maître que je demande... c'est au vicomte d'Épernon que je veux parler... à l'instant... tout de suite... par grâce...

L'ouvreuse ne fit pas d'autre objection et alla à la loge désignée qu'elle ouvrit.

L'homme qui la suivait, est-il besoin de le dire ? — c'était Martial !

XLIV

La porte de la loge s'était ouverte, et Gontran s'était retourné.

Dès qu'il eut reconnu Martial, il se dressa de sa place et se précipita dans le couloir.

— Toi!... cria-t-il. Toi! Quel malheur viens-tu m'apprendre ?

— Ah! enfin ! c'est vous, répondit Martial, la gorge serrée; si vous saviez... .

— Parle! parle!

— Attendez!... j'étouffe... j'ai besoin d'air...

— C'est de Réjane qu'il s'agit?

— Pauvre demoiselle !

— Qu'est-il arrivé?

Ce colloque rapide s'échangeait entre les deux hommes avec des éclats de voix qui avaient excité de nombreuses réclamations dans la salle.

Gontran saisit le bras du garde, qui jeta un cri.

— Qu'as-tu donc? demanda-t-il, en remarquant qu'il pâlissait.

— Si ce n'était que ça... répondit Martial... Rien... Une égratignure...

— Tu es blessé?

— Légèrement... au bras.

— Ah! viens! viens! allons au foyer... nous y serons seuls... et nous pourrons...

Les deux hommes escaladèrent l'escalier qui mène au foyer.

Une fois là, ils s'assirent sur un divan et Gontran reprit ses questions.

— Voyons maintenant, dit-il, je t'écoute, — j'attends... Tu vois dans quelle horrible inquiétude je me trouve !... Explique-toi.

— Voici, dit Martial. — Il y a une heure au plus que cela s'est passé. J'étais rue de Varenne, chez le général... M. de Graçay s'était retiré dans sa chambre et il venait de s'endormir profondément, quand je redescendis au rez-de-chaussée, où se tient d'habitude mademoiselle Réjane.

— Eh bien ?

— Elle était assise à sa petite table de travail, et brodait — et, tout en brodant, elle songeait à bien des choses, et, surtout, j'en suis sûr, à la lettre que vous avez écrite ce matin au général pour lui demander la main de sa fille...

— Elle savait cela.

— Le général était si heureux de la demande ; il avait tant de hâte de savoir si mademoiselle Réjane acceptait de devenir vicomtesse d'Épernon qu'il n'avait pu y tenir, et avait tout dit.

— Et qu'a répondu Réjane ?

— Je crois que la réponse a été bonne, car j'ai rarement vu M. de Graçay de si bonne humeur.

— Après... après...

— J'étais donc revenu au salon... parce que, voyez-vous, quoique l'on soit bien vieux, on n'est pas tout à fait aveugle, et j'avais remarqué que l'enfant désirait causer.

— Avec toi ?

— Précisément.

— De quoi ?

— Eh ! de vous, donc !... et je vous assure que pendant une bonne demi-heure j'ai eu à répondre à toutes sortes de petites questions, qui étaient quelquefois bien un peu indiscrètes, et me mettaient joliment dans l'embarras.

— Enfin...

— Oui... Vous avez raison ! Enfin, comment vous dire ? Pendant notre conversation, il y a un nom qui était revenu à plusieurs reprises, et à chaque fois j'avais entendu un gros soupir soulever la poitrine de l'enfant.

— Quel était ce nom ?

— M. Henry.

— Son frère ?

— Oui.

— Elle eût voulu l'associer à sa joie, il manquait à son bonheur, le malheureux !

— C'est ce qu'elle pensait sans doute, mais que faire ! Sa tête travaillait et son cœur avait des soubresauts douloureux. C'est alors que la chose est arrivée.

— Quoi.

— Une voiture s'est arrêtée à la porte ; je suis allé ouvrir, et un homme que je ne connais pas m'a remis une lettre pour mademoiselle Réjane.

— Que contenait-elle ?

— Voyez vous-même.

Gontran prit le billet qu'on lui tendait et le dévora des yeux.

« Réjane, ma bonne petite Réjane, c'est moi qui t'écris et qui viens faire appel à ton cœur, quelque indigne que je sois d'une pareille mission. Mais je n'ai pas tout à fait oublié le passé. Je me rappelle combien de fois tu m'as parlé de ton frère, et avec quelles larmes tu as pleuré sur lui. Eh bien, je viens de le voir ; il est ici, et il tend vers toi ses mains suppliantes. Si tu as conservé quelque souvenir de l'amitié profonde qu'il t'a toujours portée, n'hésite pas, viens le trouver. Il est désespéré, il parle de mort et de suicide ! et il espère que tu l'aideras à obtenir son pardon d'un père justement irrité.

« Ne parle point de ceci au général : fais-toi accompagner par Martial, qui vous est si dévoué à tous, ne tarde pas surtout dans la résolution que tu vas prendre.

« Pauvre chère Réjane, je t'envoie tout mon cœur, avec les tendresses de notre amitié d'autrefois.

                                                                « H. D. »

— Infamie ! murmura Gontran après avoir lu ; c'était une abominable ruse... et Réjane, qu'a-t-elle fait ?

— Elle n'a pas eu une minute d'hésitation, répondit Martial ; on lui parlait au nom d'un malheureux qu'elle a toujours aimé, malgré son indignité... et d'ailleurs, j'étais là prêt à la protéger, et elle savait que je ne la quitterais pas.

— Eh bien ?

— Nous sommes partis. Elle monta dans le fiacre ; je m'assis à ses côtés, et le cocher fouetta les chevaux. Au commencement, tout alla bien... J'avoue que je n'avais pas la moindre appréhension... Je n'ignorais pas que M. Henry était à Paris, et son désir de voir sa sœur me semblait bien naturel ! La voiture allait toujours... et je ne m'inquiétais pas de la direction qu'elle avait prise, quand tout à coup, un choc violent se produisit, le fiacre se mit à osciller, et nous versâmes sur le trottoir : je sautai dehors, et j'aidai mademoiselle Réjane à en faire autant. Heureusement elle n'avait eu aucun mal.

Nous étions dans les Champs-Élysées, au beau milieu d'une avenue latérale : le cocher jurait, l'homme qui l'accompagnait paraissait vivement contrarié de ce contre-temps. Nous avisâmes au plus pressé. Chacun se mit à l'œuvre, et aidés de deux individus qui étaient accourus je ne sais d'où, nous parvînmes à relever la voiture.

Gontran mit brusquement la main sur l'épaule du gentleman. (Page 251.)

Le cocher remonta alors sur son siége ; mademoiselle Réjane reprit sa place à l'intérieur, et comme je me disposais à la suivre à mon tour, quatre bras vigoureux me saisirent par le milieu du corps et me serrèrent à m'étouffer.

— Si tu bouges !... tu es mort !... me dit un de ces deux hommes.

Et je vis briller dans sa main la lame d'un poignard.

Mais je ne suis pas facile à effrayer, je fis un effort surhumain, et pendant que l'un des misérables me labourait le bras avec la pointe de son arme, j'envoyais rouler l'autre à dix pas...

Seulement, quand je voulus m'élancer vers le fiacre, il avait disparu au galop, dans la direction du faubourg Saint-Honoré !

— Et qu'as-tu fait ?

— Courir après la voiture... était inutile... je n'eus plus qu'une pensée, c'était de venir à vous, et de vous raconter la chose... je suis allé rue de la Chaussée-d'Antin... on m'a dit que vous étiez ici... et me voilà.

Gontran baissa le front, en proférant une sourde imprécation...

— Encore... dit Martial, si l'on connaissait l'auteur de ce guet-apens !

Gontran eut un éclair dans les yeux.

— Ah ! je le connais, moi !... dit-il, comme en une exclamation de rage... et celui-là !... il aura ma vie ou j'aurai la sienne.

— Qu'allez-vous faire ?

— Pauvre Réjane !... tout le sang de cet homme suffira à peine à châtier son odieuse action...

Il n'acheva pas.

Des rires venaient d'éclater dans la salle, un brouhaha s'était élevé de toutes parts à la chute du rideau, et le deuxième entr'acte commençait.

Il se leva.

— Où allez-vous ? interrogea Martial.

— Ne me quitte pas ! répondit le vicomte... J'aurai peut-être besoin de toi.

— Mais mademoiselle Réjane...

— Eh ! de qui veux-tu que je me m'occupe, si ce n'est d'elle ?

Il sortit du foyer et descendit au premier étage.

Comme il en atteignait les dernières marches, il remarqua Beverley qui était arrêté avec Adolphe.

Tout son sang reflua vers son cœur, et un voile passa devant ses yeux.

Beverley souriait aux paroles qu'Adolphe murmurait à son oreille.

Gontran eut l'intuition de ce que ces deux hommes se disaient... Pour lui, cela n'était pas douteux... Ils s'entretenaient de Réjane.

Il se tourna vers Martial.

— Connais-tu cet homme ? lui dit-il, en désignant Adolphe.

Martial fit un mouvement.

— Mais c'est lui, répondit-il avec force.

— Plus bas !

— C'est cet homme qui m'a remis la lettre de mademoiselle Herminie.

— Je m'en doutais.

— Ah ! je vais...

Adolphe avait-il entendu... ou sa mission était-elle terminée ?

Ce qu'il y a de certain, c'est qu'avant que Gontran eût fait quelques pas encore, il avait disparu mêlé aux flots des spectateurs qui sortaient.

Mais il savait où le reprendre... et il alla au plus pressé.

Beverley était maintenant devant lui, accompagné de Sancé, Précourt, Saint-Clair et quelques autres jeunes gens.

Ils riaient... et répétaient les mots drôles de la pièce, en cherchant à imiter l'accent de Dupuis ou de Léonce, de Berthelier ou de Kopp.

Gontran mit brusquement la main sur l'épaule du gentleman — qui s'arrêta.

— Vous avez à me parler? — dit-il d'un ton singulier.

— Oui, monsieur, répondit Gontran, et je n'ai pas à vous apprendre, je suppose, le sujet dont je veux vous entretenir.

— Cependant...

Dès les premiers mots, les jeunes gens qui accompagnaient Beverley, et qui étaient tous des amis du vicomte, pressentirent qu'il allait se passer quelque chose de grave, et ils échangèrent un regard rapide.

— Eh bien, continua Gontran, puisque vous hésitez à me répondre... je viens vous demander raison de l'odieuse action que vous avez commise.

— Moi ?...

— Ah ! n'ajoutez pas le mensonge à l'infamie.

— Monsieur !

— Est-ce clair ; cela suffit-il ou faut-il se livrer à quelque violence qui stimule votre lâcheté ?

Beverley pâlit, mais il se contint ; — puis se tournant vers Sancé et Précourt :

— Messieurs, lui dit-il, vous voudrez bien, n'est-ce pas accepter d'être mes seconds, et vous entendre avec les témoins de M. le vicomte d'Épernon.

De son côté, Gontran s'était adressé à Saint-Clair :

— C'est un duel à mort ! Vous entendez, mon ami, lui dit d'une voix acérée, il faut que cette rencontre ait lieu dans le plus bref délai !... demain matin.

— Mais la nuit est déjà bien avancée ! objecta Saint-Clair.

— Allez trouver Sosthène... abouchez-vous avec lui, pendant le dernier acte... vous avez le temps de régler cette affaire ; est-ce convenu ?...

— Puisque vous le voulez.

— Oui, mon ami, je le veux !... et c'est un des plus grands services que vous m'aurez jamais rendus.

Gontran serra, sur ces mots, la main du jeune homme, et il s'éloigna à la recherche d'Adolphe.

Mais il atteignait à peine l'escalier, quand il entendit son nom murmuré par une voix de femme.

Il se retourna vivement.

XLV

C'était Ninoche.

Elle était livide.

Son sein se soulevait avec des bonds désordonnés ; sa lèvre avait des contractions nerveuses : on eût dit qu'une lueur de folie éclairait son regard.

— Monsieur Gontran? supplia-t-elle.

— Ninoche... fit le vicomte, en faisant un mouvement pour descendre la première marche de l'escalier.

— Ah! ne partez pas!

— Que me voulez-vous?

— J'ai à vous parler.

— A quel propos?

Ninoche comprima sa poitrine de ses deux mains frémissantes.

— Vous le demandez? répondit-elle... mais j'étais là... j'ai tout entendu...

— Quoi?

— Vous avez provoqué Beverley...

— C'est vrai !

— Vous allez vous battre avec lui !

— Demain... Après?...

La jeune femme tordit ses bras par un geste désespéré.

— Mon Dieu ! dit-elle... mon Dieu! Je voulais douter encore... mais cette rencontre... pardonnez-moi. Vous n'ignorez pas l'intérêt que je vous porte, monsieur Gontran...

Gontran serra la main de Ninoche et esquissa un sourire.

— Oui, je sais, mon enfant, répondit-il, je vous remercie et je vous suis bien reconnaissant, croyez-le... mais d'autres préoccupations me réclament en ce moment, il faut que je vous laisse...

— Attendez... je voulais vous dire...

— Hâtez-vous alors.

— C'est que j'ai cru deviner la cause de votre querelle... et si c'était...

— Expliquez-vous...

— Vous vous rappelez l'autre soir, à la Maison-d'Or, je vous ai parlé du danger que courait une personne...

— Mademoiselle de Graçay !...

— C'est cela.

— Eh bien?

— Eh bien... depuis, il s'est passé une chose... qui peut-être se rapporte à ce que nous avons dit...

— Comment ?

— Hier, Adolphe est venu me trouver.

— Que vous voulait-il ?

— Je ne sais qui l'envoyait vers moi ; mais savez-vous ce qu'il m'a demandé ?

— Achevez !...

— Il m'a demandé de lui céder mon appartement pour cette nuit.

— Lui !... lui !... Adolphe !

Et un frisson brûla la chair de Gontran.

— Ah ! tout s'éclaire, en effet ! s'écria-t-il... Cela doit être, cela est !... Voyons ! voyons... à votre tour, mon enfant, connaissez ce que l'on vient de m'apprendre... Il y a une heure, mademoiselle de Graçay a été enlevée...

— Que dites-vous ?

— Martial l'accompagnait, et rien ne devait faire prévoir une catastrophe... mais, chemin faisant, un incident préparé avec une habileté infernale, a séparé mademoiselle de Graçay de son protecteur, et à cette heure...

— Ah ! plus de doute alors... interrompit Ninoche, c'est chez moi qu'on l'a conduite... Venez ! venez !

Ninoche avait déjà pris le bras de Gontran, et allait l'entraîner vers le vestibule, quand un homme se plaça tout à coup devant elle et l'empêcha d'avancer.

C'était un homme d'une cinquantaine d'années, le visage austère, l'allure magistrale et ferme.

— Pardon, mon enfant, dit-il à la jeune femme, — mais j'ai quelque chose à vous dire...

— A moi ?

— Vous êtes bien mademoiselle Ninoche ?

— Sans doute !

— En ce cas, veuillez m'accorder quelques secondes d'entretien.

Et comme Ninoche semblait consulter Gontran et lui demander ce qu'il convenait de faire, l'inconnu se tourna vers le vicomte.

— Je prie monsieur d'Épernon de m'excuser, ajouta-t-il à voix basse et d'un ton de mystère, ce que je réclame, j'aurais le droit de l'exiger, et j'espère que vous ne voudrez pas entraver l'action de la justice... Je suis commissaire de police du quartier.

Gontran demeura interdit, et comprit tout de suite qu'il n'y avait pas à résister.

D'ailleurs, le magistrat, avec une résolution calme et froide que donne l'habitude des fonctions dont il était investi, s'était déjà, pour ainsi dire, emparé de Ninoche, et l'avait entraîné dans cette partie du couloir qui ouvre sur le double escalier et d'où l'on pouvait apercevoir la loge occupée par Cardinet.

Le commissaire reprit aussitôt :

— Vous êtes la maîtresse de M. Charles Cardinet ? dit-il d'un ton plus net et plus ferme.

— Oui, monsieur, répondit Ninoche, effarée et tremblante.

— Depuis combien de temps ?

— Depuis quelques mois.

Le commissaire remua la tête.

— Voyons, mon enfant, dit-il, reprenez votre calme ; ce n'est pas à vous que nous en avons, et je ne suppose pas que vous ayez à encourir aucune responsabilité dans les faits qui sont relevés à la charge de votre amant. Toutefois vous pouvez nous prêter un utile concours dans la circonstance présente, et j'espère que vous ne nous le refuserez pas.

— Mais je ne sais rien ! balbutia Ninoche.

— Je ne prétends pas vous demander le secret de Cardinet ; son affaire est assez claire, et n'offrira, je crois, aucune obscurité... mais, il y a autre chose.

— Quoi donc ?

— Regardez !

— Où ?

— Dans la loge... vous voyez, n'est-ce pas... que Cardinet n'est pas seul.

— En effet.

— Un homme est avec lui, qui est entré depuis que vous êtes sortie.

— Je le vois.

— Et le reconnaissez-vous ?

Ninoche fit un mouvement.

— Si je ne me trompe, poursuivit le magistrat, on appelle ce personnage le prince Lubiroff.

— C'est bien lui... Oui... c'est le prince...

— Vous en êtes sûre.

— Oh ! parfaitement sûre.

— Et savez-vous aussi quelle loge il occupe !... mes hommes l'ont cherché partout et n'ont pu le découvrir.

Ninoche sourit.

— Je vais vous dire, répondit-elle... le prince a loué une avant-scène du rez-de-chaussée, afin de ne pas être vu...

— C'est parfait... et cette avant scène ?

— Oh ! je la connais bien, elle porte le numéro 1 ou 3.

Le magistrat fit un geste satisfait.

— Cela suffit, dit-il, et maintenant, écoutez-moi bien, et faites surtout ce que je vais vous dire... vous allez rentrer dans la loge de Cardinet, dès que le prince en sera sorti.

— Que va-t-il donc se passer ? interrogea Ninoche anxieuse.

— Rien... dont vous puissiez vous inquiéter... Seulement, composez votre visage... redevenez souriante et gaie, et que Cardinet ne se doute de rien... il ne faut pas faire de scandale, et tout doit s'accomplir sans désordre ni collision.

— C'est que... balbutia la jeune femme, j'aurais bien voulu ..

— Reprendre votre conversation avec M. le vicomte d'Epernon.

— C'est cela.

— Eh bien... vous le pourrez faire dès que la représentation sera finie.

— Pas avant?

— A aucun prix... et je ne vous cacherai pas que votre intérêt est engagé à ce que tout se passe comme je l'ai dit.

Ninoche ne répondit pas...

Après quelques secondes de silence, elle gagna la loge de Cardinet, dont l'ouvreuse s'empressa de lui ouvrir la porte.

Au même instant, sur un signe presque imperceptible du commissaire, un homme était venu le trouver.

Le magistrat se pencha à son oreille.

— Tu as bien vu le particulier qui est entré là, dit-il à voix basse comme un souffle.

— Parfaitement, répondit l'agent.

— C'est lui!

— Le prince?

— Le prince ou Lombard — il va sortir — tu le suivras... peut-être tentera-t-il de gagner le boulevard en passant par le péristyle, mais nos hommes sont là, et comme c'est un paroissien qui a du flair, il y a lieu de croire qu'il battra en retraite et retournera à sa loge pour y attendre la fin du spectacle... Tu ne le perdras pas de vue, et tu t'incrusteras dans les environs de l'avant-scène qu'il occupe. — Est-ce compris.

— Fiez-vous à moi...

— Attention... le voici qui sort... plus un mot, ni un geste... nous ne nous sommes jamais vus!

Lombard sortait en effet de la loge de Cardinet. Son visage était radieux; il avait relevé le col de son paletot... mais ses deux yeux brillaient comme deux escarboucles.

Il descendit rapidement au rez-de-chaussée, et rencontra Merlot.

— Eh bien? fit ce dernier.

— C'est fait... répondit Lombard.

— Vous avez les 700,000 francs.

— Ça été dur... mais je l'ai menacé... j'ai été éloquent... et ma foi... j'ai le magot... maintenant, il ne s'agit plus que de se donner un coup de jardin intelligent...

Et déjà Lombard se dirigeait vers le péristyle, quand son compagnon l'arrêta.

— Qu'y a-t-il ? fit Lombard avec un bien mauvais regard...

Peut-être l'idée lui était-elle venue que le caissier voulait profiter de l'occasion pour le faire chanter.

Merlot se prit à sourire.

— Il y a, répondit-il... qu'il ne serait pas prudent, je crois, de sortir par ce côté.

— Pourquoi ?

— On a posté là quelques figures que j'ai déjà entrevues dans mes rêves...

— La *mouche* ?

— Toujours.

— Diable !...

— Aussi, mon humble avis est de regagner tout bêtement notre loge... d'avaler le troisième acte... et d'attendre que la foule nous protège à la sortie.

Lombard réfléchit un moment.

— Ton humble avis a du bon, dit-il au bout d'une minute, mais j'ai mieux que cela !

— A quoi songez-vous ?

— Nous allons regagner notre loge.

— Et après.

— Après !... après... tu vas voir... comme ça se joue... et tu m'en diras des nouvelles.

Lombard accompagna ces mots du petit gloussement qui lui était familier... et se dirigea à pas rapides vers l'avant-scène n° 3.

La sonnette s'était fait entendre, annonçant la fin de l'entr'acte.

Chemin faisant Lombard rencontra Saint-Clair, avec qui il échangea un salut et quelques paroles banales.

Saint-Clair accompagnait M. Chavannes, le sympathique administrateur du théâtre, qu'il avait prié de lui ouvrir la porte de communication, afin qu'il pût aller entretenir Sosthène d'une mission très grave dont il s'était chargé.

Lombard recueillit leur conversation avec un vif intérêt, et il vit là la chance qu'il cherchait. Mais, en même temps, il s'aperçut qu'un homme le suivait, et un simple regard lui suffit pour reconnaître, en cet homme, un agent de la police.

Il devina tout, et comprit que c'était à lui que l'on en voulait.

Son parti fut vite pris.

Il envoya un signe impérieux à Merlot, et comme la porte de la loge venait de s'ouvrir, il opéra une poussée sur la foule qui engorgeait l'étroit corridor, et l'agent, pris dans le remous énergique qui se produisit, pénétra avec Lombard et le caissier dans l'avant-scène.

Ce fut l'affaire d'un instant, quelque chose de rapide et de foudroyant comme l'éclair.

Merlot ferma la porte d'un coup de pied, de Lombard prit l'agent à la cravate.

Lombard prit l'agent à la cravate.

Il y eut un commencement de lutte.

Mais cela fut court, et dura à peine le temps de l'écrire.

L'agent jeta un cri qui se confondit dans le brouhaha général, et presque aussitôt le cri s'étrangla dans sa gorge, que Lombard étreignait de ses griffes puissantes.

— Garotte-lui les menottes ! mets-lui un bâillon ! dit ce dernier à Merlot... Ça nous donnera dix minutes au moins, c'est plus qu'il ne nous en faut pour nous évanouir. Merlot !... si le cœur t'en dit, tu me trouveras à Baden-Baden, hôtel des Princes.

Et il disparut.

Comme il faisait irruption dans le couloir, la porte qui met la salle en communication avec la scène allait se refermer ; il la repoussa vivement et sauta d'une enjambée sur le théâtre.

Saint-Clair s'était retourné un peu surpris.

Lombard ébaucha son plus humble sourire :

— Pardon, cher monsieur, dit-il en s'inclinant, mais, si vous le voulez bien, j'ai quelques mots à dire à Brin-de-Tulle, et je vous serai obligé de me permettre de vous accompagner.

Saint-Clair répondit par une phrase banale et continua son chemin, suivi de près par son obséquieux compagnon.

XLVI

Le rideau allait se lever sur le troisième acte.

La scène présentait en ce moment un tableau dont pourraient se faire difficilement une idée ceux qui n'ont jamais foulé les planches d'un théâtre.

En apparence, le désordre était à son comble.

Artistes, figurants, choristes, allaient et venaient, affairés, émus, échangeant des mots rapides, des saillies inattendues, provoquées par le succès.

Le plus fort était fait... Le triomphe semblait assuré : on eût dit que l'on n'allait jouer le troisième acte que pour mémoire.

Les auteurs commençaient à respirer.

Meilhac qui, d'ordinaire, s'agite inquiet et nerveux dans le couloir du fond, se hasardait jusqu'aux premiers portants, où se tenait son collaborateur Halévy, plus calme ou plus maître de lui.

L'horizon se dégageait... l'attitude alerte de ceux qui les entouraient témoignait, mieux que le reste, du succès de la pièce. D'ailleurs, à chaque instant, quelque ami accourait de la salle pour leur serrer la main et les féliciter.

Une communication électrique s'était pour ainsi dire établie entre les artistes et les spectateurs. Les moindres sensations du public étaient recueillies avidement par tous ces infortunés, qui en attendent la fortune, la gloire ou simplement la notoriété.

Seule, Brin-de-Tulle conservait encore une émotion relative.

Les deux couplets qu'elle avait chantés avaient été couverts de chaleureux applaudissements, et elle ne gardait aucune inquiétude sur ce point.

Mais il restait le troisième acte !

Et c'est dans cet acte qu'elle avait à produire le costume sur l'effet duquel elle comptait.

Elle allait et venait sur la scène, sourdement agitée, enveloppée dans une longue mante de soie fourrée d'hermine qui descendait jusque sur ses petits pieds, chaussés de cothurnes.

Tout à coup, au détour d'un portant, elle se trouva en présence de Saint-Clair.

Elle devint rouge comme une cerise, et, de son côté, le jeune secrétaire d'ambassade ne put se défendre d'un trouble naïf.

Mais les deux jeunes gens reprirent bien vite possession d'eux-mêmes.

— Pardon, ma chère enfant, dit Saint-Clair; je connais peu les détours du théâtre, et je suis doublement heureux de vous rencontrer en ce moment.

— Vous attendez quelqu'un? interrogea Brin-de-Tulle, en souriant avec une pointe de malice.

— Je cherchais Sosthène... répondit le jeune gentilhomme; mais je ne cherche plus rien, puisque je vous ai trouvée.

— Vraiment.

— Oserai-je vous demander si vous avez reçu ma lettre ?

— Certainement que je l'ai reçue...

— Ne comptez-vous pas me répondre?

— Il faut toujours répondre à une lettre...

— Et ce sera bientôt?

— Demain !

— Au moins, ne pouvez-vous dès à présent... me faire connaître...

Brin-de-Tulle plongea son regard dans, les yeux de Saint-Clair, et, par un mouvement qui ne semblait nullement préparé, comme si elle eût voulu donner un dernier coup d'œil à certains détails secrets de son costume, elle entr'ouvrit légèrement la mante qui tombait de ses épaules, et apparut dans la nudité à peine voilée de son maillot gris-perle.

Saint-Clair fit un geste et laissa échapper un cri d'admiration.

Ç'avait été un éblouissement, la mante un moment entr'ouverte s'était refermée aussitôt, et Brin-de-Tulle souriait maintenant pour montrer ses dents éclatantes et saines.

Saint-Clair ne fut pas maître d'un premier mouvement; il s'empara de ses mains et l'attira contre sa poitrine.

Brin-de-Tulle se dégagea doucement.

— Ne me désespérez pas !... supplia Saint-Clair avec une flamme dans les yeux.

— Eh ! je n'en ai point envie !... repartit la jeune femme... mais il faut être sage... on nous regarde... Voyez ! et puis, Sosthène doit être par là...

— Vous me répondrez demain !

— Je vous le promets...

— Et vous voulez bien...

Brin-de-Tulle mit rapidement un doigt sur ses lèvres.

— Chut! fit elle, voici celui que vous cherchiez... Je vous laisse ensemble...

Sosthène de Simier n'avait rien perdu de la petite scène qui venait de se jouer à quelques pas de lui, et il ne parut pas qu'il en eût conçu le moindre dépit.

Il s'avança vers Saint-Clair, le sourire aux lèvres, et la main tendue.

— Je suis content de vous voir, lui dit-il ; car je crois que nous avons à causer.

Saint-Clair eut un instant d'embarras... mais il prit bien vite son parti, et serra la main qu'on lui tendait.

— J'ai, en effet, à vous parler... répondit-il... Seulement le sujet est plus sérieux que vous ne pouvez le supposer.

— Vraiment...

— C'est pour vous rencontrer que je suis venu.

— A quel propos ?

— Il s'agit d'un duel.

— Oh! oh!... et quels sont les adversaires ?

— Beverley... et Gontran.

— Diable ! Vous avez accepté d'être témoin de Gontran.

— C'est cela, et le vicomte a pensé que vous ne refuseriez pas non plus de lui servir de second.

— Il a eu raison. Gontran est le plus honnête et le plus loyal des hommes : je suis honoré de la confiance qu'il me témoigne.

Tout en parlant ainsi, les deux jeunes gens s'étaient éloignés.

Le régisseur faisait faire place au théâtre ; on allait frapper les trois coups, ils gagnèrent l'escalier qui conduit aux loges d'artiste.

— Ne restons pas ici, dit Sosthène ; il faut que nous causions à notre aise, et si vous le voulez bien, nous irons nous réfugier dans la loge de Brin-de-Tulle.

Saint-Clair se retourna vivement à cette proposition.

— Cela vous déplaît ? fit Sosthène sur un ton légèrement ironique.

— Pas le moins du monde, répliqua Saint-Clair ; seulement...

— Quoi donc ?

— Il me semblait !...

— Il me semble à moi, tout naturel, qu'à titre de futur locataire, vous examiniez les lieux avant d'en prendre possession.

Saint-Clair regarda son interlocuteur pour s'assurer qu'il était sincère.

Sosthène souriait toujours.

— Est-ce que vous m'en voulez ? demanda le jeune secrétaire d'ambassade.

— Moi ! se récria Sosthène, allons donc... j'arrivais à fin de bail, vous êtes venu à point pour m'éviter l'ennui d'une rupture... Voilà tout ce que j'y vois !...

— J'aime mieux cela.

— Alors, nous allons chez Brin-de-Tulle?

— Je me souviendrai de votre courtoisie, mon cher ami... et nous parlerons quelquefois de vous, Brin-de-Tulle et moi!

— Les deux jeunes gens montèrent en riant l'escalier et pénétrèrent dans la loge.

— Ainsi, reprit bientôt après Sosthène, vous dites que l'affaire est sérieuse?

— Au dernier point!

— Vous ne pensez pas alors qu'elle puisse s'arranger?

— Il n'y faut point songer.

— Connaissez-vous le motif de la querelle?

— Je ne crois pas que Gontran soit disposé à en faire la confidence.

— C'est délicat.

— Le vicomte paraît résolu, il m'a parlé d'un duel à mort, et rien ne le fera revenir à des sentiments plus calmes.

— Quels sont les témoins de Beverley?

— Précourt et Sancé.

— Et quand devons-nous nous voir?

— Après le spectacle... il est convenu que nous souperons chez Brébant...

Sosthène garda un moment le silence.

— Voilà qui est singulier... dit-il... Je savais que Gontran et Beverley étaient en froid, mais j'étais loin de me douter... Savez-vous, mon cher ami, qu'il se passe depuis quelque temps des choses bizarres dans notre monde parisien.

— Et vous pouvez ajouter, je crois, que nous touchons à des événements qui nous étonneront davantage encore.

— Qu'est-ce donc?

— Pendant l'entr'acte, tout à l'heure, j'ai entendu circuler de bien vilains bruits...

— Comment cela?...

On me disait que le théâtre était peuplé d'agents de police.

— Vraiment! il s'agit sans doute de quelque arrestation importante?

— On citait même des noms!

— Est-ce un mystère, que vous ne pouvez pas révéler?

— Nullement.

— De qui s'entretient-on?

— De Cardinet, d'abord.

— Et ensuite?...

— Du prince Lubiroff...

— Sosthène releva la tête.

— Eh bien, ... dit-il, voilà un événement qui ne me surprendra que médiocrement.

— Pourquoi?

— Parce que ces deux hommes ne m'inspiraient qu'une confiance limitée ; le Lubiroff surtout.

— Le connaissez-vous ?

— Fort peu... Seulement, Beverley m'en avait parlé souvent ; il paraissait lui porter une haine profonde, et je ne serais pas étonné qu'il fût pour quelque chose dans cette arrestation.

— Quelle idée !

— Pensez-en ce que vous voudrez, mais Beverley m'a dit de lui des choses... qui expliqueraient surabondamment une intervention de sa part.

Saint-Clair allait répliquer, quand un bruit tumultueux s'éleva des couloirs, et vint interrompre brusquement leur conversation.

Ils se levèrent d'un même mouvement et se précipitèrent vers la porte.

Plusieurs artistes et un grand nombre de figurants qui ne jouaient pas en ce moment s'étaient groupés à quelques pas du foyer et causaient avec une vive animation.

On assurait que Charles Cardinet venait d'être arrêté et qu'un agent de police avait été trouvé à moitié étranglé dans l'avant-scène louée au prince Lubiroff.

Sosthène et Saint-Clair s'empressèrent de se mêler aux groupes pour apprendre comment les choses s'étaient passées.

Or, au moment où ils quittaient la loge, un fait se produisit, qui les eût fort surpris s'ils avaient pu en être témoins.

Il y avait, au fond de la loge de Brin-de-Tulle, une alcôve sombre, fermée par une porte à deux battants, et dans laquelle on cachait tous les oripeaux dont l'artiste n'avait point à faire usage.

Sosthène et Saint-Clair avaient à peine disparu, que l'alcôve s'ouvrit doucement sous la pression d'une main inquiète ou timide, et qu'un homme apparut dans l'entre-bâillement de la porte, les sourcils contractés, l'œil injecté de sang, le visage couvert d'une pâleur de suaire...

C'était Lombard !

Son regard se promena un moment, farouche et troublé, autour de lui, et quand il fut certain qu'il n'y avait plus personne, il avança hors de sa cachette, et proféra un long soupir qui ressemblait à un rugissement.

— Beverley ! gronda-t-il, c'est lui qui nous a dénoncés ! lui ! — ah ! il n'a qu'à bien se tenir, celui-là... et s'il me passe jamais par les pattes !...

Il n'acheva pas...

Le tumulte extérieur venait de cesser. Il supposa que tout le monde était en scène ; que, par conséquent, les couloirs étaient libres... et qu'il pourrait librement circuler.

Il sortit...

Cauteleusement, cherchant l'ombre, évitant les rencontres indiscrètes...

Il venait d'entendre dire que le théâtre était en quelque sorte cerné... et il ne songea même pas à fuir pour le moment.

Mais il lui fallait trouver un refuge, où il fut à peu près assuré de n'être pas découvert.

Tout à coup il s'arrêta.

Il s'était engagé dans le couloir du fond, et le magasin aux accessoires présentait son fantastique fouillis à son regard.

Et alors, brusquement, sans transition, on dirait providentiellement, s'il ne s'agissait de Lombard, une idée lui vint... qui lui communiqua un tressaillement profond ; et sans prendre même le temps de réfléchir, il se rua dans le magasin, dont les préposés étaient pour le moment absents.

XLVII

Lorsque, après l'accident qui l'avait séparée de Martial, Réjane s'était vue emportée par le galop désordonné des deux chevaux du fiacre dans lequel elle se trouvait seule, elle eut un moment de stupeur inerte, et se sentit bien près de défaillir.

Elle ne put ni crier ni faire un mouvement ; encore moins eut-elle la pensée d'ouvrir la portière, et de se jeter sur la voie pour échapper au danger qu'elle soupçonnait sans le comprendre.

Peu à peu cependant, elle reprit quelque calme, et réagit contre l'épouvante qui s'était emparée d'elle.

L'allure des chevaux s'était ralentie ; elle traversait des quartiers où la circulation était encore active ; de temps en temps, à travers la glace de la portière, elle apercevait des sergents de ville qui se promenaient à pas lents sur les trottoirs splendidement éclairés... ses appréhensions s'apaisèrent, et elle pensa que ce qui lui était arrivé pouvait n'être qu'un accident banal, comme il s'en produit fréquemment à Paris, et que Martial saurait bien retrouver ses traces, qu'on ne devait avoir aucune raison pour lui cacher.

Et puis, la pensée de son frère lui revint à l'esprit et l'absorba tout entière.

Il lui semblait que Dieu la suivait d'un œil bienveillant, et elle se disait qu'un malheur ne pouvait l'atteindre dans l'accomplissement d'un devoir sacré.

Son frère — Henry !

Comme son cœur battait... Avec quelle impatience elle appelait le moment où elle se jetterait dans ses bras. — Il y avait si longtemps qu'elle suppliait Dieu de lui accorder cette joie ineffable ; elle avait fait une ample provision de tendresse, pour l'heure où elle devait le revoir !

Elle ne se souvenait plus des fautes qu'il avait commises! Que lui importait qu'il eût été coupable! — il lui suffisait de savoir qu'il était malheureux.

Une demi-heure au plus se passa.

La voiture eût pu mettre beaucoup moins de temps; mais dans le but de dépister ceux qui auraient tenté de le suivre, le cocher avait pris le chemin le plus long.

Cependant, au bout d'une demi-heure, on atteignit le numéro 8 de la rue Mogador, et la voiture s'arrêta.

Presque aussitôt, la portière s'ouvrit.

— Sommes-nous arrivés? interrogea Réjane, en jetant instinctivement un regard autour d'elle.

— Oui, mademoiselle, répondit l'homme qui avait ouvert: et si vous voulez bien... me suivre.

— Mais... Martial? demanda encore la pauvre enfant, avec une dernière hésitation.

— Ah! rassurez-vous, mademoiselle, interrompit vivement son interlocuteur. Il ne lui est arrivé aucun mal. Seulement les chevaux se sont emportés, comme vous l'avez pu voir, et il est resté en arrière. Mais nous lui avons dit où nous allions, et avant un quart d'heure il sera ici.

Réjane ne fit pas d'autre objection.

D'ailleurs, qu'eût-elle pu tenter? et puis, elle avait hâte de voir son frère, et son hésitation lui eût paru ridicule à elle-même.

Elle suivit donc l'homme qui venait de lui parler et disparut dans la maison dont la porte s'était ouverte devant elle.

Une première surprise l'attendait au seuil de la chambre dans laquelle elle ne tarda pas à être introduite.

La porte venait à peine de se fermer derrière elle, quand elle aperçut à quelques pas une jeune soubrette dont le visage souriant ne lui parut pas tout à fait inconnu.

Elle chercha un moment et finit par laisser échapper un cri de joie:

— Laure, dit-elle en pressant vivement les mains de la petite cameriste.

— Mademoiselle m'a reconnue! fit celle-ci avec deux regards effrontés.

— Ah! je suis bien contente de vous voir, continua Réjane, cet accident qui nous est arrivé en route m'avait fort troublée, je ne sais quelles peurs m'avaient prise, mais puisque vous voilà...

— Mademoiselle est bien bonne.

— Vous êtes donc restée avec mademoiselle Dalbane...

— C'est ce que j'avais de mieux à faire.

— Est-ce que je suis chez elle?

— Pour cette nuit... oui... mademoiselle.

— Ah! je voudrais la voir?

— Mademoiselle m'a reconnue, fit celle-ci avec deux regards effrontés.

Laure eut un singulier sourire.

— Ce sera difficile, pour le moment du moins, répondit-elle, car mademoiselle Dalbane n'a pas voulu...

— Je comprends... elle a craint d'être indiscrète, mais vous lui direz...

— N'en doutez pas!

— Alors, vous savez pourquoi je suis venue?

— Oui, mademoiselle.

— Et la personne que je dois rencontrer?

— Elle n'est pas encore venue.

— Eh bien, j'attendrai!... fit Réjane... Maintenant, me voilà tout à fait rassurée... et je n'ai plus qu'une recommandation à vous adresser.

— Laquelle, mademoiselle?

— En route, j'ai été séparée de Martial qui m'accompagnait; il ne peut tarder à se présenter ici... et dès qu'il sera arrivé, je vous serai obligée de m'en informer.

Laure s'inclina.

— Cela serait fait, dit-elle.

Elle allait se retirer, Réjane la rappela.

— Un mot encore, dit-elle; si j'ai besoin de vous que faudra-t-il faire?

Laure indiqua un bouton de sonnerie électrique placé à la gauche de la cheminée.

— Mademoiselle n'aura qu'à toucher ce bouton, dit-elle... et l'on viendra immédiatement à son appel.

Pour la seconde fois, en prononçant ces mots, un sourire qui était comme l'expression de quelque mystérieux sentiment, effleura le coin de sa lèvre impertinente.

Puis elle disparut.

Une fois seule, Réjane laissa retomber sa tête dans sa main, et se prit à songer.

Ce qui lui arrivait était si en dehors des habitudes de sa vie calme et régulière qu'elle se trouvait, pour ainsi dire sans force contre l'émotion qu'elle éprouvait.

Elle était trop innocente et trop pure pour soupçonner le moindre danger; elle ne croyait pas qu'il pût être question de guet-apens, ou qu'elle eût rien à redouter pour sa vie ou pour son honneur.

Elle ne pensait qu'à Henry, et l'appelait de toutes les tendresses de son cœur.

Elle savait vaguement qu'il avait été coupable, mais elle ignorait le caractère des fautes qu'il avait commises, et n'avait aucune idée de leur gravité.

Le chagrin de son père, la douleur de la séparation, n'avait pu altérer l'affection fraternelle qu'elle lui portait, et elle était prête à lui ouvrir ses bras et à lui rendre son cœur tout entier.

D'ailleurs une chose la disposait à l'indulgence.

Son amour pour Gontran!

Ce sentiment tout nouveau, qui s'était emparé d'elle avec une autorité souveraine, la rendait inconsciemment indulgente pour les défaillances des autres.

Isolée comme elle l'était, elle sentait qu'il lui serait doux d'avoir un confident auquel elle pût raconter ce qui se passait dans son cœur; il lui semblait qu'elle eût mieux aimé Gontran encore si elle avait pu dire combien elle l'aimait!

L'amour est un sentiment complexe, bien difficile à analyser.

Égoïste et discret de son essence, il a cependant besoin d'expansion.

L'amour païen ne reculait devant aucune manifestation pour s'affirmer.

Aujourd'hui, la femme qui aime, quelque chaste et contenue qu'elle soit, confierait volontiers son amour au monde entier.

Réjane, la sainte et pure enfant, éprouvait quelque chose de ce genre, et son frère Henry était bien ce confident qu'elle eût désiré.

Gontran !

Elle n'en avait parlé encore à personne.

Quelquefois seulement, la nuit, après avoir fait sa prière, au moment de s'endormir, quand nul ne pouvait l'entendre, elle murmurait tout bas son nom.

Sa voix prenait alors une douceur pénétrante, qui lui communiquait une âpre sensation, et amenait bien souvent une vive rougeur à ses joues.

Gontran ! son fiancé ! son époux !

Le jeune vicomte ne savait pas lui-même à quel point il était aimé.

Cependant l'heure s'écoulait.

Il y avait déjà longtemps que Réjane était seule dans cette chambre, et personne n'était venu encore.

Elle secoua la tête et chassa brusquement toutes ces pensées qui l'absorbaient.

Son regard chercha la pendule.

Elle marquait onze heures.

Elle frissonna.

Que signifiait ce retard ? Elle n'avait vu ni Henri, ni même Martial. Elle commença à s'inquiéter, se leva, et fit quelques tours à travers la chambre.

Tout bruit s'était tu autour d'elle. La chambre dans laquelle elle se trouvait était située à l'extrémité de l'appartement : on n'entendait aucun mouvement, aucune apparence de vie.

Elle se rappela alors ce que lui avait dit la soubrette, marcha vers la cheminée, et pressa le bouton de la sonnerie électrique.

Puis elle attendit.

Cependant personne ne vint à son appel : et pour la première fois, l'idée d'un danger s'empara de son esprit.

La pâleur envahit ses traits.

Elle voulut appeler, mais au moment où son doigt tremblant s'approchait du bouton d'ivoire, elle tressaillit et prêta l'oreille.

Un roulement de voiture avait troublé le silence de la nuit, et venait de s'arrêter à la porte de la maison.

Elle écouta.

C'était peut-être son frère !

Ou Martial.

L'un ou l'autre... peu lui importait... pourvu que ce fût un ami...

Quelques minutes se passèrent sans qu'elle entendît un nouveau bruit annonçant l'arrivée de celui qu'elle attendait.

Sa poitrine se soulevait avec force ; ses tempes battaient avec violence.

Elle était à bout et glacée de terreur.

— Gontran ! Gontran ! balbutia-t-elle, en se laissant tomber anéantie sur un fauteuil.

Au même instant, elle fut rendue, comme par miracle, à la réalité de la situation.

La porte de la chambre venait de s'ouvrir et un homme était entré.

Réjane le regarda de son œil grand ouvert.

Ce n'était ni Martial ni Henry !

La pauvre enfant étouffa un cri de terreur folle et cacha sa tête dans ses mains affolées.

C'était Beverley !...

L'homme dont la vue l'avait si souvent effrayée, celui dont Gontran lui-même avait dit à Martial que c'était le plus dangereux et le plus implacable ennemi du général !

Beverley !

XLVIII

Cependant ce dernier avait fermé la porte derrière lui et, calme et froid en apparence, il avançait à pas lents vers Réjane.

Celle-ci ne le voyait pas... elle le sentait venir.

Comme la colombe sous l'œil du vautour, elle avait, pour ainsi dire, perdu toute force et toute volonté, et un frisson glacé mordait ses chairs.

Elle n'avait encore aucune idée de ce que cet homme venait faire dans cette chambre ; elle comprenait seulement qu'un danger terrible la menaçait ; qu'on l'avait arrachée à la protection de Martial et de ceux qui l'aimaient à l'aide d'une infernale machination, et que l'on allait peut-être attenter à sa vie.

Elle ne pensait qu'à cela... elle ne pouvait soupçonner autre chose...

Il serait bien difficile d'exprimer la torpeur inerte qui l'avait envahie. Le sang semblait s'être arrêté dans ses artères, et une sorte de râle s'était engagé dans sa poitrine ; sa pensée éperdue ne percevait plus la réalité qu'à travers un voile épais et sombre.

Alors l'image de Gontran vint se présenter à elle... et son cœur se gonfla d'amour.

Était-il bien possible qu'elle ne dût plus le revoir... Fallait-il renoncer à cet avenir charmant qu'elle se promettait depuis quelques jours ? Qu'avait-elle fait à Dieu pour qu'il lui envoyât une si épouvantable épreuve ?

Un moment elle tenta de réagir contre sa défaillance. Un profond sentiment de révolte souleva sa poitrine ; elle rouvrit les yeux et se dressa par un mouvement plein de résolution.

Beverley n'était plus qu'à quelques pas d'elle ; elle étendit la main et appuya sur la sonnerie.

Le jeune gentleman eut un ricanement.

Cependant, à l'appel de Réjane, la porte de la chambre s'était ouverte, et Laure était entrée.

Réjane eut une lueur d'espoir... et se précipita vers la soubrette.

— Ah! vous voilà!... vous voilà !... dit-elle avec désordre. Martial... Henry... Gontran... où sont-ils?... Parlez !...

Au lieu de répondre, la petite Laure se tourna vers Beverley.

Ce dernier fit un geste impérieux.

— Laisse-nous !... dit-il d'un ton bref. Ferme en sortant la porte à double tour. J'en ai la clef, et je pourrai, moi, sortir quand je voudrai... Mais veille à ce que nul ne vienne me déranger, et surtout, dis à Jean de n'ouvrir à personne la porte de l'hôtel, tu entends...

— Oui, monsieur.

— Va donc... et je n'oublierai pas la docilité avec laquelle tu auras exécuté mes ordres.

Laure s'éloigna.

Et quand Beverley l'eut entendue fermer la porte de la chambre, il se tourna vers Réjane.

— Vous le voyez, ma chère enfant, reprit-il ; tout le monde ici m'obéit, et vous n'avez à attendre de secours de personne.

— Mon Dieu ! mon Dieu ! mon Dieu ! balbutia Réjane, en se laissant tomber à genoux et élevant au ciel ses mains jointes.

Elle n'entendait plus rien. Sa tête falotait sur ses épaules — sérieusement elle crut qu'elle rêvait — et pressa ses tempes avec une sorte de fièvre.

— Folle ! est-ce que je vais devenir folle !... ajouta-t-elle en roulant son front entre ses mains.

Beverley voulut la relever : il la toucha à l'épaule... et elle jeta un cri, comme si ses doigts l'avaient brûlée.

— Ne me touchez pas ! dit-elle en courant se réfugier à l'extrémité opposée de la chambre.

Beverley l'y suivit.

— Oh ! que me veut donc cet homme ? s'écria Réjane, en comprimant sa poitrine de ses deux bras en croix; que me voulez-vous... pourquoi cette odieuse violence ?

— Vous ne devinez pas, fit Beverley, la lèvre railleuse.

Et il voulut enlacer sa taille.

La pauvre enfant se dégagea encore une fois, et alla s'adosser, affolée et tremblante, dans un angle obscur de l'appartement.

Quelque chose d'inattendu se passait en elle depuis un moment.

Un soupçon avait traversé son esprit.

Pressentiment vague, appréhension troublée, divination mystérieuse qui tout à coup rayait d'une lueur sinistre les ténèbres où elle se débattait.

Peut-être venait-elle de comprendre !

Mais l'horreur qu'elle ressentait était si nouvelle : ce qui lui était venu à la pensée lui semblait si monstrueux, et par conséquent si impossible... qu'elle ne voulait point croire encore et s'obstinait à douter.

Toutefois une rougeur subite avait monté à ses joues ; ses tempes s'étaient prises à battre, ses paupières s'étaient pudiquement baissées.

— O Gontran... mon Gontran ! balbutia-t-elle, comme si son cœur se fût ouvert tout à coup, et eût laissé échapper son secret.

Et alors, sous l'empire d'un sentiment instantané, elle parut de nouveau recouvrer ses forces près de les abandonner.

On eût dit que cet appel suprême l'avait rendue à la réalité terrible de la situation ; l'enfant avait pour ainsi dire disparu... il ne restait plus qu'une femme résolue à mourir plutôt que de laisser entamer son honneur !

Elle releva la tête et osa affronter le regard de Beverley.

— Ah ! que vous ai-je donc fait ?... dit-elle, et comment justifierez-vous jamais votre indigne conduite?... Voyons ! voyons... je ne comprends pas... Tenez !... écoutez-moi... Vous êtes, je crois... l'ami de M. d'Épernon... on me l'a dit, du moins... Eh bien... moi... je suis sa fiancée... je vais être sa femme... Vous ne le saviez peut-être pas encore... si vous l'aviez su... vous n'auriez pas agi comme vous le faites... il y a là quelque erreur... on vous aura trompé... on ne vous a pas dit non plus peut-être que je suis la fille du général de Graçay-Chambrun...

La parole se glaça sur les lèvres de la pauvre enfant.

Aux derniers mots qu'elle venait de prononcer, un éclair avait jailli des yeux de Beverley.

— Détrompez-vous !... répondit-il d'un ton amer ; je n'ignore rien de ce qui vous touche : je sais que vous êtes la fille du général, la sœur de Henry... et la vengeance que je poursuis n'a plus besoin de justification.

— Que dites-vous ?

— J'ai juré de rendre sang pour sang, honte pour honte, et aucune considération ne peut plus m'arrêter... vous serez à moi !

— Monsieur...

— Vous serez à moi, vous dis-je ! et avant que l'on vienne à votre secours...

En parlant de la sorte, Beverley avait saisi l'enfant dans ses deux bras nerveux, et il l'attirait contre sa poitrine.

Réjane jeta une exclamation désespérée.

— Ah ! vous êtes lâche ! s'écria-t-elle... Dieu ne permettra pas une pareille infamie... et moi vivante... je ne subirai jamais vos outrages !

La colère, la vertu indignée, mille sentiments confus qui se faisaient jour à travers sa terreur, décuplaient les forces de la malheureuse... Elle parvint à s'arracher à l'étreinte passionnée du jeune gentleman, et courut vers la fenêtre qu'elle ouvrit par un geste violent.

— Que Dieu ait pitié de moi ! dit-elle tout en adressant un regard de défi à Beverley. Si vous faites un pas de plus, si vous ne sortez pas à l'instant même de cette chambre, je me tue pour échapper à la honte dont vous me menacez.

C'est tout ce qu'elle put dire.

A peine s'était-elle échappée des bras de Beverley, que ce dernier était sur ses pas et l'avait aussitôt reprise avec plus d'âpreté encore que la première fois.

La fenêtre ouvrait sur un balcon qui donnait sur le jardin : Réjane n'eut pas le temps de se précipiter, et elle tomba sans force et sans voix sur la poitrine du gentleman.

C'en était fait !

Beverley proféra un rugissement de triomphe, et il se disposait à rentrer dans la chambre, quand soudain il tressaillit et plongea son regard inquiet sous les sombres allées du jardin.

Un bruit venait de s'y faire entendre et le murmure de plusieurs voix avait monté jusqu'à lui.

Qu'est-ce que cela voulait dire ?

Était-ce Gontran qui avait découvert la retraite de Réjane... et venait, accompagné de Martial, lui arracher sa proie désormais sans défense ?

Il prêta l'oreille.

Les pas se rapprochaient ; bien que la nuit fût sombre et qu'il ne pût distinguer les objets que très imparfaitement, il démêla bientôt que ce n'était ni le garde de Graçay, Chambrun ni le vicomte d'Épernon.

Qui était-ce donc ?

Le groupe qui s'avançait avec précaution, précédé sans doute par un guide qui en connaissait les détours, ce groupe comprenait au moins trois ou quatre personnes.

Peu à peu le regard de Beverley se familiarisa avec l'ombre, et au bout de quelques secondes il distingua mieux.

Chose invraisemblable, incompréhensible ! le guide qui accompagnait ces étranges visiteurs nocturnes... c'était une femme.

Il se rejeta vivement en arrière, laissa la fenêtre entr'ouverte et continua de prêter l'oreille.

Cependant, Réjane, étonnée de ce répit qui lui était accordé, revenait insensiblement à elle... elle avait rouvert les yeux, elle regardait... et écoutait...

Quel qu'il fût, cet incident pouvait la sauver, et l'espoir afflua vers son cœur.

— C'est Gontran! c'est Henry! fit-elle avec explosion.

Beverley fronça le sourcil.

— Taisez-vous, ordonna-t-il... si vous tenez à la vie!,.. ne prononcez pas une parole de plus.

Mais ces menaces mêmes ne devaient qu'inspirer une confiance plus vive à la pauvre enfant. — Si Beverley avait peur, c'est qu'évidemment quelque danger le menaçait lui-même, et l'audace lui revint.

— A moi! à l'aide! cria-t-elle d'une voix fortement accentuée.

Beverley referma violemment la fenêtre, et lui appliqua sa main de bronze sur les lèvres...

Au même moment, du reste, trois coups sonores retentirent sur la porte du rez-de-chaussée, et il entendit la voix de Jean qui parlementait avec les mystérieux visiteurs.

L'incident prenait des proportions fantastiques; Beverley se creusait l'esprit sans arriver à rien comprendre.

Heureusement, la porte de la chambre s'ouvrit presque aussitôt, et Laure se précipita vers le jeune gentleman, les traits altérés, le visage pâle et le sein ému.

— Qu'y a-t-il? demanda Beverley en courant à sa rencontre.

— Jean vient d'ouvrir la porte! répondit Laure.

— Mais je l'avais défendu.

— Ils viennent!...

— Qui cela?

— Regardez!... regardez!... balbutia la petite soubrette.

Comme elle prononçait ces mots, trois personnes apparurent sur le seuil de la porte.

C'étaient Ninoche... Cardinet et, derrière eux, le commissaire de police ceint de son écharpe!...

Beverley laissa échapper un geste de stupéfaction, pendant que derrière lui Réjane se levait de sa place, pressant sa poitrine de ses deux mains, mordant ses lèvres frémissantes.

Des trois personnes qu'elle venait d'apercevoir, elle n'avait remarqué que Cardinet!

Et sous son masque de lividité qu'éclairait la lueur de deux yeux hagards elle l'avait tout de suite reconnu.

C'était Henry — son frère — celui qu'elle appelait de toutes les tendresses de son cœur.

— Henry! Henry! dit-elle éperdue. C'est moi! regarde : ta Réjane bien-

Beverley referma violemment la fenêtre et lui appliqua sa main de bronze sur les lèvres.|

aimée. Ah! le ciel a eu pitié de nous... Henry... il y a si longtemps que tu ne m'as embrassée.

Elle avait noué ses deux mains autour de son col, et elle le pressait contre son cœur qui battait avec une violence désordonnée.

Cardinet, lui, ne bougeait pas!

Immobile, épouvanté, il se croyait le jouet du plus épouvantable des cauchemars, et son regard flottait, hébété de Beverley au commissaire et de Ninoche à Réjane.

Enfin il secoua la tête, comme le taureau que le sacrificateur vient de frapper de sa masse, et tourna son visage défiguré vers le commissaire...

— Par grâce... ayez pitié... murmura-t-il d'une voix mourante... laissez-moi une minute... une seconde avec cette enfant.

Le magistrat comprit-il ce qu'il y avait de poignant dans cette prière... ce qu'il y a de certain, c'est qu'il fit un signe à Ninoche et gagna l'extrémité de la pièce.

Seuls, les deux agents dont il était accompagné, étaient restés debout contre la porte comme deux sentinelles.

XVI

Alors Cardinet revint à lui.

Son regard s'abaissa voilé de larmes, et ses lèvres se collèrent avec passion sur le front de la pauvre enfant qui se serrait contre sa poitrine.

Un sanglot mal étouffé s'étrangla dans sa gorge.

Le malheureux !

En une seconde, avec cette rapidité fulgurante qu'emprunte parfois le souvenir, tout son passé se déroula comme une trombe devant ses yeux.

Il se revit, enfant, jouant avec sa petite sœur, sous les grands de Graçay-Chambrun... Courant dans les vertes prairies, suivant le cours capricieux des ruisseaux d'argent, buvant l'air libre et pur des horizons infinis...

Réjane ! C'était bien sa petite Réjane.

Et il se rappelait alors avec quelle effusion d'amour fraternel il la protégeait dans leurs courses vagabondes ; avec quel ineffable bonheur ils rentraient tous deux, se tenant par la main, sans souci du lendemain, sans remords du passé.

Presque toujours, quand ils gravissaient la montée qui conduit au château, ils apercevaient de loin la silhouette du général, attentive et souriante, à l'angle du chemin...

Et c'était à qui des deux arriverait le premier pour recueillir le baiser attendri du vieux soldat.

Son père !

Il voyait sa belle et noble figure, empreinte de gravité et de tristesse ; il entendait sa voix rude qui se faisait douce pour lui parler... et son oreille percevait encore le murmure affaibli des paroles d'honneur qu'il lui adressait.

Un effroyable déchirement se fit en lui, et deux larmes coulèrent le long de ses joues.

— Chère âme ! pauvre Réjane ! balbutia-t-il en fermant les yeux pour ne point voir l'ombre sinistre qui glissait sur le rêve qu'il venait d'évoquer.

Réjane, elle, pleurait aussi. Mais un sourire radieux irisait ses larmes.

— Ah ! te voilà !... c'est bien toi... Henry... mon Henry, dit-elle ; maintenant nous ne nous quitterons plus.

— Que dis-tu ?...

— Eh ! ne le sais-tu pas ! j'étais venue te chercher.

— Toi !

— Sans doute... tu craignais d'affronter la colère de notre père, mais quand il nous verra revenir tous deux... nous tenant par la main comme autrefois... tu te rappelles...

— Mon Dieu !

— Il ouvrira ses bras... et te pardonnera, j'en suis sûre... Et puis... tu as oublié peut-être... Mais moi, qui ne l'ai jamais quitté, je sais à quel point il t'aime... et chaque fois que je prononçais ton nom... je voyais bien les larmes qui lui venaient aux yeux.

— Tais-toi !... tais-toi !...

— Pourquoi ?... — D'ailleurs... j'ai un secret à te confier.

— Comment !

— Oh ! un gros secret !.. mon cœur en est plein... et j'ai besoin de le dire...

— Qu'est-ce donc ?

— Je vais me marier !

— Réjane !

— Un véritable gentilhomme ! l'honneur et la loyauté même... et je l'aime, entends-tu, Henry, je l'aime !

Cardinet ne répondit pas.

Il avait pris son front dans ses mains, et se voilait les yeux.

— C'est le vicomte Gontran d'Épernon ! continua l'enfant à voix plus basse. Tu ne le connais pas encore peut-être... mais quand tu l'auras vu ! je suis bien certaine que tu deviendras son ami. Moi, je l'ai aimé du premier jour où je l'ai rencontré. C'est Dieu qui a conduit tout cela, et il aura béni deux fois mon amour, puisqu'il te rend à nous le jour même où M. Gontran a demandé ma main à notre père.

« Mais voyons, ajouta-t-elle en cherchant à entraîner Cardinet, je bavarde là, et je ne songe pas à l'heure. Maintenant que nous nous sommes retrouvés, il faut que nous rentrions rue de Varenne. Oh ! je ne me possède pas, vois-tu, en songeant au bonheur de notre père, quand demain matin, à son réveil, il nous verra réunis à son chevet. »

Cardinet tressaillit et se dégagea brusquement.

Un moment, il avait oublié !... La réalité venait de l'appréhender de nouveau.

— Oui, oui, dit-il d'un ton vague, tu as raison, et tu m'expliqueras comment il se fait que je te trouve ici, à cette heure.

— Ne te l'ai-je pas dit?

— Tu me le diras de nouveau, mais auparavant il faut que nous nous quittions.

— Pourquoi?

— La personne avec laquelle je suis venu a besoin de moi.

— Ce ne sera pas long au moins...

— Je te le promets.

— Et, en attendant, que ferais-je, ah! je ne veux pas rester seule, ici...

— Non! non... j'y ai songé... et je vais...

Cardinet marcha vivement vers Ninoche.

— Mon enfant, lui dit-il, d'un ton rapide, il faut que tu me rendes un dernier service.

— C'est mademoiselle de Graçay, qui est là? interrompit Ninoche.

— Oui, et c'est d'elle que je veux te parler.

— Mais vous ne vous appelez donc pas Cardinet?

— Silence.

— Vous êtes donc le fils du général?

— Tais-toi! tais-toi! tout le monde l'ignore encore! et je ne demande plus qu'une chose, c'est de mourir avant qu'on l'apprenne.

Cardinet se tut un moment, puis il reprit :

— Je ne sais, dit-il, comment il a pu se faire que cette pauvre enfant se trouve ici à cette heure...

— Je le sais, moi! répondit Ninoche.

— Il ne faut pas qu'elle y reste un instant de plus, et dès que je me serai éloigné, tu l'emmèneras.

— Je vous le jure!

— Tu lui cacheras soigneusement l'épouvantable sort qui m'attend.

— Elle ne saura rien.

— Et, quoi qu'il arrive, tu ne la quitteras que lorsqu'elle sera rentrée rue de Varenne.

— Comptez sur moi!...

Cardinet se tourna alors vers le commissaire.

— Maintenant, monsieur, ajouta-t-il, je suis à vous. Vous avez désiré faire une perquisition dans l'appartement occupé par cette jeune femme... je vous donnerai toutes les indications que vous jugerez utile de me demander.

Et ils s'éloignèrent.

Beverley avait disparu, lui aussi; Ninoche et Réjane restaient seules dans la chambre.

Il y eut, entre les deux jeunes femmes, un moment de silence et d'embarras.

Réjane regardait Ninoche avec une curiosité inquiète, et celle-ci ne savait trop quelle contenance observer.

Elle se rapprocha lentement.

— Vous avez dû être bien effrayée, tout à l'heure, dit-elle enfin... mais Dieu merci, nous sommes arrivés à temps, et vous n'avez plus rien à redouter désormais.

— Vous savez ce qui s'est passé ici?... interrogea Réjane, pendant qu'un dernier frisson glissait sur sa peau.

— Sans doute... et c'est pour cela que j'ai eu l'idée d'y amener les personnes qui m'accompagnaient.

— Vous me connaissez donc?

— De nom, seulement...

— Cependant ce que vous venez de faire atteste que vous me portez quelque intérêt.

— C'est vrai.

— A quoi le dois-je?

— Ce serait bien long à expliquer.

— Au moins, me direz-vous qui vous êtes.

— Quelle nécessité?

— Je tiens à vous remercier.

— Eh bien... plus tard... un autre jour... en ce moment, je crois que nous avons autre chose à faire, et vous devez avoir hâte de rentrer rue de Varenne.

— Mais je ne veux pas partir seule.

— Je vous accompagnerai.

— Vous...

— Avez-vous peur de moi?

Réjane leva son bel œil clair sur la jeune femme qui lui parlait.

— Oh! assurément non, répondit-elle avec un doux sourire... seulement j'attends quelqu'un qui doit revenir...

— Et qui ne reviendra pas.

— Comment le savez-vous?

— Il me l'a dit.

— Henry m'aurait trompée?

— Il le fallait bien!

— Pourquoi?

— Il est des choses que je ne puis vous confier, mademoiselle; mais croyez-moi, quand je vous dis qu'il est dangereux, qu'il n'est pas convenable que vous restiez plus longtemps dans cette maison!

Réjane ne comprenait pas bien, mais instinctivement elle s'était levée.

Toutefois avant de s'éloigner, elle cherchait une explication à tout ce qui lui semblait obscur, dans ce que venait de dire Ninoche.

— Voyez!... dit-elle, sans la quitter du regard; voyez!.... comme ce qui m'arrive est bizarre... je viens d'échapper à un grand danger, et vous n'en doutez pas...

— Sans doute.

— Eh bien... ce qui s'est passé ne m'a pas rendue plus défiante... Vous me parlez... et je fais ce que vous demandez...

— C'est que moi, mademoiselle, comme vous le disiez, je vous porte un intérêt sincère.

— Qui me le prouve?...

— Sans moi, vous seriez perdue... et même je veux tout vous dire, pour vous rassurer... J'avais prévenu une autre personne... que je suis bien étonnée de ne pas rencontrer ici...

— Quelle personne? fit Réjane.

— Ne devinez-vous pas?...

— Je cherche.

— N'est-il pas quelqu'un que vous attendiez, et que vous seriez bien heureuse de voir à cette heure?

— Gontran!... s'écria Réjane avec un mouvement irréfléchi.

Ninoche fit un signe affirmatif.

— Gontran... répéta l'enfant pendant qu'une vive rougeur couvrait ses joues... vous le connaissez donc?

— Depuis longtemps...

Réjane se rejeta en arrière comme effrayée elle-même de la pensée qui lui venait.

Ninoche remua tristement la tête.

— Moi, poursuivit-elle, quand j'ai su que M. Gontran vous aimait, quelque étrange que cela puisse vous paraître, je me suis sentie prise d'une profonde affection pour vous.

— Comment?

— Vous ne comprendrez peut-être pas.

— Quoi?

— D'ailleurs, vous ne savez rien.

— Expliquez-vous.

— Cela date de loin... pour mieux dire du jour même où je l'ai vu pour la première fois.

— Lui!

— Et depuis ce jour-là... ah! ne m'en veuillez pas, mademoiselle : ne vous effrayez pas surtout!

— Achevez...

— Eh bien, depuis ce jour-là... je l'aime!

Réjane se voila le front de ses deux mains.

L

— Oh! ce n'est pas ce que vous croyez, continua Ninoche; nous autres, voyez-vous, il est bien rare que l'on nous aime... surtout quand nous élevons trop haut nos yeux ou notre cœur; seulement, on ne peut pas se défendre de ça. Nous vivons au milieu de réalités si tristes... que, sans avoir conscience, instinctivement, nous nous réfugions dans quelque rêve impossible auquel nous donnons notre corps et notre âme... quelquefois même, notre vie tout entière... — du moins ça a été ainsi pour moi...

Quand j'ai rencontré M. Gontran... il m'a semblé que jusqu'alors je n'avais pas vécu encore! il était si différent des autres... il y avait en lui tant de distinction, tant de bonté aussi; on comprenait si bien, tout de suite, que l'on avait devant soi une nature exceptionnelle, généreuse, chevaleresque, profondément honnête et sincère!... Je ne m'y suis pas trompée une seconde!... il se passa en moi quelque chose que je n'avais jamais éprouvé... et je me suis prise à l'aimer... mon Dieu! tenez!... jusqu'à lui donner ma vie s'il me l'eût demandée!...

Réjane écoutait, le sein gonflé, la singulière confidence qui lui était faite... Il y avait, dans ce qu'elle entendait, bien des choses qui étaient obscures et qu'elle ne comprenait pas, mais elle sentait sourdre une inquiétude confuse dans son cœur, et la curiosité se faisait jour à travers ses incertitudes.

Elle interrogea la jeune femme d'un œil à demi voilé.

— Mais lui! lui! balbutia-t-elle interdite.

Ninoche eut un douloureux sourire.

— Lui! répondit-elle; il ne s'est douté de mon affection que le jour où je lui ai révélé le danger que vous couriez...

— Ainsi... dit Réjane... il sait où je suis... il va venir.

— J'espérais le trouver ici...

— Qui donc peut le retarder?

— Je l'ignore.

— Enfin... que faut-il faire?

— Je vous l'ai dit, mademoiselle, je crois qu'il n'y a qu'un parti à prendre... c'est de retourner rue de Varenne... N'ayez pas peur; ne doutez pas de l'intérêt que je vous porte, [et soyez sûre qu'avec moi vous n'avez aucun danger à redouter.

Réjane hésitait.

Ce qui lui arrivait était si inattendu, elle était encore si troublée de ce qui venait de se passer... le départ de son frère semblait, en outre, si inexplicable en un pareil moment... qu'elle éprouvait mille appréhensions dont elle ne parvenait pas à se dégager.

Et puis... pour tout dire, sans qu'elle vît bien clair dans son cœur... ce n'est qu'avec un sentiment d'instinctive répulsion qu'elle acceptait l'offre que lui faisait cette femme qu'elle ne connaissait pas et qui aimait Gontran...

Cependant l'heure s'écoulait; la nuit était déjà bien avancée; il fallait prendre une résolution.

Elle réagit énergiquement contre sa défaillance et chassa toutes ces pensées importunes qui l'assaillaient.

— Vous avez raison, dit-elle alors d'un ton ferme; je ne puis pas rester plus longtemps ici... et puisque ni M. Gontran ni Martial ne sont venus, nous allons partir.

— A la bonne heure! fit Ninoche j'ai envoyé chercher une voiture... elle doit nous attendre, partons.

La jeune femme avait fait quelques pas. Réjane la suivit.

Elles descendirent ainsi jusqu'au rez-de-chaussée et s'engagèrent dans le vestibule.

Mais, arrivées là, elles s'arrêtèrent toutes les deux, comme d'un commun mouvement et échangèrent un regard presque épouvanté.

Elles venaient d'entendre des pas précipités dans le jardin.

— Si c'était Gontran! s'écria Réjane, en croisant les bras sur sa poitrine.

— Pourvu que ce ne soit pas Beverley!... balbutia Ninoche, en pâlissant.

Or voici ce qui était arrivé.

Après avoir quitté Ninoche, Gontran n'avait eu qu'une pensée, c'était d'aller trouver Adolphe, pour obtenir de lui par corruption ou par menace l'indication précise de l'endroit où l'on avait conduit Réjane.

Il espérait rencontrer celui qu'il cherchait, au caboulot où il se rendait d'ordinaire, et qui est situé rue Montmartre, près du boulevard. Mais Adolphe avait prévu la recherche dont il allait être l'objet, et lorsque Gontran le demanda au maître de l'établissement, il lui fut répondu qu'on ne l'avait pas vu depuis plusieurs heures.

Gontran alla rejoindre Martial qui l'attendait sur le trottoir.

Il était près de onze heures... il n'y avait pas de temps à perdre; il fallait surtout agir avant que Beverley quittât lui-même le théâtre et les devançât.

Le jeune vicomte n'hésita pas.

Sa voiture stationnait sur la chaussée; il y monta avec Martial.

— Rue d'Albe, 24, dit-il au cocher, et brûle le pavé!

Le coupé partit au galop.

Le général venait d'entrer dans la cellule

Ce fut l'affaire d'un quart d'heure.

— Mademoiselle Ninoche! dit Gontran, en passant devant la loge du concierge.

Ce dernier présenta brusquement la tête à travers son vasistas.

— Mademoiselle Ninoche ne demeure plus ici... répondit-il d'un ton grognard.

Gontran s'arrêta stupéfait.

— Elle a déménagé!...

— Il y a six mois...

— Et où demeure-t-elle?

— Ça... je n'en sais rien. Ces dames n'ayant guère l'habitude de donner leur adresse... et pour cause!

Gontran écouta à peine la réponse et sortit.

Il n'avait plus qu'une ressource... retourner au théâtre, pénétrer auprès de Ninoche, et lui demander sa nouvelle adresse.

Mais que de temps perdu!

Le sang brûlait ses artères, ses oreilles bourdonnaient, ses ongles grinçaient sur le reps des coussins.

La voiture s'était mise en route, et le magnifique alezan allongeait son trot, comme s'il eût compris l'impatience de son maître.

Quand Gontran sauta sur le trottoir des *Variétés*, il y avait au plus une demi-heure qu'il en était parti.

Il s'élança vers le péristyle, passa comme un trait devant le contrôleur, et escalada l'escalier, suivi de près par Martial.

Mais dès qu'il eut atteint le couloir de la première galerie, il s'arrêta et tourna son regard terrifié vers le garde.

— Qu'y a-t-il? demanda anxieusement ce dernier.

— Là... là...! regarde! répondit le vicomte.

Et d'un doigt frémissant, il indiqua la loge de Cardinet.

Ce qu'ils virent alors était bien de nature à expliquer la stupéfaction qui s'empara d'eux.

La porte de la loge était ouverte : à droite et à gauche, deux hommes se tenaient sur le seuil et, au milieu, un agent de police entretenait Cardinet à voix basse et rapide.

Le colloque dura le temps de l'écrire.

Cardinet s'était levé et descendit dans le couloir.

Ses joues étaient blêmes, son œil hagard, on voyait ses lèvres remuer comme sous l'effort d'une contraction nerveuse.

En posant le pied à terre, il trébucha et jeta un regard désespéré à Ninoche qui n'était ni moins pâle ni moins émue que lui.

— Donnez le bras à mademoiselle, lui dit alors l'agent, en désignant Ninoche qui n'était ni moins pâle ni moins émue que lui.

— Donnez le bras à mademoiselle, lui dit alors l'agent, en désignant Ninoche, et marchez devant : toute résistance serait inutile, vous n'avez aucun intérêt à provoquer un scandale, et il vous sera tenu compte de votre docilité.

— Où me conduisez-vous?... murmura Cardinet, qui évidemment ne savait plus guère ce qu'il disait.

— Allez toujours... Je vous expliquerai cela tout à l'heure.

Ils gagnèrent l'escalier et s'éloignèrent.

Ils avaient passé à deux pas de Gontran et de Martial, sans rien voir, et comme dans un rêve.

Quand ils eurent disparu, Martial roula sa tête dans ses mains.

— Lui! lui! dit-il avec un sanglot.

— Tu l'as reconnu? fit Gontran.

— Mais c'est M. Henry, le fils du général.

— Tais-toi! tais-toi! que nul ici ne soupçonne l'horrible vérité.

— Oh!... vous avez raison... Mais demain, dans quelques jours... ce sera la honte publique... le dernier coup pour le malheureux père... qui n'aura même pas peut-être sa fille bien-aimée auprès de lui.

Ces derniers mots rendirent Gontran à la réalité, et il se rappela le motif impérieux pour lequel il était revenu...

Que faire...

Au moment où Ninoche s'éloignait, il avait bien été tenté de lui parler.

Mais une sorte de pudeur discrète l'avait arrêté, et maintenant il était trop tard.

Un dernier moyen lui restait, c'était d'aller trouver Brin-de-Tulle qui ne pouvait ignorer l'adresse de son amie.

L'acte tirait à sa fin; il fallait se hâter.

Il gagna l'escalier.

Toutefois une pensée soudaine venait de s'emparer de son esprit.

La loge de Beverley était à deux pas, et la curiosité le prit d'y jeter un coup d'œil.

Il se doutait bien que Beverley était parti depuis quelque temps déjà, mais il voulait s'en assurer.

Il se rapprocha.

Comme il en touchait le seuil, la porte s'ouvrit... et une femme en sortit, appuyée au bras d'un cavalier.

Herminie!...

Sans doute, elle ne s'attendait pas à cette rencontre, car à la vue de Gontran, elle fit un mouvement où celui-ci crut deviner l'intention de rentrer dans la loge.

Une sueur froide perla à son front... pendant qu'un sourire de mépris contractait sa lèvre.

Cependant Herminie s'était vite remise de son émotion passagère, et quittant son cavalier elle alla résolument à Gontran.

— Gontran!... murmura-t-elle d'un accent poignant.

— Ah! laissez-moi! laissez-moi! fit ce dernier, presque épouvanté de tant d'audace.

— Vous me repoussez.

— Ce n'est pas vous que je cherche, et vous le savez bien!

— Ne dites pas cela !... Si vous le voulez... il est temps encore, — dites un mot, un seul... et vous saurez !...

Elle tendait ses deux mains suppliantes vers le jeune homme.

Celui-ci se rejeta en arrière, avec un geste d'horreur.

— Non ! non ! prononça-t-il avec force ; vous êtes une créature avilie et méprisable... et l'avenir se chargea de venger la pure enfant que vous avez tenté de perdre...

— Gontran !...

— Adieu ! adieu !

Et le vicomte disparut.

Quelques secondes plus tard, il arrivait sur le théâtre, où Brin-de-Tulle lui donnait enfin l'indication qu'il cherchait.

Une fois en possession de ce précieux renseignement, il essaya de sortir par la porte qui donne sur le passage des Panoramas.

Mais deux agents qui veillaient de ce côté l'invitèrent à rebrousser chemin.

— Je suis le vicomte d'Epernon ! voulut dire Gontran.

— Possible ! répondit l'homme qui lui barrait le passage ; mais nous avons des ordres, et vous ne sortirez, comme les autres, qu'après le spectacle.

Gontran rebroussa chemin et revint à la porte de communication.

— Que se passe-t-il donc ? demanda-t-il à l'employé qui lui ouvrait.

— Je vais vous dire, répondit ce dernier, il paraît qu'un gredin, qui se faisait appeler le prince Lubiroff, et qui n'était qu'un misérable du nom de Lombard, a tenté tout à l'heure d'assassiner un agent de police qui le filait. On assure qu'il a réussi à pénétrer sur la scène, et on le cherche de tous côtés.

— On ne l'a pas trouvé.

— Pas encore, mais cela ne tardera pas, car on a placé des agents un peu partout, depuis le second dessous jusqu'aux cintres.

Gontran n'attendit pas la fin de l'explication et se précipita sur le boulevard, où son coupé stationnait.

— Rue Mogador, 8, dit-il au cocher.

Et pendant que la voiture s'ébranlait.

— Enfin ! ajouta-t-il en se tournant vers Martial, et maintenant... Dieu veuille que nous arrivions à temps.

LI

A la vue de Gontran qui franchissait le seuil de la porte, Réjane ne put se contenir davantage, et en proie à une joie pleine de désordre, laissant déborder son cœur trop plein, elle se précipita palpitante sur la poitrine du jeune vicomte.

Gontran oublia un moment ses lèvres sur son front et dans ses cheveux.

— Réjane! Réjane! s'écria-t-il... Ah! le ciel a permis que j'arrive à temps.

Réjane ne répondit pas tout de suite.

Elle ne s'appartenait plus... elle n'avait plus conscience de ce qu'elle faisait... tout un monde de sensations nouvelles s'était pour ainsi ouvert devant elle.

Cela dura quelques secondes.

Puis elle se dégagea rougissante et troublée, et recula de quelques pas en joignant les mains.

— Je ne rêve pas, balbutia-t-elle, je suis bien éveillée... c'est bien vrai... je suis sauvée... Ah! Dieu est bon !...

— Partons!... dit Gontran, ne restons pas une minute de plus dans cette maison... une voiture nous attend... venez... Réjane... ma Réjane bien-aimée... je vais vous ramener à votre père.

Réjane mit sa main dans celle du jeune homme, et elle allait s'éloigner quand elle fit un mouvement et jeta un cri douloureux.

— Qu'avez-vous?... demanda Gontran étonné.

L'enfant porta la main à son cœur, comme si une lame d'acier l'eût traversé.

— Ne soyons pas ingrats, dit-elle d'un accent pénétré. Il y a ici une personne à laquelle je dois sinon l'honneur, tout au moins la vie, et je veux qu'elle sache à quel point je lui suis reconnaissante.

En parlant de la sorte, elle se tournait vers Ninoche qui s'était, depuis l'arrivée de Gontran, rejetée à l'écart.

Le vicomte tressaillit et alla à la jeune femme.

— Vous avez raison, dit-il avec effusion... le bonheur est égoïste. Je n'aurais pas dû l'oublier. Chère enfant... vous me pardonnez, n'est-ce pas?

— Oui, monsieur Gontran, répondit Ninoche; d'ailleurs, ce que j'ai fait ne mérite pas de reconnaissance; et vous savez à quel sentiment j'ai obéi moi-même.

— Ah! si jamais vous avez besoin de nous! fit Réjane dans un élan de vive et sincère sympathie.

Ninoche eut un sourire où perçait peut-être un peu d'amertume.

— Merci, mademoiselle, dit-elle avec un sanglot mal étouffé; je n'ai besoin de rien; et, d'ailleurs, nous ne sommes pas nées pour vivre longtemps nous autres.

Puis, saisissant le bras de mademoiselle de Graçay, elle l'attira violemment à elle, et se pencha à son oreille.

— Il est heureux! murmura-t-elle d'un souffle ardent : vous lui donnerez ce que je ne pouvais pas lui offrir. Dieu bénisse le bonheur qu'il recevra de vous!

Et sans ajouter une parole de plus, elle s'éloigna rapidement, n'osant même pas jeter un dernier regard à Gontran.

Quelques secondes plus tard, Réjane et le vicomte partaient emportés vers la rue de Varenne.

Il y eut alors entre les deux jeunes gens un long silence, et c'est à peine s'ils échangèrent quelques paroles pendant le trajet... Ils étaient l'un et l'autre trop émus pour cela.

Seulement, Gontran avait pris la main tremblante de l'enfant et, de temps en temps, il sentait une douce pression répondre à la sienne.

Quand la voiture s'arrêta, et que Gontran, qui avait sauté à terre, eut aidé Réjane à descendre, les deux amoureux échangèrent un long regard.

— Je viendrai demain, dit Gontran à voix basse... mais il me semble qu'un siècle encore me sépare de l'heure fortunée où je dois vous revoir... Réjane! Réjane! vous m'aimez, n'est-ce pas, vous serez heureuse de devenir ma femme?

Une expression céleste éclaira l'œil de mademoiselle de Graçay.

— Oui... oui... je suis heureuse!... répondit-elle naïvement... Ma vie est à vous, désormais, car je vous aime comme je n'ai jamais aimé encore! comme je n'aimerai plus jamais!...

Gontran baisa sa main qu'il avait gardée, et l'enfant se sauva vers la porte que Martial venait d'ouvrir.

Quand elle eut disparu, et avant que Gontran remontât dans sa voiture, le vieux garde se rapprocha de lui.

— Pardon, monsieur le vicomte, lui dit-il, mais je pensais que peut-être vous auriez quelques ordres à me donner.

— A quel propos?

— Ne devez-vous pas vous rencontrer avec M. Beverley?

— Tu as raison... fit Gontran en tressaillant... demain, oui... c'est vrai...

— Vous aurez besoin de mes services.

— Probablement.

— A quelle heure désirez-vous que je sois rue de la Chaussée d'Antin?

Le jeune homme réfléchit un instant.

— Il serait peut-être préférable, dit-il alors, que tu restasses auprès du général.

— Cependant...

— L'arrestation de son malheureux fils sera connue demain de tout Paris... et son identité ne peut tarder à être révélée... Si quelque indiscrétion parvient jusqu'à lui... il faut que tu te tiennes à sa disposition...

— C'est vrai!

— Reste donc auprès de lui... et envoie-moi prévenir des incidents qui pourraient se produire...

Gontran dormit fort mal à la suite de cette nuit, et, jusqu'au matin, c'est à peine s'il prit quelques heures de repos.

Neuf heures sonnaient quand il se réveilla.

Son domestique venait d'entrer dans sa chambre.

— Que me voulez-vous? demanda le jeune vicomte en ouvrant ses yeux encore chargés de sommeil.

— Je demande pardon à M. le vicomte, répondit le valet... mais il y a là deux personnes qui désirent lui parler.

— Qui cela?

— M. de Saint-Clair et M. de Simier.

Gontran sauta à bas de son lit.

Il avait presque oublié son duel. — Il donna l'ordre d'introduire ses deux témoins au salon.

Dix secondes après, il allait les y retrouver.

Saint-Clair vint à sa rencontre.

— Je vous présente toutes mes excuses — dit alors Gontran — j'ai été fort occupé cette nuit, je me suis couché fort tard et, ma foi, je dormais profondément.

Saint-Clair lui serra la main.

— Nous venons, Sosthène et moi, répondit-il, vous rendre compte de la mission dont vous nous avez chargés.

— Tout est réglé alors? fit Gontran.

— Selon votre désir.

— Quelle est l'arme que vous avez choisie?

— L'épée.

— A la bonne heure. — Et où nous battons-nous?

— A Vincennes.

— Aujourd'hui?

— Aujourd'hui, à cinq heures.

— C'est parfait, je vous remercie, messieurs, du zèle que vous avez déployé dans toute cette affaire, et croyez bien...

Saint-Clair protesta du geste.

— Si vous voulez, ajouta-t-il, nous viendrons vous prendre ici vers quatre heures.

— Je vous attendrai.

— C'est entendu; toutefois, pour nous conformer à un désir formel exprimé par Sancé et Précourt, permettez-moi de vous adresser une dernière question

— Parlez...

— Vous nous avez dit que le motif de cette rencontre était des plus graves.

— Sans doute.

— Et il n'y a pas lieu en ce cas...

— Achevez...

— Enfin, vous ne croyez pas que l'on puisse tenter un arrangement, provoquer des explications.

Gontran releva la tête et fronça le sourcil.

— Vous me connaissez, messieurs, répondit-il d'une voix ferme, et vous savez quelle réflexion j'apporte d'ordinaire dans tous les actes de ma vie. Eh bien, ne doutez pas de ma parole, quand je vous dis qu'il s'agit ici d'un duel à mort, et que ce soir je tuerai Beverley ou qu'il me tuera! Vous comprenez, n'est-ce pas?

— A merveille !

— A ce soir alors, mes amis, à ce soir, et croyez à la profonde reconnaissance que je vous conserverai du dévouement que vous m'avez témoigné en cette circonstance.

Sosthène et Saint-Clair se retirèrent sur ces mots, et Gontran resta seul... Ce ne fut pas pour longtemps.

Un quart d'heure à peine s'était écoulé que le valet se présentait de nouveau, et annonçait Martial.

Gontran ordonna de l'introduire tout de suite, et il courut à lui, dès qu'il le vit.

— Réjane! interrogea-t-il en prenant les mains du vieux garde.

Ce dernier était visiblement soucieux et préoccupé, mais, dès qu'il entendit le nom de mademoiselle de Graçay, son visage s'éclaira.

— Dieu merci, mademoiselle Réjane est tout à fait remise, et j'ajouterai même que je ne l'ai jamais trouvée plus fraîche ni plus souriante...

— Chère enfant...

— Du reste, tout s'est passé à souhait... nous sommes rentrés sans que personne se soit douté que nous étions sortis... la vieille Ursule elle-même n'y a vu que du feu.

— Et le général?

Le front de Martial s'assombrit à cette question.

— Ah! le général!... répondit-il... c'est autre chose.

— Aurait-il quelque soupçon?

— Ce n'est pas cela... seulement, tous les matins, en se réveillant, sa première occupation, c'est de lire son journal.

— Eh bien?

— Eh bien, voyez-vous, il paraît que les journalistes sont de fameux bavards, et qu'ils ne peuvent pas retenir leur langue... Si bien que le général a pu apprendre ce matin que M. Charles Cardinet avait été arrêté cette nuit.

— Tu crois?...

— J'en suis sûr... il ne m'a rien dit, parce qu'il n'a pas l'habitude de conter ses affaires à tout le monde; mais quand je me suis présenté dans sa chambre, je l'ai trouvé sombre, agité, se promenant de son lit à la fenêtre, avec un froncement de sourcils que je connais... et qui ne dit rien de bon.

— Enfin...

— Enfin il a écrit une lettre qu'il m'a chargé de porter à son adresse.

— Et cette lettre?

— Elle était pour le procureur impérial.

Mais deux agents qui veillaient de ce côté l'invitèrent à rebrousser chemin.

— Alors, il sait tout !

— Je le crois.

— Et il n'y a rien à faire?

— Avec le général, le mieux est d'attendre !

— Quelle est donc son idée?

— Je n'en sais rien.

— Pourvu que Réjane ne se doute pas...

— Quant à ça... il n'y a pas de danger !

— C'est égal, j'irai le voir; peut-être que ma présence le consolera un peu dans l'épouvantable douleur dont il vient d'être frappé...

Pendant que Gontran s'exprimait ainsi, Martial le regardait avec étonnement. Le vicomte s'en aperçut.

— Qu'as-tu donc? interrogea-t-il, tout en continuant de s'habiller.

— C'est que, je vais vous dire, répondit Martial; en venant ici j'avais une idée.

— Laquelle.

— Vous allez vous battre.

— Sans doute, ce soir, à cinq heures, à l'épée.

— A l'épée!... tant mieux : il y a plus de courage et moins de hasard... Comment tire votre adversaire.

— C'est la meilleure lame de Paris.

— Diable! et vous n'avez pas pensé...

— A quoi!

— A vous faire la main, pardieu!... tenez... je n'étais pas précisément prévôt de la gendarmerie, mais tout de même je passais pour une jolie lame : aussi, si vous vouliez...

Gontran serra en souriant la main du brave garde...

— Merci, mon ami, lui dit-il, merci. Je n'ai aucune raison de recourir à ce moyen. Si mon adversaire est de première force, je ne suis pas maladroit non plus, et je m'en remets à la grâce de Dieu.

— Alors, je n'insiste pas?

— Non... Retourne auprès du général; assure-le de mon respect et de mon dévouement, et ajoute que, dans quelques heures, je serai près de lui.

Martial ne fit pas d'autre objection et s'éloigna.

Ainsi qu'il l'avait annoncé, vers une heure, Gontran se faisait conduire rue de Varenne, et demandait à parler à M. de Graçay-Chambrun.

Seulement, quand il se trouva en présence du général, il ne put retenir un geste de stupeur et recula effrayé à la vue de ses traits altérés et de l'expression presque sinistre de son regard.

LII

Cependant, dès qu'il aperçut le vicomte, M. de Graçay parut revenir à lui, et il vint au-devant du jeune homme, la lèvre presque souriante.

— Je suis heureux de vous voir, dit-il avec effusion, je me reprochais déjà de ne pas avoir répondu encore à la lettre affectueuse que vous m'avez adressée hier.

Gontran s'inclina.

— Vous excuserez mon impatience, général, répondit-il ; j'avais hâte de connaître mon sort, et je voulais vous dire surtout que vous tenez entre vos mains le bonheur de toute ma vie.

M. de Graçay ferma les yeux, sous l'empire d'un sentiment mêlé de tendresse et de mélancolie.

— J'aurais dû comprendre cela, dit-il ; seulement, avant de prendre aucune résolution, j'avais à consulter ma chère petite Réjane, car elle ne dépend que d'elle-même, et je ne voulais point exercer une pression que je pusse regretter plus tard.

— Vous lui avez parlé ? interrogea hypocritement Gontran.

— Oui, mon ami.

— Et mademoiselle Réjane n'a pas repoussé ma demande ?

— Elle a fait mieux... elle a répondu qu'elle serait heureuse de devenir vicomtesse d'Épernon.

Gontran serra les mains du vieillard.

Ce dernier remua douloureusement la tête.

— Ah ! ne vous hâtez pas trop de vous réjouir, mon ami, reprit-il après un court silence... car cette union, qui est désormais le plus ardent de mes vœux, bien des obstacles peuvent la retarder encore, si même ils ne doivent pas l'empêcher à jamais.

— Que dites-vous ! balbutia Gontran interdit.

— Vous ne pouvez deviner pourquoi je vous parle ainsi, poursuivit M. de Graçay... Vous avez suivi, vous, l'étroit sentier de l'honneur dans lequel votre père a guidé vos premiers pas... Vous avez pris de bonne heure votre chemin sur les hauteurs de la vie, et jamais depuis, le pied ne vous a glissé dans la route que vous avez parcourue... Malheureusement, tous les fils ne vous ressemblent pas, et vous ignorez les épouvantables épreuves par lesquelles j'ai passé depuis quelques années.

— Général !...

— Je vous dois ces confidences — au moment où vous vous préparez à entrer dans la famille de Graçay-Chambrun, vous avez le droit de connaître...

— Mais je n'ai rien à apprendre !... interrompit vivement le vicomte.

— Comment cela ? fit le général en tressaillant.

— Lorsque j'ai demandé la main de mademoiselle de Graçay... je connaissais l'histoire de votre passé douloureux... et je n'ai pas eu une seconde d'hésitation... Ah ! ce n'est pas vous, général, qui voudriez faire peser sur la pure enfant la responsabilité des fautes d'un autre...

— Son frère !

— Qu'importe...

— Un malheureux, qui a indignement souillé le nom que je lui ai donné.

— Eh! qui osera s'en souvenir, quand mademoiselle de Graçay Chambrun s'appuiera au bras de son mari, le vicomte d'Épernon...

Le général ne répliqua pas tout de suite. — Il avait relevé le front à cette fière réponse, et son cœur se troublait à la pensée que, lui aussi, aurait pu avoir un fils qui eût agi et parlé comme le jeune gentilhomme.

Cette impression fut courte; il reprit :

— Soit!... dit-il d'une voix saccadée et nerveuse; soit! je ne doute pas de vous, mon cher enfant, mais je songe avec amertume que votre dévouement chevaleresque peut se trouver exposé à bien des déceptions, et c'est sur ce point que je veux vous mettre en garde.

— Expliquez-vous!...

— Vous savez le passé... mais nul ne vous a encore parlé du présent.

— Comment?...

— Il est arrivé hier une chose horrible.

— Laquelle?

— Un homme a été arrêté au théâtre des Variétés.

— Charles Cardinet?

— Vous le connaissez?

— Sans doute.

— Mais vous ignorez?...

— Je n'ignore rien, général... et c'est parce que j'ai assisté moi-même à l'arrestation de ce malheureux... que j'ai tenu à venir, ce matin, vous renouveler la demande que je vous avais faite hier.

M. de Graçay laissa retomber ses bras le long de son corps : une rougeur de honte avait monté à son front. Un sanglot déchirant soulevait sa poitrine.

— Lui! murmura-t-il avec effort... c'est bien lui, n'est-ce pas?

— Mais... je le crois.

— Moi, j'essayais de douter encore...

— Ah! que Réjane... au moins... ne sache jamais!...

Le général fit un geste énergique et crispa ses doigts irrités.

— Non... non!... jamais... répondit-il d'un ton farouche... C'est le dernier coup, celui-là... Voyez-vous... le vase s'était rempli peu à peu... jusqu'au bord... ceci est la goutte qui l'a fait déborder... et il faut en finir.

— Général!

— Je sais ce qui me reste à faire.

— Que voulez-vous dire?

— Rien.

— Ah! nous partirons... nous irons, loin de Paris, loin de France... vivre ignorés... et oubliés... Songez-y!... et laissez-moi vous dire, après l'aveu que vous m'avez fait, qu'il s'agit maintenant du bonheur de votre enfant.

— Je ne pense pas à autre chose.

— Gardez-vous de le compromettre.

— Je veux l'assurer, au contraire.

— Comment?

— C'est un secret entre Dieu, et moi! et... je suis sûr d'avance qu'il m'absoudra.

En parlant ainsi, M. de Graçay avait fait quelques pas à travers la chambre et venait d'approcher de la fenêtre.

Tout à coup il tressaillit.

Réjane était dans le jardin et marchait dans les allées, en compagnie de Martial.

La jolie enfant était visiblement inquiète, Martial lui avait dit que Gontran se trouvait auprès de son père; elle pensait que la conversation durait bien longtemps, et de temps à autre elle jetait un regard furtif vers la fenêtre.

Le vieillard sentit une larme perler sous ses cils et se tourna vers Gontran.

— Nous nous sommes dit tout ce que nous devions nous dire, ajouta-t-il; j'ai à sortir bientôt, et je vous rends votre liberté pour aujourd'hui; d'ailleurs, je crois bien que Réjane s'impatiente un peu de notre entretien si long; allez la rassurer, mon ami, et dites-lui surtout que je bénis votre amour, et que son bonheur sera la plus douce consolation que Dieu puisse réserver à ma vieillesse.

Gontran allait se retirer quand un domestique apporta un pli qu'un garde de Paris venait de déposer chez le concierge.

Le général s'en empara vivement, et en déchira l'enveloppe d'une main fiévreuse.

Il en eut à peine parcouru les premières lignes que son visage s'éclaira.

Il avait suffi d'un regard à Gontran, pour reconnaître la provenance de cette lettre. L'enveloppe portait, à l'angle gauche, le timbre du parquet du procureur impérial.

Malgré lui, il se sentit frissonner.

C'était la réponse à la lettre que le général avait fait porter le matin, par Martial.

Il ne fit aucune remarque cependant... il salua et sortit.

Sur le seuil de la salle à manger qui ouvrait de plain pied sur le jardin, il aperçut Réjane qui l'attendait.

Elle l'accueillit d'un sourire enivré.

— Combien j'avais hâte de vous revoir, dit Gontran, je craignais que les émotions de cette nuit ne vous eussent fatiguée... et l'excellent Martial ne m'avait rassuré qu'à demi.

— Vous avez vu mon père? interrogea Réjane... que vous a-t-il dit?

— Eh! de quelle chose voulez-vous qu'il me parle, si ce n'est de votre bonheur...

— Alors, il est heureux.

— Presque autant que moi !...

— Il avait l'air si soucieux, ce matin...

A son tour, Gontran se prit à sourire.

— Eh ! n'est-ce pas naturel, répliqua-t-il, s'empressant de chasser toute fâcheuse impression de l'esprit de l'enfant ; le général s'inquiète à bon droit, il faut bien le reconnaître.

— Pourquoi ?

— Le bonheur, c'est chose grave.

— Sans doute.

— Et peut-être craint-il... que vous ne m'aimiez pas assez pour...

La main de Réjane trembla dans celle du jeune homme.

— Si mon père doute de mon amour, répondit-elle, les yeux dans ceux de Gontran, vous, du moins, vous y croyez, n'est-ce pas ?

Par un mouvement plein d'oubli, le vicomte l'attira contre sa poitrine.

En ce moment, deux heures sonnèrent au cartel de la salle à manger.

Il revint à lui et se dégagea doucement.

— Voyez ! dit-il alors, voici deux heures... et il faut que je vous quitte...

— Déjà.

— C'est de vous que je vais m'occuper.

— Mais je vous reverrai.

— Bientôt.

— Ce soir ?

Gontran eut un moment d'embarras.

— Ce soir ! répondit-il... oui, peut-être... je ne sais.

— Pourquoi ?

— Il faut que je voie la duchesse de Frileuse, ma sœur, que je lui annonce mon bonheur... que nous causions affaires ! Ni elle ni moi n'y comprenons rien... et vous pouvez vous imaginer que ce sera long.

— Alors... c'est demain que je vous reverrai.

— Demain, oui.

— Vous viendrez de bonne heure !...

— Chère Réjane ! ah ! vous ne saurez jamais à quel point votre amour me rend heureux... et voilà que maintenant, j'ai presque peur de mourir avant le moment où je pourrai vous appeler ma femme.

— Voulez-vous bien vous taire ! Si vous n'avez que de vilaines pensées comme cela... je vais vous renvoyer.

— A demain donc...

— Oui... à demain ! à demain !

Gontran partit.

Il avait le ciel dans le cœur... et jusqu'au moment où il atteignit la Chaussée d'Antin, la voix de l'enfant résonna à son oreille, répétant les doux aveux qu'elle venait de lui faire...

Mais quand il approcha de sa demeure, un sentiment bien différent s'empara de lui... et tout son sang afflua vers son cœur.

Il était près de trois heures.

Une heure encore, et ses témoins viendraient le prendre, pour se rendre à Vincennes.

Il fit quelques préparatifs et s'habilla.

Il était redevenu sérieux et grave, et ne songeait plus qu'à Beverley.

Il n'eut pas du reste une seconde la pensée que cette rencontre pourrait lui être fatale.

Il était très fort à l'escrime; il avait eu plusieurs affaires d'honneur dans lesquelles il n'avait jamais été blessé... cette fois, il comptait de plus sur son bon droit.

Le temps s'écoula vite... quatre heures sonnaient à sa pendule quand la porte s'ouvrit pour livrer passage à Sosthène et à Saint-Clair.

— A la bonne heure... vous êtes exacts! fit Gontran, en passant son pardessus.

— Puisque vous voilà prêt, répondit Sosthène, partons.

Gontran alluma un cigare, et suivit ses seconds.

Peu après la voiture s'ébranlait, emportant les trois jeunes gens dans la direction de Vincennes.

Or, à la même heure, le général de Graçay-Chambrun sortait seul de la maison de la rue de Varenne, et s'acheminait à pied jusqu'à la station de voitures la plus prochaine.

Une fois là, il fit signe à un cocher qui s'empressa d'ouvrir la portière de son fiacre.

— Où faut-il vous conduire? demanda l'humble automédon.

Le général avait pris place à l'intérieur : il passa la tête à la portière,

— Préfecture de police! répondit-il d'une voix ferme.

Et le fiacre s'éloigna dans la direction des quais.

LIII

Depuis le matin, Charles Cardinet était au dépôt de la préfecture.

C'est là que chaque jour la police amène les malfaiteurs qu'elle a cueillis dans la journée ou au cours de la nuit.

On ne reste pas au dépôt. C'est une sorte de caravansérail où l'on ne fait que passer. Il y règne un mouvement, un va-et-vient continuel de tout ce que la capitale contient de réfractaires ou de criminels.

La police a promené sa drague dans les bas-fonds sociaux ; les postes des différents commissariats ont reçu le produit de cette pêche quotidienne, et à l'heure réglementaire les *paniers à salade* emportent à la préfecture les nombreux contingents du vol, de la débauche et du crime.

Un lieu sinistre et d'un aspect spécial.

On assure qu'il s'opère à Paris, à peu près cinq cents arrestations par jour.

Pour l'observateur, à certains jours, le dépôt est en quelque sorte une représentation exacte des vices et des passions qui rongent notre corps social, — un musée Dupuytren d'ordre moral.

Nous avons dit que l'on ne faisait que passer au dépôt de la préfecture.

Les malfaiteurs qui y sont écroués n'y restent, en effet, que le temps rigoureusement nécessaire pour que le *petit parquet* leur fasse subir un interrogatoire sommaire, établisse autant que possible leur identité, et détermine approximativement le délit qui leur est reproché.

Cela fait, les prévenus quittent la préfecture... laissant la place à d'autres, et vont attendre à Mazas ou ailleurs que l'instruction commence.

Il y a au dépôt trois salles communes, dont deux sont affectées aux hommes et dont la troisième est réservée aux femmes.

En outre, il existe un grand nombre de cellules simples ou doubles.

L'aménagement est partout le même.

Dès que l'on a mis le pied dans cet établissement, toute distinction cesse. Vous aviez un nom, vous n'avez plus qu'un numéro. Vous n'êtes encore ni coupable ni même accusé, mais vous êtes prévenu !

Chose redoutable !

Les cellules sont situées au rez-de-chaussée, à droite et à gauche d'un large couloir où rôdent à toute heure de jour ou de nuit les gardiens préposés à la surveillance.

Dans la lourde porte, qui ferme chaque réduit sombre, un guichet reste éternellement ouvert.

Vous ne pouvez faire un geste de révolte ni proférer une parole de défaillance, sans qu'à l'instant même, geste ou parole ne soit surpris et retenu.

Vous ne vous appartenez plus, vous appartenez à la justice.

C'est un engrenage. Le mouvement est donné... il faudrait un miracle pour l'arrêter.

Cette situation est effrayante pour l'innocent... elle est effroyable pour le coupable...

Depuis le matin, Cardinet n'avait pas entièrement repris possession de lui-même.

Par un moment plein d'oubli, le vicomte l'attira contre sa poitrine.

Dans les premiers moments même, il avait cru qu'il allait devenir fou.

Être enlevé ainsi brusquement au bruit de la vie parisienne dans ce qu'elle a de plus excessif et de plus attrayant, et se retrouver tout à coup, sans transition, entre les murs d'une cellule silencieuse, où l'air pénètre à peine, et où l'on sent à tout instant peser sur soi le regard d'un gardien soupçonneux, il n'en fallait pas tant pour perdre la raison.

Cependant il finit par se calmer.

Les émotions de la nuit l'avaient brisé, et en dépit de sa fatigue, il avait pu reposer quelques heures.

Quand il se réveilla, un rayon de soleil, glissant à travers l'étroite meurtrière qui simulait une fenêtre, jouait sur les murs de la cellule et en atténuait un peu le sombre aspect...

Il sauta de son lit et fit quelques pas.

Il était plus calme, mais sa situation lui apparaissait néanmoins dans toute son horreur.

Qu'allait-il faire? que pouvait-il tenter?

Rien.

Il était perdu... sans espoir... et c'est la prison... le bagne qui l'attendait!...

Le temps de la réflexion fut très court... il y avait à peine une demi-heure qu'il s'était levé... quand la clef grinça dans la serrure, et que le guichetier poussa la porte massive.

Il frissonna.

— Numéro 24 ! appela le guichetier.

Le numéro 24, c'était Cardinet...

Il sortit.

Il y avait là un garde de Paris, qui lui passa au poignet cette petite chaî- nette que l'on appelle le *cabriolet*, en terme de police, et qui l'emmena, sans même lui dire où il le conduisait!

Cardinet se laissa faire.

C'était d'ailleurs un homme sans énergie et absolument passif : un jour, il avait rencontré Lombard sur sa route, et il l'avait suivi. Une fois engagé dans la voie fatale, il était allé jusqu'au bout.

Quelques minutes plus tard, il comparaissait devant le substitut du procu- reur impérial.

L'interrogatoire ne dura que peu de temps,.. il fut presque banal, si l'on peut s'exprimer ainsi.

Sur un point seulement, un incident se produisit, qui reporta Cardinet dans un ordre d'idées tout nouveau et auquel, jusqu'alors, il ne s'était pas arrêté.

Après avoir adressé les questions d'usage, et sollicité les renseignements qui devaient servir de premiers éléments à l'instruction, le magistrat enveloppa le prévenu d'un regard vif et prompt.

— Vous venez de déclarer, lui dit-il d'un ton bref, que vous vous appelez Charles Cardinet.

— Oui, monsieur... répondit ce dernier.

— Cependant, nous avons quelque raison de croire que ce n'est là qu'un nom d'emprunt, destiné à dissimuler votre nom véritable.

— J'ai dit ce que j'avais à dire.

— Vous êtes résolu à ne faire sur ce point aucun aveu à la justice.

— Qu'importe que je m'appelle du nom de Cardinet ou d'un autre, puisque je me reconnais coupable des principaux faits qui me sont reprochés.

— Vous n'ignorez pas que nous avons des moyens sûrs pour établir tôt ou tard votre identité... ne serait-il pas plus simple que, de vous même...

— Je vous laisse le soin de découvrir la vérité.

— Alors, vous persistez dans votre refus.

— Je n'ai rien à ajouter.

— Cela suffit... Vous pouvez vous retirer.

Sur un signe du magistrat, le garde de Paris passa une seconde fois le *cabriolet* au poignet de Cardinet et le ramena au dépôt, où il fut aussitôt réintégré dans sa cellule.

Le malheureux y rentra avec des sentiments bien différents de ceux avec lesquels il en était sorti quelques instants auparavant.

Maintenant il ne songeait plus qu'à une chose... c'est que d'un moment à l'autre, on allait apprendre qu'il ne s'appelait pas Charles Cardinet, mais bien Henry de Graçay-Chambrun.

Et l'image de son père et celle de Réjane passèrent devant son regard épouvanté.

Ce fut horrible !...

Cette fois, c'était bien la honte et le déshonneur pour le vieillard et pour l'enfant, et à l'impasse redoutable où il se sentait acculé, il n'y avait plus d'issue possible.

Il resta longtemps, assis sur sa couchette, l'œil fixe, l'esprit hanté par mille fantômes.

Il ne respirait plus qu'avec peine, une sorte de râle sifflait dans sa gorge ; il eût voulu pleurer, il ne pouvait pas.

Tout à coup il poussa un cri, et sa chair se prit à frissonner.

Puis, le corps tendu, les pupilles dilatées, il prêta l'oreille.

Qu'avait-il entendu ?...

Un murmure... un souffle — mais tout son sang s'était figé dans ses veines...

Car ce murmure ou ce souffle lui avait apporté comme un écho de la voix de son père !...

Ce ne pouvait être qu'une erreur, une hallucination. C'était impossible... invraisemblable... un rêve cruel qu'il faisait tout éveillé...

Et pourtant !

Pendant qu'il écoutait, le bruit s'était rapproché... Maintenant il entendait le guichetier s'avancer à l'appel du directeur du dépôt, et, presque aussitôt, la clef tourna pour la seconde fois dans la serrure, et la porte roula sur ses gonds.

Cardinet prit son front dans ses mains et se laissa tomber à genoux.

Le général venait d'entrer dans la cellule...

— Mon père ! mon père ! balbutia le malheureux, avec un sanglot déchirant...

Le général eut un geste farouche.

— Ah! taisez-vous! interrompit-il d'une voix rude, ne donnez pas le soupçon du lien de parenté qui nous unit au gardien qui veille à cette porte.

Puis il reprit après un court silence :

— Le temps qui m'a été accordé, dit-il, est d'ailleurs très limité, et nous avons des résolutions graves à prendre; relevez-vous et écoutez-moi.

Henry obéit; il se leva et alla s'adosser à la couchette sans oser lever les yeux sur le général.

Ce dernier poursuivit :

— C'est ce matin, dit-il, que j'ai appris votre arrestation... je savais, depuis quelque temps déjà, que vous étiez à Paris, et que vous y viviez sous le nom de Cardinet... Moi qui vous connais, je ne doutais pas qu'une catastrophe ne fût prochaine, mais je ne la croyais pas imminente... le récit de ce matin a été comme un coup de foudre, et c'est à peine si je pouvais y ajouter foi... il l'a bien fallu cependant...

— Si vous saviez!... voulut dire Henry.

— Ne m'interrompez pas... dès que le doute n'a plus été possible, dès que j'ai compris que la honte était consommée, et que sous votre nom d'emprunt on ne tarderait pas à lire le nom honorable que vous n'avez plus le droit de porter... Alors, mon parti a été vite pris.

— Qu'avez-vous fait?...

— J'ai demandé au procureur impérial une audience qu'il m'a accordée; je lui ai dit que vous étiez mon fils, que je désirais vous parler... et ce magistrat, qui est père, lui aussi, a eu pitié de mes larmes, et s'est rendu à ma prière.

— Mon Dieu!

— Nous voici donc en présence encore une fois... mais il ne peut plus y avoir, à cette heure, ni hésitation ni compromis... et je viens vous demander ce que vous comptez faire...

Henry releva timidement le front, et son regard osa affronter celui du général.

— Je ne comprends pas!... dit-il d'un ton vague.

— J'ai l'intention d'être explicite, et vous comprendrez, je l'espère... Le crime pour lequel vous avez été arrêté est, paraît-il, manifeste... vous avez volé des sommes considérables qui vous avaient été confiées... et vos aveux, sur ce point, ont été des plus complets.

— Sans doute...

— Selon la marche régulière des choses, vous allez prochainement vous asseoir sur les bancs de la cour d'assises, et vous serez condamné au bagne!.., eh bien, je suis venu vous dire — et retenez bien mes paroles — je suis venu vous dire qu'il ne faut pas que cela soit!

— Mais quel moyen? interrogea anxieusement le malheureux.

— Il y en a un.

— Dites!... ah! dites.

Et je ne sais quel espoir insensé illumina tout à coup son regard et fit resplendir son visage.

Le général remarqua ce mouvement, et il eut un froncement énergique des sourcils.

— A quoi songez-vous donc? dit-il d'un ton âpre et glacial, et quelle pensée vous est venue?

— Mon père!...

— Le père a disparu... il ne reste plus que le juge!... et celui-ci sera implacable et terrible, autant que l'autre a été indulgent et faible.

Henry baissa la tête... et ne répondit pas.

Le général poursuivit :

LIV

— Je vous ai sauvé dix fois de l'infamie, dit-il, espérant toujours vous ramener aux sentiments d'honneur qui sont la tradition de notre famille. Pour vous, j'ai compromis ma fortune, et ce qui m'était plus cher et plus sacré, celle de votre sœur! Rien n'a pu vous toucher, ni la honte ni le désespoir que vous répandiez sur ce foyer qui avait abrité vos premières années! Eh bien, la mesure est comble aujourd'hui, le temps de la faiblesse n'est plus, et l'heure de la justice a sonné.

Il eut un moment de silence fort court, puis M. de Graçay reprit :

— J'ai à vous parler de votre sœur, dit-il.

— Réjane!

— La pauvre enfant a conservé la sainte affection fraternelle qu'elle vous avait vouée... et le soupçon des désordres auxquels vous vous êtes abandonné n'a pas même effleuré sa pensée... Il faut donc qu'elle ignore toujours... qu'elle ne sache jamais à quel degré d'abjection vous êtes tombé... et je ne veux pas que le souvenir de votre passé... puisse éternellement peser sur son avenir.

— Ah! que dois-je faire pour cela?...

— Je vais vous le dire... écoutez-moi? Hier il s'est passé une chose grave... dont doit dépendre le bonheur de votre sœur!...

— On a demandé sa main?

— Oui.

— Le vicomte d'Épernon?

— Vous savez cela?

— On me l'a dit... Je l'ai appris... et dans la douloureuse situation où je me trouve... si je pouvais.

— Vous pouvez assurer son bonheur.

— Moi!

— Vous seul.

— Comment?

Son regard interrogea le général.

— Le vicomte d'Épernon sollicite la main de Réjane, continua M. de Graçay, et il n'a pas reculé devant les tristes révélations qui lui ont été faites à cette occasion... il a généreusement persisté dans sa demande, même depuis qu'il sait qu'il doit épouser la sœur du banquier Cardinet?

— Eh bien?

— Eh bien... le vicomte a sa manière chevaleresque de comprendre et de pratiquer l'honneur, mais moi j'ai la mienne aussi, et jamais, dans l'état présent, je ne consentirai à une pareille union.

— Cependant...

— Ah! sans doute, l'amour de M. d'Épernon est assez puissant aujourd'hui pour dédaigner les considérations devant lesquelles s'arrêterait un cœur moins élevé. Mais, demain, dans quelques semaines, quand les débats de la cour d'assises auront livré notre honte à toutes les publicités malsaines ; quand l'arrêt de la justice vous aura retranché de la société et qu'à toute heure du jour sa pensée se reportera vers le sinistre pénitencier où vous expierez votre passé criminel, l'amer regret d'une générosité irréfléchie pèsera sur son esprit, son amour se glacera, et la vie de ma pauvre Réjane sera empoisonnée pour toujours. Je ne veux pas que cela soit !

Cette explication, donnée par le général, Henry de Graçay la comprenait fort bien, et il partageait les appréhensions de son père sur une union accomplie dans de semblables conditions.

Mais ce qu'il ne démêlait pas encore, ce qu'il cherchait vainement à deviner, c'était le moyen de conjurer le danger.

— Oui, vous avez raison, répondit-il, il ne faut pas que cela soit. Mais vous disiez tout à l'heure que moi seul je pouvais assurer le bonheur de Réjane.

— Je le répète !

— Je ne vois pas...

— C'est que vous ne cherchez pas dans la droiture et dans l'honneur.

— Que voulez-vous dire?

Le général eut un moment d'hésitation... on sentait qu'il touchait au point solennel de cet entretien.

Il fit un effort énergique sur lui-même.

— Vous n'avez pas oublié, dit-il d'une voix ferme, la grande salle du château de Graçay-Chambrun, où sont placés les portraits de nos ancêtres, et vous

vous rappelez encore peut-être que, parmi ces portraits, il en est un devant lequel nul ne passait sans s'incliner avec respect?

— Mon bisaïeul, le marquis de Graçay-Dufort.

— Lui-même...

— Je m'en souviens.

— Et vous rappelez-vous aussi la manière dont il est mort?

— Mais...

— C'était en 93... année terrible! le marquis, résistant à toutes les prières, avait voulu rester à Paris... dans cet hôtel de la rue de Grenelle où il était né, et où il avait vieilli... il était du nombre de ces aveugles sublimes dont aucune lueur sanglante ne peut éclairer la cécité volontaire... il était resté inébranlable dans sa foi, confiant dans son droit... n'admettant pas qu'il pût être atteint jamais par le cyclone révolutionnaire.

Un jour cependant son hôtel est envahi... par les hordes qui venaient d'assassiner Louis XVI. La foule altérée de sang se répand à tous les étages de l'hôtel et arrive enfin à l'appartement qu'occupait le marquis...

Il était là... calme, altier, en apparence indifférent, et, quand les bandits se ruèrent dans sa chambre, il se leva et salua sans pâlir.

— Que me voulez-vous? demanda-t-il à ceux qui pouvaient l'entendre.

— Qu'il crie : Vive la nation et vive la République! dirent aussitôt cent voix.

Le marquis se contenta de sourire.

— Vive la France!... et vive le roi!... répondit-il.

Et comme à ce cri un des forcenés l'avait rudement saisi à l'épaule :

— Prenez garde, l'ami... dit encore votre aïeul. Il venait de prendre sur son bureau un double pistolet d'arçon... il en dirigea le canon sur celui qui l'avait appréhendé et fit feu... puis, tandis qu'un tumulte effroyable s'élevait de la foule à cet acte inattendu, il tourna l'arme contre lui-même et se déroba par la mort au sort qui l'attendait. »

Henry de Graçay avait écouté ce récit avec une poignante émotion. Quand il eut fini, il baissa le front et garda le silence.

Pour la première fois, il venait de comprendre ce que voulait dire ce souvenir évoqué par le général, et tout son sang se glaçait dans ses veines.

M. de Graçay n'était pas moins ému de son côté, et il détournait son regard, pour ne pas voir la pâleur mortelle qui s'était répandue sur les traits de son enfant.

Cependant cela dura peu de temps : les instants étaient précieux, l'heure accordée au général était presque écoulée.

— Vous ne répondez pas?... dit-il alors d'une voix mal assurée...

— Eh!... que voulez-vous que je réponde?... balbutia le malheureux Henry.

— Il faut prendre un parti.

— Mon Dieu!...

— Quand je me serai éloigné... il sera trop tard.

— Mais ce que vous demandez...

— C'est le seul refuge qui vous reste.

— Ah! ma tête se perd

— Je ne vous parle pas de moi, qui suis depuis longtemps résigné; mais... votre sœur.

— Réjane!

— Voulez-vous qu'elle meure de désespoir et de honte.

— Ne dites pas cela.

— Vous pouvez faire qu'elle vous plaigne. Préférez-vous qu'elle vous haïsse ou vous méprise!

Henry de Graçay se dressa effaré et fit quelques pas à travers la cellule.

Ses cheveux se hérissaient sous ses ongles affolés... Ses yeux, démesurément ouverts, projetaient des lueurs fauves autour de lui... Sa poitrine avait des sifflements sinistres comme à l'approche des affres de la mort.

On eût dit que le sol vacillait sous lui. Ses jambes flageolaient... il allait titubant ainsi qu'un homme ivre; il n'appartenait plus, pour ainsi dire, à ce monde!

— Soit! dit-il enfin d'une voix pleine de désordre... Vous le voulez, je le veux aussi!... Soit!... D'ailleurs j'ai assez de cette vie odieuse que je traîne depuis si longtemps!... Et puis... je ne pensais plus à la pauvre et chère enfant... tandis que maintenant... je ne pense plus qu'à elle... Réjane... ma bonne petite Réjane!... Mon Dieu!... comme j'aurais voulu l'embrasser une fois encore...

— Y pensez-vous?...

— Ah!... songez-y vous-même, c'est horrible. — Si vous saviez comme je l'aime, depuis hier!... Mais vous avez raison, il faut qu'elle soit heureuse... Il ne faut pas qu'elle soupçonne jamais... et je vous jure... Seulement, je suis surveillé étroitement... demain, je serai transféré à Mazas... et là....

— Aussi ne devez-vous pas remettre à demain...

— Mais je n'ai aucune arme...

— J'ai tout prévu!

— Comment?

— Et je vous apporte... dans ce flacon... une mort prompte et sûre.

En parlant ainsi, M. de Graçay présenta à son fils un flacon de cristal qu'il venait de tirer de sa poche.

Un sanglot monta à la gorge de Henry, qui instinctivement fit un geste d'horreur.

— Cette heure est terrible entre toutes!... balbutia-t-il, saisi d'une épouvante sans nom. Ah! Dieu me pardonnera-t-il, au moins?..

Il prit le flacon d'une main fébrile.

Puis approchant le flacon de sa bouche, il le vida d'un trait. (Page 306)

— Mourir... c'est cela! continua-t-il, sans avoir peut-être tout à fait cónscience de ce qu'il disait; Réjane... ma douce petite sœur, c'est pour toi, pour toi, entends-tu : ne m'oublie pas surtout! aime-moi toujours, conserve mon souvenir dans ton cœur si tendre et si bon!... moi, je ne te verrai plus et mes lèvres ne presseront plus ton front pur... mon Dieu!

Il se tourna alors vers M. de Graçay.

— J'ai été bien coupable, ajouta-t-il, mais je meurs avec l'espoir que vous me pardonnerez un jour tout le mal que je vous ai fait!

Puis, approchant le flacon de sa bouche, il le vida d'un trait.

A ce mouvement, le général plongea sa tête dans ses mains et s'adossa au mur pour ne pas tomber.

C'en était fait!...

M. de Graçay avait dit que le poison était prompt... et l'événement ne tarda pas à justifier son affirmation.

Deux minutes à peine s'étaient écoulées quand Henry proféra une plainte douloureuse.

Le général releva la tête.

Son fils était devant lui, le front baigné de sueur, l'œil hagard... la face contractée et livide...

Un frisson parcourut tous ses membres.

— Oh! je souffre, j'étouffe... murmura le malheureux, les dents serrées et la lèvre frangée d'écume.

Il sentait sa poitrine se déchirer... des voiles sombres passaient devant son regard... quelques secondes encore, et il allait mourir!...

Il leva ses mains suppliantes vers M. de Graçay.

— Général... dit-il d'une voix brisée... Général... ne voulez-vous pas que je meure dans les bras d'un père...

M. de Graçay n'y tint plus, il se précipita vers le malheureux qui allait rouler à terre, et le retint dans une étreinte passionnée.

— Mon fils, mon enfant! dit-il en éclatant en sanglots, entends-moi, ne meurs pas! Je t'aime et je te pardonne!

C'est tout ce qu'il put dire.

Un sourire d'une expression indéfinissable avait relevé les lèvres du moribond. Il s'affaissa presque aussitôt sur lui-même, et le général n'eut que le temps de le déposer sur sa couchette.

Il était mort foudroyé.

M. de Graçay attendit encore un instant, puis, quand il vit qu'il n'avait plus devant lui qu'un corps inanimé, il se rua vers la porte, gagna la cour du Palais de justice et sauta dans la voiture qui l'attendait dans la rue.

Un quart d'heure après, il était rue de Varenne.

Dans la situation d'esprit où il se trouvait, après la scène à laquelle il venait d'assister, il était bien résolu à aller s'enfermer dans sa chambre, et à n'en permettre l'entrée à personne sous aucun prétexte.

Mais il était loin de prévoir ce qui l'attendait.

Il avait à peine pénétré dans l'antichambre qu'il y rencontra Réjane, que le bruit de la voiture avait amenée là.

Réjane, le visage défait, les cheveux en désordre, en proie à une émotion qu'elle ne cherchait même pas à dissimuler.

Martial l'avait suivie, essayant vainement de la calmer.

Le général s'arrêta stupéfait.

— Qu'y a-t-il? demanda-t-il, troublé, malgré lui, par l'appréhension d'un nouveau malheur.

— Il y a, répondit Réjane, il y a qu'à l'heure où je vous parle, Gontran mon Gontran bien-aimé est peut-être mort!

Et elle alla cacher sa tête sur la poitrine de son père.

LV

Le général la regarda avec étonnement.

— Gontran!... mort... qu'est-ce à dire? fit-il sans comprendre...

Et il se tourna vers Martial, qui baissa les yeux sous le regard interrogateur de son ancien maître.

Réjane était déjà revenue à elle.

D'un geste vif et prompt, elle avait essuyé les larmes qui baignaient ses joues, et elle présentait au général une lettre qu'elle venait de tirer de sa poche.

M. de Graçay lut et frissonna :

La lettre était odieuse et anonyme.

Elle annonçait que la veille, au théâtre des *Variétés*, le vicomte d'Épernon s'était pris de querelle avec Beverley, et qu'une rencontre devait avoir lieu le jour même.

— Infamie!... balbutia le général en froissant la lettre entre ses doigts nerveux... quel est le misérable?...

Martial se rapprocha.

— Oh! il est inutile de chercher, dit-il avec un froncement des sourcils... Moi, j'ai deviné tout de suite.

— Qui est-ce donc?

— Mademoiselle Dalbane.

— Herminie!...

— Elle était présente, hier, à la provocation... et elle a cédé à l'entraînement d'une aveugle jalousie.

— La malheureuse!

Le général rejeta la lettre.

Un sentiment nouveau venait de s'emparer de lui.

— Chère enfant! dit-il en baisant longuement au front la petite Réjane, la vie aura été bien cruelle pour toi, et tu ne sais même pas encore les rudes épreuves qui t'attendent peut-être... Mais il ne faut pas ainsi t'abandonner toi-même.

Reprends courage... reviens à toi... et espère en la bonté de Dieu, que tu n'as jamais offensé...

— Mais il se bat... mon père... supplia l'enfant.

— Sans doute...

— On ne peut donc pas empêcher ce duel?

— Quel moyen?... Seulement ce n'est pas la première affaire dans laquelle Gontran se trouve engagé... ses premiers duels ont toujours été heureux... il n'y a pas lieu de s'effrayer ainsi.

— Mon Dieu !

— Attendons.

— Oui ! et en attendant... voyez, je ne vis plus, et avant que nous apprenions l'issue de cette fatale rencontre, je serai morte d'inquiétude et d'épouvante! Et puis, tenez! est-ce un pressentiment, un avertissement?... Si vous saviez !... On ne m'avait rien dit, je ne me doutais de rien, et pourtant, depuis ce matin, il me semble qu'il y a de sinistres menaces dans l'air, et je sens autour de moi comme l'appréhension d'un malheur.

M. de Graçay tressaillit.

— Que signifie?... murmura-t-il profondément troublé.

— Est-ce que je sais! répliqua Réjane. On n'est pas maîtresse de ça, mais j'ai peur; d'ailleurs, il y a une confidence que je ne vous ai pas faite et qui, depuis cette nuit, pèse bien lourdement sur mon cœur.

— Explique-toi.

— Je vous ai caché, ou plutôt je n'ai pas eu le temps de vous raconter que j'ai vu Henry...

— Toi !

— Je vous dirai cela, longuement, un autre jour, quand nous serons plus calmes. Mais dès à présent je puis vous confier que je l'ai vu, cette nuit, et que je lui ai promis...

— Quoi! quoi!

— Ne me grondez pas, mon bon père, il vous a offensé cruellement, mais moi, qui connais votre cœur si bon, je sais bien que vous ne serez pas implacable, et que vous ne refuserez pas de lui ouvrir les bras le jour où il nous reviendra repentant et soumis.

— Que dis-tu?

— Je le lui ai promis.

— Ah! c'est trop! Je n'en puis plus! Assez!

Le général faillit tomber; Martial n'eut que le temps de le retenir dans ses bras robustes.

Réjane jeta un cri.

— Mon père? qu'avez-vous? dit-elle en proie au plus violent désordre; j'ai donc eu tort de vous parler de Henry et d'intercéder pour lui; c'est impossible, vous l'avez toujours aimé, vous n'attendiez que son retour pour lui pardonner. Ah ! vous ne pouvez me tromper, moi ; et quand il viendra, je lui dirai...

— Tais-toi ! fit le général d'une voix mourante.

— Pourquoi...

— Par grâce, par pitié, ne me tue pas avec de pareilles paroles ; tais-toi !

M. de Graçay promenait autour de lui son regard troublé de folie, et il semblait supplier sa fille et Martial dans l'état d'affaissement où il se trouvait.

Sans se rendre précisément compte de ce qui se passait dans l'esprit de son maître, Martial eut un vague instinct de la vérité, et il vint à son aide avec cette familiarité qu'autorisait le dévouement qu'il avait toujours témoigné aux châtelains de Graçay-Chambrun.

— Le général a raison, dit-il en s'adressant à Réjane, et nous avons autre chose à faire en ce moment... si vous voulez bien me permettre d'exprimer mon sentiment, je suis d'avis de me rendre immédiatement, rue de la Chaussée d'Antin, pour y prendre des nouvelles de M. le vicomte... ou attendre que l'on y connaisse l'issue du duel... Ne jugez-vous pas, mademoiselle, que c'est encore le parti le plus sage ?

Un éclair de joie illumina le visage de Réjane... Elle avait bien envie de sauter au cou du vieux serviteur.

— C'est cela... c'est cela ! dit-elle... et si mon père le permet...

— Monsieur le général m'y autorise-t-il ?

— Oui... mon ami, répondit M. de Graçay... Va... fais diligence, et dès que le vicomte sera rentré, amène-le sans perdre de temps, car, moi aussi, j'ai à lui parler...

Martial ne se fit pas répéter cet ordre... et presque aussitôt il se jetait dans une voiture, et se faisait conduire rue de la Chaussée d'Antin.

Le vicomte d'Épernon était parti à quatre heures avec ses deux témoins, et la voiture qui les emportait avait pris la ligne des boulevards.

Pendant les premières minutes, Gontran demeura un peu préoccupé, et Sosthène et Saint-Clair respectèrent son silence, ne s'étonnant pas qu'au moment d'une rencontre où il pouvait y avoir mort d'homme, l'un des acteurs se montrât légèrement soucieux.

On n'avait pas atteint le Château-d'Eau que le vicomte reprenait la complète possession de lui-même.

Sosthène en profita pour entamer la conversation, dans le but de ne pas laisser son ami à l'influence de pensées tristes.

— J'ai donné à votre cocher, dit-il, l'ordre de prendre par l'avenue Daumesnil.

— Où nous battons-nous ? interrogea Gontran.

— A cent mètres environ des tribunes du champ de courses.

— C'est parfait... en passant par l'avenue Daumesnil, nous raccourcissons de beaucoup le trajet.

Et Gontran ajouta un instant après :

— Vous avez bien réglé toute chose... n'est-ce pas ? il ne s'agit point ici d'un duel banal : la cause en est sacrée, et la rencontre ne cessera que dans le cas où l'un des deux adversaires serait mis hors de combat.

— Cela a été convenu et accepté par Beverley.

— A la bonne heure... vous avez eu le soin de prévenir un chirurgien ?

— Précourt amènera celui de Beverley... et j'ai prié Darblay, qui est votre ami, de vouloir bien se trouver à cinq heures au lieu du rendez-vous...

Gontran serra la main de Sosthène, et la conversation prit dès lors un autre cours.

— Cette première représentation des *Variétés*, dit Saint-Clair, aura été féconde en événements de tout genre... vous ignorez peut-être, mon cher vicomte, ce qui s'y est passé.

— Probablement ! fit Gontran.

— Et d'abord... l'arrestation d'un homme que tout le monde connaissait à Paris, et dont la fortune, pour avoir été rapide, ne semblait pas moins solide...

— Qui cela ?

— Cardinet.

— Je l'ai apprise...

— C'est déjà quelque chose de passablement bizarre qu'une arrestation dans de pareilles conditions... mais l'autre est peut-être cent fois plus étrange encore.

— Qu'est-ce donc !

— Vous avez dû rencontrer quelquefois dans le monde un homme qui se faisait appeler le prince Lubiroff.

— En effet...

— Un moment, si je ne me trompe, il avait dû épouser la fille du banquier Dalbane.

— Précisément.

— Eh bien, il est acquis aujourd'hui que ce faux prince s'appelait tout simplement Lombard ; que ç'était un voleur de *primo cartello*, et qu'il entretenait des relations d'affaires avec le susdit Cardinet.

— Alors il a été arrêté avec son complice ?

Saint-Clair fit un geste de dénégation.

— Pardieu !... la police est pavée de bonnes intentions, répliqua-t-il, et elle avait bien résolu de le mettre dans l'impossibilité de continuer son honnête commerce... Le théâtre était, hier soir, surveillé étroitement ; on n'y pouvait faire un pas sans marcher sur un agent... Mais au moment où il allait être appréhendé... notre homme a disparu sans que l'on ait pu savoir ce qu'il était devenu.

— Est-ce possible ?...

— Cela est... de la salle il avait trouvé moyen de pénétrer sur la scène au moment où j'y entrais moi-même... et bien qu'on ait, après le spectacle, fouillé tous les coins, depuis les dessous jusqu'aux cintres, on n'a pu le découvrir.

— Il se sera glissé parmi la foule, à la sortie.

— Les agents assurent que c'est impossible.

— Voilà qui est invraisemblable !... fit Gontran.

— C'est ce que tout le monde dit... mais en attendant... et jusqu'à présent, il s'est dérobé à toutes les recherches.

Tout en causant ainsi, les trois jeunes gens avaient franchi le boulevard, enfilé la rue de Lyon, et maintenant ils venaient de s'engager dans la rue Daumesnil.

Sosthène passa la tête à la portière et fit un mouvement.

— Qu'y a-t-il? demanda Gontran.

— Deux voitures, répondit Sosthène.

— Devant nous?

— A dix mètres environ.

La voie qu'ils suivaient a été ouverte sous l'Empire, pour mettre en communication plus directe le faubourg Saint-Antoine avec le polygone de Vincennes.

Elle est large, bien entretenue et permet d'éviter le long parcours par la barrière du Trône. Quand on se rend au champ de courses, le trajet peut s'effectuer par là en moins de vingt minutes.

Cinq heures sonnaient quand les trois voitures s'arrêtèrent à quelque distance des tribunes.

On était arrivé au lieu du rendez-vous.

Les témoins se groupèrent aussitôt ; ils convinrent rapidement entre eux des dernières dispositions, on fit le choix des épées et Sosthène et Précourt invitèrent Gontran et Beverley à s'approcher.

Gontran était fort pâle et un peu agité. Il y avait bien du trouble dans son regard.

Au moment où il avait aperçu Beverley, le souvenir de Réjane avait traversé son esprit, et son cœur s'était pris à battre avec violence.

Mais l'heure était solennelle et grave. Son intérêt lui commandait de réagir contre cette défaillance passagère, et de chasser énergiquement toute préoccupation.

Il tendit la main à Précourt et reçut l'épée de combat d'une main ferme.

Quant à Beverley, il était impassible et froid, et pas un muscle de son visage n'avait remué.

Il savait pourtant qu'il avait devant lui un adversaire qui en voulait à sa vie même, et qu'il serait sans pitié et sans générosité.

Cette perspective, si tant est qu'il y eût pensé, ne paraissait pas l'avoir touché.

Et quand, à son tour, il prit l'arme que lui offrait Sosthène, un œil exercé eût vu un pli railleur contracter sa lèvre inférieure.

Cependant Précourt venait d'engager les épées. — Il se retira alors de quelques pas, échangea un rapide regard avec ses amis, et donna le signal.

Le combat commença.

LVI

Pendant la première minute, les deux adversaires ne firent, pour ainsi dire, que se tâter.

Les deux épées semblaient immobiles, et à peine, de temps à autre, les voyait-on remuer, comme sous l'influence d'un frissonnement magnétique.

Beverley et Gontran s'observaient.

Ils étaient tous deux à peu près d'égale force : plus d'une fois on les avait vus se mesurer dans la salle d'escrime de leur cercle.

Gontran avait plus d'élégance et une allure plus vive. Généralement, il engageait le fer avec une véritable furia qui déjouait ou déconcertait les parades troublées de son adversaire. C'est un jeu particulièrement brillant, bien fait pour provoquer les applaudissements de la galerie, mais qui présente plus d'un danger. Il est bien rare, en effet, qu'en procédant de la sorte, on ne n'expose pas à des écarts involontaires, qu'on ne se découvre pas sans s'en douter, et l'adversaire habile, plus maître de soi, peut alors se frayer un chemin facile jusqu'à votre poitrine.

Le jeu de Beverley était plus sobre et, par conséquent, plus sûr. Il avait un poignet de fer, l'œil profond et clair, et ne laissait rien au hasard ni à la surprise.

Gontran avait-il réfléchi à tout cela?... on ne saurait l'affirmer : ce qu'il y a de certain, c'est qu'à l'étonnement des témoins, qui le connaissaient, et qui l'avaient vu souvent, le fleuret à la main, il sembla, pendant un instant, renoncer à l'attaque et attendre que Beverley commençât l'engagement.

Cela dura au plus une minute.

Puis, tout à coup, au même moment, les deux épées s'agitèrent, tandis qu'un éclair s'allumait à leur pointe sous les rayons obliques du soleil.

Beverley venait de dégager son arme, et l'on entendit aussitôt le grincement sinistre de l'acier.

Chacun devint attentif, sous l'empire d'une émotion véritablement poignante.

C'est qu'aussi il n'y avait plus à se faire illusion sur la gravité de la situation.

Ils avaient devant eux deux hommes résolus, que rien ne devait plus arrêter, et que la mort seule devait désormais séparer.

Les joues de Gontran, tout à l'heure pâles, s'étaient subitement colorées;

Beverley menaçait à chaque instant la poitrine de son adversaire. (Page 315.)

son torse élancé s'était comme ramassé sur lui-même et ses doigts se crispaient sur la poignée de son épée.

Beverley, lui, conservait en apparence la même impassibilité; son attitude ne s'était pas modifiée; seulement ses sourcils avaient une sombre expression, et son regard était devenu froid et glacé à l'égal de l'acier.

Gontran venait de prendre l'offensive, avec une retenue prudente et des dégagements encore hésitants; son épée allait et venait, tournoyant autour de celle de Beverley, et cherchant à l'éblouir par ses provocations félines... à l'éblouir ou à le fasciner.

Un oubli... une distraction!... et l'arme se précipitait foudroyante...

Son adversaire veillait!...

Il ne ripostait pas encore... et se contentait de parer.

Aucun des mouvements du vicomte ne lui avait échappé... et jusqu'alors s'était constamment couvert d'une façon impénétrable...

Mais Gontran s'animait peu à peu... Son jeu devenait plus serré et plus pressant; trois fois déjà, sa pointe avait éraillé le linge de Beverley...

Un effort de plus, et c'en était fait de lui.

Tout à coup, plusieurs cris s'élevèrent du groupe des témoins, et Sancé courut à Beverley...

Gontran venait de se fendre — et au moment où il se relevait, on avait vu une goutte de sang rougir la chemise du gentleman.

— Vous êtes blessé!... s'écria Précourt qui s'était précipité à la suite de Sancé. Beverley ébaucha un sourire.

— Une simple piqûre, à l'épaule!... répondit-il ;... c'est insignifiant...

— Peut-être serait-il prudent que le docteur...

— Allons donc!... ne vous occupez point de cela, messieurs, et veuillez, je vous prie, nous laisser continuer.

Sans ajouter une parole de plus, il fouetta l'air de son épée, et se mit en garde.

Il n'était plus le même.

Une pâleur de marbre avait envahi ses traits, sa lèvre était contractée ; quand son épée rencontra celle de Gontran, il eut un mouvement violent et farouche.

A son tour, il prit l'offensive.

Cette fois, le combat emprunta un accent tout nouveau, et chacun comprit que l'on touchait à un dénouement prochain et sanglant.

Ce qui s'était passé jusque-là n'était qu'un jeu d'enfant ; maintenant, c'était bien le duel pressenti, voulu, implacable, à la suite duquel il devait y avoir mort d'homme.

Les deux adversaires déployaient une ardeur égale.

On n'entendait plus que le souffle ardent de leur poitrine et le frémissement des deux épées auxquelles ils semblaient avoir communiqué leur haine et leur soif de vengeance !

Deux minutes s'écoulèrent de la sorte — deux minutes qui parurent, à tous, longues comme un siècle.

En se prolongeant dans de telles conditions, cette scène présentait un côté particulièrement sauvage qui rappelait les plus mauvais souvenirs de la barbarie... et vingt fois, Sancé et Sosthène, Précourt et Saint-Clair furent sur le point de se précipiter entre les combattants...

Mais cela ne se fait pas dans un pays civilisé et blesserait toutes les convenances...

Il fallait donc assister inactif à ce spectacle poignant.

Du reste, l'attente ne devait pas être longue.

Beverley multipliait ses dégagements et ses feintes, laissant à son adversaire à peine le temps de se reconnaître, et son épée tournoyait avec une rapidité vertigineuse, menaçant à chaque instant la poitrine de Gontran.

La piqûre qu'il avait reçue à l'épaule communiquait à son sang une chaleur de fièvre ; son œil s'injectait de colère. Lui aussi avait hâte d'en finir.

Enfin un incident terrible se produisit.

Tout d'un coup, le combat cessa. Un frémissement d'horreur avait passé sur la chair de chaque spectateur. Beverley venait d'abaisser son arme, et le vicomte d'Épernon, le front livide, la lèvre décolorée s'était affaissé sur lui-même.

L'épée de son adversaire avait pénétré de quelques lignes au-dessous du cœur, et le malheureux avait roulé à terre.

Les deux médecins s'empressèrent autour de lui, déchirèrent la chemise ensanglantée et se penchèrent avides sur la blessure.

Le sang coulait à flots de la plaie béante. La blessure était des plus graves ; mais l'infortuné respirait encore.

— Docteur ! docteur ! firent Sosthène et Saint-Clair.

L'un des médecins mit un doigt sur ses lèvres.

— Silence ! dit-il à voix basse.

— Mais il n'est pas tué !

— Il n'est que blessé... seulement nous ne pouvons nous prononcer encore sur la gravité de son état, éloignez-vous donc, je vous prie... laissez-nous procéder au premier pansement, et faites avancer la voiture afin que nous puissions l'accompagner à son domicile... Si l'on peut le transporter chez lui... il recevra des soins plus efficaces qu'à Vincennes ou à Saint-Mandé.

Pendant que ce colloque rapide avait lieu, Gontran rouvrait les yeux et promenait son regard autour de lui.

Il ne se rappelait rien... il se crut un moment le jouet de quelque rêve.

— Où suis-je ? demanda-t-il d'une voix faible.

— Près de vos amis les plus dévoués... répondit le docteur.

— Que s'est-il donc passé... qu'est-ce que j'éprouve... ah ! c'est vous, docteur... attendez que je me lève...

— Ne bougez pas.

— Pourquoi ?...

— Vous êtes trop faible.

Gontran essaya de faire un mouvement, mais une atroce douleur le saisit. Il aperçut le sang qui avait rougi son linge, et la vérité lui apparut dans toute son horreur.

Un sanglot monta à sa gorge.

— Calmez-vous ! commença le docteur.

— Oh ! Réjane, pauvre Réjane, murmura Gontran pendant qu'une larme coulait le long de ses joues.

Il n'en put dire davantage.

Il était à bout de forces. Une cruelle sensation sillonna son cœur, et tournant un dernier regard vers le docteur, il laissa rouler sa tête entre ses bras.

— Profitons de ce moment de répit, fit le médecin à son confrère ; la voiture est là, — le mieux est de le transporter à Paris.

— Vous avez raison.

— Ne perdons pas de temps.

Chacun s'empressa de se rendre à l'invitation des hommes de l'art. On coucha Gontran dans la voiture ; un des médecins prit place à ses côtés, et un instant plus tard le funèbre cortège se mit en route.

Le même soir, vers huit heures environ, un homme débouchant du passage Jouffroy se dirigea vers l'un des deux kiosques qui s'élèvent sur le trottoir et, ayant demandé le *Soir*, prit le journal que la buraliste lui offrit en échange de quinze centimes et alla s'adosser pour le lire, sous les becs de gaz du café Mazarin.

C'était un homme de forte corpulence, trapu, le visage rasé de frais, dont l'œil gauche était orné d'une énorme loupe.

Il portait un chapeau à larges bords, un paletot orné d'un collet d'astrakan, un pantalon dont la façon rappelait ceux des zouaves, et sur le gilet qui couvrait sa large poitrine s'enroulait une lourde chaîne d'or, dont l'extrémité disparaissait dans sa poche de côté.

Une fois adossé au mur, il déplia le journal, et son regard se porta avec une certaine vivacité sur la partie consacrée plus spécialement aux nouvelles du jour.

Voici ce qu'il lut :

« *Première représentation des Variétés.*

« La solennité qui a eu lieu hier au théâtre du boulevard Montmartre restera célèbre dans les fastes dramatiques, moins peut-être par le succès que viennent de remporter MM. Meilhac et Halévy, assistés de Jacques Offenbach, que par les incidents bizarres, incompréhensibles, qui se sont accomplis pendant cette représentation.

« Nous raconterons succinctement les faits, nous réservant d'y revenir plus longuement demain ; mais nous n'avons pas voulu passer pour mal informés, en ne publiant pas dès à présent les renseignements que nos reporters ont recueillis dans le cours de la journée.

« Parmi les événements singuliers dont nous avons parlé et qui ont ému l'opinion publique, il faut placer, en première ligne, l'arrestation de M. C. C., un banquier bien connu au boulevard, et qui avait fait, dans ces derniers mois, une fortune si rapide. On comprend la discrétion qui nous est imposée ; C. C. est en ce moment au Dépôt, d'où il va être transféré à Mazas. L'instruction est commencée, et nous ne voudrions pas entraver l'action de la justice en initiant le public aux racontars qui nous sont parvenus depuis hier. Nous y reviendrons d'ailleurs quand il n'y aura plus d'inconvénient à le faire, et nos lecteurs apprécieront notre réserve comme il convient.

« La seconde affaire est plus mystérieuse, mais non moins grave :

« Il s'agit d'une querelle survenue entre deux jeunes gens appartenant au meilleur monde, MM. B... et d'E..., à la suite de laquelle une rencontre aurait été décidée.

« On nous assure que la rencontre a eu lieu à l'heure où nous mettons sous presse, et nous ne pouvons encore en faire connaître le résultat.

« Quant au troisième incident, c'est, s'il nous est permis de nous exprimer ainsi, la note gaie de cette série d'aventures.

« Tout le monde, à Paris, a connu le prince Lubiroff qui habitait un splendide hôtel aux Champs-Élysées, où il menait une existence qui témoignait de ressources exceptionnelles que peut seule donner une fortune de nabab.

« Le prince était reçu dans les meilleurs salons... et ses amours ont eu quelquefois un retentissement de prodigalité qui l'avait mis fort à la mode.

« Eh bien, voyez quelle surprise nous réserve la vie parisienne !

« Il paraît que le prince n'était qu'un audacieux voleur qui avait été signalé depuis quelque temps à la police, et que l'on devait arrêter hier aux Variétés avec accompagnement de musique.

« Toutes les mesures étaient prises ; mais l'on n'avait oublié qu'une chose, qui était de s'assurer préalablement du consentement du prince.

« Ce singulier personnage a-t-il vu là un manque d'égards ? a-t-il craint plutôt de devenir la cause d'un scandale qui eût troublé la représentation ?... Ce qu'il y a de certain, c'est qu'après avoir à moitié étranglé dans sa loge l'agent de police chargé de l'arrêter, il a passé de la salle sur la scène, et que depuis on n'a pu encore le retrouver.

« Se cache-t-il dans quelque coin obscur des cintres, ou dans les ténèbre des seconds dessous... on l'ignore.

« Mais on fait bonne garde. Le théâtre est depuis hier cerné par les escouades de la police, et nul doute qu'il ne tombe bientôt entre les mains de ceux qui le cherchent. »

Quand il eut fini, l'homme haussa les épaules et fit entendre un gloussement plein d'ironie.

Puis il replia le journal, le fit disparaître dans sa poche et se dirigea vers la Madeleine.

Cet homme, c'était le prince Lubiroff ou Lombard... et voici comme il se trouvait à cette heure... libre... et lisant son journal sur le boulevard.

LVII

Nous avons laissé Lombard au moment où il venait de s'arrêter à la porte du magasin des *accessoires*, situé au fond de la scène des *Variétés*.

A ce moment, le magasin était désert... on jouait le troisième acte, et les préposés, désormais dégagés de toute responsabilité, étaient allés prendre l'air ou fumer une cigarette dans la cour du théâtre.

Une idée subite traversa alors le cerveau de Lombard.

Personne ne l'observait... chacun, plus ou moins directement intéressé, s'était porté sur la scène, attendant le dénouement de la pièce... S'il parvenait à découvrir une cachette favorable, c'était un répit de vingt-quatre heures qui lui était accordé.

Et vingt-quatre heures, pour un homme de sa trempe, c'était le salut !

Il descendit quelques marches et pénétra dans le magasin.

Nous l'avons dit, il y avait là un amoncellement confus de tous les objets hétérogènes qui servent à la figuration : tables, vases, bibelots de tout genre, défroques à paillettes, uniformes de haute fantaisie, empruntés aux nationalités les plus diverses, depuis le duché de Gerolstein jusqu'au royaume de Barbe-Bleue !...

Deux becs de gaz éclairaient ce fouillis inénarrable, et faisaient miroiter, dans le coin infect où ils étaient relégués, les sceptres de carton et les couronnes de maillechort.

Nous reculons devant une description plus détaillée. Là d'ailleurs n'est pas l'intérêt, et Lombard le savait bien, car son regard plongeait à droite et à gauche, sondant les armoires, interrogeant les angles obscurs, cherchant avidement la cachette convoitée.

Ce ne fut pas long.

Au bout de quelques secondes, il avisa au fond de la pièce un monceau de costumes abandonnés depuis plusieurs mois, et avec la souplesse d'une couleuvre, il se glissa cauteleusement le long du mur, et finit par disparaître tout à fait.

Rien n'avait bougé, — le chef des accessoires se fût trouvé là, qu'il n'eût entendu aucun bruit.

Lombard remercia le hasard qui l'avait si bien servi.

Ce n'est pas cependant qu'il fût à son aise !

Loin de là !

Les costumes amoncelés pesaient lourdement sur sa poitrine ; les émanations qui s'en dégageaient menaçaient de l'étouffer... et il n'osait faire un mouvement dans la crainte d'être observé et découvert.

Mais ce n'était qu'un moment à passer... la représentation allait finir... le personnel du théâtre ne devait pas tarder à se retirer ; avant une heure, il n'aurait plus à redouter que la rencontre des pompiers de service !

Il fallait donc patienter.

Du reste , l'attente lui réservait certaines distractions qu'il n'avait pas prévues.

Il y avait, en effet, une demi-heure qu'il avait pénétré dans le magasin, quand un tonnerre d'applaudissements, mêlé de rappels enthousiastes, ébranla le théâtre jusqu'aux cintres, et qu'il se produisit sur la scène un tohu-bohu indescriptible.

Le succès était consacré ; le rideau se relevait pour permettre à tous les artistes de venir recevoir les témoignages éclatants de l'admiration du public.

Et alors, de toutes parts, la débâcle commença.

Chacun se précipita à l'envi vers l'escalier qui menait aux loges ; ce fut un désordre sans précédent... quelque chose qui rappelait le tableau que présente un champ de bataille occupé par une armée victorieuse.

Lombard n'était plus seul... il entendait maintenant aller et venir autour de lui, à pas heurtés et fiévreux...

A deux ou trois reprises même, il sentit deux pieds lourds grimper sur le monceau de costumes sous lequel il se tenait caché, et il faillit laisser échapper un cri douloureux.

Mais il eut la force de se contenir.

Son salut était à ce prix.

A un moment, il prêta l'oreille. — Il venait d'entendre prononcer son nom.

On parlait de lui.

Tout en rangeant les divers accessoires qui avaient servi au troisième acte, les garçons de magasin échangeaient quelques mots.

— C'est tout de même drôle, disait l'un, on a cherché partout, et on n'a rien trouvé.

— Bon ! répliquait l'autre ; pendant la représentation, ça n'est pas étonnant, mais après, je suis bien sûr qu'il sera pincé.

— Est-ce que tu l'as vu, toi ?

— Tiens, comme je te vois.

— Alors, tu le reconnaîtras, si tu le rencontres.

— C'te bêtise... puisque je te dis que je l'ai vu... c'était derrière le premier portant... même qu'il passait près de Brin-de-Tulle...

— Où peut-il s'être caché ?

— Je n'en sais rien.

— Ma foi ! ni moi non plus !...

Lombard entendit alors un petit rire sec et vit.

— Qu'est-ce que t'as à rire?... interrogea l'un des deux garçons.

— Une idée qui me vient!... répondit l'autre.

— Laquelle ?

— Ah! voilà!... heureusement que le particulier ne connaît pas comme nous... le théâtre... sans ça...

— Sans ça... quoi !

— C'est une manière de dire que si j'étais à sa place, je sais ce que je ferais.

— Qu'é que tu ferais?

— Eh bien... je me cacherais.

— Où ça?...

Le garçon interpellé ne répondit pas, mais la réplique de son interlocuteur donna presque aussitôt à Lombard l'explication du geste qu'il devait avoir fait.

— Ici? dit-il... Tu te cacherais ici!

— Je me gênerais!

— Au fait... tu as raison... Moi, ça ne me serait pas venu,.. et peut-être qu'il serait bon de donner cette indication à l'agent...

Lombard frissonna, et tout son être écouta...

Mais la conversation ne se prolongea pas davantage; les deux hommes avaient fini leur travail et ne demandaient qu'à s'en aller...

Il les entendit encore pendant quelques secondes ouvrir ou fermer les armoires... puis ils escaladèrent les marches de l'escalier et, peu après, tout retomba dans le silence le plus profond.

Lombard était fort perplexe.

Plus d'une heure s'écoula sans qu'il osât faire le moindre mouvement.

Enfin il souleva péniblement le lourd fardeau de défroques qui pesait sur sa poitrine, étendit le bras et regarda autour de lui.

Tout était calme et tranquille.

Un rayon de lune filtrait à travers la lucarne qui donne sur la cour et jetait une faible lueur dans le magasin.

Lombard se dirigea d'un pas cauteleux jusqu'à l'escalier.

Une fois là, il se déchaussa.

Puis, ayant poussé la porte avec précaution, et s'étant assuré qu'il n'y avait personne dans le couloir, il se glissa le long du mur et s'avança vers la sortie.

Il ne restait plus au théâtre que les pompiers de service, qui d'heure en heure effectuent leur ronde, depuis les dessous jusqu'aux cintres.

Dans l'intervalle de ces rondes réglementaires ils rentrent à leur poste, et l'on est assuré de ne rencontrer âme qui vive.

Et d'abord il attacha solidement l'extrémité de la corde dont il s'était muni.

Lombard, qui ne l'ignorait pas, se disait qu'en une heure on peut faire bien des choses.

Quand il atteignit la porte de sortie, il remarqua qu'elle était fermée.

Ce fut un premier désappointement.

Mais il n'était pas homme à se laisser abattre par un premier obstacle, et il essaya aussitôt de s'orienter.

Non loin de lui, à sa droite, s'ouvrait ce que l'on appelle une *cheminée*, sorte de tranchée noire qui règne le long du mur, et où pendaient les innombrables fils ou cordes qui, descendant des cintres, vont se relier aux *tambours* du second ou du troisième dessous.

Le prince avait de véritables qualités de gymnaste : à l'aide de ces cordes, il devait facilement se frayer une route jusqu'aux cintres.

L'issue par le passage des Panoramas lui étant interdite, c'est par les cintres seulement qu'il pouvait opérer sa fuite.

Son parti fut tout de suite pris.

Mais, au moment où sa main ayant saisi le premier *fil* qui se trouvait à sa portée, il se disposait à commencer son ascension, un bruit se fit entendre au-dessus de sa tête, et, peu après, des pas lourds descendirent l'escalier.

C'était un pompier qui venait de faire sa ronde et rentrait au poste.

Quelques secondes encore, et il allait passer près de Lombard.

Ce dernier n'hésita pas. Au lieu de grimper dans les combles, il se laissa glisser brusquement le long du mur et alla tomber dans le second dessous.

Ce tour de force et d'agilité s'accomplit avec la rapidité d'un éclair.

Le pompier n'entendit rien... et quand Lombard toucha terre, la porte du poste se refermait avec bruit, annonçant que tout danger était conjuré.

Il respira.

Désormais il avait une heure devant lui, et pensa qu'il serait bien maladroit s'il ne la mettait pas à profit pour sortir de l'impasse où il était acculé.

Nous ne nous attarderons pas à décrire le lieu où il se trouvait en ce moment. Un bec de gaz que l'on avait baissé en éclairait vaguement la profondeur, et, vu ainsi, il présentait assez exactement l'aspect d'un vaste bâtiment bâti sur pilotis.

Lombard y jeta à peine un regard, il n'avait pas de temps à perdre, et saisissant de nouveau la corde à l'aide de laquelle il était descendu, il reprit courageusement son ascension.

Ce ne fut pas sans danger.

Il était parfaitement agile et résolu, le sentiment de la conservation dominait tout son être, et l'idée ne lui vint même pas que quelque obstacle imprévu pouvait l'arrêter en chemin, ou que, la corde se rompant tout à coup entre ses mains, il courait le risque d'être rejeté dans le vide et d'aller se briser le crâne contre les angles des portants ou les aspérités des *tambours*.

Cependant il n'accomplit pas l'ascension d'une seule traite.

Ses doigts se crispaient sur le fil ; les ongles de ses pieds nus s'incrustaient pour ainsi dire dans le mur pour y trouver un point d'appui, et sa poitrine haletait avec force, pendant que de grosses gouttes de sueur perlaient à son front.

Et lorsqu'il s'arrêtait pour souffler, et que son regard plongeait au-dessous de lui, ne rencontrant que le vide fait de ténèbres et de silence, un frémissement parcourait ses membres, et il désespérait presque d'arriver jusqu'aux cintres.

Mais il réagissait aussitôt contre cette défaillance, secouait violemment la tête et proférant à voix basse une effroyable imprécation, il se remettait à l'œuvre avec une sorte de fureur sinistre.

Quand il sauta enfin sur la passerelle la plus élevée, il avait les mains et les pieds en sang, et il dut s'asseoir un moment, tant son émotion et sa fatigue étaient grandes.

Ce ne fut pas long.

Il ne se faisait aucune illusion sur le danger de sa situation, et voulait à tout prix en sortir au plus tôt.

Il s'orienta, s'aventura un peu à tâtons à travers le dédale des corridors, risquant vingt fois d'être précipité sur la scène, s'engageant à chaque pas dans le lacis des cordages qui servent à la manœuvre des trucs, et parvint finalement au pied d'un escalier de fer dont les cinq marches aboutissaient à une fenêtre qui devait ouvrir sur les toits.

Son œil s'illumina.

Il alla vivement à la fenêtre qu'il poussa, et un sentiment de volupté indicible le saisit, quand il sentit l'air extérieur le frapper tout à coup au visage.

C'était l'air libre qu'il respirait... l'espace s'ouvrait devant lui... la chance paraissait lui sourire... ses poumons se dilatèrent de satisfaction.

Il mit un pied dehors.

Sur le toit, à partir de la fenêtre, commençait une rampe que l'on avait placée là, pour le service des pompiers en cas d'incendie. Cette rampe régnait le long du toit jusqu'aux gouttières et facilitait la circulation.

Lombard avança doucement.

Mais il n'avait pas fait vingt pas qu'il s'arrêta; une idée subite lui était venue... il revint brusquement vers la fenêtre, et rentra dans le théâtre.

Un instant après, il en ressortait avec un objet qu'il traînait derrière lui.

LVIII.

Cet objet, c'était une corde..

Lombard pensait à tout !...

Son esprit parut se dégager dès lors de toutes les appréhensions qui l'avaient obscurci jusqu'à ce moment, et c'est d'un pas ferme qu'il enjamba la fenêtre et s'aventura sur le toit.

Il était trois heures.

La lune descendait à l'horizon et ne jetait plus que des rayons obliques sur le chemin qu'il suivait; s'aidant de la rampe de fer, il s'arrêta une seconde pour s'orienter.

De toutes parts pointaient des tuyaux de cheminées, et les arêtes vives des toitures environnantes. A droite et à gauche s'ouvraient des gouffres béants et profonds, où le regard plongeait dans l'ombre épaisse; un bruit confus montait jusqu'à lui, sillonné de temps à autre par le roulement lointain d'une voiture ou le pas d'un noctambule.

Lombard ne redoutait pas les noctambules, et s'inquiétait peu des voitures; mais il avait peur des sergents de ville.

L'édilité parisienne a préposé à la sécurité de la capitale un nombre considérable d'agents nocturnes, et ces sévères gardiens de la tranquillité publique sont justement redoutés des irréguliers et des réfractaires.

Après avoir promené son regard autour de lui, Lombard continua sa route.

Il ne pouvait descendre que rue Vivienne, rue Montmartre ou rue Saint-Marc.

Il savait que la rue Vivienne et la rue Montmartre sont trop fréquentées, même durant la nuit, pour que l'idée lui vînt d'opérer une descente de ces côtés.

Seule, la rue Saint-Marc offrait quelque chance de succès à l'entreprise qu'il allait tenter.

En quelques minutes, il gagna les maisons du passage des Panoramas qui forment le côté pair des numéros de cette rue, et s'avançant jusqu'à l'extrémité de la toiture de l'une d'elles, il prêta l'oreille et regarda.

Un profond silence régnait au-dessous de lui. Les becs de gaz n'y jetaient plus qu'une lueur douteuse... le moment était favorable.

Il commença.

Et d'abord il attacha solidement l'extrémité de la corde dont il était muni, y fit quelques nœuds solides, et lorsqu'il l'eût lancé dans le vide, il s'y accrocha de ses deux mains énergiques, et s'aidant de ses pieds nus... il se laissa glisser doucement le long du mur.

Le danger était terrible!... il n'y songea pas...

S'il réussissait, c'était le salut... s'il parvenait à toucher terre sans encombre, c'était la liberté!...

Et tout son être s'absorbait dans cette pensée unique.

Du reste cela fut court...

Au bout de deux minutes à peine... son pied s'appuyait, avec un frémissement plein d'ivresse, sur le trottoir, il pouvait, dès lors, gagner la rue Montmartre et se mêler à la circulation qui commençait à s'établir dans cette grande voie qui aboutit aux Halles.

Le plus fort était fait. — Momentanément il se sentait sauvé... le reste dépendait de son habileté et de son audace, et sous ce rapport il n'avait pas à faire ses preuves.

Où coucha-t-il ?... Comment parvint-il à se transformer jusqu'à se rendre méconnaissable, même pour l'œil exercé d'un agent de police... Ce sont là des mystères qu'il n'a confiés à personne.

Ce qu'il y a de certain, c'est que le succès était complet, et Lombard n'en demandait pas davantage.

Cependant il est un point qu'il n'est pas indifférent de retenir.

Ce même soir, vers sept heures, il s'était rendu à la gare Saint-Lazare.

Il éprouvait le besoin bien légitime de s'éloigner de la capitale, et voulait prendre le train du Havre.

Seulement, au moment où il se disposait à gravir les marches qui conduisent aux salles d'attente, il fit le geste désappointé d'un homme qui a commis un oubli des plus graves.

Et il redescendit vivement les quelques marches qu'il avait enjambées.

Il venait de remarquer, au haut de l'escalier, un homme à figure suspecte qui dévisageait chaque passant d'une façon sinon impertinente, du moins fort indiscrète.

Cela lui déplut, et il rebroussa chemin.

C'était, à n'en pas douter, quelque agent chargé de l'attendre et de le *pincer*. Nous parlons comme il pensait.

Lombard n'insista pas.

Il avait le temps !

Il ne lui répugnait pas de demeurer quelques jours encore dans la capitale du monde civilisé; car il savait, par expérience, que c'est encore là que les voleurs peuvent le plus sûrement se dérober à toute recherche.

Il était revenu sur le boulevard et s'était amusé à lire un journal du soir.

Puis, tout en flânant, il s'en allait pensif et calme vers la Madeleine, pour revenir plus tard de la Madeleine à la Bastille.

Arrivé à la hauteur de la Chaussée d'Antin, il s'arrêta.

Il y avait un rassemblement, il désira en connaître la cause.

On parlait avec animation; il écouta.

Dès les premiers mots, il se sentit vivement intéressé.

La voiture qui ramenait le vicomte d'Épernon venait de passer, et en moins de quelques secondes le bruit s'était répandu de la mort du jeune gentilhomme.

Devant la maison habitée par le vicomte, des groupes nombreux s'étaient formés.

Il n'y avait plus rien dans la voiture qui l'avait ramené, mais on continuait de l'entourer.

Les commentaires allaient leur train, et nul, parmi les spectateurs, ne doutait que Gontran d'Épernon n'eût été tué.

Cependant il n'en était rien.

Le jeune gentilhomme avait reçu une blessure des plus graves; les médecins qui l'accompagnaient ne répondaient pas de sa vie — mais il n'était pas mort.

Le pauvre Martial était auprès de lui, et présidait à tout avec un soin, une tendresse, une sollicitude qu'un père seul eût pu témoigner à son enfant.

Il avait fait prévenir immédiatement madame la duchesse de Frileuse, et attendait son arrivée pour quitter le blessé et se rendre auprès de mademoiselle de Graçay-Chambrun.

Quand au milieu des douloureuses préoccupations que lui communiquait l'état de son maître, la pensée de Réjane traversait son esprit, un déchirement se faisait dans son cœur, et il avait bien de la peine à étouffer ses sanglots..

Que lui dirait-il? Comment allait-il l'aborder? Par quelles paroles adoucir l'effet de l'épouvantable nouvelle qu'il avait à lui apprendre.

Une heure s'écoula de la sorte.

Les deux médecins étaient restés auprès de Gontran qui ne reprenait pas connaissance, et ils avaient déclaré qu'ils passeraient la nuit, l'un et l'autre, dans la prévision d'une crise mortelle.

De plus, une sœur grise avait été appelée et devait également veiller à son chevet.

Enfin, vers neuf heures, la duchesse arriva, et pâle, tremblante, le sein gonflé, elle alla s'agenouiller auprès de lui et baisa longuement la main froide de son frère.

Puis, ayant aperçu Martial, elle alla vivement à lui.

— Ah ! j'espérais vous voir ici, dit-elle, Martial !... on n'a encore rien dit à mademoiselle de Graçay-Chambrun.

— J'attendais l'arrivée de madame la duchesse, répondit le garde, et maintenant... je vais aller...

— Pauvre enfant !...

— Ah ! J'en ai le cœur navré... je ne pourrai pas me contenir... je suis capable de pleurer devant elle...

— Il faut être prudent.

— Bon ! Je ne sais pas.. d'ailleurs, elle lira tout sur ma bête de figure qui ne sait rien dissimuler... Si vous saviez comme elle aime M. le vicomte !..

— Et lui !... quelle horrible situation !

— Madame la duchesse m'autorise-t-elle à me retirer !...

— Oui... mon ami... portez-lui toutes mes amitiés... toutes mes tendresses... et revenez bientôt... parce que j'ai plus confiance en vous qu'en tout autre.

Martial s'éloigna à la hâte, monta dans une voiture qui stationnait dans la rue, et se fit conduire rue de Varenne.

Il était bien résolu à mentir, à n'avouer qu'une légère blessure, — réclamant tout au plus quelques jours de repos... mais il se défiait de sa propre défaillance et redoutait de commettre, malgré lui, quelque maladresse.

Quand il arriva chez le général, il trouva Réjane qui l'attendait.

En le voyant les traits altérés, le regard hésitant et troublé, la pauvre enfant jeta un cri de détresse, et se laissa tomber à genoux, les mains jointes !

— Il est mort !... mon Gontran n'est plus... s'écria-t-elle en éclatant en sanglots.

Martial secoua la tête avec force.

— Non !... non !... balbutia-t-il; qui a dit cela ?... c'est faux... le vicomte est blessé seulement, et, avant quelques jours, il viendra lui-même...

Réjane releva le front.

— Blessé ! répéta-t-elle... blessé !... c'est vrai... vous ne me trompez pas?...

— Sur mon honneur...

— Ah !... je crois... — Mon Dieu !... — Tenez, je ne vis plus... c'est affreux !... blessé !... et vous m'assurez...

— Dans quelques jours il sera rétabli.

— Mon Dieu !... que j'ai eu peur.

Le général prit l'enfant dans ses bras.

— Il faut être sage, chère petite, dit-il d'un ton affectueux et doux... une blessure, ce n'est rien... moi qui te parle — j'en ai vu bien d'autres — et à l'âge de Gontran.

— Ah! c'est que, s'il mourait ! moi, voyez-vous, je mourrais aussi.

— Tais-toi... ne parle pas de la sorte. D'ailleurs, te voilà rassurée maintenant. Demain il sera déjà mieux, d'heure en heure nous enverrons prendre de ses nouvelles, et Martial ne le quittera que pour venir nous parler de lui.

— Vous êtes bon.

— Ne pleure pas. Rentre dans ta chambre. Prends un peu de repos, et espère en la bonté de Dieu !

Réjane se laissa calmer.

Elle ne demandait qu'à avoir confiance, et ne pouvait croire non plus que la vie lui réservât de si cruelles épreuves.

Elle se retira, et goûta même quelques heures de sommeil.

Le lendemain, à son réveil, Martial lui apporta de bonnes nouvelles.

Gontran avait dormi ; à plusieurs reprises il avait appelé Réjane. Madame la duchesse de Frileuse ne devait plus le quitter, elle s'était installée dans l'appartement du vicomte, et c'est elle qui veillait aux soins de le rendre.

Réjane pleurait en écoutant ce récit, qu'elle interrompait à chaque instant pour faire mille questions.

Quand on lui dit que madame de Frileuse était auprès de son frère, elle croisa ses bras sur sa poitrine et se prit à soupirer.

— Elle est bien heureuse de n'être que sa sœur, murmura-t-elle ; elle peut le voir à toute heure, lui prodiguer ces soins qu'une femme seule peut rendre à un blessé !

Et elle demeura pensive.

Huit jours se passèrent.

Le vicomte était loin d'être hors de danger, et les médecins craignaient toujours quelque complication imprévue.

Réjane commençait à s'inquiéter.

Elle trouvait que Gontran était bien long à se rétablir... Il y avait des moments où elle soupçonnait qu'on lui cachait la vérité.

Ses nuits s'emplissaient de mortelles inquiétudes... elle n'osait rien dire... attendait toujours... et ne savait plus à quel cœur ami confier ses terribles appréhensions.

Un matin, comme elle venait de descendre dans le jardin, elle entendit le bruit d'une voiture qui s'arrêtait à la porte de la rue.

Elle tressaillit.

Ce bruit n'était pas celui qu'elle entendait d'ordinaire, quand Martial venait lui apporter des nouvelles de son cher blessé...

Qui était-ce donc?

Gontran peut-être!

Son cœur fut près d'éclater... elle courut à la porte qui venait de s'ouvrir.

Mais elle n'eut pas fait dix pas, qu'elle se sentit prise d'une épouvante indicible.

Ce n'était pas Gontran!...

C'était madame la duchesse de Frileuse... pâle, les yeux brûlés par les larmes, portant sur ses joues l'empreinte d'une profonde douleur.

Évidemment un malheur était arrivé... elle faillit rouler inanimée sur le sol.

LIX

— Chère enfant! dit alors une voix douce, à son oreille, après que deux lèvres de femmes se furent appuyées sur son front; chère petite sœur, ne vous abandonnez pas ainsi; remettez-vous!

— Gontran! Gontran! interrogea anxieusement Réjane.

— C'est lui qui m'envoie.

— Comment?

— Il n'est point encore remis tout à fait, mais il est mieux.

— Mon Dieu!

— Seulement...

— Quoi? quoi?

— Tout n'est pas fini.

— Que dites-vous?

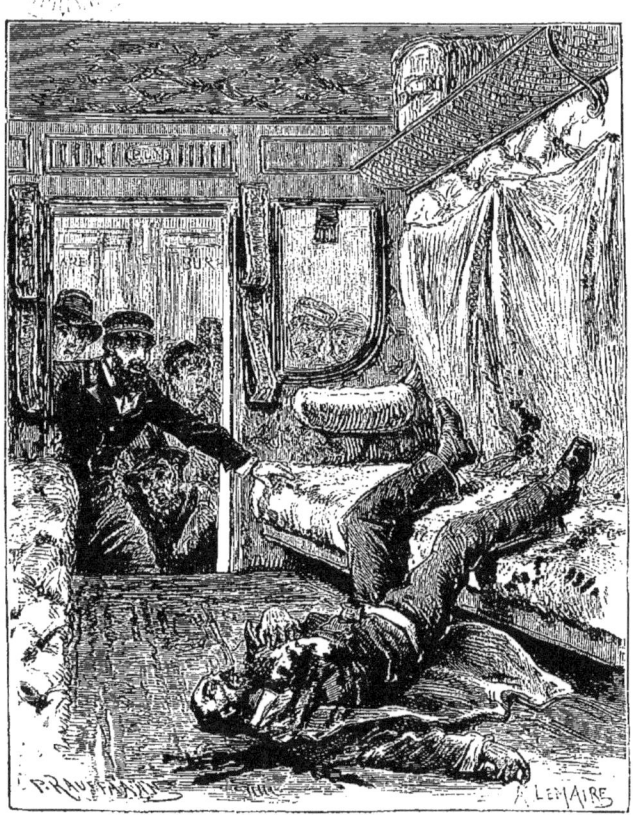

On venait d'ouvrir la portière du wagon et un épouvantable spectacle avait frappé les regards.

Réjane mordit ses lèvres jusqu'au sang, et une pâleur de suaire se répandit sur ses traits.

— Écoutez-moi, continua la duchesse de Frileuse; je ne veux rien vous cacher... J'ai été courageuse, vous le serez aussi; ses jours ont été en danger.

— Et l'on ne m'avait rien dit, sanglota l'enfant.

— On a bien fait, comprenez-le... à quoi bon ajouter de mortelles inquiétudes à votre douleur... Aujourd'hui, il est mieux... je vous le jure, le médecin lui-même me l'a assuré; d'ailleurs, je l'ai bien compris tout de suite, rien qu'en le voyant, et puis, c'est lui qui m'a dit de venir vers vous.

— Cher Gontran !

— Il veut vous voir... vous parler... vous dire qu'il vous aime.

La lueur d'un rayon divin illumina le regard de Réjane, et elle se jeta dans les bras de la duchesse.

— Si vous saviez combien j'ai désiré ce moment! murmura-t-elle rougissante et confuse... moi, je ne pense qu'à lui... je n'aime que lui... Ah! je suis prête... quand vous voudrez, nous partirons.

— Eh bien, c'est cela, ne perdons pas de temps.

Réjane allait s'éloigner... mais au moment de suivre la duchesse... elle s'arrêta pour appeler Martial.

Ce dernier accourut.

— Vous comprenez, dit alors l'enfant à madame de Frileuse; je ne puis quitter ainsi mon père... il faut qu'il m'autorise.

— Vous avez raison.

Réjane se tourna vers Martial dont l'attitude lui parut embarrassée.

— Le général est là? demanda-t-elle vivement.

Le vieux garde s'inclina.

— Que mademoiselle m'excuse, répondit-il... mais le général m'avait ordonné...

— Il est absent! interrompit Réjane.

— Depuis hier...

— Sans me prévenir !

— Il ne voulait pas vous inquiéter.

— Parti! parti! Quel est donc ce nouveau mystère?

— Son absence ne sera que de courte durée; demain matin, vous le verrez revenir...

— Et l'on ne peut pas me dire...

— Pardonnez-moi, mademoiselle, c'est une consigne, et pour un vieux soldat comme moi, il n'y a rien de plus sacré.

Réjane n'insista pas... en ce moment son cœur, son âme, son être tout entier étaient à Gontran ; elle ne pouvait penser qu'à lui...

Elle prit la main de la duchesse.

— Vous m'offrez de m'emmener, dit-elle d'un ton résolu... mon père, s'il était ici, approuverait cette démarche, j'en suis sûre... venez, madame, venez! hâtons-nous.

Et les deux femmes s'éloignèrent.

Dans ce que venait de dire Martial, et dans les paroles qu'avait prononcées la duchesse, il y avait bien des réticences qu'il convient de relever.

Martial et madame de Frileuse avaient caché à Réjane une partie de la vérité.

Le général était bien parti la veille, mais il avait défendu à son ancien serviteur de confier à mademoiselle de Graçay la cause réelle de son départ.

Il se rendait à Graçay-Chambrun, accompagnant le corps de Henry qu'il devait inhumer derrière la maison isolée où il avait passé l'été.

Réjane ignorait que son frère fût mort : et dans l'état d'esprit où elle se trouvait, le général ne voulait pas que la nouvelle de ce malheur vînt ajouter sa tristesse au chagrin qu'elle éprouvait.

C'est au retour seulement, et Gontran une fois rétabli, qu'il entendait lui faire cette douloureuse confidence.

Quant à la duchesse, le secret qu'elle avait gardé était plus pénible encore.

Il est vrai que Gontran se sentait mieux depuis la veille; mais il devait, le jour même, subir une opération des plus dangereuses, et, avant de s'abandonner aux médecins, il avait manifesté le désir de voir Réjane.

L'épée de Beverley s'était brisée dans la blessure qu'elle avait faite. Il s'agissait d'extraire de la plaie la pointe d'acier qui y était restée engagée, et le blessé pouvait mourir de cette opération!

Gontran n'avait pas peur de la mort; mais, au moment de courir cette chance redoutable, il voulait revoir sa Réjane bien aimée.

L'enfant ne se doutait de rien.

Son cœur battait avec violence, en approchant de la rue de la Chaussée d'Antin, et quand elle pénétra dans la chambre, à la suite de la duchesse de Frileuse, il lui fallut faire un effort surhumain pour ne pas défaillir.

La vue de Gontran lui rendit toute sa force et toute son énergie.

A vrai dire, elle le trouva bien changé et bien maigri; sa lèvre était décolorée, ses mains presque diaphanes sous leur blancheur d'albâtre... mais son regard empruntait une expression si douce et si tendre qu'elle oublia tout pour ne songer qu'au bonheur de le voir sauvé.

— Réjane!... chère Réjane!... dit Gontran, en baisant ses petites mains avec effusion. Mon Dieu!... que j'ai eu peur de ne plus vous revoir!

— Et moi! moi! Si vous saviez... balbutia l'enfant.

Et tandis qu'elle souriait, deux belles larmes coulaient silencieusement le long de ses joues.

La duchesse s'était retirée discrètement à distance, et pendant quelques minutes, elle n'entendit que le murmure à peine perceptible de deux voix faibles comme un souffle.

Que se disaient-ils?

Le savaient-ils eux-mêmes.

Ils échangeaient des paroles entrecoupées, sans suite, dans lesquelles palpitaient leurs deux cœurs troublés... ils mêlaient leur âme dans des confidences enivrées, oublieux de ce monde, transportés dans cette terre de l'avenir promise à leur amour!

Malheureusement ces moments si doux durèrent peu; l'un des docteurs s'était approché et avait fait un signe à la duchesse de Frileuse...

— Qu'y a-t-il? demanda la jeune femme.

— L'heure est venue... répondit le docteur... mes collègues sont arrivés, il faut éloigner cette enfant.

— Mais moi, je puis rester...

— Il est préférable que nous soyons seuls...

— Au moins, il nous sera permis de nous tenir dans la chambre à côté... de façon qu'au moindre appel.

Le médecin approuva du geste, et la duchesse entraîna Réjane qui venait de serrer une dernière fois la main de Gontran.

Le moment solennel et terrible était arrivé.

On allait procéder à l'opération.

Les deux femmes se retirèrent... la duchesse visiblement inquiète, Réjane ne se doutant pas encore du danger que Gontran allait courir.

Avant de s'éloigner cependant, la duchesse prit à part le docteur auquel elle avait déjà parlé.

— Vous comprenez, n'est-ce pas, monsieur, dit-elle, l'émotion que j'éprouve... encore une fois, je vous en prie, dites-moi que vous répondez de sa vie!

Le docteur remua la tête :

— Vous demandez une chose impossible, dit-il d'un ton grave ; l'opération est urgente ; si nous la remettions davantage, le blessé serait certainement perdu, et nous ne pouvions hésiter!... mais l'entreprise a des dangers que je ne devais pas vous dissimuler, et bien que, pour ma part, j'aie le ferme espoir que l'issue en sera favorable, cependant...

— Combien de temps durera l'opération ? interrogea la duchesse dont la lèvre frémissait.

— Dix minutes, au plus !

La duchesse s'empressa d'aller rejoindre Réjane, et comme celle-ci l'interrogeait sur sa pâleur et sur son trouble, elle l'attira contre sa poitrine et l'embrassa dans une sombre étreinte.

— Prions Dieu, mon enfant, répondit-elle. Dans quelques minutes nous saurons s'il voit nos larmes et s'il accueille nos prières.

Réjane se laissa tomber à genoux, joignit les mains et pria.

Et les deux femmes élevèrent leur cœur vers Dieu.

Dix minutes s'écoulèrent, lentes comme des siècles, au milieu d'un silence qui avait quelque chose de funèbre.

Tout à coup un cri retentit dans la chambre voisine, et la duchesse et Réjane se dressèrent terrifiées.

— Mon Dieu ! que se passe-t-il donc? supplia Réjane.

— Venez! venez! fit la duchesse.

Et elle courut vers la porte.

Sur le seuil, elles trouvèrent le docteur qui souriait, un doigt sur les lèvres.

— Sauvé ! il est sauvé ! s'écria la duchesse.

— Maintenant je puis vous assurer que tout danger a disparu.

A cette réponse, Réjane eut la rapide intuition de ce qui venait de se passer, son cœur se déchira, et un flot de larmes et de sanglots lui monta à la gorge.

C'en était trop.

Ses forces l'abandonnèrent, sa poitrine cessa de battre, elle ouvrit ses lèvres blêmes comme si l'air lui eût manqué, et étendent ses deux bras devant elle, elle s'affaissa sur le parquet.

Elle était évanouie !

Mais le bonheur ne tue pas... Dieu eut pitié de la pauvre enfant, et quand elle reprit tout à fait ses sens une heure après, on lui apprit qu'elle n'avait plus rien à craindre pour Gontran, et que ce n'était désormais qu'une affaire de temps.

Quinze jours environ s'écoulèrent à la suite de ces cruelles épreuves, quinze jours pendant lesquels Réjane passa une partie de ses journées au chevet du convalescent.

Les médecins avaient ordonné que Gontran se rendît dans le Midi pour achever sa guérison sous un ciel plus clément, et il avait été convenu que, dès qu'il pourrait entreprendre le voyage, il partirait accompagné de la duchesse et de ses enfants, et que l'on emmènerait mademoiselle de Graçay et le général.

La perspective de ce prochain départ était une source d'ineffables ivresses pour Réjane... elle avait peine à contenir l'expansion de sa joie... il lui semblait qu'une vie nouvelle allait commencer pour elle.

Une ombre glissait bien cependant de temps à autre sur ce bonheur, quand le souvenir de son frère Henry revenait à sa pensée... elle en avait parlé, plusieurs fois, au général, mais ce dernier avait toujours évité de répondre... elle finit par ne pas insister et se résigna à ne plus aborder un pareil sujet.

D'ailleurs le moment vint plus vite qu'elle ne l'aurait cru, et un soir, vers sept heures et demie, deux voitures de maître disposèrent sous la *marquise* de la gare de Lyon madame la duchesse de Frileuse et Gontran, puis le général et Réjane.

La duchesse avait fait retenir un wagon-salon, et quelques minutes après leur arrivée nos voyageurs pénétraient dans le compartiment qui leur était réservé.

Réjane ne se possédait pas de joie... Gontran s'appuyait doucement sur son bras en traversant le quai, et jamais de sa vie elle ne s'était sentie si heureuse.

La duchesse monta la première, puis Gontran la suivit — et Réjane allait à son tour poser son petit pied dans le wagon, quand, s'étant retournée pour envoyer un geste amical à son vieux Martial, elle poussa une exclamation de terreur et faillit tomber à la renverse.

— Qu'avez-vous ? fit la duchesse étonnée...

— Là! là!... voyez... répondit l'enfant d'une voix épouvantée...

A quelques pas, sur le quai, il y avait un homme qui se promenait en fumant un cigare, et dans cet homme elle venait de reconnaître Beverley!

LX

— Qu'avez-vous? répéta la duchesse.

Réjane ne répondit pas tout de suite... elle alla s'asseoir dans un des angles du salon, et comprimant de ses deux mains sa poitrine qui battait violemment :

— Ce n'est rien... dit elle enfin... je vous expliquerai, tout à l'heure; surtout, ne faites rien paraître... il ne faut pas que Gontran se doute!...

La duchesse n'insista pas...

Du reste, les voyageurs arrivaient en foule et se distribuaient dans les divers compartiments.

Quelques minutes s'écoulèrent encore.

Puis un coup de sifflet retentit, et le train se mit en marche.

Réjane respira.

— Et maintenant, expliquez-vous, interrogea madame de Frileuse, qui était fort intriguée de l'incident.

L'enfant remua la tête.

— Je suis folle, répondit-elle, seulement, ç'a été plus fort que moi, et quand j'ai vu cet homme...

— Quel homme?

— M. Beverley.

— Il est ici?

— Oh! je l'ai bien reconnu! Tout mon sang s'est glacé dans mes veines, et je me suis demandé par quelle bizarre coïncidence.

— En effet.

— Comment se trouve-t-il ici.

— Vous a-t-il vue lui-même?

— Oh! certainement.

— C'est singulier... Cependant ce n'est probablement qu'un hasard! il ne savait pas nous rencontrer... et puis... quelle pourrait être son intention... qu'espère-t-il?...

— Sans doute... c'est invraisemblable, mais tout de même...

Le train marchait avec rapidité.

La brise s'était levée, l'air était tiède et doux, la nuit promettait d'être splendide.

Les deux femmes causèrent encore quelque temps, puis la duchesse se

rapprocha de Gontran, et Réjane resta accoudée à la portière, pensive, douloureusement impressionnée, plongeant son regard sur les perspectives qui se
modifiaient avec une mobilité à donner le vertige.

Elle ne s'était pas trompée d'ailleurs, et c'était bien Beverley qu'elle avait vu...

Mais, ainsi que le pensait la duchesse, sa présence dans le train était un
simple effet du hasard.

Il ignorait que Gontran dût partir ce soir-là et avait été fort surpris lui-même
en reconnaissant Réjane.

Cette découverte avait-elle éveillé en lui quelques projets nouveaux... nous
ne saurions le dire.

Ce que nous pouvons ajouter, seulement, c'est qu'après avoir aperçu mademoiselle de Graçay, il s'était promené quelque temps encore sur le quai, avec
une certaine agitation, et quand il était monté dans son compartiment, il avait
l'air plus soucieux et plus préoccupé qu'auparavant.

En prenant place, dans le coin qu'il avait marqué, il s'aperçut qu'un voyageur
occupait l'angle opposé du compartiment.

Beverley tenait à la main son cigare allumé; il se tourna vers le compagnon
de voyage que le hasard lui envoyait.

— Vous permettez? demanda-t-il en saluant avec courtoisie.

L'inconnu fit un geste de consentement.

— Parfaitement, monsieur, répondit-il... je suis moi-même fumeur... et
comme je dors rarement en voyage, j'aurai à vous demander la même indulgence
pour cette nuit.

Beverley s'inclina.

— Seulement, ajouta son compagnon, je vous avoue que la lumière me gêne
horriblement, et si vous le permettez...

Sans attendre de réponse, il se leva et alla tirer la soie verte destinée à voiler
la lampe de nuit.

Puis il rajusta avec soin l'énorme cache-nez qui lui montait jusqu'aux yeux.
et se rejeta dans son coin.

Beverley n'y prit pas garde autrement. Il baissa la glace de la portière,
alluma un nouveau cigare et se replongea dans ses rêveries.

A partir de ce moment, aucun incident digne d'être raconté ne se produisit
au cours du voyage jusqu'aux approches de Lyon. — Le train continuait sa
marche, faisant ses quarante kilomètres à l'heure, et projetant un rayon lumi-
neux à travers la campagne plongée dans l'ombre et le silence.

Réjane avait en vain appelé le sommeil; il lui était impossible de dormir.

Accoudée à la portière, elle suivait sa pensée inquiète qui évoquait mille
fantômes, se tournant de temps en temps vers l'intérieur du salon, et écoutant
la respiration régulière de Gontran qui reposait allongé à quelques pas d'elle.

Le spectacle de ce calme, de ce repos, dont il avait tout besoin, rafraîchissait doucement son cœur; par instant, son âme s'élevait vers Dieu dans un élan de reconnaissance attendrie.

Une fois que l'on eut franchi la station de Dijon, ses appréhensions parurent diminuer.

Rien n'était venu donner raison à la terreur qui l'avait saisie à la vue de Beverley, et l'espoir rentrait dans son esprit.

Peu à peu, la fatigue s'empara même de ses membres; plusieurs fois ses paupières alourdies se baissèrent sur ses yeux brûlés par l'insomnie.

Cependant elle luttait encore...

Elle voulait continuer de veiller... tout se taisait autour d'elle; on n'entendait aucun bruit... le train entier semblait avoir été vaincu par le sommeil.

Réjane se trouvait dans un état d'affaissement singulier où le réel se mêlait au fantastique...

Le souffle puissant de la machine, les lourdes spirales de fumée blanche et rouge qui se tordaient dans l'air comme autant de serpents atteints d'épilepsie, les silhouettes des arbres qui passaient décharnées et grimaçantes le long de la voie... tout cela la jetait dans un monde qu'elle n'avait pas entrevu encore et où elle avait peine à se reconnaître...

Une somnolence impérieuse s'emparait de ses sens, à laquelle elle s'arrachait brusquement et comme avec révolte.

Elle ne savait plus réellement elle où en était, et se crut un moment le jouet de quelque rêve fou.

Alors un fait étrange se produisit... dont elle n'eut l'explication que plus tard.

A son tour, elle venait d'être vaincue.

Ses yeux s'étaient fermés... ses bras avaient retombé le long de son corps; sa tête avait roulé sur son épaule.

Elle s'était endormie...

Combien cela dura-t-il?

Elle ne le sut jamais...

Toujours est-il qu'elle se réveilla en sursaut, dressa le front et prêta l'oreille.

Elle avait entendu... un bruit sinistre.

Quelques éclats de voix... un cri de rage ou de détresse...

Elle ne put préciser... mais certainement quelque chose d'insolite s'était passé.

La nuit était noire... la lune s'était voilée; de ses deux yeux grands ouverts elle regarda.

Ce ne fut pas long!

Presque au même instant, dans le cadre de la portière où elle s'accoudait, une tête hideuse apparut!

Le temps de la voir... et ce fut tout!...

Gontran! s'écria-t-elle d'une voix forte et bien accentuée. (Page 347.)

Mais Réjane avait senti son souffle brûlant glisser sur son front... Ses mains accrochées à la portière y avaient laissé une empreinte de sang... et elle voyait encore... toujours... l'horrible rictus qui crispait sa lèvre torve.

Elle cacha sa tête effarée dans ses mains.

Était-ce une hallucination? avait-elle bien vu ce qu'elle avait cru voir?

Ses os étaient glacés... elle se rejeta vivement en arrière et chercha Gontran...

Ce dernier venait de rouvrir les yeux et lui faisait signe d'approcher.

Elle courut à lui.

— Vous ne dormez donc pas! dit-il à voix basse.

— Je veille... répondit l'enfant. Je suis si heureuse à la pensée que vous reposez là... près de moi.

— Chère âme!... Ah! le Ciel est bon... Dans quelques semaines... nous serons unis... Désormais, rien ne peut plus nous séparer... Réjane! Réjane!

— O Gontran... mon Gontran!...

Elle se tut.

Les lèvres de Gontran avaient rencontré les siennes... jamais pareille sensation n'avait sillonné son cœur et brûlé sa chair!

L'heure qui suivit passa comme un rêve.

Réjane s'était assise à côté de Gontran ; et la main dans la main, ils parlaient à voix émue et basse.

On avait dépassé Mâcon.

Le jour commençait à poindre. Une ligne rose, encore pâle, rayait l'horizon, annonçant l'approche de l'aurore ; à travers des buées transparentes des prairies on voyait se profiler vaguement les villages qui bordent la voie. Un air plus frais et plus pur pénétrait dans le salon. La nature entière sortait des ombres de la nuit et renaissait à la lumière et à la vie.

Réjane n'avait pas oublié l'incident qui l'avait si fort effrayée. La clarté du jour en atténuait bien un peu l'effet, mais quand elle y pensait, un frisson courait sur sa peau, lui communiquant une sorte de terreur rétrospective.

Enfin on arriva à Lyon, où l'on devait stationner vingt minutes, et tous les voyageurs se précipitèrent sur le quai.

Pendant que le général descendait du wagon, Réjane, qui ne voulait pas quitter Gontran, se pencha à la portière, cherchant à reconnaître Beverley dans la foule.

Elle ne l'avait pas oublié, lui, et la duchesse, à qui elle avait fait partager une partie de ses appréhensions, vint la rejoindre à son poste d'observation.

Elle était, de son côté, pour le moins aussi curieuse que l'enfant.

— Eh bien, murmura-t-elle de façon que Gontran ne les entendît pas, vous ne voyez rien.

— Rien, répondit Réjane.

— Bon! nous nous sommes trompés ; il a pris le même train que nous, mais il se sera arrêté en route, à Dijon peut-être ou à Mâcon.

— C'est possible.

— Du reste, quelle idée qu'il fût venu pour nous...

— Je ne sais, mais cette rencontre était vraiment si imprévue...

Réjane n'acheva pas.

Un mouvement singulier s'opérait en ce moment sur le quai, et un groupe nombreux et animé s'était formé à quelques pas du wagon occupé par la duchesse et Réjane.

— Qu'y a-t-il? demanda madame de Frileuse.

Un homme d'équipe passait... il s'arrêta en portant la main à sa casquette.

— Ce n'est rien, mesdames, répondit-il... c'est un wagon dont la portière est fermée en dedans, et que l'on cherche à ouvrir... probablement, quelque voyageur qui aura voulu s'amuser... Ce n'est pas la première fois que cela arrive...

— Cependant... on dirait que ce n'est point un accident ordinaire... répliqua Gontran.

— Je vais vous dire, monsieur, continua l'homme d'équipe... il y a, en effet, quelque chose de particulier.

— Quoi donc?

— Non seulement la porte est fermée en dedans, mais les rideaux des glaces sont tirés, et il est impossible de voir s'il y a quelqu'un à l'intérieur.

Sans se rendre bien compte de ce qu'elle éprouvait, à cette réponse, Réjane se prit à frissonner, et se rappelant ce qu'elle avait vu la nuit, le soupçon d'un crime traversa son esprit.

Presque aussitôt, et comme si l'événement voulait répondre à sa propre pensée, un tumulte s'éleva du groupe qui stationnait à quelques pas, et vingt cris d'horreur retentirent.

On venait enfin d'ouvrir la portière du wagon, et un épouvantable spectacle avait frappé tous les regards.

Une mare de sang baignait le tapis du compartiment, et, sur les coussins, un homme était étendu, la poitrine trouée de dix coups de couteau.

LXI

En un instant, le désordre et l'effarement atteignirent les dernières limites.

Les employés allaient et venaient sur les quais et sur la voie. Le commissaire spécial était accouru; on attendait le médecin qui devait se livrer aux premières constatations légales.

Le corps sanglant avait été laissé dans la position où on l'avait trouvé; il ne donnait aucun signe de vie.

Enfin le docteur arriva, et l'on ne tarda à recueillir les éclaircissements les plus précis sur l'affaire.

L'homme respirait encore, mais il était mortellement frappé et n'avait plus guère qu'une heure à vivre.

Son identité fut du reste facile à établir.

Il portait sur lui des papiers en règle; c'était un sujet anglais ou américain qui s'appelait Beverley.

On trouva, en outre, dans la poche de son paletot, des valeurs considérables... ce qui donna lieu de penser que l'assassin n'avait pas eu le vol pour mobile.

C'était une vengeance!

Mais quel était l'assassin, et comment le crime s'était-il accompli?

Le moribond pouvait seul donner des explications utiles sur ce point.

Le docteur lui administra un cordial violent qui, pour un moment, le rappela à la vie.

Beverley fit un soubresaut; les cheveux hérissés, il se dressa sur son séant, et promena son regard vitreux autour de lui, en proférant une épouvantable imprécation.

— Où est-il?... qui êtes-vous!... murmura-t-il en faisant un effort surhumain.

— Reprenez vos sens, dit le docteur, et faites nous connaître le misérable qui a tenté de vous assassiner.

Le visage du gentleman se contracta.

En même temps, ses ongles s'enfoncèrent dans le bras du docteur, et il poussa un rugissement.

— Lui! — Lombard! c'est Lombard! Je dormais! Quand je me suis réveillé, son couteau me labourait la poitrine... puis plus rien!... il avait disparu...

Il respira bruyamment.

— Ah! vous le retrouverez, n'est-ce pas?... continua-t-il... vous le livrerez au bourreau.., il y a une justice humaine! oh! si je pouvais, si je le tenais là, sous mon genou, mes ongles dans sa chair; mais non, non, horrible, c'est horrible.

Sa voix faiblissait, ses yeux se voilaient de ténèbres; ses bras s'agitaient dans le vide, comme pour repousser de sinistres visions.

— A moi! ajouta-t-il encore, où êtes-vous? Je n'y vois plus. Aurore! Mon âme, ma vie. Mon Dieu, quel vertige m'emporte? qui me précipite? Où vais-je?

Il n'en put dire davantage.

Ses lèvres blêmes remuaient avec une mobilité effrayante... des frissons violents ridaient sa peau... Sa face convulsée rappelait par instants la hideuse expression de l'épilepsie!

Tout se tut alentour.

Chacun comprit que la mort était proche.

Beverley eut encore, en effet, quelques tressaillements énergiques, sa tête roula comme détachée de ses épaules... puis un dernier râle gonfla sa poitrine et vint expirer sur sa bouche!...

Alors ses lèvres cessèrent de remuer, ses membres prirent tout à coup, presque sans transition, cette rigidité particulière que la mort imprime au corps humain, et son œil devint immobile et fixe.

C'était fini !...

Cependant, le train ayant, depuis quelques minutes déjà, épuisé le temps d'arrêt qui lui était accordé, et il fallut songer au départ.

On s'empressa de détacher la voiture dont Beverley occupait un compartiment; les voyageurs remontèrent vivement en voiture, et, peu après, le sifflet retentit.

Au moment où le train se mettait en marche, Réjane, profondément impressionnée, s'était jetée dans les bras de la duchesse de Frileuse

— Quelle horrible aventure! balbutia-t-elle épouvantée de ce qu'elle venait d'apprendre.

La duchesse la serra avec effusion dans ses bras.

— C'est horrible, en effet, dit-elle, mais le doigt de Dieu est dans tout ceci, et désormais vous n'avez plus rien à redouter.

Réjane se tut; un frisson mystérieux avait glacé ses épaules.

Ce que venait de dire la sœur de Gontran répondait trop bien à ce qu'elle pensait elle-même, et au fond du cœur elle se sentait rassurée par le sanglant incident qui les avait terrifiés tous.

Le même jour ils arrivaient à Nice.

Une villa avait été louée sur les hauteurs, d'où l'on dominait en même temps la ville et la mer.

Le coup d'œil était splendide ; l'air y était pur et sain.

L'installation demanda quelques jours, et bien des préoccupations pesèrent encore sur l'esprit de chacun.

Le voyage avait fatigué Gontran; sa blessure s'était rouverte dès le lendemain de l'arrivée, et l'on se vit obligé d'appeler un nouveau médecin.

C'était peu grave à la vérité... mais il fallait de grands ménagements, et des soins assidus.

Réjane ne quittait presque plus son fiancé.

On avait arrêté que le mariage aurait lieu dès le rétablissement du blessé...

Et l'on attendait !

Plus de deux mois se passèrent...

Réjane était heureuse... il lui semblait que Dieu veillait lui-même sur Gontran, et elle attendait l'heure où elle serait sa femme, avec une patience résignée.

Ils sortaient peu.

Leur vie s'écoulait calme et tranquille dans les limites étroites de la petite villa.

Ils ne voyaient que fort peu de monde.

Quelques amies de la duchesse, quelques vieux compagnons d'armes du général, et c'était tout!

Réjane, elle, ne connaissait personne que Gontran.

Souvent, le soir, ils passaient de longues heures assis, l'un à côté de l'autre,

sur la terrasse d'où l'on découvrait un panorama splendide ; à droite les pics nei-
geux des Alpes au sommet desquels la lune allumait parfois un étincelant dia-
dème — à gauche, la mer infinie qui leur envoyait ses âpres et pénétrantes senteurs, enfin au-dessus de leur tête, un ciel pur semé de millions d'étoiles d'or !...

La main dans la main, le cœur baigné d'ineffables tendresses, le regard
perdu dans les harmonieuses perspectives nocturnes, ils restaient là, sans échanger une parole, attendris et muets, se communiquant leurs impressions par une
douce pression.

Réjane n'avait jamais ressenti un pareil bonheur — elle ne soupçonnait pas
qu'il y eût autre chose dans la vie — elle eût voulu vivre ainsi éternellement,
auprès de Gontran, sous le regard de Dieu !

Peu à peu cependant, sous l'influence de l'atmosphère de ces contrées bénies
du soleil, Gontran finit par retrouver ses forces et revenir à la santé.

Les couleurs revinrent à ses joues, son œil recouvra sa vivacité, et il commença à réclamer un peu plus de liberté.

Alors il sortit.

Souvent on le vit, appuyé au bras de mademoiselle de Graçay, suivi par la
duchesse et le général, aller et venir sur le bord de la mer, le long de la promenade des Anglais.

Puis un jour il prit sa volée et s'aventura tout seul dans la ville et sur le
port.

On était alors au mois de février.

La convalescence avait duré plus de trois mois, mais il n'y avait plus à craindre de rechute...

Dès qu'il se sentit tout à fait rendu à lui-même, Gontran eut une longue conversation avec le général et avec sa sœur, et à la suite de cette conversation il
fut définitivement décidé que l'on s'occuperait sans délai des préparatifs du mariage.

L'union des deux jeunes gens devait s'accomplir à Nice, sans tapage... mo-
destement... comme il convient au véritable bonheur...

Réjane ne tenait pas à ce que son bonheur eût tant de témoins... et Gontran
était également de cet avis.

La duchesse de Frileuse se chargea de régler les principaux détails, et, de son
côté, le vicomte s'occupa de ce qui le concernait plus particulièrement.

Plus le moment approchait, plus il devenait impatient.

Il lui semblait que jamais il n'avait tant aimé Réjane !

Et pourtant ! depuis quelques semaines, on eût dit qu'une ombre de mélancolie s'était tout à coup répandue sur le front de l'enfant...

Gontran le remarqua bien vite, et cette remarque lui communiqua un moment
de tristesse.

Que se passait-il dans le cœur de Réjane ?... Le bonheur a parfois de ces mélancolies, comme il y a des brumes sur les belles aurores. Il aimait à penser que l'attitude de la jeune fille n'avait rien de sérieux...

Toutefois, il s'en montra inquiet, et n'osant l'interroger, il l'observa...

Et alors, voici ce qui advint.

Un soir, qu'il avait été retenu plus tard que de coutume, et qu'il rentrait vers sept heures à la villa, il trouva sur son chemin, non loin de l'habitation, un homme qui l'attendait, et vint à sa rencontre dès qu'il l'aperçut.

C'était Hector de Précourt.

Il ne l'avait pas revu depuis le duel; il lui tendit la main avec un empressement cordial.

— Vous! mon cher ami; dit-il... Croyez que je suis bien heureux de vous voir.

Précourt serra la main que lui tendait Gontran et comme ce dernier cherchait à l'entraîner vers l'habitation :

— Non, dit-il... avec un triste sourire, mille grâces; si vous le voulez bien, nous resterons ici.

— Cependant...

— J'ai à vous parler.

— Eh bien.

— Et vous seul devez entendre ce que j'ai à vous dire.

Gontran regarda le jeune homme avec étonnement.

— De quoi s'agit-il donc? demanda-t-il.

— Il y a, répondit Précourt, que je suis à Nice... depuis deux mois.

— C'est la première fois que je vous rencontre.

— Je ne suis pas seul.

— Ah !...

— Et la pauvre jeune femme que j'ai accompagnée se trouve dans un état de santé qui réclame des soins constants.

— Quelle personne? interrogea Gontran avec un vague soupçon de la vérité.

Précourt remua le front.

— Vous auriez de la peine à la reconnaître... si je ne vous la nommais pas... répondit-il.

— Est-ce que ce serait?...

— Ninoche.

— Elle! elle!

Il y eut un moment de silence, puis Précourt reprit :

— Après la mort de Cardinet, dit-il, ou plutôt après votre duel avec Beverley, elle fut prise d'une sorte de mélancolie à laquelle rien ne put l'arracher. Je m'étais lié avec elle, et elle m'avait intéressé dès le premier jour; je voyais qu'elle dépérissait, et le docteur Desbois m'avait avoué qu'il n'augurait pas

bien de son état... je lui proposai de changer d'air, de voyager, de venir à
Nice chercher un climat dont l'influence devait la remettre... et elle accepta
avec empressement l'offre que je lui faisais... elle savait que vous étiez ici...
l'espoir de vous y rencontrer ne fut pas étranger, j'en suis convaincu, à sa
détermination...

— Et depuis qu'elle est arrivée?

— Cela n'a fait qu'empirer... Cependant rien encore ne faisait prévoir un
dénouement si prompt...

— Que dites-vous?

— Avant-hier, dans la nuit, elle sentit tout à coup plus mal...

— Pauvre enfant!...

— J'appelai le docteur, qui est le vôtre; c'est celui-là seul qu'elle voulait
voir à son chevet, et à peine l'eut-il vue — il n'eut pas besoin d'un long examen — et m'annonça qu'elle allait mourir.

— C'est affreux...

— Oui, affreux! vous dites bien, mon ami; depuis deux jours, le délire ne
l'a pas quittée... elle vous appelle... elle repousse avec violence la mort qui
approche... et jamais je n'avais assisté encore à un spectacle plus navrant.

— Et vous êtes venu me chercher.

— Le docteur pense qu'elle ne passera pas la nuit.

— Que faire !

— Ne voulez-vous pas lui serrer la main avant qu'elle ne meure ; c'est son
dernier vœu, je crois que cela lui apportera une réelle consolation dans l'épouvantable situation où elle se trouve.

Gontran hésita à peine une seconde.

— Vous avez raison, mon ami, dit-il aussitôt... La pauvre enfant m'a été
dévouée plus que je ne devais l'attendre d'elle... et je ne lui manquerai pas
à sa dernière heure... Je rentre, pour qu'on ne soit pas inquiet à la villa, et,
dans cinq minutes, je reviens. — Attendez-moi !

Il allait s'éloigner, Précourt le retint.

— Un mot encore... dit-il ; vous allez voir mademoiselle de Graçay... Eh
bien, voulez-vous que je vous fasse part d'un soupçon qui m'est venu ?

— Dites... dites? fit Gontran surpris.

— Si je ne me trompe... je crois que mademoiselle de Graçay connaît la
présence de Ninoche à Nice...

— Y songez-vous... est-ce possible...

— J'en suis sûr.

— Qui vous fait supposer?

Il n'eût pas voulu mourir sans avoir tenu dans ses bras un bel enfant qui ressemblait à sa Réjane bien-aimée.

LXII

— Un détail, répondit Précourt. Quelques semaines après notre arrivée, et quand tout le monde, à l'exception du docteur, ignorait encore que nous fussions à Nice, on a apporté à Ninoche un bouquet de lilas blanc.

— Quel rapport...

— C'est insignifiant, sans doute ; mais depuis, et chaque jour, le même envoi s'est renouvelé.

— Et vous supposez...

— Attendez ! cela m'avait intrigué tout d'abord, j'ai voulu savoir, et j'ai interrogé le messager. Or, à travers ses réticences, j'ai fini par comprendre une partie du secret ; de plus, et pour lever tous les doutes, hier soir, comme je prenais l'avis du docteur sur le projet que j'avais formé de vous venir chercher, il m'a tout dit.

— Quoi !

— A plusieurs reprises, mademoiselle de Graçay lui a demandé des nouvelles de la jeune femme... et elle sait, depuis ce matin, qu'elle n'a plus que quelques jours à vivre...

Gontran gagna la villa, le front soucieux et préoccupé...

La première personne qu'il rencontra sur le seuil fut Réjane.

Il tressaillit.

Mais son hésitation fut de courte durée, car Réjane alla d'elle-même au-devant d'une explication.

— Vous avez vu M. de Précourt, dit-elle un peu agitée, et peut-être venait-il vous chercher ?

— D'où savez-vous ? balbutia Gontran.

— Oh ! j'ai deviné... continua Réjane, il est inutile de dissimuler, cela ne serait digne ni de vous ni de moi. Il vous a parlé, n'est-ce pas, de cette jeune femme à laquelle je dois plus que la vie... l'honneur même.

— C'est vrai !

— Elle se meurt.

— Il me l'a dit.

— Et avant de quitter cette vie misérable, elle veut vous voir !

— Vous déplaît-il que je me rende à son appel.

Réjane cacha sa tête sur la poitrine du vicomte.

— Ah ! je suis trop heureuse de votre amour, mon ami, dit-elle la gorge serrée... Pauvre femme !... si j'osais... j'irais avec vous.

Gontran baisa tendrement le front de l'enfant.

— Vous êtes une sainte, répondit-il, et je ne vous aimerai jamais assez !... Alors... vous ne m'en voulez pas ?

— Ne perdez pas une seconde !... Gontran !... allez... allez... et que Dieu la reçoive dans sa douleur et son repentir !

Un quart d'heure plus tard, le vicomte, accompagné de Précourt, traversait la ville et s'arrêtait, non loin du port, au seuil d'un petit cottage adossé à la montagne d'où la vue s'étendait sur la mer.

Un silence plaintif régnait autour de l'habitation.

Précourt ouvrit discrètement la grille d'entrée, traversa avec précaution un jardin touffu, où les lauriers roses et les citronniers étaient en fleur et atteignit le perron par lequel on accédait au chalet.

Une fois là, il se tourna vers Gontran qui le suivait, et mit un doigt sur ses lèvres.

Quoi qu'il pût faire, le vicomte ne pouvait contenir son cœur qui battait à se rompre, mille sensations diverses troublaient son cerveau... il avait hâte et, en même temps, il craignait d'arriver.

Comme il montait les degrés du perron, il prêta l'oreille.

Il venait d'entendre prononcer son nom, il avait reconnu la voix de Ninoche.

Il pressa le pas et pénétra bientôt dans la chambre mortuaire !...

Chambre mortuaire !... nous maintenons le mot...

Deux bougies brûlaient sur la cheminée, répandant dans la chambre une clarté tremblotante et douce... et sur une table placée près de l'alcôve, une veilleuse jetait alentour ses rayons indécis...

Gontran s'approcha.

Ninoche était là. Son corps se dessinait sous les draps blancs qui accusaient ses formes amaigries ; sa poitrine se soulevait avec effort, déchirée de temps à autre par un râle affreux, et son regard jaillissait de son orbite avec des lueurs fauves qui rayaient par instant les ombres de l'alcôve.

Alors un fait mystérieux se passa.

Tout à coup, la jeune femme cessa de râler ; ses ongles s'accrochèrent à la couverture, et elle se dressa effarée et droite, les cheveux dénoués et le sein nu !

— Gontran ! s'écria-t-elle d'une voix forte et bien accentuée, comme si le peu de vie qui lui restait eût fait explosion.

Gontran avança de quelques pas, et aussitôt il sentit dix doigts décharnés saisir énergiquement ses deux mains.

— Vous ! c'est vous ! dit encore la pauvre femme... Dieu m'a donc entendue !... il a eu pitié de moi... maintenant, je n'ai plus peur et je mourrai heureuse...

Et elle l'enveloppa d'un regard profond et fixe où se mêlaient à la fois le bonheur de l'avoir revu et le regret de le perdre.

Cela fut rapide... avec une mobilité d'enfant ou de moribond, elle passa bien vite à d'autres impressions.

Une vive rougeur venait de monter à ses joues, elle avait à la hâte réparé le désordre de sa nudité, et rejeté en arrière les cheveux qui couvraient son visage.

— Ainsi, vous êtes venu... dit-elle, la lèvre frémissante ; si vous saviez avec quelle impatience je vous attendais... on m'avait dit que vous étiez ici... et c'eût été mourir deux fois que de mourir sans vous avoir revu... maintenant, voyez, je suis plus calme... cela ne m'effraye plus... il me semble que mes horribles souffrances ont cessé tout à coup...

— Mais vous vivrez !... voulut dire Gontran...

Ninoche remua la tête, et un triste sourire releva le coin de sa bouche.

— A quoi bon? répondit-elle; et qu'est-ce que je ferais de la vie! Non... j'en ai assez !... D'ailleurs je n'ai aimé qu'un homme; si ce n'avait pas été un rêve insensé... je lui aurais donné mon cœur, mon âme... mon sang, goutte à goutte !... Tenez, ne parlons plus de cela, monsieur Gontran... Les instants me sont comptés... et je ne veux pas que vous restiez ici plus qu'il ne convient... Écoutez... répondez... Vous êtes heureux, n'est-ce pas...

— Oui, mon enfant...

— Vous avez choisi une femme digne de vous... et tout ce que je demande à Dieu... c'est qu'elle vous donne ce bonheur que vous ne pouviez attendre de moi !... dites-lui que j'ai parlé d'elle... vous me le promettez! elle ne peut pas être jalouse, et vous pourrez quelquefois parler de la pauvre Ninoche.

— Je n'oublierai jamais le dévouement que vous m'avez témoigné.

— A la bonne heure, et maintenant, vous allez partir.

— Que dites-vous?

— Je ne veux pas que vous restiez! c'est une chose hideuse que la mort... je sens bien qu'elle est proche, et je ne veux pas que vous assistiez à mes derniers moments.

— Cependant...

— Seulement, avant que vous ne partiez, je vous adresserai une prière.

— Dites! dites !

— Je vais mourir.

— Ah! nous vous sauverons.

— Non, monsieur Gontran, non; d'ailleurs, je ne veux pas être sauvée; seulement, il y a une chose que je désire vous demander, et je n'ose pas.

— Quoi donc?

— Si mademoiselle de Graçay était là ! c'est à elle que je m'adresserais.

— Expliquez-vous, et je vous jure...

La jeune femme se pencha, ardente et fiévreuse, à l'oreille du vicomte.

— Eh bien, dit-elle à voix basse et avec un regard où palpitait toute son âme... pardonnez-moi... mais avant de partir... je veux... que... vous m'embrassiez.

Gontran ne répondit pas... il était ému, troublé, attendri, et obéissant à un mouvement irréfléchi de ses bras, et baisa avec effusion son front pâle et glacé.

Les mains de la jeune femme se tordirent autour de son cou, et pendant quelques secondes on entendit sa poitrine qui haletait sous cette étreinte.

— Adieu! partez !... dit-elle peu après... que Dieu vous bénisse pour le bonheur que vous m'avez apporté.

Gontran obéit. Cette scène l'avait douloureusement impressionné, et c'est d'un pas lent et pénible qu'il regagna la villa où Réjane l'attendait.

Ninoche survécut à peine quelques heures à son départ.

Dès qu'il eut disparu, l'agonie commença.

Elle fut relativement douce, et exempte des épouvantables convulsions qui, le plus souvent, précèdent la mort.

Quand elle eut rendu le dernier soupir, son visage prit une expression de calme et de sérénité tranquille qu'on ne lui avait jamais connue pendant la vie !

On eût dit qu'elle reposait.

Elle était morte !

Elle fut inhumée, le lendemain, dans le cimetière de Nice, par les soins de Précourt.

Gontran et ce dernier accompagnèrent seuls le corps jusqu'à sa dernière demeure.

Sur la pierre qui recouvre sa dépouille mortelle... on a gravé son nom... Mais si jamais personne ne vient s'agenouiller et prier sur cette tombe... elle n'est pas cependant abandonnée non plus !

Le fossoyeur en prend un soin particulier, et les fleurs que l'on a plantées à l'entour sont entretenues par le sombre fonctionnaire comme s'il était payé pour cela.

Il l'est — en effet — et à ceux qui lui ont adressé quelques questions à ce propos, il n'a jamais hésité à répondre qu'il agissait ainsi par l'ordre de madame la vicomtesse Réjane d'Épernon.

Vicomtesse d'Épernon !...

Le mariage de Réjane avec Gontran s'était fait quelques semaines après la mort de Ninoche... sans bruit, sans éclat, en présence de quelques amis dévoués de la famille, et dans la modeste église de Nice.

Ce que l'on remarqua le plus, c'était un beau vieillard qui se tenait dans un coin de la chapelle, mordillant sa forte moustache grise, et ne cherchant pas à essuyer les larmes qui baignaient ses joues.

On sut que ce vieillard s'appelait Martial, et qu'il remplissait les fonctions de garde au château de Graçay-Chambrun.

Après la messe, on déjeuna à la villa, puis, dans l'après-midi, une voiture vint chercher les nouveaux époux qui partirent pour l'Italie.

Le même soir, le général prenait le chemin de fer en compagnie de Martial et allait se réfugier à Graçay-Chambrun.

Quant à la duchesse, elle resta encore un mois à Nice avec ses enfants et son mari.

Il semblerait que nous dussions nous arrêter ici.

Nous avons cependant quelques mots à ajouter, et le lecteur voudra bien, pour un instant encore, nous continuer la bienveillante attention qu'il nous a prêtée jusqu'à présent.

On a dit que les peuples heureux n'ont point d'histoire... Le bonheur de Réjane et de Gontran perdrait, en effet, à être raconté, et nous n'en dirons rien!...

Mais il est un point sur lequel nous ne pouvons garder le même silence.

C'est l'épilogue indispensable, le complément logique et rigoureux, la morale même des événements que nous avons entrepris d'écrire, et si le lecteur n'éprouve qu'un désir modéré d'apprendre ce que sont devenus Brin-de-Tulle et Saint-Clair, tout au moins sera-t-il curieux de connaître le sort qui attendait Herminie, au lendemain de la disparition du prince Lubiroff.

Ce sera le dernier chapitre de ce récit; on pourrait l'intituler la DERNIÈRE NUIT DU BOULEVARD.

LXIII

DERNIÈRE NUIT

Pendant que Gontran se mariait à Nice, voici à peu près ce qui se passait à Paris.

La mort dramatique de Charles Cardinet et la disparition mystérieuse du prince Lubiroff, plus connu désormais sous le nom de Lombard, avaient pendant quelques jours défrayé la chronique parisienne.

Mais nous savons ce que dure l'effet des événements les plus graves, et une semaine ne s'était pas écoulée que l'on oublia bien vite ces deux personnages qui avaient tenu une place si importante dans le monde de la capitale.

Tout au plus le prince eut-il un regain de publicité, quand on apprit l'assassinat de Beverley, mais cette impression même ne fut que passagère; c'était, à partir de ce moment, une affaire entre la police et le nommé Lombard, et l'on ne s'en préoccupa guère.

La nouvelle pièce des *Variétés* atteignait les dernières limites du succès... on faisait le maximum des recettes: les acteurs rivalisaient de talent et de fantaisie, et une foule enthousiaste, recrutée parmi toutes les classes de la société, emplissait chaque soir la salle, depuis les fauteuils d'orchestre jusqu'aux places de la dernière galerie.

Le triomphe de Brin-de-Tulle était complet!

Un peu émue et intimidée, pendant les premières représentations, elle avait fini par reprendre son aplomb naturel, et il était manifeste qu'elle exerçait maintenant une influence sérieuse au double titre de chanteuse et de jolie femme.

Saint-Clair était véritablement heureux et allait de lui-même au-devant de ses caprices.

Il lui avait acheté un charmant hôtel aux Champs-Élysées, et avait augmenté sa liste civile dans des proportions qui l'élevaient presque à la hauteur de Nabab.

Brin-de-Tulle n'était, du reste, pas fille à abuser de la situation : elle savait proportionner ses caprices à la fortune de ses adorateurs ; ce n'est pas elle qui eût compromis l'avenir par d'excessives prétentions dans le présent.

Et puis, à travers ses défauts, Brin-de-Tulle avait une qualité essentielle.

Elle était bonne fille, et ce qu'elle fit pour Ninoche doit lui être compté.

Après la catastrophe qui l'avait violemment séparée de Cardinet, Ninoche s'était trouvée tout à coup dans le dénuement le plus triste. Elle avait toujours vécu au jour le jour, escomptant l'avenir, ne prévoyant pas la gène, encore moins la misère.

D'ailleurs elle aimait Gontran, elle s'inquiétait pour lui, et ne songeait pas à autre chose.

Brin-de-Tulle l'apprit et la recueillit chez elle.

Ninoche était déjà bien changée à cette époque ; le premier médecin qui la vit ne se trompa point sur la gravité de son état.

Elle était perdue !

Une pâleur maladive s'était répandue sur ses joues ; ses yeux s'étaient cernés et creusés ; une toux opiniâtre et sèche déchirait sa poitrine.

Brin-de-Tulle voulut veiller sur les derniers jours qui lui restaient à vivre.

Elle l'entoura de soins, chercha à la distraire, et parmi les jeunes gens qui fréquentaient son salon, il s'en trouva un qui se mit de moitié dans l'œuvre charitable qu'elle voulait accomplir.

Précourt !

Il était riche, généreux ; sous l'apparente indifférence d'un homme de plaisir il cachait un cœur d'or.

Ninoche se laissa faire.

Et puis on lui parla d'aller passer quelques mois à Nice, où elle savait que Gontran se trouvait.

Elle ne se faisait pas d'illusion, elle sentait bien qu'elle devait mourir prochainement.

Mais il lui sembla doux d'aller vivre ses derniers moments sous le même ciel que celui qu'elle aimait.

Elle partit ; sa mort au moins était adoucie par la présence du vicomte.

Mais Ninoche ne fut pas la seule personne pour laquelle Brin-de-Tulle se montra bonne et dévouée.

Elle avait connu Adolphe à des heures difficiles, et il lui avait rendu des services dont elle gardait le souvenir.

Adolphe n'était pas heureux... Son existence traversait parfois des passes dangereuses... Il avait toujours trouvé chez l'ex-étoile de l'Eldorado un empressement spontané à lui venir en aide.

A mesure que la jeune femme s'élevait, le cercle de ses relations s'entendait et quand elle recevait, dans son délicieux hôtel des Champs-Élysées, toutes les notabilités boulevardières s'y donnaient rendez-vous.

On parlait de ses fêtes dans les journaux, et il n'est pas une femme, si haut placée qu'elle fût dans le monde de la galanterie, qui ne sollicitât, comme une précieuse faveur, d'y être invitée.

Plus d'une fois, Brin-de-Tulle avait reçu Herminie Dalbane.

Depuis quelques mois, la notoriété de cette dernière avait singulièrement grandi.

On assurait qu'elle venait d'être remarquée par César lui-même, et la publicité donnée à un tel honneur n'avait pas peu contribué à la mettre en vedette !

Herminie Dalbane semblait au surplus avoir bu toute honte.

Humiliée dans le passé, désormais sans espoir dans l'avenir, elle s'était ruée dans le présent, cherchant avec une sorte de fureur l'âpre volupté de l'oubli.

Elle menait une existence royale.

Sa maison était montée sur un pied que n'aurait pu entretenir aucun banquier moderne. Elle avait des valets aux livrées splendides ; ses attelages faisaient l'admiration et provoquaient l'envie de toutes les habituées du Bois... et sa galerie de tableaux rivalisait avec celles de grands seigneurs les plus excentriques.

Quelques amis sincères lui avaient conseillé un peu de modération, sinon plus de modestie. Elle leur avait ri au nez.

Elle s'était prise de plus d'une passion folle pour le jeu !...

Brusquement elle quittait Paris, sans prévenir personne, et une semaine après on la rencontrait à une table de trente et quarante, à Hombourg, à Spa ou à Monaco.

Elle perdait et gagnait des sommes considérables... mais ces émotions la tenaient incessamment en éveil, et pour rien au monde elle n'eût voulu renoncer à cette vie qui lui procurait l'oubli !...

Combien cela dura-t-il ?...

Elle ne le sut réellement jamais elle-même...

De loin en loin, Brin-de-Tulle la voyait reparaître, et, à chaque fois, elle remarquait que sa beauté s'imprégnait de souci et de fatigue, qu'insensiblement son teint se couperosait, que son œil naguère si vif devenait comme atone et voilé !...

Elle fut frappée de ce changement.

Puis, tout d'un coup, elle ne la vit plus !...

Pendant quelques mois, on s'inquiéta bien un peu de savoir ce qu'elle était devenue... mais elle n'avait aucune attache dans le monde du plaisir, elle n'y avaitséjourné un moment qu'à titre de déclassée... On n'y prit pas garde autrement.

Deux années se passèrent sans qu'on entendît parler d'elle.

Ninoche était morte... Gontran d'Épernon avait épousé mademoiselle Réjane de Graçay-Chambrun... Brin-de-Tulle s'était enrichie au delà de ce qu'elle avait pu espérer.

Tout était pour le mieux dans le meilleur des mondes.

L'hiver était survenu.

On touchait à la fin du mois de décembre 1868.

L'aspect des boulevards ne se modifie jamais sensiblement à Paris ; c'est toujours le même mouvement, la même circulation active, le même bruit assourdissant... Le personnel change bien de temps à autre ; de nouvelles notoriétés se produisent, qui viennent remplacer celles qui ont sombré ! A peine s'en aperçoit-on. C'est un flot à la place d'un autre... Cela ne saurait influer sur les lois éternelles de syzygie morale, qui font monter et descendre la marée humaine.

Rien n'était donc changé, et tout au plus pouvait-on relever, ce soir-là, quelques cravates blanches, et pas mal d'habits noirs qui se dirigeaient vers le Gymnase où il y avait une *première* de Victorien Sardou.

Les terrasses des cafés resplendissaient... En passant devant Brébant, on entendait le cliquetis des assiettes remuées, et la voix des garçons qui, du premier étage, jetaient au chef des cuisines des nomenclatures de menus succulents... Çà et là, sur le trottoir, circulaient de jeunes femmes aux paupières bistrées, balayant l'asphalte de leurs longues traînes de soie...

Depuis quelques jours, le vicomte Gontran d'Épernon était à Paris. Il était descendu avec Réjane chez madame la duchesse de Frileuse.

Ils revenaient de voyage !

Ces deux années avaient passé comme un rêve, pas la moindre ride sur ce lac tranquille, pas le plus petit nuage dans ce ciel pur.

A peine un trouble vague, qui inquiétait bien un peu le vieux général, mais qui ne touchait pas encore les deux amoureux.

Le général se faisait vieux ! le poids des années commençait à peser lourdement sur son front chauve, — il n'eût pas voulu mourir sans avoir tenu dans ses bras... un bel enfant qui ressemblât à sa Réjane bien aimée.

La représentation du Gymnase finit à une heure avancée ; minuit était sonné depuis longtemps quand les spectateurs se répandirent sur le boulevard.

Gontran et Réjane sortirent les derniers.

Une voiture les attendait sur la chaussée. Mais il faisait une nuit splendide ; le ciel étincelait d'étoiles ; Réjane exprima le désir de marcher et de respirer.

Gontran fit signe à son cocher de les suivre, et ils partirent à pied.

Réjane ne s'était jamais vue à pareille heure dans ce quartier de Paris. Elle ouvrait de grands yeux étonnés et curieux, et quand elle rencontrait quelque spectacle bizarre, inattendu, elle se rapprochait de Gontran et levait vers lui ses regards interrogateurs.

Gontran serrait alors son bras contre sa poitrine et murmurait quelques mots à son oreille.

Puis ils continuaient d'avancer, pressés l'un contre l'autre, et traversaient la foule, enveloppés dans leur amour, comme les dieux de la fable dans le nuage qui les rendait invisibles.

Ils atteignirent ainsi la rue de la Chaussée d'Antin, et, à ce moment, le jeune vicomte sentit que le bras de Réjane s'appuyait plus lourdement sur le sien.

— Tu es fatiguée? interrogea-t-il avec intérêt.

— Un peu, répondit Réjane, mais cela m'a fait du bien de marcher.

— Je vais appeler la voiture.

— Si tu veux.

Gontran héla le cocher, qui vint se placer le long du trottoir.

Seulement, au moment où le valet allait ouvrir la portière, un homme s'approcha du vicomte en portant la main à sa casquette.

— Que voulez-vous? demanda Gontran, en l'examinant.

Il n'avait pas achevé qu'un frisson l'envahit tout entier, et que son regard, quittant brusquement l'homme, se porta avec vivacité vers l'angle de la rue, où une femme, misérablement vêtue, attendait adossée à la muraille.

L'homme, il l'avait reconnu tout de suite... C'était Adolphe.

Mais un impérieux instinct s'était emparé de lui, et il voulait savoir quelle était cette femme qui attendait là, dans une attitude si humble.

Deux cris partirent alors, presque en même temps : l'un poussé par Adolphe qui venait à son tour de reconnaître le vicomte, l'autre poussé par Gontran qui venait de mettre un nom sur le visage de la femme.

C'était Herminie !

— Quoi ! qu'y a-t-il ! demanda Réjane étonnée de l'incident.

— Ce n'est rien, répondit Gontran...

Et se penchant à l'oreille d'Adolphe pendant qu'il lui glissait quelques louis dans la main.

— Tiens, prends! ajouta-t-il à voix ardente et basse; mais demain, tu m'entends, demain, à la première heure, tu viendras me voir à l'hôtel de la duchesse, rue de Varenne.

— Ce sera fait, et vous pouvez y compter, répondit Adolphe.

Réjane était montée en voiture, Gontran l'y avait suivie. Le coupé partit aussitôt au trot allongé de ses deux chevaux.

Le lendemain, Gontran apprit la lamentable histoire d'Herminie.

Adolphe, alléché par les libéralités du vicomte, n'avait eu garde de manquer au rendez-vous, et ses réponses aux questions qui lui furent adressées ne laissèrent place à aucune obscurité !

Pendant les deux années qui venaient de s'écouler, la malheureuse Herminie s'était jetée dans tous les excès de la vie qu'elle avait inaugurée d'une façon si scandaleuse... on l'avait vue partout étalant un luxe insensé, se livrant à des prodigalités folles, effrayant le monde qu'elle traversait par ses audaces et ses excentricités...

Tout d'un coup, elle avait disparu.

Une horrible maladie l'avait clouée pendant trois mois sur un lit de douleur, et elle n'en était sortie que par miracle, épuisée, amaigrie, défigurée !...

Défigurée surtout.

Pour les femmes de ce genre, c'est le plus épouvantable des châtiments.

La mort serait cent fois préférable...

En quelques semaines, elle était devenue laide, presque repoussante...

L'abandon était venu immédiatement et pour ainsi dire sans transition — hideux abandon qui confine à la misère !

Elle avait roulé dans les bas-fonds et était allée échouer dans la honte la plus abjecte...

Gontran écouta, la pâleur au front, cette navrante histoire, et fit tout ce qu'il put pour adoucir l'amertume d'une situation à laquelle il n'y avait plus de remède...

A partir de cette rencontre, Adolphe vint régulièrement le trouver et reçut du jeune gentilhomme des subsides importants.

Mais il est douteux qu'il les transmît à la malheureuse à laquelle ils étaient destinés.

Ce qu'il y a de certain, c'est qu'au bout de plusieurs mois Gontran reçut une lettre dans laquelle Herminie le prévenait qu'il avait été dupe du misérable, qu'elle n'avait jamais rien voulu recevoir de lui, et qu'elle disparaissait pour qu'il n'entendît plus parler d'elle.

Qu'advint-il dès lors ? — Gontran ne le sut jamais.

On croit qu'elle a dû mourir dans quelque salle d'hôpital et qu'elle a été inhumée dans la fosse commune.

C'est l'épilogue banal de presque toutes ces existences déclassées.

A l'heure où nous terminons ce récit, Gontran habite le château de Graçay-Chambrun.

Il ne vient plus que rarement à Paris.

Le général est mort peu après la guerre. Martial, quoique bien vieilli, continue de faire sa ronde matinale, le fusil sur l'épaule, les jambes chaussées de cuir jaune.

Quant à Réjane... elle est aussi heureuse qu'une créature humaine peut l'être en ce monde !

Toute sa vie se résume en son époux qu'elle aime comme au premier jour, et en deux beaux enfants qui croissent en force et en intelligence.

Le dimanche, quand elle s'agenouille pieuse et recueillie dans la pauvre église du bourg, elle ne demande à Dieu qu'une chose, et c'est la continuation de son double bonheur de mère et d'épouse.

FIN

RISETTE

I

Elle avait dix-huit ans, la candeur sur le front, l'étincelle dans les yeux, de belles couleurs aux joues ; ses cheveux, noir d'ébène, encadraient harmonieusement son joli visage, tout en elle éclatait de grâces adolescentes et de virginité.

Elle avait dix-huit ans — c'était un beau brin de fille — on l'appelait *Risette*.

Je ne l'ai vue qu'une fois ; je me la rappelle encore, je ne l'oublierai jamais.

Elle était venue au monde on ne sait où, sans savoir comment. Elle n'avait jamais connu ni son père ni sa mère : une vieille femme avait pris soin d'elle jusqu'au moment où elle entra dans sa quinzième année. Elle était déjà jolie comme un ange, et Dieu sait qu'elle aurait pu, comme tant d'autres, porter des robes de soie qui ne coûtent rien. Elle trouva que c'était trop cher. Elle avait reçu les sévères leçons de la misère, et elle voulait vivre en honnête fille. Elle se leva donc de meilleure heure, se coucha plus tard et finit par se suffire à elle-même.

D'ailleurs, en se voyant si fraîche, si charmante sous son petit bonnet de tulle et sous sa robe d'indienne à quinze sous le mètre, Risette pensait souvent qu'elle n'aurait pu que perdre au change. A quoi bon emprisonner cette taille élégante et souple sous un lourd cachemire des Indes! Pourquoi dissimuler cet œil mutin et ce minois fripon sous un voile de point d'Angleterre? Risette se trouvait bien telle qu'elle était, et elle avait raison. Grâce à l'ordre et à l'économie qui présidaient à toutes les dépenses de son petit ménage, elle n'avait jamais souffert d'aucune privation : elle s'était développée en toute liberté, et les soucis et les chagrins n'avaient jamais imprimé la moindre ride sur son front.

Dix-huit ans!...l'âge où le cœur commence à battre, où l'âme s'éveille en tressaillant sous les premiers baisers de la vie... — Risette était heureuse, — elle se couchait chaque soir sur un petit lit de noyer, où les plus doux rêves venaient bercer son sommeil, elle se levait chaque matin, éblouie par les rayons du soleil, qui souriaient à ses rideaux de serge ; — elle s'endormait en priant, elle s'éveillait en chantant.

Tous les voisins la connaissaient ; elle était adorée dans son quartier, et, chose inouïe, son portier n'avait jamais tenu le moindre propos inconsidéré sur son compte.

Et cependant Risette avait deux amoureux ! — C'est trop d'un, dira-t-on. Honni soit qui mal y pense ! — Elle aurait pu en avoir cent, si elle avait voulu. Deux lui suffirent ; Risette se contentait de peu.

A vrai dire, elle avait bien choisi, comme c'était son droit.

De ces deux amoureux, l'un était un beau jeune homme, un peu commis de nouveautés, mais grand, bien pris dans sa taille, les joues sans favoris, les lèvres ornées d'une moustache noire, aux courbes fines et gracieuses, un joli garçon enfin : physionomie délicate et intelligente, les pieds chaussés de vernis, le lorgnon flottant sur sa poitrine, portant au besoin la redingote longue et les cheveux séparés jusqu'à la nuque. Il s'appelait Octave de son petit nom.

Risette ne lui avait parlé que deux fois, mais elle le trouvait charmant. Elle le rencontrait souvent dans la rue et lisait fort bien dans son regard tout ce qu'il y avait d'amour dans son cœur ; mais instinctivement, elle avait peur de ce sentiment inconnu qui, à de certains moments, s'emparait d'elle avec tant d'autorité, et elle fermait les yeux pour ne rien voir, et elle faisait taire son cœur pour ne point entendre.

L'autre amoureux différait essentiellement du premier.

C'était un ouvrier, presque un artiste. Il avait vingt-cinq ans à peine ; mais depuis l'âge de quinze ans il n'avait cessé de travailler, et s'était ainsi créé, à force de persévérance, une position indépendante, qu'il ne devait qu'à sa volonté et à son intelligence. C'était un beau garçon, au front développé, à l'œil vif, aux épaules robustes. La vigueur qui éclatait sur sa physionomie n'en excluait cependant pas la grâce, et sous la veste qu'il portait d'habitude, on devinait aisément un naturel d'élite. Il s'appelait Marcel.

Marcel était une vieille connaissance pour Risette ; elle le rencontrait souvent ou sur son chemin, ou dans les ateliers qu'elle fréquentait ; elle lui avait parlé plusieurs fois, et elle avait pris un certain plaisir à l'écouter. Marcel avait le regard pénétrant, la voix douce et un cœur d'or : il était difficile de l'approcher sans éprouver pour lui une sympathie très vive.

Risette l'aimait de cette affection qui tient le milieu entre l'amitié d'une sœur et l'amour d'une jeune fille ; elle comprenait vaguement qu'une femme pourrait vivre heureuse, abritée sous l'amour de cet homme ; mais elle n'aurait pu expliquer pourquoi cette conviction avait pénétré si profondément dans son cœur.

Et puis, il faut tout dire, Risette ne songeait pas à l'amour, encore moins au mariage ; elle était heureuse entre les murs étroits et proprets de sa petite chambrette ; elle avait de jolies fleurs bleues, l'été, sur sa fenêtre ; un bon feu, l'hiver, dans sa cheminée. Le travail ne lui avait jamais manqué : elle était bien vêtue, passablement nourrie ; le passé sans remords, le présent sans inquiétude, l'avenir sans appréhensions ; que lui fallait-il de plus ? La jolie fille pouvait se dire, après tout, que le jour où l'amour lui tiendrait bien au cœur, ce ne serait certes pas les amoureux qui manqueraient !

II

Cependant, bien que la jolie grisette eût jusqu'alors vécu au grand jour, et sans avoir jamais cherché à dissimuler la plus insignifiante de ses actions, il y avait un secret dans son existence, — un gros secret entre elle et Dieu !

L'assiduité de Risette était passée depuis longtemps en proverbe dans l'atelier où elle travaillait d'habitude ; on la citait à tout propos, non seulement comme un exemple de vertu, mais encore comme un modèle d'exactitude et de régularité. Depuis trois années, on aurait vainement cherché à constater une lacune dans son labeur de la semaine. Les jours ouvrables, on était toujours certain de la trouver à l'atelier, riant, chantant, causant comme toutes ses compagnes, et travaillant plus qu'elles toutes.

Seulement, le dimanche matin, elle disparaissait tout à coup, et jusqu'au soir, il n'était plus question d'elle. Sa mansarde était muette, les fenêtres en étaient bien closes, et pendant toute la journée on n'y donnait aucun signe de vie.

Où donc allait-elle ? Que faisait-elle de ses dimanches ? Pourquoi ce mystère dans une existence si limpide et d'ordinaire si transparente ?

On chercha longtemps : on crut à une intrigue ; on espéra découvrir un vice. Mais la pureté de Risette défiait toutes les investigations, et le soupçon glissa sur elle comme sur une glace polie.

Un dimanche du mois de mai de l'année dernière, Risette quitta sa mansarde vers dix heures du matin et s'achemina, seule, à pas pressés, un petit paquet sous son bras, vers l'embarcadère du chemin de fer de Versailles, rive droite.

Risette avait passé presque toute la nuit sans dormir...

La veille, comme elle sortait de son atelier, elle avait été arrêtée au détour de la rue, par Octave.

Elle voulut d'abord presser le pas pour l'éviter, mais le jeune homme marchait plus vite qu'elle, et il l'eut bientôt rejointe.

— Risette, dit-il d'une voix profondément émue, écoutez-moi, je vous en supplie...

— Que me voulez-vous ? fit Risette en ralentissant sa marche.

— Je vous aime.

— Monsieur...

— Oh ! ne craignez rien, je vous aime d'un amour pur comme vous-même, et je n'ai d'autre ambition que d'unir ma vie à la vôtre. Il y a longtemps déjà que je berce ce rêve, et votre réponse fera de moi le plus heureux ou le plus désespéré des hommes.

Risette se tut un moment : Octave attendit.

— Vous ne répondez pas, dit enfin le jeune homme avec l'accent de la passion la plus vraie.

— Que voulez-vous que je réponde ! fit Risette.

— Vous ne m'aimez donc pas, alors ?

— Je ne sais.

Octave réprima un mouvement de dépit.

— Vous ne savez, poursuivit-il chaleureusement ; eh bien, moi, Risette, moi, du jour où je vous ai vue, du jour où votre regard a rencontré le mien, je vous ai aimée... Votre image s'est gravée profondément dans mon cœur : et aujourd'hui, je le sens, s'il me fallait renoncer à vous, je serais bien seul au monde, et la vie me serait bien amère.

Risette était au moins aussi troublée que son interlocuteur, et elle ne savait à quel parti s'arrêter. Elle leva les yeux vers le jeune homme, et sembla vouloir deviner le fond de sa pensée.

— Votre démarche atteste votre amour, répondit-elle alors, mais j'étais loin de m'y attendre, et je ne puis y répondre tout de suite sans réflexion. Moi, monsieur Octave, je n'ai ni père ni mère, j'ai peu d'amis, je n'ai pas de conseils, j'ai vécu seule jusqu'à ce jour, je ne connais personne au monde ; cette réponse que vous me demandez, c'est ma vie tout entière, et l'on ne se décide pas ainsi en une heure, ni en un jour... Je ne dis pas non, je ne dis pas oui non plus ; je veux consulter ma raison, mon cœur aussi, et je vous le promets, j'agirai selon qu'ils auront résolu, si tant est qu'ils puissent arriver à se mettre d'accord. Vous ne vous fâcherez donc pas de ce délai que je demande ; vous comprendrez les motifs qui me font agir ainsi, et vous attendrez... Et maintenant, monsieur Octave, laissez-moi, j'ai l'habitude de rentrer sans être accompagnée, et je m'en trouve bien : dans quelques jours je vous reverrai, et quel que soit le résultat de mes réflexions, j'espère que vous me garderez l'amitié que vous me témoignez, et dont je suis fière.

En disant ces mot, Risette salua vivement Octave, et disparut rapidement, le laissant un peu interdit de l'effet négatif qu'avait produit sa démarche.

Cinq minutes après, Risette rentrait chez elle, mais elle n'était pas au bout de ses étonnements, car au moment où elle allait s'engager dans l'escalier qui menait à sa mansarde, elle s'entendit appeler par une voix bien connue, celle de son portier; il accourait lui remettre un petit billet qu'on avait apporté dans la journée.

Risette décacheta vivement le billet : il était signé Marcel :

Marcel n'avait pas osé parler, il écrivait.

Risette lut sa lettre avec attendrissement; Marcel reproduisait dans d'autres termes la demande déjà faite par Octave. Il savait bien, disait-il, que sa démarche était insensée, que Risette ne pouvait pas l'aimer, qu'elle ne pensait pas même à lui etc...; mais il était trop malheureux de l'incertitude que ses illusions entretenaient dans son esprit, et il voulait à tout prix sortir de cette situation ; il était décidé à tout, à partir, à se faire soldat, plutôt que de rester à Paris, si Risette devait appartenir à un autre...

Quand Risette s'éloigna, le matin venu, elle avait la lettre de Marcel dans sa poche, et le souvenir des paroles d'Octave dans la tête, Elle était encore plus indécise que la veille; elle était pâle, soucieuse, préoccupée.

Le bonheur, c'est chose grave, dit un poète de notre temps. Risette l'apprenait pour la première fois aux dépens de sa gaîté et de son insouciance.

Elle prit le convoi de Versailles et partit. — A Ville-d'Avray, elle s'arrêta. C'est là qu'elle venait tous les dimanches.

III

La journée était superbe; le ciel étendait au-dessus de sa tête son éclatante tenture bleue, frangée de nuages blancs; le soleil sortait étincelant des hauteurs voisines, et le souffle frais du matin courbait les arbres en fleurs et semait sur la route étroite les gouttes de rosée que le matin venait d'y verser.

Ce spectacle parut réjouir le cœur de Risette, et ramena pour un moment la sérénité sur son front pâli. Elle s'approcha des haies fleuries qui bordaient les sentiers et en arracha une branche d'aubépines roses, puis elle reprit son chemin et se mit à presser le pas.

Elle était si préoccupée, qu'elle avait abandonné la station, sans même regarder si elle était suivie. Les plus graves événements tiennent souvent aux plus petites causes. Si en effet Risette avait seulement tourné les yeux au moment de s'éloigner, elle n'eût pas manqué de reconnaître Octave et Marcel, qui étaient descendus presque en même temps qu'elle : les reconnaissant, elle les eût accostés ; il s'en serait suivi une explication, et elle leur eût enjoint de s'éloigner, ce que les deux amoureux auraient certainement fait. Mais Risette ne s'était pas retournée, et rien de tout cela n'eut lieu.

Les deux jeunes gens, qui ne s'étaient jamais vus, descendirent le même sentier, sans se douter qu'ils avaient le même but, et cheminèrent pendant une demi-heure, l'un devant l'autre, également inquiets et troublés tous les deux, marchant à l'aventure ici et là, et cherchant une route qu'on leur avait, sans doute, mal indiquée. Toutefois, à mesure qu'ils approchaient du terme de leur course, un même soupçon grandissait dans leur esprit.

Marcel pensa que cet élégant jeune homme qui le précédait était, sans doute, ce qui attirait tous les dimanches Risette à Ville-d'Avray, tandis qu'Octave crut de son côté, que cet ouvrier qui le suivait était peut-être le secret que la grisette cachait avec tant de soin.

Puis, comme ils se crurent joués l'un et l'autre, la même idée leur vint à tous deux : et ayant avisé une ferme située à quelque distance, au milieu d'un bouquet d'arbres fruitiers, ils pressèrent le pas et arrivèrent presque en même temps sur le seuil de la porte.

Octave le premier : Marcel à quelques pas derrière.

Un spectacle singulier frappa leurs regards. — Risette était là, assise, près de la fenêtre ouverte berçant sur ses genoux un bel enfant demi-nu qui lui tendait, en souriant, ses deux bras ronds et potelés. — Autour du cadre en bois de la fenêtre grimpaient follement quelques plantes vivaces, et les rayons du soleil, filtrant à travers le voile mobile des feuilles vertes, formait comme un nimbe d'or autour des deux têtes charmantes de la jeune fille et de l'enfant. Ce tableau se présentait enveloppé d'une atmosphère de paix et de calme, dont on se sentait pénétré malgré soi ; l'air était chargé de senteurs embaumées que la brise apportait de la vallée en fleurs, les scarabées aux corsets de feu bourdonnaient autour des volubilis bleus et des capucines jaunes, et les oiseaux tapageurs troublaient seuls, de leur babil criard, l'harmonie céleste dont toute chose semblait imprégnée.

Risette avait vu venir ses deux amoureux, et elle n'avait pas bougé.

Seulement quand elle aperçut Octave debout sur le seuil de la porte, et qu'elle entrevit derrière, la figure triste et décontenancée de Marcel, elle releva le front et salua en essayant un sourire contraint.

Octave fit quelques pas.

— Pardon, Risette, balbutia-t-il en cherchant à rappeler son assurance ; je ne voudrais pas être importun.

— Mais vous ne l'êtes pas, non plus que Marcel, reprit Risette.

— J'espérais vous trouver seule, insista Octave.

— Eh bien ! qui vous gêne ?

— Cet enfant.

Risette fit entendre un joyeux éclat de rire.

— Oh ! quant à cet enfant, dit-elle, voyez, il a à peine dix-huit mois : il est beau, n'est-ce pas ? et vif, et intelligent : on peut dire tout ce que l'on veut devant lui, monsieur Octave, il n'y a pas de danger qu'il trahisse sa mère, celui-là.

Et, en parlant ainsi, une imperceptible rougeur colora les joues de Risette.

— Sa mère, fit Octave en pâlissant.

— Sans doute.

— Cet enfant est à vous ?

— Et à qui donc ?

— Vous vous calomniez !

— Pourquoi ?

— O Risette ! Risette !... est-il possible que vous m'ayez trompé à ce point ?

Risette ne répondit pas, mais elle prit l'enfant dans ses bras, et le baisa longuement sur les yeux, tandis qu'Octave se laissait tomber éperdu sur un siège.

Le secret de Risette était connu : elle venait de l'avouer ; cet enfant, qu'elle baignait de caresses, était bien à elle.

L'amour d'Octave se glaça.

Quelques minutes de silence suivirent l'aveu de la jeune fille ; puis Octave fit un effort sur lui-même et se leva.

Marcel avait disparu.

— Risette, dit Octave d'une voix que l'émotion brisait, ce que vous m'avez dit tout à l'heure n'était pas vrai, n'est-ce pas ? Vous avez voulu m'effrayer un moment, m'éprouver peut-être... Mais rien de tout cela n'est réel, et vous êtes bien toujours la pure jeune fille que j'ai connue et que j'aime.

Risette remua tristement la tête.

— Voulez-vous donc, répondit-elle, m'obliger à faire deux fois un aveu qui m'est si pénible ?

— Ainsi, cet enfant est bien le vôtre ?

— Sans doute.

— Et c'est pour lui que vous venez tous les dimanches à Ville-d'Avray ?

— N'est-ce pas naturel ?...

— Pauvre mère ! murmura le jeune homme.

Risette releva le front avec orgueil.

— Oh ! que Dieu me le conserve, répondit-elle vivement, et je serai largement récompensée de mes peines et de mes tourments.

Octave remua tristement la tête.

— Tenez, dit-il à voix douce et lente, je vous plains bien sincèrement.

— Et pourquoi donc ?

— Cet enfant, qui a été votre honte, va devenir votre malheur...

— Comment cela ?

— Vous avez été mère, Risette ; vous ne serez jamais épouse...

Risette tressaillit à ces mots inattendus ; une pâleur mortelle se répandit sur ses traits, et son front se pencha languissamment.

Elle resta longtemps dans cette attitude, accablée et pensive, et un monde de sensations nouvelles passa sur son cœur. Elle ne s'était jamais sentie si malheureuse ; un profond déchirement s'opérait en elle : tous les liens qui l'attachaient à la vie semblaient se briser l'un après l'autre.

Quelques larmes tombèrent de ses yeux.

Une amertume sans nom emplissait sa pensée ; un malaise indéfinissable s'empara d'elle : elle eut besoin de toute sa force pour ne point éclater en sanglots.

Chose étrange cependant, et que l'on chercherait vainement à expliquer.

A ce moment, où la pauvre enfant rompait ainsi violemment avec le passé, à ce moment où les larmes remplissaient ses yeux et voilaient ses regards, ce n'était point vers Octave que s'envolaient ses regrets, ce n'était point à cette union, devenue impossible, que s'adressaient ses larmes et ses sanglots. Jusqu'alors, Risette n'avait rien compris de ce qui se passait dans son propre cœur ; l'abandon d'Octave avait pu seul l'éclairer ; ce n'est pas lui qu'elle aimait.

Aussi, quand, après avoir longtemps rêvé, elle releva enfin le front, et s'aperçut qu'elle était seule et que Marcel n'était pas revenu, une immense inquiétude grandit en elle, et son regard troublé plongea vivement dans le verger.

Mais le verger était désert... le chien de la ferme dormait, étendu sous les rayons ardents d'un soleil du midi : tout, à l'entour, était calme et silencieux.

Risette sentit son trouble augmenter et un frisson passa sous ses cheveux.

Marcel était parti !

Il avait cru, lui aussi, à sa faute ; il avait entendu le fatal aveu tomber de ses lèvres, il s'était enfui sans en entendre davantage.

Il n'avait pas voulu adresser des reproches à Risette ; à quoi bon ?... la faute commise creusait un abîme infranchissable entre eux. Il ne l'aimait plus... Qui sait, il la méprisait peut-être maintenant.

Cette pensée était trop douloureuse ; Risette n'y put tenir plus longtemps ; elle appela la maîtresse de la ferme, lui remit l'enfant dans les bras, et courut au dehors. Elle avait la tête en feu, ses oreilles bordonnaient, son cœur battait avec précipitation.

Au détour d'une allée, elle aperçut Marcel assis à quelque distance, sur un banc de gazon, le front caché dans les mains. Elle s'arrêta.

IV

Cependant, au bruit de ses pas sur le sable, Marcel avait relevé la tête, il ne s'attendait point à la voir ; en la reconnaissant, il poussa un cri et courut à elle.

— Vous ! dit-il avec un fol élan, vous ici...

— Puisque vous ne venez pas vers moi, répondit la jeune fille, il faut bien que je vienne vers vous.

Marcel la regardait fixement comme pour s'assurer qu'elle ne le trompait pas.

— Mais votre enfant?... demanda-t-il d'une voix tremblante.

Risette ferma les yeux et rougit.

— Ah! pardon, mademoiselle, reprit Marcel presque aussitôt, pardon je ne veux ni vous faire honte ni vous faire peur, et la preuve, c'est que je n'attendais que le départ de M. Octave pour aller vous trouver et causer avec vous.

Le visage de Risette resplendit et un frais sourire revint égayer ses lèvres.

— Eh bien! dit-elle aussitôt, nous sommes seuls, Marcel, nous pouvons causer; me voici prête à vous écouter : que voulez-vous me dire?

Marcel parut réfléchir un moment, puis il reprit bientôt d'une voix lente et grave :

— Quoique je n'aie entendu que quelques mots de votre entretien avec M. Octave, dit-il, je sais tout ce que j'ai à apprendre... Il y a dans votre passé un secret que je ne veux point approfondir ; il ne m'appartient pas de vous en demander plus que vous n'en voulez dire; je vous aime assez et je vous respecte trop pour cela; je veux bien croire à un malheur, je ne croirai jamais à une faute. — Et puis, vous avez été malheureuse, et c'est un titre de plus à la sympathie de ceux qui vous aiment. Écoutez-moi donc, Risette, et répondez-moi avec franchise comme une sœur répondrait à un frère : Le père de cet enfant que je voyais tout à l'heure dans vos bras, où est-il, à cette heure?

— Il est mort, répliqua Risette.

— Et c'est vous seule qui en prenez soin?

— Moi seule...

— Cependant, votre travail doit suffire à peine?

— Oh! les privations que je me suis imposées ont été la source de mes plus douces joies.

— Et puis, vous l'aimez tant, n'est-ce pas?

— Comme sa mère...

— Ça se conçoit...

Risette eut un sourire singulier. Marcel devint soucieux.

— Cependant, poursuivit-il, ce que vous faites-là n'est guère raisonnable. A votre âge, Risette, on ne pense pas qu'on doive jamais mourir ; mais on peut tomber malade, cependant ; on peut rester de longs jours, de longs mois sans travailler ; je connais cela ; la misère c'est quelque chose d'affreux, à Paris surtout... Vous avez seize ans, une belle santé, une gaieté sereine ; tout est pour le mieux. Mais que deviendrait ce pauvre cher enfant, le jour où vous tomberiez malade? Vous n'y avez peut-être jamais songé!

— Jamais...

— Cela peut arriver, cependant.

— C'est vrai.

— Eh bien... pardonnez-moi, mais, depuis une heure, cette pensée ne m'est pas sortie de l'esprit.

— Bon Marcel !

— Et je me disais qu'il fallait à tout prix vous prémunir contre le danger d'un pareil avenir.

— Mais quel moyen?...

— Un mariage.

— Me marier, moi? fit Risette.

Et, en disant cela, elle remua la tête d'un air ironique.

— Savez-vous qu'il faudrait bien du dévouement pour devenir mon mari, répondit-elle.

— Je comprends vos appréhensions, répliqua Marcel en souriant, et après quelque hésitation, mais le secret pour sortir d'une pareille situation est tout entier dans le choix que vous ferez.

— C'est difficile?

— Pas autant que vous pensez.

— Qui voudrait de moi, maintenant?

— L'homme qui vous aimerait.

— Et qui m'aimerait assez pour accepter une pareille mission ?

— Moi, Risette.

— Vous?

Risette croisa ses deux bras sur son cœur, comme pour en comprimer les battements, et deux larmes coulèrent silencieusement le long de ses joues.

— Ainsi, dit-elle à Marcel, vous auriez le courage de me prendre pour femme?

— Je n'ai jamais fait d'autre rêve.

— Et vous le feriez sans regret?

— Comme sans crainte.

— Merci, Marcel, je suis heureuse de vous entendre parler ainsi, et ce qui s'est passé aujourd'hui a fait la lumière dans mon cœur. Et moi aussi, Marcel, je vous aimais ! Je puis le dire maintenant, je l'ignorais hier encore ; je le cachais à tous, je me le cachais à moi-même ; mais je vous aimais, je le sens bien ; mes inquiétudes, quand je ne vous voyais pas, ma tristesse quand je vous trouvais soucieux, mon émotion à chaque rencontre, l'isolement qui se faisait autour de moi quand je vous quittais, tout cela c'était de l'amour ! Oh ! je vous aimais, et je regrette presque à cette heure de vous avoir trompé aujourd'hui, car vous avez dû bien souffrir !

— Que voulez-vous dire? s'écria Marcel, dont tout l'être se prit à tressaillir sur ces derniers mots.

Risette eut un fin et doux sourire.

— Cela veut dire que vous êtes plus heureux que vous ne le pensez, et que cet enfant n'est pas à moi..

— Est-ce possible?

— Vous allez peut-être le regretter?

— O Risette ! Risette !

Marcel saisit les deux mains de la jeune fille et les baisa avec transport.

— C'est une bien triste histoire, reprit Risette; une histoire d'amour que la mort a cruellement dénouée. Une pauvre fille qui avait mon âge, qui était douce et confiante comme une sainte, et qui s'est un jour laissé séduire. — Une faute qu'elle paya de sa vie. — Oh! je l'ai pleurée, Marcel.., Elle ne connaissait que moi au monde, et je n'avais pas d'autre amie; j'étais près d'elle quand elle mourut... Elle souffrait depuis longtemps, moins peut-être de la maladie qui la tuait, que de l'idée qu'elle allait laisser seul et sans appui un pauvre être qui n'avait pas demandé à vivre... Je lui promis que je tiendrais lieu de mère à son enfant, et que je travaillerais pour lui, comme elle l'aurait fait elle-même... voilà mon secret, Marcel; je ne l'ai dit à personne qu'à vous; il ne m'appartenait pas d'ailleurs.. Et puis, je voulais savoir avant, si mon fils adoptif trouverait un père dans l'époux que je choisirais.

V

Que pouvait répondre Marcel à cette révélation?

Rien assurément.

Il était ivre de joie et de bonheur; il prit follement Risette dans ses bras et la tint longtemps étroitement pressée sur son cœur.

Malgré le dévouement dont il avait fait preuve, il n'était pas fâché que la chose tournât de la sorte. Pour rien au monde il n'eût voulu le dire à Risette, mais en réalité, il n'en pensait pas moins. Certes, il eût aimé l'enfant de Risette, puisqu'il l'avait promis, mais au demeurant, il préférait que cet enfant fût à une autre. Tout le monde à sa place eût pensé comme lui.

Un mois après, Marcel et Risette étaient mariés. Il n'y a pas un an de cela; la lune de miel dure encore. — Toute la semaine, le petit ménage travaille avec la belle ardeur de l'amour; on se lève de bonne heure et l'on se couche tard; depuis le matin, jusqu'au coucher du soleil, c'est une chanson et un rire continuels... Risette est gaie, Marcel est heureux... Le moyen de s'ennuyer après cela?

Seulement, le dimanche tout se tait. La mansarde devient muette, les fenêtres demeurent fermées, il n'y a plus personne au nid, les oiseaux ont pris leur volée. — Où s'en vont-ils ainsi?... Qui le sait?

Pour nous, qui n'avons aucun intérêt à l'apprendre, nous croyons devoir nous arrêter ici.

Nous n'avons voulu parler que du dimanche de Risette; celui de madame Marcel ne nous appartient pas.

FIN

Sceaux. — Imprimerie Charaire et fils.

TABLE DES GRAVURES

LÉGENDES

FIN DE LA TABLE DES GRAVURES.

AVIS

Pour faire suite à cet ouvrage, **demander chez tous les libraires :**

L'ÉCLUSIER DE FRANCHARD

Par Pierre ZACCONE

10 centimes la livraison illustrée de gravures entièrement inédites, **2** livraisons par semaine, **50** centimes la série de **5** livraisons.

Ouvrage complet en **50** livraisons à **0,10** centimes.

Sceaux. — Imprimerie Charaire et fils.

www.ingramcontent.com/pod-product-compliance
Lightning Source LLC
Chambersburg PA
CBHW050321030726
47505CB00003B/801